国家社科基金
后期资助项目

英国维多利亚时代的文化记忆书写

Cultural Memories in British Victorian Age

王 欣 帅仪豪 王大鹏 张 旭 著

四川大学出版社
SICHUAN UNIVERSITY PRESS

图书在版编目（CIP）数据

英国维多利亚时代的文化记忆书写 / 王欣等著.
成都：四川大学出版社，2024. 11. -- ISBN 978-7
-5690-7422-2

Ⅰ．I561.06

中国国家版本馆CIP数据核字第20255JF365号

书　　名：英国维多利亚时代的文化记忆书写

Yingguo Weiduoliya Shidai de Wenhua Jiyi Shuxie

著　　者：王　欣　帅仪豪　王大鹏　张　旭

出 版 人：侯宏虹
总 策 划：张宏辉
选题策划：周　洁
责任编辑：周　洁
责任校对：刘　畅
装帧设计：墨创文化
责任印制：李金兰

出版发行：四川大学出版社有限责任公司
　　　　　地　址：成都市一环路南一段24号（610065）
　　　　　电　话：（028）85408311（发行部）、85400276（总编室）
　　　　　电子邮箱：scupress@vip.163.com
　　　　　网　址：https://press.scu.edu.cn
印前制作：四川胜翔数码印务设计有限公司
印刷装订：成都市火炬印务有限公司

成品尺寸：165mm×238mm
印　　张：15.75
字　　数：336千字
版　　次：2025年1月第1版
印　　次：2025年1月第1次印刷
定　　价：78.00元

扫码获取数字资源

四川大学出版社
微信公众号

本社图书如有印装质量问题，请联系发行部调换

版权所有 ◆ 侵权必究

国家社科基金后期资助项目
出版说明

后期资助项目是国家社科基金设立的一类重要项目，旨在鼓励广大社科研究者潜心治学，支持基础研究多出优秀成果。它是经过严格评审，从接近完成的科研成果中遴选立项的。为扩大后期资助项目的影响，更好地推动学术发展，促进成果转化，全国哲学社会科学工作办公室按照"统一设计、统一标识、统一版式、形成系列"的总体要求，组织出版国家社科基金后期资助项目成果。

全国哲学社会科学工作办公室

目 录

绪 论 ………………………………………………………… 1

第一章 英国维多利亚时代的文化记忆研究 …………… 13
 第一节 个体记忆和集体记忆 …………………………… 14
 第二节 文化记忆研究的维度、层面和模式 …………… 17
 第三节 英国维多利亚时代的文化记忆书写 …………… 21
 小 结 ……………………………………………………… 28

第二章 《老古玩店》的家庭记忆和记忆空间 ………… 29
 第一节 储藏式记忆和家庭之地 ………………………… 31
 第二节 陈列式记忆和纪念之地 ………………………… 34
 第三节 认同式记忆和回归之地 ………………………… 37
 小 结 ……………………………………………………… 40

第三章 《大卫·科波菲尔》的记忆幽灵与记忆困扰 … 41
 第一节 自传体裁的幽灵记忆书写 ……………………… 42
 第二节 重演记忆的重影人物 …………………………… 48
 第三节 记忆幽灵的重复与回归 ………………………… 51
 小 结 ……………………………………………………… 55

第四章 《简·爱》的记忆创伤与记忆困境 …………… 56
 第一节 家庭记忆与童年创伤 …………………………… 58
 第二节 宗教记忆和家庭记忆的冲突 …………………… 61
 第三节 家庭记忆的重构 ………………………………… 64
 小 结 ……………………………………………………… 67

第五章　《金银岛》的帝国记忆与自我建构 …… 68
第一节　记忆建构与自我成长 …… 71
第二节　文化记忆与个人成长的协商 …… 74
第三节　空间隐喻与帝国记忆 …… 77
小　结 …… 80

第六章　"莫格里系列"中的丛林记忆与身份建构 …… 82
第一节　丛林文化记忆的建构与传承 …… 86
第二节　莫格里盗火与人类交往记忆 …… 89
第三节　帝国记忆下丛林法则的让渡与臣服 …… 92
小　结 …… 95

第七章　《机器停转》中的文化记忆与交往记忆 …… 96
第一节　机器时代的权力与主体性 …… 97
第二节　文化记忆的霸权与交往记忆的丧失 …… 100
第三节　机器停转下的联结与交往 …… 103
小　结 …… 106

第八章　《黑暗的心》的语象叙事与视觉寓言 …… 107
第一节　语言的不可讲述性和语象的希望 …… 108
第二节　"黑暗"图像的描摹、拼贴、并置和延展 …… 111
第三节　"黑暗"图像的视觉寓言 …… 114
小　结 …… 117

第九章　《诺斯特罗莫》的殖民地记忆摹仿叙事 …… 118
第一节　"回忆的模仿"：记忆中的苏拉科 …… 120
第二节　殖民者的苏拉科集体记忆 …… 124
第三节　诺斯特罗莫的记忆与沉默的"他者" …… 127
小　结 …… 131

第十章　《印度之行》的记忆危机与身份建构 …… 132
第一节　帝国记忆与记忆危机 …… 140
第二节　印度之行与自我追寻 …… 145
第三节　身份危机与自我认知 …… 151

小　结 ··· 158

第十一章　《还乡》的乡村与"冷热"文化记忆 ················· 159
　　第一节　埃顿荒原流动的时间 ································· 161
　　第二节　乡村习俗与文化"冷"回忆 ··························· 165
　　第三节　现代进程与文化"热"回忆 ··························· 169
　　小　结 ··· 173

第十二章　《卡斯特桥市长》的"羊皮纸重写本"记忆模式 ········· 174
　　第一节　卡斯特桥市空间记忆的叠加 ························· 176
　　第二节　记忆阴影下人物的叠加涂抹 ························· 179
　　第三节　文化仪式的重复与传承 ································· 182
　　小　结 ··· 184

第十三章　《看得见风景的房间》的心灵认知记忆 ················ 186
　　第一节　风景与心灵认知记忆 ································· 189
　　第二节　意大利之旅的回忆与遗忘 ···························· 193
　　第三节　爱和真理与记忆唤醒 ································· 198
　　小　结 ··· 203

第十四章　"谁来继承英格兰？"：《霍华德庄园》中的记忆冲突与传承
　　 ·· 205
　　第一节　"英格兰现状"和记忆传承问题 ··················· 206
　　第二节　伦敦城市和霍华德庄园 ······························ 209
　　第三节　记忆之场与记忆联结 ·································· 213
　　小　结 ··· 215

结　论 ··· 217

参考文献 ·· 227

绪　论

那是最好的年月,那是最坏的年月,那是智慧的时代,那是愚蠢的时代,那是信仰的新纪元,那是怀疑的新纪元,那是光明的季节,那是黑暗的季节,那是希望的春天,那是绝望的冬天,我们将拥有一切,我们将一无所有,我们直接上天堂,我们直接下地狱。①

和查尔斯·狄更斯(Charles Dickens)所描述的一样,19世纪的英国维多利亚时代,是一个自相矛盾的时代:科学的繁荣和经济的富足、社会性的焦虑和精神的悲观主义相混合;日不落帝国的帝国梦想和殖民地扩张中人性黑暗堕落的困惑;现代性的忧郁和对未来的不确定……这些社会问题引发了众多的反思和回忆。英国从18世纪开始的奴隶贸易和帝国海外扩张中赚取了巨额的利润,工业时代促进了经济的飞跃,英国成为世界第一工业资本主义强国。但同时,"粗鄙庸俗的功利主义迅速成为工业中产阶级的统治意识形态。这一阶级崇拜事实,将人类关系缩简为市场交换……使人变成工资奴隶"②。人与人之间的关系不再如田园牧歌时代融洽亲密,而是变得孤立和异化。恩格斯在《1844年英国工人阶级状况》中指出:

在这种街头的拥挤中已经包含着某种丑恶的违反人性的东西。难道这些群集在街头的、代表着各个阶级和各个等级的成千上万的人,不都是具有同样的属性和能力、同样渴求幸福的人吗?难道他

---

① 狄更斯:《双城记》,石永礼、赵文娟译,北京:人民文学出版社,2004年,第1页。
② 特雷·伊格尔顿:《二十世纪西方文学理论》,伍晓明译. 北京:北京大学出版社,2007年,第18页。

们不应当通过同样的方法和途径去寻求自己的幸福吗？可是他们彼此从身旁匆匆地走过，好像他们之间没有任何共同的地方，好像他们彼此毫不相干，……虽然我们也知道，每一个人的这种孤僻、这种目光短浅的利己主义是我们现代社会的基本的和普通的原则，可是，这些特点在任何一个地方也不像在这里，在这个大城市的纷扰里表现得这样露骨，这样无耻，这样被人们有意识地运用着。人类分散成各个分子，每一个分子都有自己的特殊生活原则，都有自己的特殊目的，这种一盘散沙的世界在这里是发展到顶点了。①

马克思和恩格斯敏锐地指出了工业资本主义的弊病：人性的异化和传统社会秩序的衰落。1801 年英国人口总数为 900 万，1851 年增长了一倍，到爱德华时代结束时，人口又翻了一番。19 世纪中期，英国城市人口开始超过乡村人口，在人类历史上，这是一个国家的城市人口首次超过乡村人口。② 城市化进程和乡村的式微演变为资本主义金钱秩序和田园主义怀旧的对立，传统的宗教信仰和社会话语无法化解社会的阶级矛盾、贫富悬殊和动摇的社会秩序，社会上普遍出现一种回忆过去有机时代的情绪。

19 世纪也是一个重新调整空间、时间和记忆的时代，生活体制被重新塑造，以打破公有和私有之间的界限。家庭的重要性成为社会的关注点，作为社会的基本单位，家庭生活发挥着本质的规律的功能，扮演了"隐藏着的上帝"的角色。黑格尔（Georg Hegel）认为，家庭是伦理道德的守护者。家庭是构筑在理智和意愿上，由物质和精神载体（比如记忆）牢固联系在一起的。伊曼努尔·康德（Immanuel Kant）则认为，正直的家庭就是道德标准胜利的表现。"家让人没有了逃避的想法，有了自己的归属，并接受了一种规范。……家是道德规范和社会秩序的根本。"③ 维多利亚时代对家庭的狂热从宫廷向中产阶级蔓延。对家庭所推崇的价值、家庭大众的历史、先人的记忆都展现了家庭成员理想的生活方式。家庭的构建不仅体现在私人空间的拥有，也体现在时间跨度的构

---

① 卡尔·马克思，弗里德里希·恩格斯：《马克思恩格斯全集·第 2 卷》，中共中央马克思恩格斯列宁斯大林著作编译局译，北京：人民出版社，1957 年，第 304 页。
② 参见 Norman McCord and Bill Purdue. *British History: 1815-1914*. Oxford: Oxford University Press, 2007.
③ 菲利浦·阿利埃斯：《私人生活史Ⅳ：演员与舞台》，周鑫等译，北京：北方文艺出版社，2008 年，第 83 页。

建中。家庭成员团聚在一起时，总是通过回忆过去建构相互的联系，以过去时态叙说的回忆为未来搭建舞台。当过去未完成的诺言由于时间的不可逆转而永远无法实现时，对过去的永不再来就呈现出一种怀旧性的哀叹。

家庭生活的幸福在维多利亚时代普遍被认为是至高无上的，维多利亚女王被视为主妇楷模，默认了小说家和诗人所宣传的贞洁女性的模式。但同时，家庭也被视为压抑和苦恼的束缚，社会上还充斥着无家可归的孤儿和穷困潦倒的人。这种矛盾和困惑从社会基本单位出发，向社会各方面扩散。这个时代是实用艺术和新技术发展的时代，企业制度和资本主义生机勃勃，获得了巨大的物质利益和社会优势，带来新的城市繁荣；但机器时代和它所固有的时代精神却也给社会带来不安定因素。1830年到1880年，就欧洲事务而言，是英国的自信和半封闭时期，但是19世纪50年代的和平幻想被"印度叛乱"的灾难和"克里米亚战争"的无能的失败打破。维多利亚时代之初，英国通过一系列稳妥的政治改革避免激进变革的势头，但1838年开始的"宪章运动"在某种程度上是对法国革命时期激进政治的继承，也展现了一个新兴的、自觉的、正在发展壮大的工人阶级先锋作用。这个时期，英国文学作品展示了社会上各种各样的冲突、压抑和活力、光荣梦想和社会黑暗等形形色色的"英格兰现状"，相应地呈现出不同的思考：从19世纪40年代狄更斯的社会小说，到19世纪70年代马修·阿诺德（Marthew Arnold）的"美好和光明"的哲学思索，到世纪之交约瑟夫·康拉德（Joseph Conrad）、约瑟夫·鲁德亚德·吉卜林（Joseph Rudyard Kipling）、爱德华·摩根·福斯特（Edward Morgan Forster）等对文明的冲突、帝国未来的怀疑，以及"谁来继承英国"问题的思考，都为维多利亚时代的文学增加了复杂性和多样性。

1829年，托马斯·卡莱尔（Thomas Carlyle）以前马克思主义批评的方式，论述了生产方式的变化以及它与社会变化的必然联系：

> 通过一定的劳动，人体的力量已经奇迹般地增加并且还在继续增加，人在衣食居住和一切外部生活条件方面现在已有了或者将有重大改善，这些可喜的现象必然在每个人的心中有所反映。这种力量的增加会给社会制度带来什么变化，财富将如何不断地增加，同时出现了财富的大量聚敛，奇妙地改变了古老的关系，扩大了贫富之间的距离……
>
> ……时代病了，混乱不堪。……一切国家中有思想的人都要求

变革。在社会结构中存在着深刻的斗争,新与旧之间无穷的痛苦冲突。①

伴随着圈地运动,大量的人口涌进城市,新的工业资本主义劳动关系产生了新的文化;同时,城市也促进了阶级的分化,各阶级共同的文化不复存在,如果对这一时期的文学进行考察,就会发现这些诗歌和小说并非"甜蜜和光明"的作品,而是充满了对社会问题的质疑,诸如宗教的黑暗、信仰与科学之间的冲突等。约翰·亨利·纽曼(John Henry Newman)作为牛津运动的领袖,希望建立一个更完美、更具尊严且更富权威性的英国国教;马修·阿诺德认为文化应该坚持追求"照料我们这个时代病态的精神世界"②。年轻人之前受到教育,要求把勤劳、成功作为人生准则,享受成功所带来的舒适和安逸;但这种教育受到抵抗和漠视,文化的变化和社会的发展培养出越来越多不安定的、具有反抗精神的青年知识分子,他们质疑稳定的价值观念和信仰、个人和社会的行为准则、帝国荣誉和海外殖民的繁盛,这种对舒适生活的轻蔑、对物质世界的漠视,成为文学作品里一种普遍的现象。

托马斯·卡莱尔在1843年出版的《过去与现在》(Past and Present)一书的扉页上引用了席勒的观点:"生活是认真的"③。然而,到了19世纪末,这种维多利亚中期的道德观念变得不合时宜,"认真,这过时的美德,即道德上的正直、宗教上的正统、性方面的保守、工作上的勤奋以及对个人与历史进步的信念,已引起公开的质疑,或者说已被一种新的、富有探索性的严肃取而代之"④。传统的英国乡村有机体的记忆开始消失,尽管19世纪充满了对"黄金时代"的缅怀和回忆,但工业化和城市化不可避免地加速了宗教凝聚力的衰退和社会稳定性的衰微。临近19世纪末期,一种不可知论在富有洞察力的文学作家中开始蔓延,正如波德莱尔在1861年写道:"机械化将我们如此美国化,进步已经使我们所有的精神如此地枯萎,以至乌托邦主义者的所有梦想,无论多么

---

① 安妮特·T. 鲁宾斯坦:《英国文学的伟大传统:从司各特到肖伯纳(下)》,陈安全等译,上海:上海译文出版社,1998年,第95—96页。
② Matthew Arnold. *Culture and Anarchy*. Cambridge: Cambridge University Press, 1960, p. 163. 笔者译。本书英文引文,若无特别说明,均为笔者翻译。
③ 转引自安德鲁·桑德斯:《牛津简明英国文学史(下)》,谷奇楠等译,北京:人民文学出版社,2000年,第675页。
④ 安德鲁·桑德斯:《牛津简明英国文学史(下)》,前引书,第675页。

残暴……都无法与这样的结果相比。"① 1899年，吉卜林的诗歌《白种人的责任》对美国帝国主义的兴起作了回应，"英国作家们表现出愈来愈多的忧虑，美国可能会篡夺大英帝国的权力，并使得未来呈现出一派不同的景象"②。海外殖民地在经济、政治和文化方面的冲突，也给殖民扩张带来了阴影。康拉德在《黑暗的心》一开篇就描绘了这种帝国记忆昔日的辉煌与日落西山的无奈：

> 宽畅的航道中的古老河流，在这白日将尽时，水波不兴地安息着，……我们在观赏这条令人崇敬的河流，不是靠一个短暂的来而复往、去而不返的鲜艳白昼的闪亮，而是靠一种永志不忘的记忆所发出的庄严光辉。……浪潮涌来，又流去，终年操劳不息，其中满都是对于人和船的记忆。③

回忆在某种程度上，是一种社会凝聚力。扬·阿斯曼（Jan Assmann）提出"回忆文化"（Erinne-rungskultur），指出"回忆文化则着重于履行一种社会责任。它的对象是群体（Gruppe），其关键问题是：'什么是我们不可遗忘的？'"④。回忆文化是一种普遍现象，维多利亚时代的作家群体对于大英帝国去向何处抱有怀疑和迷惘，一方面，过去在作品中被回忆、被重构；另一方面，过去与现在的关系也被重新思考，现在是否是过去的重复？或者是一种类似的关系？这些过去的记忆如何分散在个人和集体之中，又是如何在文本中呈现的？遗忘和压抑对于记忆的传承起到了什么作用？在追忆中，19世纪的文学如何塑造情感的联系，如何有意识地克服文化和历史的断裂？这些问题，都成为19世纪英国文学的重要话题。

在1833年一篇关于历史书写的文章中，托马斯·卡莱尔表述了这种新的历史意识："我们今天到底还能对我们称为'过去'的东西有多少了解，这个过去现在已经变得沉默，而在当时可是能够大声听到的当下？

---

① Philippe Roger. *The American Enemy: A Story of French Anti-Americanism*. Trans. Sharon Bowman. Chicago: University of Chicago Press, 2005, p. 63.
② 吉纳维芙·阿布拉瓦内尔：《被美国化的英国：娱乐帝国时代现代主义的兴起》，蓝胤淇译，北京：商务印书馆，2015年，第38页。
③ 约瑟夫·康拉德：《康拉德小说选》，袁佳骅等译，赵启光编选，上海：上海译文出版社，1985年，第484—485页。
④ 扬·阿斯曼：《文化记忆：早期高级文化中的文字、回忆和政治身份》，金寿福等译，北京：北京大学出版社，2018年，第22页。

它的书面信息在到达我们这里的时候是一种可以想见的残缺状态：被造假、被彻底销毁、被撕破、被遗失。来到我们这里的，不过是一些残片、一点痕迹，而且很难阅读，几乎不能辨认。"① 卡莱尔的质疑事实上是现代社会记忆危机的体现。许多过去的文化风俗、生活习惯、情感方式在新发展的社会中得到了保留，于是，"某个看起来陈旧的秩序，某个'传统'的社会，仍然在各种时期不断出现，再出现，令人眼花缭乱"②。但当维多利亚时代的人们回溯的时候，却很难找到某一个确定的地方或确定的时段，能够寄托安宁或快乐的过去。我们可以从历史和记忆的角度研究这种过去在当下的残留，审视这一阶段社会中文化记忆的形成，以及英帝国复杂而矛盾的经验。这中间固然有对其社会秩序，尤其以家庭观念为代表的价值观念的美化，也存在对金钱关系和人文情感矛盾的批判，更有殖民地扩张中光荣和梦想的帝国记忆与黑暗和混乱的个体记忆之间的冲突。

目前，国外关于维多利亚时代文化记忆的研究主要包括以下四个方面。

1. 创伤记忆研究

学者们主要探究狄更斯、勃朗特姐妹等人的童年创伤记忆在文学作品中的表征，以及托马斯·德·昆西（Thomas de Quincey）和约瑟夫·鲁德亚德·吉卜林19世纪文学作品中的民族主义和民族创伤③。也有学者从精神分析的角度讨论维多利亚小说中的梦、幻象、无意识、精神冲击、创伤记忆和自我的关系。④ 国外对维多利亚时代小说的创伤记忆研究，并不局限于个体创伤，而是更关注由作品中的创伤表征折射出的创伤与民族、创伤与自我之间的关系。

2. 历史记忆研究

19世纪英国工业快速发展，社会结构急剧变化。学者们倾向于研究维多利亚文学作品中的怀旧书写，如历史记忆和田园记忆。安·科里（Ann C. Colley）在其专著《维多利亚时代文化中的怀旧与回忆》中讨

---

① Thomas Carlyre. "On History Again". *Critical and Miscellaneous Essays in Five Volumes (Volume III)*. London: Chapman and Hill, 1899, p.168.
② 雷蒙·威廉斯：《乡村与城市》，韩子满等译，北京：商务印书馆，2013年，第51页。
③ Lisa Kasmer. *Traumatic Tales: British Nationhood and National Trauma in Nineteenth-century Literature*. New York: Routledge, 2018.
④ Jill L. Matus. *Shock, Memory and the Unconsciousness in Victorian Fiction*. Cambridge: Cambridge University Press, 2009.

论了维多利亚时代的作家和艺术家，如达尔文、拉斯金、佩特等，作品中有浓厚的怀旧体验。① 学者琳达·M. 奥斯汀（Linda M. Austin）也梳理了1780—1917年维多利亚作品中的怀旧情绪，其中包括对勃朗特姐妹和托马斯·哈代（Tomas Hardy）怀旧书写的研究。②

3. 宗教记忆研究

英国的宗教记忆也是其文学作品中重要的话题之一。维多利亚时代的作品以阶级和家庭小说为主，蕴含了丰富的宗教仪式和宗教记忆，因此这也成为国外学者研究的要点之一。琼·贝克·热夫雷（Joan Baker Gjevre）研究维多利亚女性叙述中的宗教话语，揭示了宗教记忆在女性话语中的表征方式。③

4. 帝国记忆研究

19世纪的英国通过海外殖民加速了本国经济的发展。文学作品对这一段帝国殖民记忆也多有描述，因此，帝国记忆也是国外学者们争相讨论的一个话题，如对福斯特、康拉德作品中帝国记忆的讨论。安·科里在文章《记忆殖民》中讨论了殖民地传教士对其入侵岛屿文化的记忆建构。④

从以上分析来看，国外对维多利亚时代的文化记忆研究较为宽泛，涉及创伤记忆、历史记忆、宗教记忆和帝国记忆，涵盖了个人、家庭、社会、民族、殖民地等多个领域。同时，国外的研究范围较广，包括小说、传记、绘画等艺术作品，既微观地审视某个经典文本中的记忆，又宏观地研究某个时间跨度内的文化记忆，具有较大的参考价值。然而，国外研究对经典作家作品的文本解读尚未从作家群体出发，对维多利亚时代记忆做整体研究。同时，国外的文化记忆研究普遍从文化研究的视角展开，并未详细地触及文化记忆在小说中的叙事表征方式。这些方面也正是本研究的切入点。

---

① Ann C. Colley. *Nostalgia and Recollection in Victorian Culture*. New York: St. Martin's Press, 1998.

② Linda M. Austin. *Nostalgia in Transition, 1780-1917*. Charlottesville: University of Virginia Press, 2007.

③ Joan Baker Gjevre. "Forbidden Utterances": Religious Discourse and Memory in Victorian Women's Narratives. The University of Wisconsin: ProQuest Dissertations Publishing, 1999.

④ Ann C. Colley. "Colonies of Memory". *Victorian Literature and Culture*, 2003, vol. 31, no. 2, pp. 405-427.

英国维多利亚小说中的文化记忆研究

国内对维多利亚时代文化记忆的研究正在起步阶段。通过对国内知网（CNKI）的 CSSCI 文章进行调研，以"维多利亚"和"记忆"为主题搜索，共有 1 篇文章，该文章涉及新维多利亚作家对维多利亚时代记忆的追溯，并未谈及维多利亚时代文学作品本身所承载的文化记忆。以维多利亚时代主要作家、作品为检索词条，共有 5 篇文章。其中 2 篇文章探讨了狄更斯作品《大卫·科波菲尔》和《董贝父子》中狄更斯的童年创伤记忆，2 篇文章探讨了康拉德作品中的帝国记忆和殖民创伤记忆，1 篇文章讨论了夏洛蒂·勃朗特（Charlotte Brontë）的创伤记忆书写。基于检索结果我们发现，国内对于维多利亚时代的文化记忆研究仍有待发展：研究范围集中于狄更斯、勃朗特和康拉德三位经典作家，研究视角相对单一，仅仅讨论作者本人的创伤记忆和帝国记忆，并未结合历史语境，将作者的记忆叙事与社会结构的快速变革进行结合。

基于以上研究基础和尚待补充之处，本书从莫里斯·哈布瓦赫（Maurice Halbwachs）"集体记忆"（Collective Memory）、皮埃尔·诺拉（Pierre Nora）"记忆之场"（Realms of Memory）、保罗·康拉顿（Paul Connerton）"社会记忆"（Social Memory）、阿斯曼夫妇（Jan Assmann & Aleida Assmann）"文化记忆"（Cultural Memory）的视角出发，审视英国维多利亚时代小说对家庭记忆、社会记忆、帝国记忆等的再现，探讨维多利亚时代的文化记忆对帝国叙事的塑形，以及遗忘和怀旧在维持国家和民族身份连续性上的作用。本书选取狄更斯、夏洛蒂·勃朗特、康拉德、E. M. 福斯特、吉卜林、罗伯特·史蒂文森（Robert Louis Stevenson）等的作品，聚焦维多利亚时代经典小说中文化记忆的形成、再现和传递，结合历史语境、文本修辞和叙事策略，研究特定群体、阶级或社会所共享的价值，意在探讨英国维多利亚时代至 20 世纪 20 年代温莎王朝（The House of Windsor）的社会历史关系模式，聚焦维多利亚时代的家庭记忆、帝国记忆和乡村记忆，呈现这段时期英国情感和现实、文本和社会的同构性。

本书第一章《英国维多利亚时代的文化记忆研究》为理论综述和分析，主要讨论"集体记忆""记忆之场""文化记忆"等术语和理论概念，分析这些理论视角的建构过程，讨论文学和历史之间的关系，指出特定历史语境中历史文化素材被个体记忆吸收并获得情感效值（emotional valence）；重复生产历史故事是制造集体记忆的必要元素，历史话语叙事将国家、民族或机构人格化，并投入意向性和情感，将集体的概念通过个人故事来展现。文学塑造家庭记忆、集体记忆和文化记忆，以记忆建构的方式认知过去,并为叙述、修改和对话过去提供了社会话语和记忆途径。

本书的文本分析主体分为四大部分。

第一部分为第二章至第四章,主要聚焦维多利亚时代现代主义危机下的家庭记忆和个体记忆。第二章《〈老古玩店〉的家庭记忆和记忆空间》以狄更斯的《老古玩店》为研究对象。19世纪的英国工业化高速发展,导致城乡结构急剧变化,狄更斯的《老古玩店》以隐喻的方式,再现了老古玩店对过去记忆的收藏、教堂废墟储存的记忆碎片以及墓地死者记忆的传递和保存。借由三个回忆空间的构建,狄更斯不仅展示了工业化对英国传统的威胁,也探讨了维多利亚时代遗忘和记忆两种话语的交织,是"英格兰现状"小说的代表。第三章《〈大卫·科波菲尔〉的记忆幽灵与记忆困扰》讨论狄更斯的小说《大卫·科波菲尔》。作为狄更斯一部直接探讨记忆的作品,《大卫·科波菲尔》通过大卫的成长叙事影射了19世纪中期维多利亚社会的历史叙事。英国维多利亚社会被过去的记忆幽灵困扰。叙述者科波菲尔以第一人称自传叙述进行有意识的"自我记忆"书写,但"他我记忆"的幽灵干扰了叙事进程。小说中一系列重影式人物叙事,描摹了过去对当下幽灵般的侵扰和影响,这些人物都不可避免地被个体记忆和集体记忆控制和影响。记忆既是具有威胁性的幽灵般的入侵,又是一种具有治愈力的招魂行为;既对当下呈现出破坏性力量,又呈现出建设性力量。这种对待过去的复杂态度恰当地模拟了19世纪中期维多利亚社会在进步主义和保守主义的争辩中产生的矛盾与不安情绪。第四章《〈简·爱〉的记忆创伤与记忆困境》研究夏洛蒂·勃朗特的经典作品《简·爱》,再现了女主人公简·爱童年的创伤记忆带来的情感困惑,成年后她的宗教信仰也未能缓解创伤的再次打击,对家庭之爱的渴求限于记忆困境,但她的反抗展现了维多利亚时代女性解放意识的萌芽。

第二部分为第五章至第七章,主要讨论维多利亚时代儿童小说中的帝国记忆对青少年成长的塑造。第五章《〈金银岛〉的帝国记忆与自我建构》聚焦儿童小说中吉姆的海外冒险经历所折射的帝国记忆。《金银岛》不单纯是一个海盗海上冒险的故事,也是对帝国记忆的延续和拓展,不仅小说的主要人物担任了新世界的创建者,小说中金银岛的海外财富更是暗喻着帝国殖民的原始积累。《金银岛》中吉姆的海上冒险之旅是帝国海外殖民的重复操演,其过程复现了海外财富掠夺过程中的暴力和血腥,而吉姆也在此过程中成长为符合帝国记忆的征服者和开拓者。对于吉姆来说,金银岛的冒险经历背后折射的是帝国海外征途的记忆,带有历史感、荣耀感和传统的意义。第六章《"莫格里系列"中的丛林记忆与身份建构》聚焦"莫格里系列"小说中莫格里从狼孩到森林看护人的成长过程。野性的丛林象征着西方眼中未开化的印度，其中充满着等级森严的原始文化记忆与习俗，而来自丛林内部的莫格里最终成为丛林看护人，这种身份使他既能成为丛林实际的领袖，也能成为沟通丛林与殖民者的代理者。莫格里和家人对看林人身份的接受以及丛林动物对莫格里的臣服则隐晦地表达了吉卜林对大英帝国殖民地社会秩序的想象。第七章《〈机器停转〉中的文化记忆与交往记忆》讨论了福斯特小说中对机器时代的未来想象。19世纪末期，英国工业和科技的发展以及城市生活的碎片化使英国人产生了情感的疏离。E. M. 福斯特的短篇科幻小说《机器停转》描绘了一个机器主宰人类的反乌托邦未来，人们将所有事情都交给机器来处理，逐渐丧失了面对面交往的欲望甚至独立生存的能力。《机器停转》中机器的主宰会使人们逐渐丧失交往记忆，转而被机器所主导的文化记忆控制，从而陷入狂热的机器崇拜与情感疏离。福斯特通过书写人类交往记忆的丧失以及机器操控的文化记忆，批判了机器与科技的盲目发展，以及19世纪末英国社会情感的疏离。

第三部分为第八章至第十章，主要讨论19世纪海外殖民地记忆权威的建构和解构。第八章《〈黑暗的心〉的语象叙事与视觉寓言》聚焦意义在视觉世界里的传递机制和效果。康拉德在《黑暗的心》中精致的描摹所呈现出的图像是从诡异的平静到满目疮痍的循环，图像中人的形象可有可无，作者试图引诱读者启用一种寓言式的观看方式：大段大段精致的场景描写，使读者试图记住其中的连贯、一致和戏剧性，然而精致的背后是断裂和无法被记忆。断裂造成的阅读困境不断撕裂着图像叙事带来的感受，现实的景象描摹不断被跳跃、被搁置、被遗忘。图像的真实性和不连续性带来的紧张，其本质就是清除对现实世界的最后幻觉，开启我们对黑暗世界的反反复复的重新观看。第九章《〈诺斯特罗莫〉的殖民地记忆摹仿叙事》讨论了康拉德的小说《诺斯特罗莫》。《诺斯特罗莫》反映出康拉德所处时代有关资本主义、帝国主义、革命和社会正义的主要问题，通过时间的错置、空间的时间化和多元的叙述视角等技巧，小说讲述了殖民者记忆中苏拉科革命、发展和独立的故事，将殖民者的记忆"权威"置于前景，使叙述者成为殖民者集体记忆的代言人。然而，诺斯特罗莫作为"平民英雄"，其记忆却始终被掩盖，被殖民者的记忆却被扭曲或成为沉默的他者。第十章《〈印度之行〉的记忆危机与身份建构》通过描绘两位英国女性的印度之行，为读者展现了印度社会在帝国主义统治之下存在的普遍的记忆危机与身份危机。其不仅仅是对帝国记忆与帝国主义话语的一种批判，同时指出了一条摆脱集体记忆束缚而走向真实自我的道路。从记忆理论的视角出发，我们可以看到小说中普遍的记忆危机与身份危机，一方面导致一种广泛而深刻的焦虑感，另一方面又促使个体对社会秩序与文化秩序本身进行反思。因而，阿黛拉对"真实的印度"的追寻实际上是对真实的自我的追寻，而自我对社会秩序与文化秩序本身进行反思也必将产生一种更清晰、更全面的自我认知，以作为自我的一个更坚实、更稳固的基础。

第四部分为第十一章至第十四章，主要讨论维多利亚时代乡村与城镇、传统与现代冲突之中的文化记忆。第十一章《〈还乡〉的乡村与"冷热"文化记忆》研究哈代的作品《还乡》。19世纪后期的维多利亚社会普遍呈现一种对已逝乡村文化记忆的哀悼和怀念情绪。作为一位善于捕捉乡村社会文化心理变迁的作家，哈代将埃顿荒原构建为一个叠加了不同时代记忆的回忆空间，呈现了现代文明与传统乡村文化记忆共同体之间的微妙的互动关系。小说中的乡村仪式和习俗被刻画为具有高度共享性、固定性、重复性和排他性的"冷"记忆，虽然有助于群体成员确认并强化其群体身份，保证文化记忆在形式上的延续，却难以立足过去找到未来的支撑点，将自身内化为历史前进的力量，从而使过去的文化记忆在不断动荡的社会中获得新的生命力。通过对小说中"冷"回忆和"热"回忆两种记忆模式的呈现，哈代表达了对19世纪后期维多利亚社会对民间传统文化无以为续的深深不安和焦虑感。第十二章《〈卡斯特桥市长〉的"羊皮纸重写本"记忆模式》集中讨论了城市记忆和时间的魔力。卡斯特桥市的建筑、居住的市民以及市民们的生活实践都编织着不同时间层的历史和记忆，成为一种记忆理论意义上的羊皮纸重写城镇。建筑以其坚固的物理结构穿越不同代际，携带着不同历史时期的痕迹和记忆；人物身上既呈现出人物叠加的"重影"效应，也都不同程度地被自己过去的历史和记忆侵扰；而在文化习俗层面，人们的日常生活实践也呈现出不同历史时期的记忆纹理。文化仪式通过反复的日常操演，成为过去记忆在当下生活中累积的经验，层层叠加成为人们的生活习俗。就像羊皮纸重写本一样，不同历史时期的文化和记忆虽然被遮蔽、覆盖甚至替换，但每一段生活都经历了死亡和再生。哈代感知到这个时代的人们深深植根在一段世俗的、连续的时间之中，这种连续既包括记忆，也包括遗忘。第十三章《〈看得见风景的房间〉的心灵认知记忆》研究福斯特小说《看得见风景的房间》。小说通过描写一位爱德华时期的中产阶级年轻女性的自我成长与爱情故事，为读者展现了英国现代化过程中出现的文化冲突。英国传统教育旅行具有仪式性的特征，蕴含了英国资产阶级集体记忆机制，旨在通过参观人文景观习得社会规约，获得人生阅历的增长和道德品质的完善。在这个过程中，意大利的人文景观被符号化为"回忆的场景"和"记忆的场域"，以期建构女主角露西文化身份的认同。然而，露西对自然景观的个体记忆消解了集体记忆机制，并成功与英国郊区的自然景观相重合，促成了小说中对自然生活记忆的回归。露西所经历的内在冲突，实际上反映了当时英国社会新兴的个人主义的文化记忆与维多利亚传统的文化记忆之间的冲突。第十四章《〈霍华德庄园〉中的记忆冲突与传承》研究福斯特的小说《霍华德庄园》。小说描述了英国维多利亚时代的现代化进程以及随之而来的工业化与城市化，对于英国传统的社会秩序、价值观念与生活方式产生的剧烈冲击，为读者展现了英格兰现状的问题和由此而来的普遍的记忆危机。福斯特通过施莱格尔姐妹与威尔科克斯一家之间的矛盾冲突，思考英国乡村所代表的联系的、统一的文化记忆和现代都市所代表的分裂的、对立的文化记忆之间的矛盾，并引发了"谁来继承英格兰？"的著名问题。福斯特试图通过建构霍华德庄园这一英国文化的"记忆之场"，将现代社会中金钱和情感之间的矛盾造成的碎片化的、对立冲突的记忆联结为一个象征性整体，以重建情感认同、归属感和联结。

在研究方法上，本书采用文化研究、精神分析批评、新历史主义等研究方法，综合运用集体记忆、文化记忆、怀旧、遗忘等记忆理论，对19世纪末和20世纪初英国小说中承载的维多利亚文化记忆进行研究，以期获得历时的整体的面貌。本书关于英国维多利亚时代文化记忆的研究，源于两个重要的理论支撑并形成本书的理论特色。一是哈布瓦赫等人对个体记忆和集体记忆等的论述，用于分析英国19世纪末至20世纪初小说与社会经验和整体生活的对应关系；二是阿斯曼等关于文化记忆的研究，用于分析小说中记忆再现的机制和话语策略。在学术思想上不仅将文化记忆前置作为文化分析的中心对象，也使社会经验的文化表征成为主导阐释方向。在学术创新方面，本书从维多利亚时代的文化记忆切入，从历史的角度考察小说中对家庭记忆、帝国记忆、乡村记忆、海外殖民扩张记忆的再现，首次对维多利亚时代的文化记忆进行了整体、全面和综合的研究，是当前学术界对维多利亚时代文化记忆研究比较系统、内容丰富、研究有相当深度的学术成果，也是英国文学研究一个标志性成果。

第一章　英国维多利亚时代的文化记忆研究

1989年，为了纪念法国革命200周年以及冷战的结束，《表征》出版了"记忆"专刊，这标志着西方学界对历史和记忆的反思正式揭开了帷幕。个体记忆、历史记忆、社会记忆、文化记忆、公共记忆、创伤和遗忘、仪式和再现等术语频繁出现在学术期刊上。这些讨论固然基于对一个日益消费化的全球和新的千禧年世界走向的困惑，也是后现代时期对让-弗朗索瓦·利奥塔（Jean-Francois cyotard）所谓的"宏大历史"观念的挑战，更是从记忆的角度出发对第二次世界大战中纳粹的大屠杀等创伤的重新思索，为阐释过去、理解现在提供了不同的思路，从另一个角度认识了历史再现的协商性。记忆研究的一大重点是社会如何通过传统的建立和挪用来重新构建过去，这种过程无疑会影响社会中权力的关系，也会受其影响。记忆的政治将记忆视为一个社会团体的主观经历，简单地说，"就是谁要谁记住什么，为什么要记住？"[1]

每一个社会都通过传统、历史、纪念仪式等树立了关于过去的形象，但在这个过程中，过去是怎样被再现的？这个关于过去的形象是怎样被接受或被人们拒绝接受的？为什么有的过去的形象能被成功地保存下来，而有些却遭遇了"记忆的失败"？为什么人们青睐某个过去的形象而不是另一个？这些问题无疑涉及选择，涉及权力从一种话语到另一种话语的流动，涉及个体记忆、集体记忆、历史记忆和文化记忆等之间互相争斗、互相抗衡，直至某一种记忆成为社会意识的主宰，成为官方的确定的历史叙事过程。总的说来，对记忆的研究主要有以下五大领域：一是记忆的构成，记忆和遗忘、压抑的关系；二是集体记忆和民族身份的关系；三是战争创伤和记忆；四是记忆的传输、消费以及记忆和物质、仪式等的关系；五是记忆和历史的关系。目前流行的关于"记忆"话语跨越了

---

[1] Alon Confino. "Collective Memory and Cultural History: Problems of Method". *The American Historical Review*, 1997, vol. 106, no. 5, p. 1393.

心理学、社会学、历史、文化研究等学科，既有对人类战争创伤的反思，也有对政治化遗忘的警惕。

第一节　个体记忆和集体记忆

在希腊神话中，记忆女神谟涅摩叙涅（Mnemosyne）是一位右手持笔、左手持书的年轻女郎。作为缪斯女神之母，记忆是经验的总结，是知识之源。"记忆可以指我们回忆过去的能力，因为代表着一般被归属于大脑的一种功能。但是，它当然也意指本身被回忆的某种东西——一个人、一种情感、一段经历——的一个更抽象的概念。"[①] 我们对现在的理解，很大程度上受到经验模式的影响，对过去的记忆成为当前的参照。从认识的角度，记忆帮助形成看待世界的方式，参与了生活体验。而从精神分析上来说，在将过去带入现在的方式中，记忆和遗忘的关系非常密切，尤其在受到创伤后，个人的心理由于回忆创伤时的痛苦而选择压抑，并伴之以强迫性的重复。弗洛伊德在1914年发表的《记忆、重复与完成》("Remembering, Repeating, and Working-Through")中对个体记忆从心理分析上提出了移情（transference）的论题。他指出，我们的记忆几乎总是潜伏在无意识之中，受到压抑并形成遗忘。重复是为了找到原始的创伤，在内在压抑（repression）和遗忘中，我们对过去的回忆常常伴随着想象和建构。[②] 个体记忆实际上是个人历史的一部分，它总是伴随着对过去自我的认识，受到集体规约的限制，个体记忆帮助身份的塑造。

过去的历史是自我塑造的重要根源，我们对自我的认识，很大程度上取决于看待自己行为的方式。记忆具有时间和空间的维度，表现在个人在回忆过往的自己时，存在两个自我，即处于现在状态的"我"回顾或遥观过去的那个自我，而后者囿于特定的时间、地点和事件之中。"于是，在个人身分观和各种返观心态之间，存在重要联系；……个人通过这类记忆，就有了特别的途径来获知有关他们自己过去历史的事实以及

[①] 法拉·帕特森：《剑桥年度主题讲座：记忆》，户晓辉译，北京：华夏出版社，2006年，第1页。

[②] Udo Hock, Dominique Scarfone, eds. *On Freud's "Remembering, Repeating and Working-Through"*. New York: Routledge, 2024.

他们自己的身分……"① 记忆对过去的建构性一方面使过去的经验得以保存，而另一方面却体现了记忆的社会功能，即通过分享记忆，使个人融入群体，产生一种归依感和认同感。哈布瓦赫在《论集体记忆》中，探讨了记忆如何被社会建构的问题。他认为，正是通过他们的社会群体身份，如亲属、宗教和阶级归属，个人得以获取、定位和回溯他们的记忆。②

对集体记忆概念的界定是近年来记忆讨论中的一个焦点问题。它不是历史的概念，但却常常使用与历史研究相似的材料。它属于一种集体现象，但却只在个人陈述和行为中得到显示。它在形式上面向过去，但出发点却常常落脚于现在。沃尔夫·堪斯特纳（Wulf Kansteiner）指出，集体记忆研究中存在三个问题，"一是集体记忆与个体记忆还没有真正区分，导致对集体记忆的研究常常错误地表现为心理研究和精神分析；二是在方法和来源上还没有对集体记忆的接受问题予以足够的重视，因此关于集体记忆的作品常常不能解释历史再现的社会基础；三是对于这些问题，可以采用媒体研究（media study）中交际研究的方法，尤其是涉及接受问题，来进行研究"③。因此，我们对集体记忆的研究可以分为三个维度：传统、保存和传送。也就是说，集体记忆怎样参与了传统的塑造，传统又如何塑造了集体记忆和身份？在对过去的叙事中、对过去的阐释中，谁是集体话语的代言人，谁就对信息、过去的事件、我们回忆的内容进行选择、删除、变形以及存储，并加以利用。另外，集体记忆的接受者们，不管是在场者、目击者还是这个集体的后代，怎样讲述、见证、习得以及挪用集体记忆？

个体记忆开启了集体记忆之门，但个体记忆并非可以脱离社会语境而存在。近年来，心理学和精神分析学研究再次强调了个体记忆中的遗忘的社会本质，这似乎证实了哈布瓦赫在1925年做出的论断，即"关于绝对脱离社会记忆的个体记忆的想法，是几乎没有意义的抽象"④。因此，哈布瓦赫拒绝分开讨论个人和集体如何保存和重现记忆。当然，集

---

① 保罗·康纳顿：《社会如何记忆》，纳日碧力戈译，上海：上海人民出版社，2000年，第20页。
② 参见莫里斯·哈布瓦赫：《论集体记忆》，毕然等译，上海：上海人民出版社，2002年。
③ Wulf Kansteiner. "Finding Meaning in Memory: A Methodological Critique of Collective Memory". *History and Theory*, 2002, vol. 41, no. 2, p. 180.
④ 转引自保罗·康纳顿：《社会如何记忆》，前引书，第37页。斯家特甚至提出，"没有个体记忆这种事。"参见 Daniel Schacter, ed. *Memory Distortion: How Minds, Brains, and Societies Reconstruct the Past*. Cambridge, MA: Harvard University Press, 1995, p. 346.

体记忆并不是只能通过个体记忆才能界定。个体记忆与集体记忆之间并不是一个和多个的关系，或者说，心理和社会的关系。换句话说，集体记忆并不是个体记忆的集合（collected memory）。个体记忆通过一系列心理机制来保持习惯性行为，依赖这种连续性来确定稳定的人格和特有的身份，而集体记忆是通过社会有组织的活动，包括历史纪念、仪式典礼、身体实践、博物馆、各种影像工具、纪念碑、文本等来解释，树立传统并加以传承。因此，集体记忆并不只是一个隐喻式的表达，它来自特定时间、特定语境中的特定群体对过去意义的认识，这个群体的成员能够通过交流，共享这种对过去意义的认识。

在哈布瓦赫提出的集体记忆概念上，皮埃尔·诺拉（Pierre Nora）从时间的角度，将记忆的历史分为三个阶段，即前现代、现代、后现代时期。他认为，前现代时期的记忆特点是自然的，传统和仪式能够为群体提供一种稳定感。[①] 而随着工业和社会的现代化，记忆产生了危机。这种记忆危机常常伴随着身份危机。对身份的聚焦突出了集体记忆的政治和心理价值。安东尼·D. 史密斯（Anthony D. Smith）指出，有多少记忆就有多少集体，"没有记忆，就没有身份，没有身份，就没有国家和民族"[②]。记忆总是当前的记忆：恢复过去的记忆实践涉及一系列假设、质疑和重新定位，涉及主导话语的权力策略。在现在与过去的话语实践中，集体记忆总是不断地为社会语境所塑造和重新塑造。在这种启发下，艾瑞克·赫伯斯柏姆（Eric Hobsbawm）等撰写的《传统的发明》（*The Invention of Tradition*，1983）讨论了19世纪晚期，欧洲的政治家通过建立虚假的传统纪念来建构特权和国家权威，并分析了神话和仪式如何生产公共记忆以便于人们相信。"被创造的传统是按照今日的需要而建的。"[③] 赫伯斯柏姆等关于记忆与民族认同的关系的研究催生了社会

[①] 参见 Pierre Nora, ed. *Les Lieus de Memoir*, 7 vols. Paris: Gallimard, 1984-1992.

[②] Anthony D. Smith. "Memory and Modernity: Reflections on Ernest Gellner's Theory of Nationalism". *Nations and Nationalism*, 1991, vol. 2, no. 3, p. 383.

[③] Eric Hobsbawm and Terence Ranger, eds. *The Invention of Tradition*. Cambridge: Cambridge University Press, 1983, p. 15.

学家对这个问题的关注。[①]

第二节　文化记忆研究的维度、层面和模式

集体记忆赋予了分享者一种过去感，并和身份、权力、权威、文化成规、传统、社会影响力、保存和回顾等相连，为了更加完全准确地表达集体记忆，也为了避免个人和集体概念的二元对立，学界最近又制造了诸如"社会记忆"（social memory），"集体纪念"（collective remembrance）、"民族记忆"（national memory），"公众记忆"（public memory）、"口头记忆"（vernacular memory），"反记忆"（countermemory）等术语。其中比较突出的是文化记忆的概念，它是从记忆的物质性方面对哈布瓦赫的"集体记忆"概念的延伸。斯图尔金（Sturkin）将"文化记忆"定义为"在正式的历史话语之外分享的记忆，和文化产品相连接，富于文化意义"[②]。阿斯曼认为，文化记忆"组成了每一阶段每一个社会重复使用的文本，意象和特殊仪式的整体。它的教化作用服务于稳定和表达社会的自我意象。在这

[①] Eric Hobsbawm and Terence Ranger, eds. *The Invention of Tradition*. Cambridge: Cambridge University Press, 1983. 类似的研究还包括 John Bodnar. *Rethinking America: Public Memory, Commemoration, and Patriotism in the Twentieth Century*. Princeton: Princeton University Press, 1992. Michael Kanmen. *Mystic Chords of Memory: The Transformation of Tradition in American Culture*. New York: Knopf, 1991. Yael Zerubavel. *Recovered Roots: The Making of Israeli National Tradition*. Chicago: University of Chicago Press, 1995.

[②] 转引自 Jeffrey K. Olick and Joyce Robbins. "Social Memory Studies: From 'Collective Memory' to the Historical Sociology of Mnemonic". *Annual Review of Sociology*, 1998, vol. 24, p. 111.

种关于过去的集体知识之上,每一个组织奠立了它的统一性和特殊性"①。阿斯曼认为,文化记忆通过一些文化物质,如文本、典礼、某个固定的形象、建筑等具体化文化,并通过这些物质来唤回集体历史中那些重要的事件,从而建立民族、国家和个人身份的连续性。

在《早期文化中的写作、记忆和身份》("Writing, Memory and Identity in Early Cultures," 1992)中,阿斯曼讨论了集体身份的形成,以及过去的构建和写作之间的关系,指出文化记忆是一种交织了个人经历、大众文化和历史叙事的派生方式。阿斯曼划分了四种记忆模式:一是模仿记忆(meisis memory),指来自过去的实践的知识的传递;二是物质记忆(material memory),历史通过物质来呈现;三是交往记忆,指过去寄居于语言和交流,包括用语言交际的能力;四是文化记忆,指来自过去的意义的传送,具有清晰的历史所指和意识。交往记忆(communicative memory)指代近期的生活记忆,即集体的成员以一种共时的、不经组织的方式生产和交流记忆,时间跨度大约是80到100年,其特点是不稳定、无组织、不特别;而与之相对的文化记忆则指代更为久远的、社会的、有组织的记忆。通过形成对过去的集体认识,理解过

---

① Jan Assmann. "Collective Memory and Cultural Identity". *New German Critique*, 1995, no. 65, p. 132. "image" 在这里翻译为"意象",以区别于"形象"。记忆的一大特点是和视觉相关,包括图片、图像或者是语言和叙事等。形象和感觉(perception)相关,而意象既是感觉也是知觉(conception)。意象是一种思维活动。如同海金(Ian Hacking)认为,"记忆在某些地方和知觉相关,只要我们不要求形象……我们通常关于记忆的观念是嵌入在语法中,是对场景的记忆,这种记忆常常通过叙事来再现,但却不再是场景和插曲的记忆"。(请参考 Ian Hacking. *Rewriting the Soul: Multiple Personality and the Sciences of Memory*. Pinceton: Princeton University Press, 1995, pp. 251-253.) 由于记忆意味着思考过去的精神活动,以及记忆的象征作用,我们将记忆和意象相联系。意象,按照庞德的说法,"是一种在一刹那间表现出来的理性和感性的集合体,是一种各种根本不同的观念的联合"。而苏珊·朗格认为,意向和纯粹的视觉形式有关而和实物没有实际的或局部的关联。因此意象具有符号性。(请参考冯季庆:《符号化的20世纪小说》,载《从现代主义到后现代主义》,柳鸣九主编,北京:中国社会科学出版社,1994年,第58—61页。)另外,洛特曼等指出,"象征"在记忆功能中的重要作用;康澄指出,象征是文化记忆的存在方式。笔者同意象征具有高度的记忆凝结能力,但在提及文化记忆时,由于涉及特定地区、特定人群,记忆相对具有意象指向性,比如南方记忆中"老南方"的意象相对于象征的高度概括性,更具有唤起过去的直观性。

去和现在的关系，文化记忆提供组织成员一种身份认同和统一感。[1] 文化记忆概念中丰富的内涵促进了记忆的跨学科研究，其中联系最紧密的是记忆研究和历史学研究。

历史学者们，包括19世纪的儒勒·米克勒特（Jules Michelet）和20世纪早期的R. G. 柯林伍德（R. G. Collingwood）都认为，历史和记忆类同，前者是运用科学的方法，运用确实的材料和数据，对过去进行的保存和记录；而后者同样是一种保存历史的方式，但却具有选择性和不准确性，是运用想象、认知模式对过去经历的弥补和填充，有可能扭曲事实真相。但20世纪末期开始的这一轮对历史和记忆的讨论，却倾向于两个概念之间的对立。皮埃尔·诺拉认为："记忆植根于具体事物，空间，姿态，意象和物体；而历史却集中在时间的连续性，发展和事物之间的关系上。记忆是绝对的，而历史只能设想相对的。"[2] 记忆和权力结合，成为一种道德义务，因为权力从遗忘中受益，因而鼓励记忆。忘记是普遍和系统的，受到压抑和权力的审查。而历史作为对过去的摹写，具有真实性，代言真理（truth）和现实（reality），是一种因果关系的延续。在历史中，每一种当下的意义都是过去愿望的实现，每一个当下的时代都意味着前期时代某种愿景的完成，因而历史鼓励进步，它是人们理解过去的一种相对的选择。

哈布瓦赫认为，集体记忆是多元的，而历史却是单一的（unitary）。这种观点现在得到诸多以新历史主义为宗旨的学者的支持。新历史主义明确反对历史的统一观，他们"拒绝'历史'是可以直接接触的、单一的过去，而转而研究小写的复数的'历史'（histories）"[3]。受到后现代历史对宏大叙事消解的影响，新历史主义所强调的历史概念不是大写的历史，而是小写的历史；不是独语式的历史，而是复数的历史

---

[1] Jan Assmann. "Collective Memory and Cultural Identity". *New German Critique*, 1995, vol. 65, p. 130, p. 133. 对阿斯曼的"文化记忆"的阐释与运用，请参看 Geoffrey Winthrop-Young. "Memories of the Nile: Egyptian Traumas and Communication Technologies in Jan Assmann's Theory of Cultural Memory". *New German Critique*, 2005, vol. 96, pp. 103−133. Margaret D. Bauer. "On Flags and Fraternities: Lessons on Cultural Memory and Historical Amnesia". *Southern Literary Journal*, 2008, vol. 40, no. 2, pp. 70−86. Douglas Basford. "Sexual Desire and Cultural Memories in Three Ethnic Poets". *Melus*, 2004, vol. 29, no. 3/4, pp. 243−256.

[2] Pierre Nora. "Between Memory and History: Les Lieux de Memoire". *Representations*, 1989, no. 26, p. 9.

[3] Peter Larnbert and Phillipp Schofield, eds. *Making History: An Introduction to the History and Practics of a Discipline*. New York: Routledge, 2004, p. 165.

(histories);或者说,是强调叙述者的历史(his-stories)。同样,文化记忆的研究表明历史再现不是单一的、独语的,而是多种话语协商的过程;不是"自然"形成的、客观的、具有普世真理的,而是选择性书写的、主观的,和主导意识形态共谋;不是从低到高的进步或发展观,而是当前导向的,是现在价值观对过去渗透的;不是绝对的、整体论的,而是相对的历史观。可以说,历史和记忆之间的关系既不是类同,也不是对立,而是一种相互渗透、互为补充的关系。"历史不是带有注脚的记忆,而记忆也不仅是没有注脚的历史。"① 历史对记忆的开放和记忆对历史的书写是研究文化记忆的基础。

阿斯特莉特·埃尔(Astrid Erll)认为:

> 根据人类学和符号学理论,文化可以被视为三维的框架,由社会(人民、社会关系、制度)、物质(人工制品和媒介)和精神(由文化界定的思维方式和心态)三个方面构成(参见Posner)。照此理解,"文化记忆"一词足以担当总括"社会记忆"(社会科学中记忆研究的起点)、"物质或媒介的记忆"(兴趣焦点在于文字和媒体研究)和"心灵或认知记忆"(心理学和神经科学的专门领域)的术语。②

记忆是发生在个体大脑中的认知过程,无论是集体记忆、社会记忆

---

① Jay Winter. *Remembering War: The Great War between History and Memory in the 20th Century*. New Haven: Yale UP, 2006, p. 6. 关于集体记忆近年来讨论很多,请参考 Keith Michael Baker. "Memory and Practice". *Representations*, 1985, no. 11, pp. 134-159; Natalie Zemon Davis and Randolph Starn, eds. "Memory and Counter Memory". Special Issue of *Representations*, 1989, vol. 26; James Fentress and Chris Wickham. *Social Memory*. Oxford: Blackwell, 1992; Amos Funkenstein. "Collective Memory and Historical Consciousness". *History and Memory*, 1989, no. 1, pp. 5-26; Paula Hamilton. "The Knife Edge: Debates about Memory and History". *Memory and History in Twentieth-Century Australia*. Eds. Hamilton and Kate Darian-Smith. Oxford: Oxford University Press, 1994; Chris Healy. "Histories and Collecting: Museums, Objects and Memories". *Memory and History in Twentieth-Century Australia*. Eds. Hamilton and Kate Darian-Smith. Oxford: Oxford University Press, 1994; Patrick H. Hutton. *History as an Art of Memory*. Hanover: Univeristy of Vermont, 1993; Iwona Irwin-Zarecka. *Frames of Remembrance: The Dynamics of Collective Memory*. New Brunswick: Routledge, 1994; Michael Kammen. *The Mystic Chords of Memory: The Transformation of Tradition in American Culture*. New York: Vintage Books, 1991; Pierre Nora, ed. *Les Lieus de memoire*, 7 vols. Paris: Gallimard, 1984-1992.

② 阿斯特莉特·埃尔,安斯加尔·纽宁编:《文化记忆研究指南》,李恭忠等译,南京:南京大学出版社,2021年,第5页。

还是历史记忆、文化记忆，都是通过隐喻将记忆的概念转移到更大的层面。其中，文化记忆的"文化"定语，包含了社会文化的语境对记忆的影响，也包含了社会象征性秩序、媒介、制度和实践，可以较为统一地用于个体和集体、社会和媒介对于历史的建构和重构。因此，本书采用"文化记忆"来统摄维多利亚时代的记忆研究和记忆书写。

  文化记忆是连续流动的思想，它保留来自过去且仍然存在的集体记忆，并看到这些记忆在当下生活中存活的痕迹。而历史记忆却起源于社会传统破裂，同过去的生活盟约丧失之时，所有的一切都是人工的碎片。可以说，文化记忆和历史记忆之间的差异在于生活体验（lived experience）和生活经历的保存。埃尔主张消除"历史抑或记忆"这种无用的二元对立，代之以另一个概念，即"文化中的不同记忆模式"。① 这意味着记忆的模式不在于历史的抑或社会的，而在于我们如何去记忆。过去的面目不是稳定不变的，它总是不断被再次回忆，再次建构，再次重现。因此，记忆也呈现出不同，我们所要关注的是过去如何被记住。哈布瓦赫认为："每一份集体记忆都受时空框架中群体的支持。要把过去的事件的整体用单一的记录组合在一起，只有通过将这些事件从那些保留它们的群体的记忆中分开，通过割裂这些事件与它们发生时的社会环境之间的心理联系，而留下的只有这个群体对这些事件的编年的空间的框架。"② 也就是说，如果单纯地记住过去，而没有保留过去和负载过去记忆的群体之间的联系，那么关于过去的再现必然也是空洞的。我们用文化记忆来统摄记忆的不同模式，其出发点正是为了还原历史和过去更为亲密的关系。

第三节 英国维多利亚时代的文化记忆书写

  文学叙事实践是一种话语策略，叙事的时间结构为思考过去、现在、未来之间的联系和因果性的方式提供了基础。由于这种时间的联系，叙事创造了广阔的社会和政治空间，社会运用叙事来讲述过去，生产、运用、流通或消费这种过去的故事，以表征历史，赋予现在历史责任和道

---

① 阿斯特莉特·埃尔，安斯加尔·纽宁编：《文化记忆研究指南》，前引书，第 9 页。
② Maurice Halbwachs. *The Collective Memory*. Trans. Francis J. Ditter Jr. and Vida Yazdi Ditter. New York：Harper Colphon Books，1980，p. 84.

德力量。文学的叙事性表现为对生活的再现或阐释。拉曼·塞尔登（Raman Selden）在《文学批评理论——从柏拉图到现在》(*The Theory of Criticism: From Plato to the Present*，1988）中曾将文学再现划分为六种：一是对自然客体和社会生活的自然主义式的精确再现；二是对自然和人类激情的一般性再现；三是对主体感受到的自然和人性的一般性再现；四是再现自然和心灵中固有的理想形式，属于德国浪漫主义的传统；五是再现那些超验的理式，也就是新柏拉图主义式的再现；六是再现独立于现实之外的那个自为的艺术世界，实质上是一种唯美主义式的再现。塞尔登认为，前三种再现属于亚里士多德唯物主义的模仿体系，而后三种"再现"则属于柏拉图唯心主义的模仿体系。无论是从唯物主义还是唯心主义的角度出发，文学都指涉真实（truth），即事件的可信性、背景的可靠性、发展的合理性或是人性的普遍性。[①]

然而，在新的历史框架下，文学和历史的关系不再是前景和背景的关系。一个世纪前，由于历史被认为是文学之外的真实，它的精确或权威，决定了我们在语言、文化、社会和政治方面对过去时期的理解和阐释的正确。然而，无论是历史学界还是文学学界的语言转向，都使批评家对历史的真理（truth）产生了怀疑。历史与其说是史实的堆积，不如说是一种具有叙事性的话语，因此并不能保证对其他话语，包括文学阅读的权威性。美国新历史学家海登·怀特（Hayden White）在其著述的《元历史：19 世纪欧洲的历史想象》(*Metahistory: The Historical Imagination in Nineteenth-Century Europe*，1973）中，提出了历史叙事的概念，在西方史学界和文学批评界产生了极大的影响。在他看来，历史不是事实的重复，而是"以叙事散文话语为形式的语言结构"[②]。这种历史叙事的观点跨越了史学研究与文学批评之间的界限，在历史与文学之间找到了相同点。

海登·怀特将历史修撰分为五个重要方面：（1）编年史；（2）故事；（3）情节编排模式；（4）论证模式；（5）意识形态含义的模式。"编年史"是对原始素材的编排、选择，使过去的事件具有意义；而"故事"通过对这些事件的组织，使其具有开始、发展和结局，具有一定的因果

[①] 塞尔登编：《文学批评理论——从柏拉图到现在》，刘象愚等译，北京：北京大学出版社，2003 年，第 3 页。

[②] 转引自海登·怀特：《后现代历史叙事学》，陈永国等译，北京：中国社会科学出版社，2003 年，第 2 页。

关系。"情节编排模式"则借用了诺思罗普·弗莱（Northrop Frye）在《批评的剖析》（*Anatomy of Criticism*，1957）中提出的模型，即罗曼司、悲剧、喜剧和讽刺，分析了历史学家对史实解释的方式。"论证模式"包括形式论、有机论、机械论和语境论。"意识形态含义的模式"则表明，无论是情节编排还是话语论证，都无法背离特定的意识形态。可见，"历史，无论是描写一个环境，分析一个历史进程，还是讲一个故事，它都是一种话语形式，都具有叙事性。作为叙事，历史与文学和神话一样都具有'虚构性'"①。正是由于历史以及历史书写采用了虚构形式，历史与具有类似叙事模式的文学才具有密切联系。

无论文学叙事还是历史叙事，记忆都是一个重要的命题。约瑟夫·哈依姆·耶鲁沙米（Yosef Hayim Yerushalmi）的研究指出，在古老的《圣经》叙事中，希伯来动词"Zakhor"（记住）出现过至少169次。尽管存在虚构和现实、想象和实在之争，文学和历史都通过叙事保留人类的记忆。在神话和宗教中人与神谛立盟约开始，记忆就是一项社会工作。借用尼采的话，"memory"最初不是指对过去的回忆，而是记忆的指令。记忆作为过去和现在之间的中介，在文学叙事中再现了相互交织的个体记忆、集体记忆、历史记忆和文化记忆。写作既是一种记忆行为，也是对过去的一种新的阐释。而不同时代的读者通过阅读，可以提高或改正他们自己有限的认知力量，并投入一个公众的记忆空间。阅读本身也成为一种记忆实践。如保罗·奥斯特（Paul Auster）指出："记忆，因此不再只是对某个人过去的恢复，而是对他人过去的投入，也就是说，历史——人们既是参与者又是旁观者，是个人的一部分同时又是他自身之外的一部分。"②

那么，文学叙事的记忆性如何体现？记忆如何通过文学再现？尽管各种文类，包括小说、戏剧、诗歌等都具有保存社会记忆的功能，但由于小说的时间尺度、因果关系和人物在时间进程中的塑造，小说成为最接近历史叙事的载体。③所有文本参与并构成了这个时代的记忆行为，文本本身就是一种记忆空间，再现、传递对这个时代的理解。19世纪维

---

① 海登·怀特：《后现代历史叙事学》，前引书，第10页。
② Paul Auster. *The Invention of Solitude*. London: Faber, 1988, p.139.
③ 瓦特认为，小说注重时间尺度，一是打破了用无时间的故事反映不便得到的真理的文学传统，具有现时性，二是结构更严谨，更具有因果关系；三是人物放在时间进程中塑造，最极端的例子就是意识流。参见伊恩·P. 瓦特，《小说的兴起》，高原等译，北京：生活·读书·新知三联书店，1992年，第15—16页。

英国维多利亚小说中的文化记忆研究

多利亚时代的小说就是这种特殊的话语叙事模式的产物。阿罗姆·弗雷希曼（Arrom Fleishman）在《英国历史小说》（*The English Historical Novel*，1971）中指出，这些小说再现一种真实的历史实践和人物，并试图通过某个特别的参与者的视角，表达"生活在另一个时代的感受"[①]。弗雷希曼认为：

> 历史小说家超越时代写作：他扎根在历史中，既在他自己的时代里，又能看到另一个时代。在回看历史中他不仅是看到了他自己的来路，而且发现了他的历史性，他的历史存在。历史小说之所以是历史的，原因是历史作为一个塑造作用的活跃的在场——不仅作用在小说中的人物上，而且作用在作者和读者上。在阅读过程中，我们这类小说中的主人公们不仅面临他们自己时代的力量，也面临着任何时代中历史对生命的影响。个人命运的普遍概念不是象征神，而是历史。[②]

弗雷希曼在这里强调历史对书写的作用，肯定了人作为历史本体的存在。[③] 来自过去的记忆不仅影响作者和小说的人物，也对之后的读者发生影响，文学书写不仅能使记忆与过去的联系成为反思的对象，而且也能再现历史中的个体和集体对于这个时代的认同或反思。安斯加尔·纽宁（Ansgar Nunning）等人提出了"记忆小说"一词，指"那些描绘记忆如何运行的文学性、非指涉性（non-referential）的叙事。在更广泛的意义上，'记忆小说'这个术语是指这样一些故事：某个人或者某种文化讲述有关自己过去的故事，以回答'我是谁？'或集体性的'我们是谁？'这个问题"[④]。在记忆小说中，回忆过程是由对记忆的模仿唤起的，文学文本借此展现和反映特定时代的人如何记忆。记忆的文学再现，既在特定时代、特定文化的记忆框架之内，又创造性地为记忆在当下的存在和

[①] Arrom Fleishman. *The English Historical Novel: Walter Scott to Virginia Woolf*. Baltimore: Johns Hopkins University Press, 1971, p. 4.

[②] Arrom Fleishman. *The English Historical Novel: Walter Scott to Virginia Woolf*. Baltimore: Johns Hopkins University Press, 1971, p. 15.

[③] 这是一种历史主义的影响，狄尔泰认为，生命不是一个静止的实体，而是时间性的。历史性和时间性是生命的基本范畴。参见张汝伦：《现代西方哲学十五讲》，北京：北京大学出版社，2003年，第106页。

[④] 柏吉特·纽曼：《记忆的文学再现》，载《文化记忆研究指南》，孙江编，南京：南京大学出版社，2021年，第414页。

影响提供了回忆的途径。记忆在记忆小说对其的模仿中体现为一种回忆（recollection），由于过去具有稳定的意义，记忆功能在当下的实践中铭刻过去，因而这种历史意识并没有和个人历史回忆相分离。个人、历史、社会都整合在文学的有机性之中。

记忆在维多利亚时代小说中的保存方式还是一种还原的模式。历史作为一种稳定的参考物，文学叙事试图通过其对应的指涉恢复过去的记忆，这种恢复过程需要记忆的想象功能。罗伯特·海尔曼（Robert Heilman）认为，小说家借用历史经验，他们在"小说中坚持使用同一种主要方法，从近代历史中挖掘出一具保存良好的骷髅，用故事中的想象去丰满其血肉，给予它人的生命"①。海尔曼的"骷髅"就是具有稳定意义的历史，而记忆通过丰满其血肉再现过去。在维多利亚时代小说中，历史是书写的目的，而记忆是一种辅助历史回顾的工具。

然而，同一个社会总是存在不同的记忆，不同阶层、不同家庭、不同人群之间对于这个时代的记忆总是存在竞争，其本质涉及对历史的认知。可以说，它"转向认识论的寻求，把历史的本质和可知性作为其探讨的主题……历史小说首先探询的是，一个人关于过去的历史知识如何进入这个人的精神结构中去；其次，这个人的历史知识是如何获得的。第一个问题属于心理学范畴，第二个问题属于认识论范畴"②。过去存在多元的意义，而个人通过对过去的探寻，可以建构自己的身份。记忆不仅通过回忆（recollection），也通过重复（repetition）来运行，这是因为现代主义中的记忆危机不仅试图通过重复来修复创伤（trauma），也试图通过重复来建立社会联系和历史意象。回忆可视作用不同的方式建构，它可以是从现在的兴趣出发，是对过去的创造性重建，如对传统的创造，或视之为记忆的成就，能够重新找到失落的踪迹。③ 重复却意味着过去和现在之间不是连续或发展的关系，现在对过去的重复并不遵从同一逻辑，而是充满了差异和裂缝。

记忆的重复不仅反映在20世纪爱德华时代对19世纪维多利亚时代的文学再现中，也选择和编辑了维多利亚时代文化的话语要素。这种记忆的模式体现在小说中人物心理、认知和历史观等叙事的故事层面上，

---

① Richard Gray, ed. *Robert Pen Warren: A Collection of Critical Essays*. New Jersey: Prentice-Hall, 1980, p.185.

② 高继海：《历史小说的三种表现形态：论传统，现代，后现代历史小说》，载《英美文学研究论丛》2006年第6期，第4—5页。

③ Gil Eyal. "Identity and Trauma". *History and Memory*, 2004, vol.16, no.1, p.8.

也体现在叙事的话语层面上,以及在各种语境中记忆模式的重新生产上。约瑟夫·W. 特纳(Joseph W. Turner)曾建议在小说中区分三个重点,"那些发明了一个过去的;那些伪装了一个文件式过去的;那些重建了一个文件式过去的"[1]。当然,一个文本中可能三个层面都有,所以特纳最后总结到,小说提供了一种历史叙事,"它最终是关于自己的,关于历史的意义和制作,关于生活在历史中人类的命运,以及他有意识的生活在历史中的尝试"[2]。在叙事的话语层面,通过模仿记忆的重复性、碎片性,个体记忆在回顾过去所造成的双重自我性等方面,叙事都展现了形形色色的记忆问题。对于大多数人来说,记忆具有即时性、想象、真实性等特点,区别于历史意识。记忆具有选择性、片段的、影射的、非线性的特点,记忆唤回那些被权力排斥和边缘化的故事。因此,记忆同时也是叙事的内容。

在 19 世纪初的英国小说中,普通人开始出现并成为主要人物,对于维多利亚时代的循规蹈矩、对社会和家庭的压抑显现出反抗。不过尽管宗教不再具有之前的社会黏合力,也尽管后达尔文主义一再强调所谓的维多利亚时代的"信仰危机",19 世纪仍然是一个宗教信仰甚笃的时代。"牛津运动"将旧时的高教会派会众重新引入了注重精神和改革的新途径,发扬光大了 16—17 世纪伟大的神学学者的精神,也激励了新一代的作家们。19 世纪中叶的小说中混杂着对社会的各种探索和思考,作家们创造了新的记忆模式,他们设定了记忆的再现,通过结合真实和想象、被记住和被遗忘的过去,就像造物主一般创造出文学的荣耀和奇迹,显现出一种安妮特·T. 鲁宾斯坦(Annette T. Rubinstein)谈到的现实主义的"英国文学的伟大传统"。在这些作品中,现代社会的荒凉、破坏性和英格兰现状等问题从未消失,狄更斯、勃朗特等关于童年记忆的作品,展现出维多利亚时代家庭秩序的虚伪,以及儿童感受到的家庭记忆中不断增加的阴暗、紧张、失望和欺骗。同时出现的维多利亚儿童文学,如罗伯特·斯蒂文森(Robert Stevenson)等的作品,则充满冒险和探索,不过也充满了对成年人的模仿、对传统的虔诚,以及对帝国记忆的认同。

虽然作为女性正直、诚实化身的维多利亚女王直到 1901 年 1 月才结

---

[1] 转引自 Peter Middleton and Tim Woods. *Literature of Memory: History, Time and Space in Postwar Writing*. New York: Manchester University Press, 2000, p.59.

[2] 转引自 Peter Middleton and Tim Woods. *Literature of Memory: History, Time and Space in Postwar Writing*. New York: Manchester University Press, 2000, p.59.

束她的统治,虽然爱德华时代延续了10年英国的经济繁荣,但从19世纪末开始,维多利亚时代的价值观念、信仰和社会行为准则就已经受到知识分子和作家们的挑战,他们的作品往往在回顾过去中发现笃信的社会记忆和帝国记忆与现实之间的张力,按照当下的观点审视过去的记忆,更加加重了对于未来的不确定和不安感。哈代、福斯特小说中人物失去和乡村故土的联系,过去的文化记忆虽然在残留的乡村民俗、地理空间中和现在的生活复杂地混合交织,但其中的人物却遭受到痛苦和精神的磨难。康拉德作品中帝国殖民扩张的黑暗之旅表明了不确定的英雄主义,其记忆的回溯模糊、支离破碎并难以解释。这表明,维多利亚时代文化记忆的书写有一个共同的特征:采用了一种共存的时间视角,现在和遥远的过去之间存在一条记忆的纽带,沿着这条纽带产生的感受构成了记忆的内容,而这条纽带本身,即"人们如何记忆"的问题成为这类小说的记忆问题。

文学叙事不仅是社会记忆的文本化形式,也是保存和传递集体记忆的重要工具。在故事层面和各种语境中,某些故事的重新生产也是制造集体记忆的一个必要因素。通过重复,这些故事成为某种原型(prototype)或某种范式(paradigmatic)。这些原型故事在塑造社会现实时可以成为主导话语的权力工具,一方面它们为定义过去提供了认知的工具,另一方面它们为陈述、修改、思索过去提供了实际的方法。当这些故事在各种语境下重复地使用并叙述时,记忆不但得到了储存,也被不断传送下去。

因此,叙事策略书写集体历史,挪用集体记忆,使个人依照集体记忆塑造自我,或者经过叛逆、逃离,形成新的集体记忆。"不仅文本是一种记忆的形式,记忆自身也是文本化的。"[1] 用雅克·德里达(Jacques Derrida)的话来说,写作实际上建立了记忆,而不单是记忆的补充。个人叙事与集体叙事是密不可分的。在一个集体中,不同个人的故事互相交叉,通过叙说,这些故事获得了合法的身份,从而建立了个人在集体中的认同感,他或她的故事成为集体共同享有的记忆,或一段共有的过去,这种亲密的联系常常使个人有归属感。同样,阅读也不仅仅是对记忆的恢复,而是读者参与、分享、解释,并最终挪用这种集体记忆的过程。重复讲述的故事一旦具有原型意义,便能够通过阅读,在读者个人生活世界得到意义。

---

[1] Peter Middleton and Tim Woods. *Literature of Memory: History*, *Time and Space in Postwar Writing*. New York: Manchester University Press, 2000, p.6.

小　结

　　当我们面对过去时，历史和记忆常常交织出现，记忆是一种更个人化、更细节，也更为多元的历史。我们可以关注在特定社会和历史语境中，叙事实践怎样再现过去——再现的内容、记忆运作的机制、时间和空间的框架，以及记忆的书写和传输。我们可以关注：某些故事是怎样在个人生活世界中产生意义？故事或机构是怎样获得记忆？个人怎样挪用某个已知的故事作为他自己的故事？采用什么样的叙事策略可以使集体的历史变为个人历史？集体历史怎样同个人的生活历史相连？在文学叙事中，通过记忆的机制，作家怎样书写个人的历史？通过集体记忆，一群作家又是如何形成自己的话语，并同其他话语进行协商和交换，并最终取得叙事权威，成为塑造集体身份和个人自我的参照？因此，英国维多利亚时代文学记忆成为研究的课题并不是偶然。它不仅涉及19—20世纪英国人如何记忆，如何解释英国的历史，也同样通过叙事塑造英国的形象，形成英国人的自我。在世纪之交，记住是针对遗忘唯一的指令。

第二章 《老古玩店》的家庭记忆和记忆空间

《老古玩店》(The Old Curiosity Shop，1840—1841) 是英国著名批判现实主义小说家查尔斯·狄更斯的第四部长篇小说，被誉为维多利亚时代的忧伤，是当时最受欢迎的小说之一。英国著名评论家托马斯·卡莱尔、威廉·燕卜荪（William Empson）及美国著名作家埃德加·爱伦·坡（Edgar Allan Poe）都对其给予了高度赞誉。小耐儿之死，是英国小说中著名的悲剧情节，不仅是作者"流着眼泪写出来的"①，而且也"深深打动了小说的第一批读者"，并"给一种极其不同的小说提供了导向，提供了某种庄重的东西"②。奥斯卡·王尔德（Oscar Wilde）认为："只有铁石心肠的人才能读懂耐儿之死。"③ 国外研究对小耐儿之死的讨论非常丰富。安德鲁·桑德斯（Andrew Sanders）指出，"《老古玩店》因耐儿之命运而兴衰起伏"④。约翰·库契奇（John Kucich）认为，小耐儿提供了一种内化和体验死亡的必要方式，是一种神圣化的后浪漫主义情感释放，表达了维多利亚时代的死亡崇拜和对当时严峻社会现实的让步和防御。⑤ 西奥多·阿多诺（Theodor Adorno）认为小耐儿从伦敦到乡村的旅程与班扬的《天路历程》(The Pilgrim's Progress，1678) 有明显的相似之处，并指出，小说的叙事框架是"前资本主义的"（pre-bourgeois）。⑥ 莫利·克拉克·西拉德（Molly Clark Hillard）更是直接

---

① 牛庸懋，蒋连杰：《十九世纪英国文学》，郑州：黄河文艺出版社，1986年，第163页。
② 安德鲁·桑德斯：《牛津简明英国文学史》，前引书，第596—597页。
③ David Ganger. "Across the Divide". *Time Travelers: Victorian Encounters with Time and History*. Ed. Adelene Buckland & Sadiah Qureshi. Chicago: The University of Chicago Press, 2020, p.178.
④ Andrew Sanders. *Charles Dickens Resurrectionist*. London: Macmillan, 1982, p.65.
⑤ John Kucich. "Death Worship among the Victorians: The Old Curiosity Shop". *Publications of The Modern Language Association of America*, 1980, vol.95, pp.58—72.
⑥ Michael Hollington. "Adorno, Benjamin and *The Old Curiosity Shop*". *Dickens Quarterly*, 1989, vol.6, p.89.

将小耐儿的经历视作民间传说在现代都市的冒险。[①] 约翰·诺夫辛格(John Noffsinger)指出,小耐儿具有的天使本质消解了现实与虚构的界限,并指出小说中的梦境具有调和冷酷的现实与浪漫的寓言的超凡能力。[②] 但也有评论认为,小耐儿超越了现实,她的去世是作者刻意的感伤,是对"感伤的粗俗利用"[③]。英国小说家奥尔德斯·伦纳德·赫胥黎(Aldous Leonard Huxley)甚至认为,"小耐儿的经历是一种在愚昧无能和庸俗感伤之中的苦恼"[④]。

相比之下,国内对《老古玩店》研究显得有些匮乏,对狄更斯的研究大多集中于其他主要作品,如《雾都孤儿》(*Oliver Twist*,1837—1839)、《大卫·科波菲尔》(*David Copperfield*,1849—1850)、《荒凉山庄》(*Bleak House*,1852—1853)、《艰难时世》(*Hard Times*,1854)、《双城记》(*A Tale of Two Cities*,1859)、《远大前程》(*Great Expectations*,1860—1861)等长篇小说。[⑤] 据笔者检索,国内研究《老古玩店》的CSSCI期刊文章仅有1篇,即北京大学的纳海教授以《老古玩店》为例从维多利亚时代的婚姻法变迁、公共交通的兴起和殡葬业的发展三个角度阐述了狄更斯研究中的历史转向,具有较大的借鉴意义。[⑥] 总的说来,国内外研究尽管较为丰富,但却鲜有学者从记忆的视角剖析《老古玩店》中反映的历史意识和怀旧情感,进而谈及工业进步带来的记忆危机。

作为19世纪现实主义的重要代表作品,《老古玩店》展现了从伦敦到英国乡村的广阔画卷,既有收集旧日记忆的伦敦角落里的老古玩店、浓雾弥漫的街道,也有宁静的田园和教堂墓地;也出现了形形色色的人物,是19世纪英国社会的缩影。维多利亚时代英国经济日益发展,工业革命进入新的阶段,全国性铁路系统建设和筑路的热潮刺激了采煤、冶金等部门的发展,标志着现代重工业的开始,也成为英国工业资产阶级

---

① Molly Clark Hillard. "Dangerous Exchange: Fairy Footsteps, Goblin Economies, and *The Old Curiosity Shop*". *Dickens Studies Annual*,2005,vol. 35,pp. 63-86.

② John Noffsinger. "Dream in *The Old Curiosity Shop*". *South Atlantic Bulletin*,1977,vol. 42,p. 23.

③ 安德鲁·桑德斯:《牛津简明英国文学史》,前引书,第597页.

④ Aldous Leonard Huxley. *Vulgarity in Literature*. London: Chatto and Windus,1930,p. 57.

⑤ 赵炎秋:《21世纪初中国狄更斯学术史研究》,载《湖南师范大学社会科学学报》2014年第6期,第131页.

⑥ 纳海:《狄更斯研究的历史转向——以〈老古玩店〉的几种解读为例》,载《社会科学研究》2019年第5期,第60页.

的黄金时代。然而，工业文明的进步是以田园文明的逝去为代价的，原有的城乡面貌、社会秩序与规则、人际关系等迅速在此进程中被改变。以至于1833年卡莱尔写道："这个唤作'过去'的东西已经变得沉默，它也曾经是'现在'，足够大声的存在过，我们现在对它还有多少了解呢？"[1] 工业化的强势前进迫使人们与他们过去原有的生活方式、价值观念剥离。《老古玩店》再现了这个社会转型期中新旧交替的时代。阿莱达·阿斯曼（Aleida Assman）指出，"伴随着对于经济与未来的追求的是对于过去和记忆、秘密和历险的抹消"，"社会经济的向前发展是以自身既往历史的损失为代价的"[2]。在《老古玩店》中，老古玩店、乡村田园、教堂和墓地等成为记忆之场，共同构成了与现代化进程相对峙的回忆空间，打开了一个个通往过去的入口，寄予了作者对时代转型期社会变革、城市腐化、人性道德的思考。

第一节 储藏式记忆和家庭之地

诺拉将记忆的历史分为三个阶段：前现代（premodern）、现代（modern）和后现代（postmodern）。前现代阶段，人们和过去之间的联系是自然的、不自觉的。人们通过传统和仪式保持一种记忆稳定的时间感。[3] 现代化进程包含工业化、城市化、世俗化等历史进程，其中市场经济的形成和工业化过程，必然引起传统社会秩序的衰落，这个过程充满矛盾和对抗，社会各阶层和文化之间的冲突也非常尖锐。莎伦·马库斯（Sharon Marcus）这样描述道："想象19世纪的城市，如果进入你脑海的是维多利亚时代的伦敦，在你眼前就会浮现出在污秽、衰朽的房屋中与贫困搏斗的穷人，以及那些表面上满足实则焦虑不堪的中产阶级，站在安全的距离以慈善家、公务员、业余人种研究者的身份观察着穷人。"[4]《老古玩店》里的叙述者汉弗莱先生正是一个伦敦城里的观察者

---

[1] Thomas Carlyle. "On History Again". *The Works of Thomas Carlyle*. Ed. Henry Duff Traill. Cambridge：Cambridge University Press，2010，p. 168.

[2] 阿莱达·阿斯曼：《记忆中的历史：从个人经历到公共演示》，袁斯乔译，南京：南京大学出版社，2017年，第87—88页。

[3] 转引自 Wulf Kansteiner. "Finding Meaning in Memory：A Methodological Critique of Collective Memory Studies". *History and Theory*,2002，vol. 41，pp. 179−197.

[4] Sharon Marcus. *Apartment Stories：City and Home in Nineteenth Century Paris and London*. Beckley：University of California Press，1999，p. I.

形象。在他眼中,白天的伦敦总充斥着各种嘈杂的声音,有"川流不息的踱步声,没完没了的骚动声以及永无止境、能使糙石磨平生光的践踏声"[①],以至于他觉得"那种嗡嗡的闹声和喧嚣声无时无刻不渗透他那清醒的自我意识,那生命的川流不停地灌注在他那惊魂不定的睡梦之中,仿佛他身死而不失去知觉,注定要躺在乱哄哄的教堂公墓里,永远别指望有宁静的一天!"[②] 不管是匆忙的踱步声、践踏声还是喧嚣声,都暗示了当时伦敦迅速勃兴的商业经济和工业建设,刻画了一幅熙熙攘攘、皆为利往的喧闹景象。然而,这些声音似乎并不使人愉悦。在汉弗莱先生眼中,它们无孔不入,具有进攻性和侵略性。

反观老古玩店,"冷清黑暗,一片死气沉沉"[③],它栖息在伦敦一个偏僻的角落里,与黑暗融为一体,是被这座城市遗忘的存在,也是一个过去记忆的收容所:

> 收藏的都是古旧而珍奇的东西。它们似乎蜷伏在这个城市的零星角落里,隐藏着各种各样陈腐的珍宝,以躲避带有嫉妒和怀疑的大众的目光,这里收藏的有:一套一套的甲胄,像全神戒装的鬼魅,比比皆是;从寺庙里收来的荒诞雕刻品;各种各样生了锈的兵器;残缺不全的瓷器、木器、铁器以及象牙制品;还有锦毯以及可能在梦幻中设计出来的奇怪的家具。奇妙的是,小老头的憔悴容貌和这块地方的模样可以说是以类相从。他可能从古老的教堂和坟墓里,从废弃的住宅中,蹑手蹑脚搜寻了这些东西。[④]

老古玩店的形象暮气蔼蔼,充满了古旧和神秘的味道。它是喧闹都市中的记忆存储空间,收藏着那些来自过去的物件,或是被工业城市所遗忘、丢弃和毁坏的东西。借用阿斯曼的回忆空间的概念,这家老店就是"保存式遗忘"的领域,是"痕迹、残留、遗留物、一个过去时代的积淀。它们虽然还存在,但(暂时地)变得没有了意义,变得隐身不见

---

① 查尔斯·狄更斯:《老古玩店》,古绪满等译,南昌:江西教育出版社,2016年,第1页。
② 查尔斯·狄更斯:《老古玩店》,前引书,第1页。
③ 查尔斯·狄更斯:《老古玩店》,前引书,第13页。
④ 查尔斯·狄更斯:《老古玩店》,前引书,第3页。

了"①。老古玩店的甲胄、兵器是旧日贵族、英雄的历史纪念；瓷器和家具则记载着旧日家庭的回忆、爱好和亲情。然而，随着这些人物的消失，这些古玩也就成了过去时代的碎片。老古玩店主吐伦特充当了记忆"拾荒者"的角色，他把老古玩店作为一个记忆的收容所，拾荒者的工作本身成了一种对过去遗忘的抵抗，而老古玩店构建了一个抵抗遗忘的场所。"社会记忆需要某些可以让回忆固着于它们的结晶点。"② 老古玩店的记忆存储产生了和过去时光的联系。小耐儿被这些"奇珍异宝"包围着的时候，并不会对这些古旧之物产生疏离感，反而有一种亲近感：她能安详地睡觉，开心地大声欢笑，宠溺地偎在外公怀里感受温暖。对于小耐儿来说，这些古董伴随着她的成长，意味着她和外公之间的亲情联系。老古玩店在这个意义上是"家庭之地"③，尽管伦敦不能提供他们和祖先的联系，但作为过去记忆的收容所，老古玩店为小耐儿创造了一种历史的连续感和稳定的时间感。

然而，老古玩店这样一个收集"过去"的收容所也难逃工业资本的入侵。18世纪的工业革命和海外殖民扩张活动大大加快了英国的资本化进程。19世纪的伦敦已经成为资本和交换的市场。老吐伦特眼看自己年事已高，为了给小耐儿一大笔遗产而参与赌博，以期获得巨额财富，不料却陷入资本家奎尔普的高利贷漩涡。奎尔普等不仅侵吞了老古玩店，还试图霸占小耐儿，预谋使其成为自己的第二夫人，用以偿还赌债。就连小耐儿的哥哥也想方设法要把小耐儿嫁给自己的朋友，以分得老吐伦特的遗产。正如阿多诺所言："他们都试图以某种方式把耐儿变成一种商品。"④ 小耐儿和老古玩店一起沦为工业资本的商品和交换对象。失去老古玩店，意味着祖孙俩失去了家庭之地，他们和这个记忆收容所之间的亲密关系被资本切断，被迫进入"一个移动的时代"（the moving age）⑤。

小说前15个章节发生在伦敦，一个工业急速发展、资本快速聚拢的

---

① 阿莱达·阿斯曼：《回忆空间：文化记忆的形式和变迁》，潘璐译，北京：北京大学出版社，2016年，第476页。

② 安格拉·开普勒：《个人回忆的社会形势——（家庭）历史的沟通传承》，载《社会记忆：历史、回忆、传承》，哈拉尔德·韦尔策编，季斌等译，北京：北京大学出版社，2007年，第91页。

③ 阿莱达·阿斯曼：《回忆空间：文化记忆的形式和变迁》，前引书，346页。

④ Ian Duncan. *Modern Romance and Transformations of the Novel: The Gothic, Scott, Dickens*. Cambridge: Cambridge University Press, 1992, p. 217.

⑤ Judith Flanders. *The Victorian City: Everyday Life in Dickens's London*. New York: St. Martin's Press, 2014, p. 108.

城市。它象征着工业的现代性文明，而老古玩店则是一个前现代记忆的回忆空间。甚至，吐伦特自身也是一个过去的符号，"他收藏的这些奇货，没有一件可以和他相比，没有一件能比得上他那么古老、那么衰颓"①。在吐伦特和小耐儿身上，我们能清楚地看到一种与前现代记忆相平衡的古旧属性和时间停滞感。在祖孙俩的逃亡路上，他们经过一个大工业城市，这里"鳞次栉比的房顶和挤挤挨挨的幢幢楼房在隆隆的机器声中颤抖，机器的尖叫声和震动声又在建筑物中隐约回响；高耸的烟囱，吐出黑色的烟雾在屋顶上飘荡，渐渐成了可恶的浓云"②。站在这样的工业城市中，祖孙两人感到自己"仿佛是从千年以前的死人堆里逃了出来，奇迹般地出现在那里"③。从这个意义来看，吐伦特祖孙指涉着前现代的回忆符号。

第二节 陈列式记忆和纪念之地

琳达·尼德（Lynda Need）指出，在维多利亚时代，现代性是建立在废墟和废墟空间之上的。④ 荒废的古宅、废弃的教堂、破旧的庙堂、古旧的老街、生锈的铁锚、墓地、垃圾、废船、污染的河流，这些废墟意象反复出现在狄更斯的小说中，如《雾都孤儿》中杀人罪犯栖居的阴森恐怖的"雅各岛"、《荒凉山庄》中断壁残垣的古宅别墅、《我们共同的朋友》中臭气熏天的河道等。《老古玩店》里也浓缩了各种废墟的意象，如废弃的教堂和墓地。陈晓兰认为，狄更斯的废墟意象，表现了被过度消耗后的都市形态⑤，暗含了工业化和城市化的破坏力和摧毁力。城市仿佛一个张着大口的恶魔，吞噬着物质，并将之以废墟或垃圾的形式吐出。美国哲学家卡斯腾·哈里斯（Karsten Harries）指出："废墟是对时间的记忆，是对被毁的城市的见证。"⑥ 废墟本身包含两种时间性的记忆：一种是象征过去的记忆残余，一种是象征摧毁的现代性暴力。资本

---

① 查尔斯·狄更斯：《老古玩店》，前引书，第 5 页。
② 查尔斯·狄更斯：《老古玩店》，前引书，第 341 页。
③ 查尔斯·狄更斯：《老古玩店》，前引书，第 341 页。
④ Lynda Nead, *Victorian Babylon: People, Streets and Images in Nineteenth-Century London*. New Haven: Yale University Press, 2000, p. 215.
⑤ 陈晓兰：《腐朽之力：狄更斯小说中的废墟意象》，载《外国文学评论》2004 年第 4 期，第 135 页。
⑥ 转引自陈晓兰：《腐朽之力：狄更斯小说中的废墟意象》，前引书，第 137 页。

主义和圈地运动的兴起，使英国古老的田园生活和乡村社会整体处于裂变和破碎之中。一切传统的行为方式、宗教信仰、价值观念正在被现代性的机器时代和资本市场腐蚀。被废弃的乡村和教堂，一方面再现了现代都市化摧毁性的力量；另一方面也成为抵抗现代暴力的回忆空间，记载着过去宁静生活的神性和温情。

在小耐儿的逃亡之旅中，她走过很多座废弃的教堂。无一例外，这些教堂既被现代性野蛮地摧毁，变得破旧不堪，又充满了遥想和回忆，构筑了一个时间停滞的空间。狄更斯写道：

> 在时间的净化中，它所含的大粒的尘埃已得到澄清，在拱顶回廊和一群群石柱之间叹息，就好像在遥远年代的呼吸一般！这里的石板路支离破碎，这是因为虔诚的步履在遥远的年代把道路磨平，时间在朝圣的人后面跟踪，踩出轨迹，残留的只是碎石。这儿的栋梁颓败，圆拱下陷，墙壁剥落生霉，地面陷成壕沟，庄严坟墓上的墓碑也不见残留。大理石、石块、铁器、木板和尘埃，这一切全都成了废墟中普普通通的纪念品。①

这里，废旧的教堂里还能听到"遥远年代的呼吸"，看到"朝圣的人"的踪迹，但只能通过颓败的栋梁、生霉的墙壁、陷落的壕沟、丢失的墓碑等教堂废墟建构记忆的"纪念之地"，这是"由非连续性，也就是通过一个过去和现在之间的显著差别来标明的。在纪念地那里某段历史恰恰不是继续下去了，而是或多或少地被强力中断了。这中断的历史在废墟和残留物中获得了它的物质形式，这些废墟和残留物作为陌生的存留与周围的环境格格不入"②。教堂是人们信仰的家园，它储存着人们的期待、忏悔、祷告和愿望。但19世纪中期开始，英国宗教信仰已经出现衰落现象，"尽管在19世纪30年代以后有过短暂的宗教复兴运动，然而，在这个世纪中期去教堂做礼拜的人数已经大为减少"③。造成这一局面的原因很大程度上是工业化导致的城乡结构的改变。随着城镇化的加剧，大量的乡村劳动力涌向城市，导致乡村人口减少，乡村破败，不少

---

① 查尔斯·狄更斯：《老古玩店》，前引书，第419页。
② 阿莱达·阿斯曼：《回忆空间：文化记忆的形式和变迁》，前引书，356页。
③ 张卫良：《维多利亚晚期英国宗教的世俗化》，载《世界历史》2007年第1期，第30页。

乡村教堂沦为历史废墟。

由此，我们可以发现，废弃的教堂充当了一个天然的历史陈列馆，摆满了残留着过去痕迹的物件：破旧的摆设、粗糙不平的圣水器、花白色的拉钟绳索、磨平的石块、剥落的墙壁、倾颓的圆拱、下陷的地面、生锈的铁锹、棺木的破碎铜片、废弃的男爵雕像、锈迹斑斑的武器和盔甲等纪念物。教堂的墙上，挂着教堂管事掘墓用的铁锹，年老管事对小耐儿说："那把锹要是会说话，它会把它和我在一起所干的人们想不到的许多事儿都告诉你。这些事我已经忘了，因为我已没有什么记忆力了，不过这也不是什么新鲜事。"① 铁锹不会说话，老管事也丧失了记忆力，这意味着废旧教堂在现代化语境中，已经没有了叙事能力，只有通过回忆的陈列来等待人们做出新的解释。作为废墟的教堂创建了一个空间，它将历史的过去以破碎残片的方式浓缩在当下，借用本雅明的话来说，"在废墟中，历史物质地融入了背景之中"②。废墟充满了浓浓的历史感，一方面它诉说着遥远的过去，另一方面它的残破形态也彰显着工业化进程对它的摧毁和遗弃。

如果说老古玩店是储藏式记忆的家庭之地，保存过去的碎片以抵抗遗忘；那么教堂废墟则是陈列式记忆的纪念之地，过去的记忆通过各种纪念之物得到展示，时间的风雨声在这些记忆陈列品上奏出时代的悲歌，人们或者是无意经过，或者是有意参观，都能和失落的时光偶尔产生共鸣。废弃的教堂里，小耐儿终于和爷爷拥有了一个临时的家。"邻居们干完自己的活以后也过来帮忙，或者让他们的孩子送来一些小礼物或用具，帮助客人解决困难。"③ 在这片废墟上，小耐儿不再受到现代性都市异化的折磨，人与人之间的关系重新让她感受到友好和温暖。小耐儿感叹道："这个地方多美啊！"④ 她在废旧教堂里的触摸、呼吸、感受，都能产生一种强大的情感力量，将她的美好和善良的品质与过去相连。废墟成为过去和现在的通道，"在这些地方人们会突然地感受到一个包罗万象的宇宙，一个真正的存在。这不是一种被遗弃和死去的感觉，而是刚好相反：是一种回归的感觉，一种生命的回转（Revolution des Lebens）的感

---

① 查尔斯·狄更斯：《老古玩店》，前引书，第416页。
② 瓦尔特·本雅明：《德国悲剧的起源》，陈永国译，北京：文化艺术出版社，2001年，第146页。
③ 查尔斯·狄更斯：《老古玩店》，前引书，第409页。
④ 查尔斯·狄更斯：《老古玩店》，前引书，第407页。

觉"①。废墟中的痕迹"包含了一个过去文化的非语言的表达——废墟和残留物、碎片和残块——还有口头传统的残余"②。废墟让过去从物理上侵入现在，构建了一个连接时空的回忆空间。小耐儿在教堂的日子充满了安逸祥和，甚至身处教堂内部，会产生一种神圣的感觉，这与她在伦敦阴郁绝望的境遇形成了强烈的反差。

第三节 认同式记忆和回归之地

《老古玩店》被认为是一部充满灰尘、分解、腐烂和变质的小说，处处都充斥着墓地的影子。小说前 15 章聚焦在老古玩店，后 57 章都处在小耐儿和外公的流浪逃离之中，而教堂的墓地是小耐儿的最后一站。小说中共提及坟墓（tomb，grave）和墓地（graveyard，cemetery）近 100 次。斯蒂文·马库斯（Steven Marcus）将这部作品所描绘的英国形容为"一个巨大的墓地"③。的确，伦敦街头的老古玩店从一开始就以一种坟墓的形象出现在我们面前。老古玩店里的收藏来自"古老的教堂和坟墓"④，老古玩店也"像坟墓一样，黑暗而寂静"⑤。英国诗人托马斯·格雷（Thomas Gray）认为："固着在地点之上或旁边的只言片语，抵得上车载斗量的回忆。"⑥ 传统墓地就是这样的一个特殊的地点，它是死者与这个世界的关联，激发人们的回忆力量。墓地会"把逝者和生者绑定为一个'大社会'，同时生者会产生一种与死者相互联结的内在情感，使家族历史在此得到延续"⑦。因此，阿斯曼认为："坟墓作为死者的安息之地（那些保存着圣人遗骨的地方也一样），则是一个令人敬畏的显现之地。"⑧ 废墟和残片指向遥远的过去，暗示着被摧毁的力量和依附于上的过去记忆，而坟墓则直接指向死者在当下的在场。正因为它具有空间上

---

① 阿莱达·阿斯曼：《回忆空间：文化记忆的形式和变迁》，前引书，第 461 页。
② 阿莱达·阿斯曼：《回忆空间：文化记忆的形式和变迁》，前引书，第 234 页。
③ Steven Marcus. *Dickens: from Pickwick to Dombey*. London：Chatto & Windus，1965. p. 145.
④ 查尔斯·狄更斯：《老古玩店》，前引书，第 5 页。
⑤ 查尔斯·狄更斯：《老古玩店》，前引书，第 12 页。
⑥ Malcolm Andrews. *The Search for the Picturesque. Landscape, Aesthetics and Tourism in Britain*，1760－1800. Stanford：Stanford University Press，1989，p. 155.
⑦ Thomas McFarland. *Romanticism and the Forms of Ruin*. Princeton：Princeton University Press，1981，p. 175.
⑧ 阿莱达·阿斯曼：《回忆空间：文化记忆的形式和变迁》，前引书，第 375 页。

的不可移动性，它用"在这儿""这里"之类的提示语宣示过去的在场。

然而，即使是逝者安居之地的墓地，也受到现代进程的改变。法国人皮埃尔·缪雷特（Pierre Muret）在其《各民族丧葬仪式》（*Ceremonies Funèbres de Toutes les Nations*，1675）一书中着重谈及英国对亡者的遗忘。伴随着1789年法国大革命的爆发，虽然欧洲社会刮起了复兴伟大墓地的浪潮，但是各种新型的纪念馆、墓志铭以及瞻仰仪式却更多地侧重于对教堂墓地的改建。新型墓地中的墓碑不再直接指向埋葬于下的真正的死者，却成了一个符号和象征。正如歌德所言："纪念碑虽然标识了谁埋在这儿，但是并没有标识他埋在哪儿，而这个'哪儿'却是最重要的。"[①] 换句话说，都市中的改建墓地已经割裂了土地与死者的关联，进而抹去了逝者和家族、生者的记忆联系。

而传统墓地作为生者对逝者的回忆空间，却是生者自我认同的重要环节。墓碑和铭文是对逝者一生的诠释和定义，并且通过阅读，逝者的故事在生者的生活中得以再生，通过记忆得到认同。柯林斯认为："逝者的名字也好，一个无声的标志也好，如果没有与之对应的故事，它们都是不完整的，因为它们标记了无法被拼写的意义，只能依赖于活着的人解释它们的能力。"[②] 在《老古玩店》里，乡村教堂的墓地是一种主动的文化记忆空间，记录了殉道者、圣徒、虔诚的信徒、世俗英雄的生前记忆；和老古玩店记忆收集、废墟的记忆陈列相比，教堂墓地的纪念空间更具备叙事能力。乡村墓地里充满了过去的故事，墓石上的铭文有助于回忆，它向拜谒者和他的后代提示自己的长眠之地和安息之所，铭文和墓碑都指向死者的在场。小耐儿从一座坟墓走向另一座坟墓，阅读一段又一段铭文，"她感到，在死人的墓地流连徜徉，读着墓石上纪念好人的铭文，有一股异样的喜悦涌上心头（这里埋葬了多少好人啊）"[③]。时间以空间的形式进行展现，并转化为过去的好人的故事得以传递记忆。因此，小耐儿在墓园的漫步，可以理解为她在过去的故事之间的旅行，其间，我们感受到了一种回归的流转。坟墓作为死者的安息之所，蕴藏着强大的情感和回忆力量，它既指涉着死亡和失去，又意味着记忆的再生和重述，是指向自我认同和社群归属的纪念之地。

---

① 转引自阿莱达·阿斯曼：《回忆空间：文化记忆的形式和变迁》，前引书，第376页。
② David Collings. *Wordsworthian Errancies: The Poetics of Cultural Dismemberment*. Baltimore: Johns Hopkins University Press, 1994, p.158.
③ 查尔斯·狄更斯：《老古玩店》，前引书，第134页。

19世纪40年代的心理学理论认为,灵魂具有不朽的生命力。人们的记忆和精神并不会因为身体的消亡而消逝。同时期的作家约翰·阿贝克隆比(John Abercrombie)坚信,"动物身体的死亡,只不过是其组成元素排列的变化。根据最严格的化学原理,这些元素没有一个粒子停止存在"[1]。这种死亡观形成了维多利亚时代的丧葬风俗。人们将坟头上的鲜花、树木视作逝去亲人的标志。教堂里的老管事告诉小耐儿,他们有一个传统,每埋葬一个人,都会在坟墓上种一棵树或撒上一些花种,象征着死者的居所。小耐儿也发现,坟墓周围有一些儿童在游戏,"那孩子回答说:那地方不能叫坟墓,而是一座花园——是他哥哥的花园"[2]。我们可以发现墓地和花园在这里的替换性,花园是死者情感的对应物,既是自我的幻象,也是心灵世界的庇护之处。小耐儿无法在现代都市里觅得的安全感,在墓地的花园意象中找到了情感的对应物,借用花园隐喻,小耐儿之死得到了升华——一个重返伊甸园的故事。正如17世纪英国诗人安德鲁·马韦尔(Andrew Marvell)在《花园遐思》(*Thoughts in A Garden*,1681)中咏唱的那样:

> 美好的安宁啊,原来你在此处,
> 还有你亲爱的妹妹"天趣"!
> 我好久都弄错,在忙碌的人群
> 交往中寻找你的踪影;
> 而你的神圣的草木只是在
> 这些草木之中郁郁葱葱;
> 同这里美妙的孤寂相比,
> 社会几乎是粗野而已。[3]

作为花园的墓地,既是死者的安息之所,又成为永恒安宁的所在,蕴藏着强大的情感和回忆力量,成为现代性进程和传统逝去的矛盾中一种狄更斯式的逃避和归隐。

---

[1] John Abercrombie. *Inquiries Concerning the Intellectual Powers and the Investigation of Truth*. New York: Collins and Brother Publisher, 1849, p. 32.
[2] 查尔斯·狄更斯:《老古玩店》,前引书,第415页。
[3] 张剑编:《绿色的思忖》,北京:外语教学与研究出版社,1994年,第150页。

小　结

吕森指出:"记忆涵盖了所有涉及过去的领域(包括历史)。在这里，历史既作为主题，又作为召回过去的方式——这种召回是通过在人类活动的文化构架内赋予过去以生命的方式进行的。"[1] 狄更斯的《老古玩店》再现了19世纪英国工业化高速发展过程中，都市化对传统的乡村文明有机属性的破坏；小耐儿从伦敦到乡村、教堂废墟、墓地的逃亡之路，折射出传统文化记忆和现代记忆的冲突，反映出狄更斯对于逝者与生者共存的希望。老古玩店作为过去记忆的收容之所，收集了飘浮的碎片的过去记忆；教堂废墟作为过去记忆的陈列之所，进一步隐喻了工业革命下农耕集体和乡村回忆的逝去。储藏式的记忆和陈列式的记忆，都试图通过与城市嘈杂、腐败、混乱的对照，建构"老英格兰"简单朴素、自然美好的传统历史记忆，但废墟、墓地等记忆象征却矛盾地显示了记忆在现代化入侵面前的危机。小耐儿和老吐伦特的悲剧也因此成为英国现代化语境下不可避免的结局。小耐儿的逝去意味着记忆召唤的无力，而墓地作为前现代乡村文化记忆中土地根脉、家庭联系、情感故事的回忆空间，提供了小耐儿想象性回归的记忆之地。

---

[1] 吕森：《历史秩序的失落》，载《历史的话语：现代西方历史哲学译文集》，张文杰编译，桂林：广西师范大学出版社，2002年，第70页。

第三章 《大卫·科波菲尔》的记忆幽灵与记忆困扰

在 1867 版的前言中,狄更斯声称,《大卫·科波菲尔》(*David Copperfield*,1849—1850)是他最喜欢的作品,并亲切地将它称作"最喜爱的孩子"(favorite child)①。学界普遍将该书视为狄更斯的半自传作品,因为小说使用第一人称讲述了主人公历经艰难成为一名中产阶级作家的故事,其成长经历中掺杂了许多狄更斯本人的人生碎片,如童工经历、母爱缺失、失败的初恋等。对于《大卫·科波菲尔》的传记性质,狄更斯毫不讳言。在完成《大卫·科波菲尔》后,他向自己的传记作者坦言,自己"似乎在将自己的某一部分送入那个阴暗的世界"②。然而,《大卫·科波菲尔》并非一部真正意义上的传记作品。可以说,该小说是一部双重意义上的记忆小说:既是大卫所写的书面记忆,又是狄更斯本人许多记忆碎片和创伤经验的虚构变形。皮特·阿克罗伊德(Peter Aykroyd)指出:"《大卫·科波菲尔》既是一部记忆小说,又是一部关于记忆的小说。"③这部具有双重记忆的小说既包含了狄更斯和大卫的记忆,同时也探讨了记忆这个主题对狄更斯和大卫乃至维多利亚时代的人们所具有的意义。

阿莱达·阿斯曼认为,鬼魂代表着从过去或死亡的世界中自动回归的东西。这种回归是一场深刻的危机的征兆,因为它被认为是对当下的暴力性或威胁性干扰。④ 在她看来,记忆的鬼魂式入侵代表了一个亟待

---

① Graham Storey. *David Copperfield: Interweaving Truth and Fiction*. Boston: Twayne Publishers. 1991,p. 8.

② Sarah Winter. *The Pleasures of Memory: Learning to Read with Charles Dickens*. New York: Fordham University Press,2011,p. 308.

③ 转引自 Julian Wolfreys. *Dickens's London: Perception, Subjectivity and Phenomenal Urban Multiplicity*. Edinburgh: Edinburgh University Press,2012,p. 12.

④ Aleida Assmann. "Ghosts of the Past". *Litteraria Pragensia*,2007,vol. 17,pp. 5–19.

解决的、未完成的事件，因此"一个没有得到满足的过去会突如其来地复活，并且像一个吸血鬼一样对当下进行突袭"①。《麦克白》中班戈的鬼魂和《哈姆雷特》中老哈姆雷特的鬼魂都是记忆的隐喻。德里达认为，幽灵"只是重显的现时之无现时的在场"②。记忆和幽灵一样，都作为缺席的在场而存在。它们既代表过去的缺席，又代表这种缺席在当下的"现时化"；既提醒过去的不可恢复，又入侵当下，困扰着当下的主体。

《大卫·科波菲尔》是狄更斯的创伤性传记。一方面，它以一种既虚构又真实、既隐喻又写实的方式探索了作者有待解决的创伤记忆。另一方面，如果我们将这个创伤叙事之旅放置到19世纪中期的历史语境就会发现，飞速前进的19世纪仍然面临一个骤然成为历史的、未被解决的过去。可以说，过去的幽灵不仅困扰着狄更斯和大卫，也困扰着每一个处于转型阵痛中的人。对他们来说，过去已死，但一个新的世界却无法分娩。

因此，通过分析《大卫·科波菲尔》中以不同形式显现的记忆幽灵，本章将探讨大卫、狄更斯和维多利亚社会所面临的幽灵般的记忆困扰。该小说在三重意义上是一个关于记忆幽灵的小说。首先，小说本身是狄更斯和成年大卫的回顾式记忆探索叙事，是一种过去幽灵在自传体文学体裁上的复活。其次，在隐喻结构上，小说中的人物被设定为"重影"般的存在，成为大卫自己或已经死亡的亲人的幽灵记忆宿主。最后，从小说的内容设置上来看，每一个人物都被安排了一个挥之不去的记忆幽灵，困在记忆幽灵环绕的过去，影射了19世纪英国维多利亚社会所面临的记忆困扰。

第一节　自传体裁的幽灵记忆书写

珀西·卢伯克（Percy Lubbock）指出，促使《大卫·科波菲尔》成形的，是过去的一段遥远历程，而不是作品所包含的任何情节之网。该小说不是由情节推动的，而是由"大卫记忆的长节奏"（the long rhythm

---

① 阿莱达·阿斯曼：《回忆空间：文化记忆的形式和变迁》，潘璐译，北京：北京大学出版社，2016年，第194页。
② 雅克·德里达：《多义的记忆：为保罗德曼而作》，蒋梓骅译，北京：中央编译出版社，1999年，第74页。

of Copperfield's memory）推动的。① 换言之，小说的情节设置总被不断地归化和调整，以服从记忆的回忆装置。梅丽莎·麦克劳德（Melissa McLeod）指出，自传本身就是一种幽灵般的体裁，因为作者从现在的角度写作，回顾过去，表现的是他自己却又不再是他自己的人物。② 文化记忆理论家阿斯特莉特·埃尔认为，在研究传记作品时，对"经历的我"和"叙述的我"进行区分至关重要。③ 从叙事时间线来看，成年作家狄更斯（作者）借用了成年作家大卫（叙述的我）的叙述视角，以一种回溯式的眼光，讲述了大卫（经历的我）如何从过去成长到现在，并拥有未来的故事。如果我们跳出将小说中的创伤事件与狄更斯的人生经历进行机械对比的窠臼，就能读到更丰富的记忆信息。该小说不仅是一个关于狄更斯和大卫过去的小说，也是一部大卫被推回到过去、重新经历过去和反思过去的故事。正如罗宾·吉尔莫（Robin Gilmour）指出的那样，《大卫·科波菲尔》典型的叙事节奏是从安全的现在回归到不太安全但重要和复杂的过去。他不断地被拉回到一个记忆中的世界。④ 威廉·T. 兰克福德（William T. Lankford）也声称，《大卫·科波菲尔》与其说是一部关于成长的小说，不如说是一部关于记忆的小说。一方面，成年叙述者大卫有目的地组织了他自我描绘的部分，以强化其成长的模式；另一方面，这个线性的成长叙事链条不断被一种无纪律的记忆节奏颠覆。⑤ 回忆旅程中的大卫具有双重身份，既作为主动意愿记忆的成年大卫，又作为被动经历回忆的亲历者。叙述者大卫与亲历者大卫在文本中属于一种既合作又竞争的关系，如果叙述的成年大卫生活在现在，那么故事中的大卫就隶属于过去。文本中既有既定的事件发展，又有超出叙事层面的想象和健忘情节，对主叙事结构进行干扰，这种干扰是通过非意愿记忆幽灵般的入侵实现的。

阿莱达·阿斯曼将自传记忆划分为"自我记忆"（Ich-Gedachtnis）和"他我记忆"（Mich-Gedachtnis）两种记忆模式。前者是"口头的、

---

① Percy Lubbock. *The Craft of Fiction*. London: Bradford and Dickens, 1921, p. 129.
② Melissa McLeod. "Hearing Ghosts in Dickens's *David Copperfield*". *Dickens Quarterly*, 2021, vol. 38. pp. 388–410.
③ 阿斯特莉特·埃尔，安斯加尔·纽宁：《文化研究的记忆纲领：概述》，冉媛译，载《文化记忆理论读本》，阿斯特莉特·埃尔编，北京：北京大学出版社，2012年，第222页。
④ Robin Gilmour. "Memory in *David Copperfield*". *Dickensian*, 1975, vol. 71. pp. 30–42.
⑤ William T. Lankford. "The Deep of Time: Narrative Order in *David Copperfield*". *English Literary History*（ELH）, 1979, vol. 46. pp. 452–467.

声明式的",后者是"短暂的、不明确的,但却不乏简洁,对感官的作用胜于理智"①。换句话说,"自我记忆"是叙述者主动的自我讲述,是有意识的记忆提取,是事件和行动所组成的情节。而"他我记忆"是在有意识的回忆过程中所释放出来的强迫性记忆。"他我记忆"不断地入侵"自我记忆"的叙事结构,造成叙事的停滞、跳跃和闪回等。自我记忆是一种有意识的记忆重建行为,因为它由功成名就的叙事者讲述自己的过去,试图从过去找到"现在自我"的形成足迹,并为"未来自我"提供前进的动力和参考。而"他我记忆"则是一种在"自我记忆"中被触发和激活的非意愿记忆。因此,现在的成年叙述者大卫和过去的亲历者大卫代表了两种动态的、竞争的记忆模式。

从宏观上来看,《大卫·科波菲尔》中的叙事时间,是从成年大卫(叙述者)所处的现在回到过去,再从过去走到现在。然而,如果我们沉浸于小说就会发现,在对这个过去的回顾性叙事中,过去的亲历者大卫(主人公)也多次陷入他的过去,即对过去的追寻。换言之,大卫从现在回到过去,并在过去再次回到过去的过去,形成了一种双重回归和记忆的时间路径。根据阿斯曼对"自我记忆"和"他我记忆"的区分,第一重回归是叙述者大卫有意识的记忆探寻,而第二重回归是大卫在亲历过去时被激活的记忆入侵。埃尔和纽宁认为:"虽然自传是一种能够形成生活经历的范例文学体裁,但它并不完全等同于对过去生活的写照。"② 它更多的是对过去的一种重建,这种重建工作主要是由第一重记忆书写实现的。通过对记忆有意识地整理,主体能够在叙事中获得存在的意义,叙事的连贯性则有助于主体连贯自我的维持。这种叙述能够"赋予它意义并能为未来打开视野"③。因此,传记写作中的"自我记忆"是理性的,代表着对秩序和意义的寻求。与之相反,"他我记忆"则代表着感性和无序,以一种对理性回忆叙事的幽灵性侵扰而存在。

阿斯曼认为,"他我记忆"是一种无法组织起来的意识之前的记忆,它依赖于身体、地点和事物作为记忆的触发器。她将"他我记忆"比喻为一个"可以振动发声的隐性共鸣系统"④。任何与过去的相遇,不管是

---

① 阿莱达·阿斯曼:《回忆的真实性》,王扬译,载《文化记忆理论读本》,阿斯特莉特·埃尔编,北京:北京大学出版社,2012年,第143页。
② 阿斯特莉特·埃尔,安斯加尔·纽宁:《文化研究的记忆纲领:概述》,前引文,第217页。
③ 阿莱达·阿斯曼:《回忆的真实性》,前引文,第143页。
④ 阿莱达·阿斯曼:《回忆的真实性》,前引文,第145页。

物质的纪念品和图像，还是无形的味道和触觉，都可能触发记忆幽灵的显现。在小说中，我们能发现很多"他我记忆"的触发器，如建筑、场所、头发、图像、风声、暴风雨、味道等。具体来说，墓地里的白色墓碑能直接触发儿童大卫对已逝父亲的记忆，并认为家里的门随时都锁着，"把我父亲的坟锁在外面"①。他总能看到墓地上空的榆树窃窃私语，仿佛是父亲的鬼魂在说话。从第一章我们就得知，大卫儿时的居所被父亲命名为"鸦巢"，虽然这里并没有白嘴鸦栖息。白嘴鸦的缺席其实也代表了大卫父亲的死亡。同时，在后面的章节中，当大卫漫步在童年熟悉的街道时，他又一次看到白嘴鸦，继而触发在"鸦巢"的童年记忆。除了这些有形的、物质的记忆触发器，一些无形的、感官的体验也成为大卫"他我记忆"的召唤师。阿斯曼指出："回忆的法杖不在我们手里，因为我们不是这种影响的主体，而是其媒介：我们自己就是法杖。"② 小说中，作为回到过去的记忆亲历者，大卫的身体和感官充当了这种回忆的法杖，用以召唤回忆的幽灵。当仆人坡勾提告诉大卫，摩德斯通先生娶了大卫的母亲克拉拉时，大卫感觉"一种东西——我也不知道什么或怎么样的——一种与墓场的坟墓和死者死而复生的东西像一阵恶风一般吹向我"③。在这里，大卫通过身体感知到的风可以被视为已逝的父亲的幽灵的复活。当被继父摩德斯通送往萨伦奇宿学校后，听到笛声，大卫再次被记忆的幽灵入侵，他的"回忆又涌了出来"④，在笛声中，大卫"听到了家里往日的声音，听到了雅茅斯海滩上的风声"⑤。在此，笛声引发的听觉系统带动记忆的神经，召唤了大卫关于家园的记忆幽灵。大卫第一次陪朵拉在花房散步时说："直到现在，我一闻到天竺葵的清香，我就产生一种亦庄亦谐的奇异之感了。"⑥ 这里，大卫的嗅觉记忆充当了对记忆招魂的符咒。

借助身体的物理性质或感官能力，过去的记忆幽灵得以召唤，从过去侵入当下的叙事进程，使本应该线性向前、向上的成长叙事脉络不断地后退。这些"他我记忆"有时怀旧而美好，有时充满创伤和恐惧，有

---

① 查尔斯·狄更斯：《大卫·科波菲尔》，康振海等译，北京：中国致公出版社，2005年，第2页。
② 阿莱达·阿斯曼：《回忆的真实性》，前引文，第144页。
③ 查尔斯·狄更斯：《大卫·科波菲尔》，前引书，第33页。
④ 查尔斯·狄更斯：《大卫·科波菲尔》，前引书，第58页。
⑤ 查尔斯·狄更斯：《大卫·科波菲尔》，前引书，第61页。
⑥ 查尔斯·狄更斯：《大卫·科波菲尔》，前引书，第303页。

时服务于"自我记忆"的叙事进程，与人物的成长历程保持着一惯性，在叙事上呈现一种互助与合作关系，有时又对现有叙事进程形成阻碍和颠覆。大卫的这种感性的、触发式的"他我记忆"使小说的"自我记忆"之旅出现一种频频回顾的冲动。也就是说，大卫的"自我记忆"是从童年按照线性时间走向大卫的成年，但是这些幽灵般出现的"他我记忆"则被触发的情感和感官带动着，使大卫在一种线性的成长时间里保留一种使时间倒退的渴望，而这种渴望恰恰代表了大卫对过去的回归冲动。凯瑞·麦克斯维尼（Kerry McSweeney）将大卫的记忆比作音乐，认为这种触发式的记忆更像普鲁斯特所提出的"自发性记忆"（spontaneous memory），其中蕴含着打动我们的力量。这些感性的、富有情感的细节赋予了大卫童年记忆对生命和成长的重要意义。[①] 在此，幽灵般的"他我记忆"在叙事进程上干扰了进步的叙事时间，但却在主题意义上促进了大卫的内心成长和自我完整。

然而，当大卫在面对母亲再婚、母亲去世、在伦敦的童工经历以及斯提福兹和汉姆的死亡时，却使用了极度精简的情感表达方式。我们可以将这些经历视为大卫有意识的"自我记忆"（记忆重建工作）的失败。毋庸置疑，这些事件在大卫成长过程中极其重要。哈瑞·斯通（Harry Stone）认为，这是大卫和狄更斯所经历的创伤性的健忘，因为它唤起了自己被父母抛弃和被送去做童工的创伤记忆。[②] 大卫无法通过理性和意识有序地将这些记忆整理到"自我记忆"的书写行为中，恰恰说明了这种缺场幽灵般的在场。简单来说，正是因为这段"他我记忆"过于痛苦，才导致了它在"自我记忆"中的缺场状态。如此一来，这种缺场是"他我记忆"所造成的影响和痕迹，也是一种幽灵般的在场，虽不占据任何位置，却以自己造成的影响提醒自己的在场。麦克劳德将声音和鬼魂视为大卫记忆写作中的重要母题，认为声音和幽灵一样，存在但不可见，无法追溯源头却发挥持久的影响力。[③] 笔者认为，记忆也与声音和幽灵类似，虽不可见但却通过对当下产生影响的方式来干扰当下。由此，这种"自我记忆"的缺场，实则说明了"他我记忆"强大的颠覆性力量，

[①] Kerry McSweeney. "*David Copperfield* and the Music of Memory". *Dickens Studies Annual*, 1994, vol. 23. pp. 93-119.

[②] Harry Stone. *Dickens and the Invisible World: Fairy Tales, Fantasy, and Novel-Making*. London: Palgrave Macmillan UK, 1979, p. 202.

[③] Melissa McLeod. "Hearing Ghosts in Dickens's *David Copperfield*". *Dickens Quarterly*, 2021, vol. 38. pp. 388-410.

迫使大卫的"自我记忆"叙事进程产生省略和跳跃。

在整部小说中,这种频频回顾式的撤退性叙事也表现在大卫的空间运动之中。兰克福德指出,小说中空间的运动象征性地与时间中的运动平行。① 罗斯玛丽·蒙德亨克(Rosemary Mundhenk)也指出,每一次小说情节在时间上向前推进,大卫都会在地理上绕回以前的地方。② 通过图绘大卫的空间移动,我们可以发现,大卫的每次前进都会撤回到前一个地点,然后再次前进。他出生于布兰德斯通,在母亲与摩德斯通先生交往时,他前往雅茅斯,然后回到布兰德斯通发现母亲再婚,接着大卫被送往萨伦寄宿学校,再次回到布兰德斯通后,大卫又被送往伦敦做童工。在从伦敦工厂逃往多佛的姨婆家的途中,他又再次路过了萨伦学校。在坎特伯雷完成学业后,大卫返回了雅茅斯和布兰德斯通,并再次去往伦敦。大卫的空间运动以一种"离开—返回—离开—返回"的模式贯穿整部小说。可以说,大卫每一次迈向未来的运动,都不可避免地需要回到过去。通过这种运动,我们发现大卫的前进和成长是由不断的返回过去而实现的。

综上,大卫的自传叙事以前进和进步为主基调,却也遭遇了"他我记忆"幽灵般的干扰,使之后退或者停滞。大卫的成长是在不断的回归中完成的。这种在前进中不断回顾和犹豫的状态,恰当地模拟了19世纪维多利亚社会的人们在面临寓意于未来的进步主义和寓意于过去的保守主义时所经历的精神状态。可以说,狄更斯以大卫的过去探寻之旅折射了维多利亚时代的人们面临的时代焦虑。像大卫一样,维多利亚时代的人们也面临着过去幽灵的困扰。维多利亚社会普遍被描述为一个转型的社会,处在过去和未来的阴影之间。18世纪末以来的工业化和城市化进程加速了历史的进步,人们在短短几十年见证了几倍于以前几个世纪的变化。可以说,经济和技术领域的进步使人们的生产、生活和交流方式发生了翻天覆地的变化。然而,人们所遵循的价值观念、思考方式和生活习惯却摇摆于过去和未来之间。过去不断以各种形式呈现在人们的生活中。

---

① William T. Lankford. "The Deep of Time: Narrative Order in *David Copperfield*". *English Literary History* (ELH), 1979, vol. 46, pp. 452—467.

② Rosemary Mundhenk. "*David Copperfield* and 'The Oppression of Remembrance'". *Texas Studies in Literature and Language*, 1987, vol. 29, pp. 323—341.

第二节 重演记忆的重影人物

小说的幽灵性质不仅仅体现在作为"自我记忆"的自传体裁上（不断被"他我记忆"幽灵般扰乱的叙事进程），还体现在重影般的小说角色上。鲁特·克吕格尔（Ruth Klüger）一针见血地指出："回忆是招魂，有效的招魂是巫术。"① 鬼魂是死去的过去的隐喻，记忆让过去的人和事在当下复活。记忆和鬼魂都作为过去的痕迹而存在。斯通认为，《大卫·科波菲尔》被一种无形的力量支配，是一部混合了童话写作的现实主义作品，并详细分析了小说中的童话元素，如预言、魔法、符咒、征兆、梦境、民间传说和童话原型等。② 在大卫的回顾式叙事中，招魂也得到了恰当的体现。

罗斯玛丽·博登海默（Rosemarie Bodenheimer）指出，大卫在小说中占据了"一系列的位置，首先分散在其他角色中，其次分散在叙事视角中"③。在上一个小节中，我们考察了大卫叙事视角的分裂。斯通认为，小说的一个重要主题就是过去和未来的幽灵和阴影如何在我们醒着和睡着的每一个时刻出没。④ 在此，我们可以将大卫在其他角色身上的投影现象视为大卫的鬼魂在其他角色身上的复活，它代表了一种过去的记忆，是过去记忆在其他角色身上的重演，它们以幻影的方式返回到大卫的成长过程中，对大卫施以影响。

小说一开始就声称大卫"具有能见鬼的天赋"⑤，虽然故事中的大卫对此予以否认，但是这句话却恰当地预言并概括了大卫的成长经历。小说中最明显的重影现象来自大卫和朵拉的婚姻。我们在朵拉身上看到了大卫记忆中已逝母亲的幻影。两者都被塑造为不食人间烟火的仙女形象：快乐天真、软弱而黏人、像个洋娃娃、缺乏生活经验、疏于家务，都是

---

① 转引自阿莱达·阿斯曼：《回忆空间：文化记忆的形式和变迁》，前引书，第 195 页。
② Harry Stone. *Dickens and the Invisible World: Fairy Tales, Fantasy, and Novel-Making*. London: Palgrave Macmillan UK, 1979, p. 194.
③ Rosemarie Bodenheimer. "Knowing and Telling in Dickens's Retrospects". *Knowing the Past: Victorian Literature and Culture*. Ed. Suzy Anger. New York: Cornell University Press, 2001, p. 223.
④ Harry Stone. *Dickens and the Invisible World: Fairy Tales, Fantasy, and Novel-Making*. London: Palgrave Macmillan UK, 1979, p. 196.
⑤ 查尔斯·狄更斯：《大卫·科波菲尔》，前引书，第 1 页。

"孩子太太"（child wife）。而且，二人都早早离开了人世。戈尔迪·摩根塔勒（Goldie Morgentaler）将这种现象视为行为模式在代际之间的遗传性重复。① 然而，笔者却认为这是大卫对母亲记忆的幽灵式复活，是过去幽灵对现在的控制。大卫用一种朦胧而怀旧的语调来回忆他与朵拉的相处。在描述他与朵拉的婚礼场景时，他在一个章节中使用了15次"梦"（dream）这个词，来彰显其不真实性。大卫对朵拉的迷恋源于他童年时期建立的对母亲依恋的情感模式，因此，朵拉可被视为大卫关于母亲的记忆幽灵复活的场所和媒介。大卫被脑海中甜美温柔的母亲记忆奴役，无意识之中，他对朵拉的迷恋其实是他对母亲记忆的投射性复活。然而，大卫与朵拉的婚后生活中，我们又看到了大卫继父摩德斯通先生的影子。大卫试图实施一系列措施对朵拉进行改造，想将她培养为一个合格的太太，完成从孩子太太到大人的转变。这种令人窒息的改造工作，让我们隐约看到摩德斯通先生对克拉拉的精神控制。正如迈克尔·布莱克（Michael Black）所提出的疑问一样，如果朵拉没死，大卫是否会变成另一个摩德斯通？②

迪克先生是大卫另一个幽灵性的投射。两人的相似性最多。两人都无父无母，在一段创伤经历之后被贝茜姨婆收养，并通过改名字这一洗礼性的事件与过去切断联系。另外，两人都通过写作这一行为去探索记忆，寻求疗愈过去的良方。迪克先生的人生目标是完成他的"回忆录"（memorial），但是他的写作不断被查理一世被砍头的历史画面打断。凯茜·卡鲁斯（Cathy Caruth）认为，迪克先生是大卫的替身，因为二人都经历了虐待性的家庭创伤，但他无法将创伤经历转化为文字。③ 可以说，在迪克先生身上，我们看到了大卫遭遇家庭创伤后的另一种故事版本。如果我们给全书的事件做个速写就会发现，大卫生命中历史性的重大转折就发生在贝茜姨婆收养他的那一刻。在此行为之前，大卫是一个遗腹子，自出生就生活在一个父亲缺席、母亲无能的家庭。他先后遭遇了母亲再婚、被送往地狱般的萨伦寄宿学校、被继父和继父的姐姐虐待、母亲在高压虐待中去世、年仅10岁就被送往伦敦工厂打工，后决定出

---

① Goldie Morgentaler. *Dickens and Heredity: When Like Begets Like*. London: Macmillan Press LTD, 2000, p.66.
② 转引自 Roger D. Sell. "Projection Characters in *David Copperfield*". *Studia Neophilologica*, 1983, vol.55, p.23.
③ Cathy Caruth. "Language in Flight: Memorial, Narrative and History in *David Copperfield*". *Sillages Critiques*, 2017, vol.22, p.4880.

逃，却在途中遭遇恶魔般角色的欺骗、抢夺，最终才来到了贝茜姨婆的家。被姨婆收养后，大卫在坎特伯雷受到良好的教育、以优异的成绩毕业、荣归故里、在博士院工作、娶了梦寐以求仙女般的朵拉、成为一名知名作家，在朵拉去世后，娶了家中天使艾尼斯，最后儿女双全。贝茜姨婆的收养，彻底扭转了大卫的人生。

然而，我们不禁开始思考，那些创伤经历哪儿去了？它们是否会重新返回大卫的生命中折磨他？为什么在叙事过程中，就在大卫的创伤经历戛然而止的时候，一个叫作迪克先生的新角色突然在贝茜姨婆的房子以一个受创者的角色出现？笔者认为，作为大卫的替身，迪克先生充当了将大卫的创伤记忆重演的媒介。大卫的行动继续向前，而迪克先生却停滞在当下，并不断地回到一段无法理解的过去。大卫在成长，而迪克先生却倒退回一种儿童般的状态，经历着语言的退化和叙事的不断中断。大卫的自传式叙事是对自己创伤记忆的征服，而迪克先生反复中断的纪念却只能是一次次的无尽的徒劳的回归。在叙述者大卫的自传性写作中，通过见证自己的创伤记忆在迪克先生身上幽灵般的重演和复活，记忆亲历者大卫能够实现一种替代性的补偿与和解。

另两个大卫的替身是斯提福兹和尤利亚。这两个人物与大卫有着相似的家庭结构，即都失去了父亲，生活在一个只有母亲或代理母亲[①]组成的家庭。大卫不止一次表示对斯提福兹盲目的崇拜，甚至达到一种莫名迷恋的状态，认为他具有一种"迷人的力量"[②]，"有一种魔力"[③]，就像随身携带着一种"符咒"（spell）。甚至在艾尼斯提醒大卫警惕斯提福兹时，他也进行了出于本能的辩护。同时，斯提福兹与童年的大卫都不约而同地爱上了小艾米丽。在斯提福兹身上，我们看到了大卫早年对艾米丽爱恋的记忆幻影。童年大卫对艾米丽的爱恋，像一首童话般的田园诗。回忆中大卫对艾米丽的爱是美好的，也是充满保护欲和英雄主义的。大卫幻想他和艾米丽就像森林里的精灵，并在与艾米丽分别时发誓："我要杀死向她求爱的任何人。"[④] 这种疯狂的、充满保护欲的英雄主义的爱情冲动在斯提福兹与艾米丽的私奔行为上得到了重演。在斯提福兹身上，大卫童年未完的爱恋得以延续。在尤利亚身上，我们同样能看到他对大

---

① 大卫被贝茜姨婆收养后，贝茜姨婆承担了代理母亲的角色，对大卫进行照顾。
② 查尔斯·狄更斯：《大卫·科波菲尔》，前引书，第78页。
③ 查尔斯·狄更斯：《大卫·科波菲尔》，前引书，第79页。
④ 查尔斯·狄更斯：《大卫·科波菲尔》，前引书，第112页。

卫莫名其妙的吸引力，但却是一种既吸引又排斥的复杂情感。当大卫第一次见到尤利亚时，他"感到有一种力量把我拉到尤利亚·希普那儿（我觉得他对我有一种魔力）"[①]，后面又提到"他实际的样子比我想像的更加难看，后来我反而被他的样子所吸引"[②]。尤利亚和大卫一样，都试图通过努力学习专业知识（大卫苦苦训练"速记法"，而尤利亚努力学习法律知识）提升自己的地位，两人也都对艾尼斯有着爱慕之情。罗杰·D. 赛尔（Roger D. Sell）认为，尤利亚是大卫想象中妖魔化的自己。[③] 然而，笔者却认为这种既吸引又排斥的情感是大卫对童年记忆的恐惧。可以说，尤利亚重演了一个并未得到姨婆收养的大卫的故事。如果没有姨婆的收养，当时在伦敦作为童工的自己大概率会沦为像尤利亚一样出身低下却渴望通过知识跨越阶层的可怜人。透过尤利亚，大卫看到了自己的另一种结局。通过将记忆以投影的方式分散在不同的角色中，大卫在不同阶段的记忆在这些角色身上得到重演。在这个过程中，故事中的大卫是自己记忆的见证者，叙述中的大卫是对自己创伤记忆的幽灵式书写者。叙述中的大卫通过重影的方式，让创伤记忆附着在其他角色中，让其复活并重演自己的记忆，实现了一种对创伤记忆的有距离的见证和审视。

第三节　记忆幽灵的重复与回归

不管是幽灵般的"他我记忆"在自传书写中对叙事进程的干扰，还是记忆幽灵在人物设置上的投影式叙事策略，都显示了记忆幽灵不请自来、扰乱并对当下予以干涉和影响的历史意识。福柯认为，19世纪的人们"对由时间能遗留下来的文献或痕迹表示出来的强烈好奇心"[④]。这种好奇心说明，当时的人们已经意识到历史和过去在这个时代的匮乏状态，显示了一种对过去的回顾式探索的冲动。福柯使用了文献和痕迹这两个词。我们可以将文献视为记忆的物质性媒介，如纪念碑、哥特建筑、遗

[①] 查尔斯·狄更斯：《大卫·科波菲尔》，前引书，第179页。
[②] 查尔斯·狄更斯：《大卫·科波菲尔》，前引书，第294页。
[③] Roger D. Sell. "Projection Characters in *David Copperfield*". *Studia Neophilologica*, 1983, vol. 55, p. 27.
[④] 米歇尔·福柯：《词与物：人文科学的考古学》，莫伟民译，上海：上海三联书店，2016年，第373页。

址、文物等非文字性媒介，以及历史记载、考古编撰、文化书写等文字媒介。而痕迹既是过去经过时间洗礼的物质性标记，也是过去对现在抽象性的影响。我们可以将这种具有影响力的痕迹视为幽灵般的记忆的显现。

在《大卫·科波菲尔》中，过去的幽灵以两种不同的面貌纠缠着当下：充满恐惧色彩的、不请自来的记忆和充满怀旧色彩的被召唤的记忆。它们在小说中对人物的当下要么具有摧毁性的威胁力，要么具有促进性的治愈力。小说中的大卫、迪克先生、贝茜姨婆、威克菲尔先生、斯提福兹、达特尔小姐甚至艾米丽都生活在被过去侵扰并努力与过去和解的时间循环中。大卫童年的创伤经历总是像幽灵一般困扰着他的成长。他创伤记忆最主要的标志是摩德斯通先生。在大卫的童年记忆中，继父摩德斯通先生被描述为一个长着黑色毛发的、凶神恶煞的、鸠占鹊巢的黑毛狗。随后，在母亲化身的朵拉身边，向朵拉求爱的大卫发现，朵拉一直被一条叫作吉卜的狗守护着。就像摩德斯通先生曾经挡在他和母亲之间一样，吉卜也对大卫表现出了极大的恶意。大卫感觉到"它非常憎恨我"[①]。我们有理由相信，以狗作为载体，过去的摩德斯通先生又回来了，他重新返回到大卫的生活中，对现在的大卫形成威胁。

另一个从过去返回的人物是摩德斯通小姐。异常巧合的是，她作为朵拉的女伴重新出现在大卫和朵拉的恋爱花园中。利维斯夫妇（F. R. Leavis & Q. D. Leavis）认为："生活由新的开始组成，但每个阶段都被过去的人物所渗透，或通过事件的相似与其他人物联系起来。"[②] 因此，摩德斯通小姐的再次出现并不是偶然，因为与摩德斯通小姐一起返回的是大卫"不愿意重提"[③] 的"过去的侮辱"[④] 和不堪的童年。大卫与读者一样，对摩德斯通小姐所带来的过去的毁灭性力量充满恐惧。事实证明，通过摩德斯通小姐与化身为吉卜的摩德斯通先生的合谋，大卫与朵拉的订婚被毁了。吉卜翻出的大卫写给朵拉的秘密情书，刚好被摩德斯通小姐发现并透露给了朵拉的父亲斯本罗先生。

贝茜姨婆作为小说中救世主一般的存在，也同样带着挥之不去的记忆幽灵。记忆幽灵的困扰主要体现为贝茜姨婆对男性的厌恶和抵制。当

[①] 查尔斯·狄更斯：《大卫·科波菲尔》，前引书，第302页。

[②] F. R. Leavis and Q. D. Leavis. *Dickens the Novelist*. London: Chatto & Windus, 1970, p. 99.

[③] 查尔斯·狄更斯：《大卫·科波菲尔》，前引书，第300页。

[④] 查尔斯·狄更斯：《大卫·科波菲尔》，前引书，第300页。

大卫降生时，由于发现出生的是个男孩而非女孩，贝茜姨婆像个失望的仙女般愤然夺门离开了。当大卫衣衫褴褛地进入贝茜姨婆的园子时，贝茜姨婆挥舞着手中的刀子对他吼："滚开！这里不许男孩子来！"① 这种对男性无缘由的愤怒和厌恶几乎达到了神经质的状态。后来我们得知，这来源于贝茜姨婆失败的婚姻记忆。威克菲尔先生则困于亡妻带来的悲痛和内疚之中。亡妻的记忆幽灵促使他成为一个病态的父亲。为了避免长相颇似亡妻的女儿艾尼斯接触其他人，他剥夺了女儿上学的机会，并声称她只能与自己亲近。他拒绝接受过去，试图让记忆的幽灵持久地在当下病态地重演。父亲缺席的家庭创伤也幽灵般地困扰着斯提福兹，使他总有一种缺失感，通过玩弄感情和玩世不恭来寻求替代性的满足。他对达特尔不负责任的感情则成为折磨和纠缠达特尔的记忆幽灵，将她从一个温柔的仙女变为愤怒的复仇恶魔。上面所提到的记忆幽灵代表了过去未被解决的创伤性经历。从他们身上，我们能看到记忆幽灵对当下产生了一种破坏性力量，威胁着人们主体身份的稳定性和连贯性。这种记忆表征了一个来不及消化的过去，只能以幽灵般的记忆反复闪回的过去，和试图在当下的重复中终于能走进未来的过去。

　　小说中的另一种记忆是以母亲和坡勾提组成的温暖家乡记忆和以雅茅斯为圆心的船屋记忆。这两个记忆场景充满了怀旧而浪漫的色彩。詹姆斯·巴扎德（James Buzard）认为，以坡勾提为中心的雅茅斯共同体成员浪漫化或"隐喻性地冻结"（metonymically frozen）了人种志传统中的农民形象。② 他进一步指出，这个群体表征了前现代的非理性，与维多利亚时代兴起的现代理性形成鲜明对比。在此基础上，大卫对以坡勾提为代表的共同体社会的怀旧性记忆成为前现代的记忆隐喻。博伊姆指出："怀旧本身具有某种乌托邦的维度。"③ 因此，这种乌托邦的怀旧记忆更多的是一种想象，是大卫前进的力量源泉，在大卫的成长中成为一种治愈性的力量。然而，这种田园乌托邦的怀旧记忆在故事中面临着崩塌，只能以一种"逃逸"的方式，在叙事框架之外，通过出海移民得到保存和延续。

　　我们可以发现，不请自来的幽灵性创伤记忆和深植于记忆深处的怀

---

① 查尔斯·狄更斯：《大卫·科波菲尔》，前引书，第 146 页。
② James Buzard. "*David Copperfield* and the Thresholds of Modernity". *English Literary History*（ELH），2019，vol. 86. p. 228.
③ 斯维特兰娜·博伊姆：《怀旧的未来》，杨德友译，南京：译林出版社，2010 年，第 2 页。

旧记忆共同构成了大卫对待过去的复杂态度。对狄更斯来说，记忆既是破坏性力量又是治愈性力量。弗莱德·卡普兰（Fred Kaplan）描述了狄更斯写自传时的挣扎状态："就像一只在大篷车里的野兽在主人缺席的时候描述自己。"[1] 我们也可以如此描述大卫和狄更斯对待过去和记忆的态度。对狄更斯来说，过去的记忆就像野兽，具有威胁性，但也具有守护性。

贝茜姨婆说："回忆过去对我们是无用的，除非它对现在有某些影响。"[2] 这句话恰当地表明了狄更斯对待过去的态度。尼采认为，回顾过去是一种定义现在和未来的方式。[3] 德里达也指出："记忆投向将来，并构成现在的在场。"[4] 记忆虽然来自过去，但却指向未来。瓦格纳·艾格尔哈夫（Wagner Egelhaaf）指出，自传不仅与个体记忆相关，还与文化记忆相关。[5] 因此，狄更斯对待过去的复杂情感很好地折射了19世纪中期维多利亚社会对待过去的矛盾态度。虽然狄更斯很清楚过去的力量，但是他敏锐地意识到自己总是被未来的强大力量吸引。[6] 正如大卫的故事所显示的那样，总体趋势上，大卫是一种进步成长叙事，而这种叙事却总呈现出被过去纠缠的状态。简单来说，大卫的成长是背负着对过去历史的反复回顾实现的。历史既是前进的负担，又是汲取前进力量的源泉。蒙德亨克概括说，狄更斯的大部分小说都是围绕着一种对过去的回归来建构的，其目的是发现或澄清当下的意义。[7]

19世纪中期的维多利亚社会刚刚结束了"饥饿的四十年代"和宪章运动，各种社会问题暴露无遗。工业化和城市化带来的经济上的腾飞并未帮助人们构建一个同样优秀的社会秩序。狄更斯的这种回顾式冲动是每一个维多利亚社会市民的写照。沃尔特·E. 霍夫顿（Walter E. Houghton）指出，维多利亚社会在"1850年仍然处在一个'融合与过渡'（fusion and transition）的时代……旧的公式和观念、陈旧的制度正

---

[1] Fred Kaplan. *Dickens: A Biography*. New York: William Morrow, 1988, p.338.
[2] Charles Dickens. *David Copperfield*. Hertfordshire: Wordsworth Editions Ltd., 1992, p.298.
[3] 海登·怀特：《元史学：19世纪欧洲的历史想象》，陈新译，北京：译林出版社，2013年，第434页。
[4] 雅克·德里达：《多义的记忆：为保罗德曼而作》，前引书，第67页。
[5] 转引自阿斯特莉特·埃尔，安斯加尔·纽宁：《文化研究的记忆纲领：概述》，前引文，第217页。
[6] William J Palmer. *Dickens and New Historicism*. London: Macmillan, 1997, p.170.
[7] Rosemary Mundhenk. "*David Copperfield* and 'The Oppression of Remembrance'". *Texas Studies in Literature and Language*, 1987, vol.29, p.324.

在被扔进熔炉;它们在融合——它们必须被重新锻造:谁又能知道在这个新的模子里,它们能形成什么样的形状呢?"① 历史在加速前进,过去的习俗和秩序还来不及在这个新的时代找到自己的存在方式,就被抛弃和遗忘了。这种加速的历史,使人们产生一种历史被中断的错觉。过去以恐惧和怀旧两种面貌交替地呈现在人们面前。

霍夫顿指出:"随着一个长期建立的秩序的瓦解,以及由此导致的社会和思想的分裂,旧的联系被打破,人们变得强烈地意识到一种分裂感。"② 这种分裂感既是人与人之间功利化的社会关系的表现,也是人们与自己的过去撕裂开来的焦虑与不安。

小 结

福柯在《词与物:人文科学的考古学》(*The Order of Things: An Archaeology of the Human Sciences*,1966)中提到,19世纪的人们具有强烈的历史意识。③ 作为狄更斯唯一一部直接探讨记忆的作品,《大卫·科波菲尔》通过大卫的成长叙事影射了19世纪中期维多利亚社会的历史叙事。与大卫的成长类似,维多利亚社会也被过去的幽灵困扰。小说作为大卫有意识的"自我记忆"写作,代表了理性和秩序,而"他我记忆"的幽灵则充当了对进步叙事进程的干扰。狄更斯使用一系列重影式人物,描摹了过去对当下幽灵般的侵扰和影响。小说中的人物都不可避免地被一段过去控制和影响。对狄更斯和大卫来说,记忆既是危险的幽灵入侵,又是一种治愈的招魂行为,对现在既呈现出破坏性力量,又呈现出建设性力量。这种对待过去的复杂态度恰当地模拟了19世纪中期维多利亚社会对进步主义和保守主义的精神困扰。

---

① Walter E. Houghton. *The Victorian Frame of Mind*,1830-1870. London:Yale University Press,1985,p.9.
② Walter E. Houghton. *The Victorian Frame of Mind*,1830-1870. London:Yale University Press,1985,p.77.
③ 米歇尔·福柯:《词与物:人文科学的考古学》,前引书,第373页。

第四章 《简·爱》的记忆创伤与记忆困境

英国女作家夏洛蒂·勃朗特的小说《简·爱》(Jane Eyre, 1847)以维多利亚时代为背景，聚焦主人公简·爱的个人成长经历，并将其刻画为一位具有自主意识的新女性形象。在《阁楼上的疯女人》(The Madwoman in the Attic, 1979)中，吉尔伯特和古芭声称《简·爱》是一部"反抗的女性主义"[1]作品。莎莉·沙特尔沃思（Sally Shuttleworth）也指出，简·爱的"反抗"经历了"不可抗拒的心理过程"[2]，她出于本能地抵制和抗拒了当时盛行的男权至上的社会风气。译者祝庆英更在《译本序》中将《简·爱》奉为女性主义经典之作，认为该小说"成功地塑造了一个敢于反抗、敢于争取自由和平等地位的妇女形象"[3]。可见，简·爱身上的反抗精神是理解这部小说的关键。简·爱的"反抗"既是共时的，也是历时的：既指简·爱对父权社会的反叛，也暗含她对过去经验的反思，即简·爱总是站在现在回望过去，甚至否定自己的过去。换言之，历时意义上的"反抗"强调简·爱在自身过往经历中遭受的不公正对待，过去已发生的事件不断干扰她的现时经验，刺激或逼迫她选择告别过去，与自己的过去经验产生疏离。在此过程中，简·爱尝试追求新的生活，企图遗忘过去并构筑新的现在和未来。基于此，简·爱的"反抗"行为可被看作记住与忘记之间的对抗，集中表现为个体记忆的储存、筛选、竞争、抑制、抹除或覆盖等记忆动力学类型。小说再现了简·爱的记忆困境，着力凸显出她不惧困难和挑战、不断与

---

[1] Sandra M. Gilbert, Susan Gubar. *The Madwoman in the Attic*: *The Woman Writer and the Nineteenth-Century Literary Imagination*. London: Yale University Press, 2000, p. 338.

[2] Sally Shuttleworth. *Charlotte Brontës and Victorian Psychology*. New York: Cambridge University Press, 1996, p. 163.

[3] 祝庆英:《译本序》，载《简·爱》，夏洛蒂·勃朗特著，上海：上海译文出版社，1980年，第6页。

创伤记忆抗争的过程，颂扬了她身上所具有的反抗精神。

　　根据莫里斯·哈布瓦赫的集体记忆理论，记忆本质上是自我对集体框架的选择，即个体选择以何种身份来认识自己并实现自我认同。基于此，哈布瓦赫提出"家庭记忆"（the collective memory of the family）这一概念。他指出，家庭是记忆的社会框架之一，当我们以集体自称时，"家庭思想往往是我们思想的主要成分"[1]。个体通过家庭生活认知社会，通过将自己纳入"家庭"这一集体框架来定位个人的社会属性与身份认同。阿莱达·阿斯曼在研究德国父辈小说时，将以家庭作为主要叙述对象的小说统称为家庭小说。她认为，个体自我身份的实现与家庭的记忆框架密切相关，家庭的历史渊源、亲属关系以及婚姻状态是个体认知自己在集体中所处位置的重要参照。在此意义上，围绕家庭展开的记忆互动即为不断找寻、隐忍、诠释和探知"我"的过程。[2] 阿斯特莉特·埃尔着重讨论了家庭记忆在记忆媒介中"不断重塑"[3] 的动力学特质，即家庭记忆本身具有流动性和不稳定性特征。随着阅历的增长，个体对待家庭的态度存在变化的可能性，集中体现在个体在家庭或其他记忆框架中筛选和比较的行为上。

　　针对维多利亚时代的女性，家庭于她们而言具有无可替代的重要意义。在工业化程度与日俱增的社会背景下，英国维多利亚社会主流的劳动分配模式为"男性负责确保家庭的日常开支，女性则做好家庭的份内工作"[4]。这一时期的妇女主要在家庭空间内活动，女性的职责在于成为教堂和社会所认可的贤妻和慈母，须具备谦虚、奉献和节俭的美德，扮演"家中天使"的形象。对简·爱来说，她的绝大部分生活经验都来自"家庭"这一记忆框架：要么在原生家庭或婚姻生活中扮演女儿、侄女、妹妹或妻子的角色，要么去到他人家中担任家庭女教师。换言之，家庭是简·爱个体记忆的"记忆之场"，既承载着她难以言说的创伤记忆，更是她反抗过去和重新界定自我价值的重要场域。原生家庭带来的记忆创伤逼迫简·爱踏上漫长的反抗与治愈之旅：一方面，简·爱选择重新调整自己的记忆框架，在家庭与宗教两种记忆范式中艰难抉择；另一方面，

---

[1] 莫里斯·哈布瓦赫：《论集体记忆》，前引书，第107页。
[2] 阿莱达·阿斯曼：《记忆中的历史：从个人经历到公共演示》，前引书，第54页。
[3] Astrid Erll. "Locating Family in Cultural Memory Studies". *Journal of Comparative Family Studies*, 2011, vol. 42, no. 3, p. 306.
[4] Claudia Nelson. *Family Ties in Victorian England*. Westport: Praeger Publishers, 2007, p. 7.

婚姻为她调整和重构自己的家庭记忆提供了新的契机。在记忆竞争与记忆重建之间,简·爱为反抗过去与治愈创伤做出了勇敢的尝试。

第一节　家庭记忆与童年创伤

哈布瓦赫认为,家庭记忆"可以还原为一系列相继出现的画面"[①]。这些关于家庭的画面,或称记忆碎片帮助个体在家庭框架中找到自我的归属感。基于此,个体于家庭生活中存在的痕迹可被看作行走的家庭记忆的存储器,那些看似微不足道的日常琐事实际上也都是家庭记忆的重要组成部分。在《简·爱》中,简·爱对家的初体验即为盖茨海德府中那段寄人篱下的生活。正如简·爱本人所言,这里"不是我的家"[②],盖茨海德府未能给童年时期的简·爱带来安全感和归属感,更无法成为简·爱的庇护之所,反而成为简·爱创伤记忆的"记忆之场"。

根据凯茜·卡鲁思对创伤的定义,创伤是"对突然或灾难性事件的压倒性体验,对事件的反应往往是延迟的"[③]。由于创伤事件难以承受,个体无法理性应对,只能凭借本能做出诸如害怕、痛苦、焦躁甚至愤怒的反应。同时,创伤具有延宕性,创伤事件对个体的伤害会反复再现。如若个体再次在现实或梦境中经历相似的场景,那些被暂时遗忘的创伤内容会被二次激发,导致个体产生创伤后遗症。《简·爱》开篇即复现出简·爱遭遇二次创伤的过程。在这段叙述中,夏洛蒂·勃朗特给予童年时期的简·爱以叙述者的权利,叙述自我"简·爱"通过对一系列情感状态的描述,揭示出自己在盖茨海德府中的悲惨境遇。年幼时期的简·爱热爱阅读,喜欢沉浸在自己的想象世界中,她直言:"那忽儿真是快活"[④]。但在盖茨海德府中的其他家庭成员看来,阅读是坏脾气的来源,沉迷书本世界的行为与整个家庭氛围格格不入。在读书过程中,简·爱常被约翰粗鲁的叫骂声打断,直呼她为"阴郁小姐"[⑤]。这些具有侮辱性质的词汇刺激着简·爱的神经:此刻,阅读不再是愉悦、自由的,反而

[①] 莫里斯·哈布瓦赫:《论集体记忆》,前引书,第97页。
[②] 夏洛蒂·勃朗特:《简·爱》,祝庆英译,上海:上海译文出版社,1980年,第25页。
[③] Cathy Caruth. *Unclaimed Experience*: *Trauma*, *Narrative and History*. London: The Johns Hopkins University Press, 1996, p. 11.
[④] 夏洛蒂·勃朗特:《简·爱》,前引书,第4页。
[⑤] 夏洛蒂·勃朗特:《简·爱》,前引书,第4页。

转变为一种令人痛苦的创伤事件。简·爱回忆到,"我的每一根神经都怕他,只要他一走近我,我骨头上的每一块肌肉都会收缩起来"①。由于约翰长期对简言语侮辱和行为虐待,"约翰"这个名字已经成为一种具有创伤性质的记忆符号,反复触发简·爱的创伤体验,"收缩的肌肉"则是她应对创伤的一种应激机制,"是记忆主体对其自身所经历的伤害和痛苦的一种自主防御和自我保护"②。

事实上,身体上的自我防御机制并不能化解简·爱的创伤。创伤事件在当下的频繁复现,使简·爱的"恐惧已经超出了它的顶点"③。关键之处在于,施暴者约翰是简·爱的表哥,与她有血缘关系,是她家庭记忆框架中至关重要的一部分。正如哈布瓦赫所言,每当唤起对家庭的记忆,"我们立刻就会想到亲属关系"④。个体与亲属之间或亲密或疏离的关系将直接影响个体认知家庭的方式,影响其家庭观念和家庭记忆的塑造。在盖茨海德府,约翰的行为反映了盖茨海德府一家人对待简·爱冷漠、贬低的态度和他们与童年简·爱的霸凌式家庭关系模式。这种具有攻击性的不健康家庭关系是简·爱童年创伤的重要诱因。

卡琳·维德伯格(Karin Widerberg)在论及家庭记忆时指出,关注家庭住宅可以激发新的研究思路⑤。家庭住宅之于家庭记忆就如同博物馆之于历史记忆(historical memory),是稳定的、固态的记忆载体。只要简·爱做错事,里德太太就会把她关进一间红屋子。红屋子作为一个记忆空间,容纳了简·爱愈加深重的创伤记忆。小说中,简·爱的回忆叙述看似逻辑清晰、有理有据,但事实上,创伤事件已经超越了叙述者的"心理、生理承受程度,意识和自我受到损害,所以知识/感知轴可能出现意义错位"⑥。换言之,身处这一空间中的简·爱早已出现意识混乱,她的叙述是不可靠的,其幻觉式和闪回式的创伤叙事语言也体现了记忆竞争造成的意识混乱。与此同时,空间的幽闭、静谧和荒芜之感更加剧了她内心的恐惧。再者,这间房屋是简·爱那位曾对她呵护有加的

---

① 夏洛蒂·勃朗特:《简·爱》,前引书,第5页。
② 赵静蓉:《文化记忆与身份认同》,北京:生活·读书·新知三联书店,2015年,第93页。
③ 夏洛蒂·勃朗特:《简·爱》,前引书,第6页。
④ 莫里斯·哈布瓦赫:《论集体记忆》,前引书,第118页。
⑤ Karin Widerberg. "Memory Work: Exploring Family Life and Expanding the Scope of Family". *Journal of Comparative Family Studies*, 2011, vol. 42, no. 3, p. 332.
⑥ 王欣:《创伤记忆的叙事判断、情感特征和叙述类型》,载《符号与传媒》2020年第2期,第180页。

舅舅去世和出殡的地方，不论是出于缓解自己内心的委屈，还是得益于空间时间化的记忆功能，简·爱自然而然地回忆起舅舅。但事实上，回顾与舅舅相处的过往只能暂时缓解简·爱内心的苦楚，因为回忆行为本身意味着往事的消逝，那些被宠爱有加的日子早已不复存在。简言之，现在与过去之间存在一条难以逾越的鸿沟。现实的残酷导致年幼的简·爱再次经历创伤，造成认知上的错乱和生理上的病痛，窗外忽闪的亮光被她描述成"从另一个世界来的鬼魂的先驱"[1]，这直接导致她身体和精神的休克。自那之后，红屋子作为记忆的空间表征，变身为简·爱童年创伤的存储之地。于简·爱而言，盖茨海德府并非温暖的港湾，而是充满苦难和噩梦的地狱。

盖茨海德府本应是19世纪家庭的完美典型。作为男主人，简·爱的舅舅是一位有精神追求的绅士，对待家庭职责非常严谨，能够履行丈夫、父亲或舅舅的义务，尽心尽责抚育下一代，体现出一个基督徒的爱心。作为女主人，简·爱的舅母则是维多利亚时代女性形象的代表，她既是家庭的守护天使，更是道德和伦理的典范。但舅舅去世以后，舅母溺爱自家孩童，将简·爱当作她家庭生活的外来入侵者，对她充满排斥和敌意。在简·爱看来，生存于盖茨海德府这一家庭环境中，她既不像里德太太和约翰那样具有主人的身份地位，也不像白茜等仆人拥有明确、固定的家庭角色。换言之，她和盖茨海德府"存在一定距离"[2]，这让她无法在盖茨海德府中找到自我身份的定位，盖茨海德府上下都感到她是格格不入的[3]，简·爱被迫沦为一个可有可无的边缘人物。作为凝聚力极强的记忆框架，家庭中的边缘角色往往是不被接纳的，因为边缘人具有强烈的不确定性和模糊性。经历种种创伤事件之后，简·爱直言"要是有别的地方好去，我一定很高兴地离开这儿"[4]。简·爱试图重新寻找一处容身之所，以赋予自己一个清晰明了的社会身份，借此疗愈自己满目疮痍的内心世界。

正如卡鲁思在其创伤理论中所言，创伤并非仅仅产生解构的意义，

---

[1] 夏洛蒂·勃朗特：《简·爱》，前引书，第15页。

[2] Sally Shuttleworth. *Charlotte Brontës and Victorian Psychology*. New York: Cambridge University Press, 1996, p. 152.

[3] Warren Edminster. "Fairies and Feminism: Recurrent Patterns in Chaucer's 'The Wife of Bath's Tale' and Brontë's Jane Eyre". *Charlotte Brontës Jane Eyre*. Ed. Harold Bloom. New York: Chelsea House, 2007, p. 184.

[4] 夏洛蒂·勃朗特：《简·爱》，前引书，第25页。

它同时也意味着重生[1]。重生即指创伤者的自我疗愈，他们渴望区分创伤的过去与治愈的未来，从创伤体验中痊愈、重获新生。简·爱成长初期主要依靠童年的家庭记忆来实现自我身份的认知，但这份记忆未能带来安全感和归属感，反倒使她背负一种难以承受的痛苦，即她作为边缘人无法融入家庭团体的挫败感。面对自己在盖茨海德府中遭受的各种苦难，简·爱应对童年创伤的反抗精神作为一种重生力量而被激发：一是尝试在其他记忆框架中获得自我认同，以期让其他记忆类型战胜家庭记忆在个体记忆中的重要位置；二是选择新的家庭经验促使自己在"家"这一场域中实现身份的再次转变，通过新记忆取代旧记忆，试图获得新家庭的接纳。

第二节　宗教记忆和家庭记忆的冲突

哈布瓦赫在《论集体记忆》中谈到，因为个体同时拥有多个集体的成员身份，所以记忆需要一个定位的过程。[2] 换言之，个体可以有多种身份，不同的身份对应着不同的集体，而不同的集体所传递的记忆也往往是不同的。在个体看来，不同的记忆内容相互影响甚至相互抗衡，因此记忆"构建了一种阻力"[3]。个体对集体的认同程度决定了哪种记忆对个体而言是功能性（working）的、占主导地位的，相应地，其他记忆则形成一种对抗性力量，即对抗记忆（counter-memory）。在《简·爱》中，维多利亚时代的社会特征决定记忆的对抗主要发生在家庭记忆与宗教记忆（religious collective memory）之间。19世纪初期，随着城镇化和工业化的极速发展，英国人开始逐渐重视家庭和家庭关系。在他们看来，"家能带来稳定性并提供永恒的价值观念"[4]。但在过去，《圣经》才是一切行为规范的准则。基于此，家庭观念的蓬勃发展使英国教会感受到前所未有的挑战。正如沃尔特·E. 霍夫顿所言，"基督教传统意义上

---

[1] Cathy Caruth. *Unclaimed Experience: Trauma, Narrative and History*. London: The Johns Hopkins University Press, 1996, p. 58.

[2] 莫里斯·哈布瓦赫：《论集体记忆》，前引书，第93页。

[3] Michel Foucault. *Language, Counter-memory, Practice: Selected Essays and Interviews by Michel Foucault*. New York: Cornell University Press, 1980, p. 153.

[4] Claudia Nelson. *Family Ties in Victorian England*. Westport: Praeger Publishers, 2007, p. 6.

的教会仪式和神学教条（对英国人）的影响开始逐渐减弱，当下的教会更多都是'炉火下的教堂'"[1]。所谓"炉火下的教堂"（Temple of the Hearth），即指相较于传统的宗教礼拜仪式，维多利亚时代的宗教活动常常选择在家庭环境中进行。对英国人而言，宗教记忆的场所不再只有教堂，也可以是家这一物理建筑，因而家庭记忆与宗教记忆同时融入了"家"这一记忆载体，促使两种记忆之间产生对抗和竞争。

针对家庭关系与亲族冲突的问题，市面上甚至出现了"家庭版"《圣经》，如1840年出版的《皇室圣经》（*The Imperial Family Bible*）和比顿（Beeton）于1861年出版的《图解家庭版圣经》（*Illuminated Family Bible*）。"家庭版"《圣经》的问世使维多利亚时代的人们开始重视《圣经》中对家庭的刻画，《圣经》成为"维多利亚时代尊崇家庭的象征"[2]。宗教中的教义信条开始用来指导世俗的家庭关系，包括父子、母子、夫妻等。然而，这些宗教准则在实际操作中往往与世俗观念产生冲突，改编版的《圣经》也遭到诸多质疑。这就证明，家庭与宗教之间的关系注定是针锋相对的。值得注意的是，尽管维多利亚时代的人们同时存储着家庭记忆和宗教记忆，他们已经获得了记忆的自主选择权。例如，教区的神职人员不再扮演监管教区的角色，而转变为"针对离散客户的更有限和更严格的教会角色"[3]。以往教会人员所持有的权力受到限制，为维多利亚时代的人们自主地在宗教与家庭之间界定自我身份和自我价值提供了新的契机。

面对家庭记忆带给她的创伤体验，简·爱企图从宗教中找到新的寄托。劳渥德学校是一个宗教慈善学校，但这一崇尚善良仁德与人道主义的地方却充满不公与虐待。学生们在这里受冻挨饿、备受欺辱，仅仅是斑疹伤寒就夺去了几十个孩童的生命。简·爱目睹了劳渥德学校发生的悲剧，尤其当她亲眼见证虔诚的基督教徒海伦·彭斯去世之后，她开始对宗教持质疑态度。面对施暴者，《圣经》教她以德报怨，但简·爱却认为受害者应当同所有恶势力抗争。例如，她在与彭斯的谈话中指出，"有些人，给我不公平的惩罚，那我就不能不反抗"[4]。这种反抗性是简·爱

---

[1] Walter E. Houghton. *The Victorian Frame of Mind*, 1830–1870. London: Yale University Press, 1985, p. 346.

[2] Frances Knight. *The Nineteenth Century Church and English Society*. New York: Cambridge University Press, 1995, p. 40.

[3] Frances Knight. *The Nineteenth Century Church and English Society*. New York: Cambridge University Press, 1995, p. 1.

[4] 夏洛蒂·勃朗特：《简·爱》，前引书，第69页。

的精神所在。简·爱逐渐意识到，宗教并非她的精神信仰，教会学校也根本不是慈善机构，而是人间地狱。① 宗教记忆并不能治愈家庭带给她的创伤，反倒是束缚她自由意志的枷锁。

在圣约翰家中，这场个体在家庭记忆与宗教记忆之间角逐的行为达到了高潮。根据哈布瓦赫的定义，宗教记忆最大的特征是它"整体上是以一种孤立的状态存在的，并且与其他的社会记忆更是互不相干"②。相较于家庭记忆，宗教属于一种更久远、更稳定的记忆类型。为了保持宗教的纯洁性，宗教记忆不能受到其他记忆类型的干扰。选择宗教作为个体记忆的主导框架，意味着个体"要么迫使其他的记忆适应自身支配性的表征，要么就彻底对之置之不理"③。19世纪福音派关注原罪、犯罪和赎罪，要求信徒了解人类原罪的深重以及赎罪的可能性，其中选择服从宗教教义的婚姻即为信徒赎罪的一种形式。对简·爱而言，选择与圣约翰的婚姻意味着归顺于宗教，将情感追求与家庭生活让位于宗教教义和传教使命。而且，圣约翰渴望迎娶她的真正原因是要寻求一位传教的帮手，一位道德高尚、勤奋虔诚的助手，并非出自真正世俗意义上的爱。很显然，这样的婚姻和家庭不是简·爱的灵魂所寻求的归宿。重获新生的生活方式是简·爱挑战道德腐败和父权社会的先决条件，但并不意味着她要放弃追求个人幸福的权利。福音派希望信徒整个身心都神圣地服从。但对简·爱而言，与圣约翰的婚姻要求她放弃自我，更意味着放弃她和罗切斯特之间刻骨铭心的爱情。于是，在爱情和宗教之间，"上帝不再是一种抽象意义，而成为一个实实在在的'他者'"④。最终，简·爱放弃了和圣约翰的婚姻，选择了家庭的幸福和世俗的喜悦。

维多利亚时代汇集了各种不同的社会元素，因而这一时期的文化记忆并非毫无争议、稳定不变，而是多元化的，充满了差异化。对于简·爱而言，她不断地在宗教记忆与家庭记忆中寻求自我的身份认同，试图通过用宗教取代家庭的记忆框架来治愈自己的童年创伤。但事实证明，宗教记忆未能为简·爱疗愈自我提供帮助，她只能希冀于重构自己的家庭记忆。

---

① 祝庆英：《译本序》，前引文，第8页。
② 莫里斯·哈布瓦赫：《论集体记忆》，前引书，第156—157页。
③ 莫里斯·哈布瓦赫：《论集体记忆》，前引书，第157页。
④ Maria Lamonaca. "Jane's Crown of Thorns: Feminism and Christianity in 'Jane Eyre'". *Studies in the Novel*, 2002, vol. 34, no. 3, p. 260.

第三节　家庭记忆的重构

阿斯特莉特·埃尔和安·里格尼（Ann Rigney）在论及记忆的本质属性时指出，记忆并非稳定不变，而是具有动态性（dynamics），因为"记住与遗忘是一个持续变化的过程"[①]。个体对集体的看法会随着个体认知能力的提高、社会阅历的增加以及集体内部的变化等因素而不断发生改变，记忆不断地经历着调整和重构。就家庭记忆而言，家庭结构或家庭成员的变化，甚至是个体从原生家庭走入婚姻并重组家庭等诸多因素都将影响其对家庭的认识。在《简·爱》中，家庭记忆的重构成为简·爱疗愈童年创伤的另一种方式，记忆的重塑本身就是一种反抗，即"现在的自我"对"过去的自我"的勇敢反击。

在小说结尾处，简·爱最终选择回到罗切斯特身边并与他长厢厮守，她的婚姻为她构筑起一个新家，使她有可能用新的家庭记忆覆盖和取代过去在盖茨海德府中那些创伤的家庭记忆。简·爱家庭记忆的重构主要通过三种记忆策略得以实现。首先，简·爱鼓足勇气重拾她与罗切斯特的共有记忆，原因在于集体成员呼喊了她的名字。名字即为个体认知自我的一种文字符号，家庭成员呼喊同伴名字的行为，能够促使个体意识到自己所具有的集体身份，获得个体在集体当中的身份认同。正如哈布瓦赫所言，呼喊名字的举动会让"我们体验到一种熟悉的感觉，好像这个人就在面前"[②]。简·爱此刻身处圣约翰家中，但却听见远处传来阵阵对自己的呼喊，"简！简！简！"[③]。呼喊声促使她思考谁是那个声音的发出者，因为个体只有明确了呼喊者的身份，才能知道启动哪种记忆来理解这一信号：

> 我是听到了它——在哪儿呢，从哪儿传来的呢，永远也不可能知道！它是人的声音，是一个熟悉的、亲爱的、印象深刻的声音，是爱德华·菲尔费克斯·罗切斯特的声音；它狂野地、凄惨地、急

[①] Astrid Erll, Ann Rigney. "Introduction: Cultural Memory and Its Dynamics". *Mediation, Remediation, and the Dynamics of Cultural Memory*. Eds. Astrid Erll and Ansgar Nunning. Berlin: Walter de Gruyter, 2009, p. 2.
[②] 莫里斯·哈布瓦赫：《论集体记忆》，前引书，第123页。
[③] 夏洛蒂·勃朗特：《简·爱》，前引书，第551页。

迫地从痛苦和悲哀中发出来。①

简·爱确定声音来源之迅速即能说明她的这一判断完全出自本能。虽身在异处，但简·爱潜意识中从未忘记罗切斯特，更未放弃寻求一个梦寐以求的家。当她听到呼喊声时，虽带有一丝不可置信，但却依旧当即作出反应。与其说是罗切斯特在呼喊她，不如说是她内心在思念和关心着这位曾给予过她尊重并让她感受到温暖与爱意的绅士。"熟悉""亲爱""印象深刻"这些形容词不仅生动刻画了声音的特征，更直接凸显出简·爱对罗切斯特的个人印象；"狂野""凄惨""急迫""痛苦"和"悲哀"等词汇更将简·爱对罗切斯特的极致思念表现得淋漓尽致。呼喊声及简·爱本人的回应表明她无时无刻不在想念对方和对方所属的集体，她迫切渴望与罗切斯特组成新的家庭，以此重构自己的家庭记忆。

当简·爱如愿与罗切斯特结婚，她终于获得了新的家庭体验。以家庭为记忆框架来看，简·爱的家庭身份发生了质的转变。在盖茨海德府，简·爱属于边缘人物，永远无法获得其他集体成员的认可。但在她与罗切斯特的婚姻生活中，简·爱是当之无愧的女主人。借用扬·阿斯曼的术语，简·爱终于获得了"集体的认同"②。集体认同与个体认同最大的差异就在于集体认同意味着个体与其自身在这一集体中的身份形象保持了一致，即对于集体对个体所建构的自我形象③，个体表示高度赞同，并乐于以这一形象自居。对简·爱而言，"罗切斯特先生的妻子"这一身份是她一直期望并发自内心感到赞同的。此刻，家庭不再与边缘人的地位和童年的创伤经历挂钩，而是代表着女主人获得集体认同的幸福感。身份的转变使简·爱获得创伤记忆的疗愈，从此，边缘人的家庭身份已成为历史。

除了名字的呼喊和身份的转变，地点的变迁也使简·爱获得新的记忆。婚后，两人从桑菲尔德搬到芬丁庄园，新的地点将诞生和存储新的家庭记忆。桑菲尔德虽是简·爱与罗切斯特初识的场所，见证了两人从相知到相爱的过程，但此地事实上也是一个创伤之地。如今破败不堪的桑菲尔德时刻提醒他们记住伯莎当年的阻拦，更见证了罗切斯特对

---

① 夏洛蒂·勃朗特：《简·爱》，前引书，第551页。
② 扬·阿斯曼：《文化记忆：早期高级文化中的文字、回忆和政治身份》，前引书，第134页。
③ 扬·阿斯曼：《文化记忆：早期高级文化中的文字、回忆和政治身份》，前引书，第134页。

简·爱的欺骗和背叛。换言之，桑菲尔德作为记忆的物质媒介，不仅承载着昔日过往间的美好时光，也存储着那些痛苦、心碎的创伤记忆。芬丁庄园则大不相同，像一张崭新的白纸，等待着集体成员去书写他们自己的新故事。简言之，芬丁庄园为简·爱重构自己的家庭记忆提供了可靠的"记忆之场"。

但值得注意的是，简·爱对家庭记忆的重构仅仅是一种可能性，而非必然性。正如特里·伊格尔顿（Terry Eagleton）所言，简·爱"是一个极其矛盾的混合物，是愤怒的反抗和古板的传统主义、滔滔不绝的浪漫幻想和精明清醒的头脑、震颤的敏感和迟钝的理性的结合"[1]。换言之，简·爱的反抗本身体现出一种矛盾的悖论观。例如，她虽渴望平等的权利，却言语间贬低穷人；她努力与上层阶级作斗争，但事实上极度渴望融入他们。故事结尾，简·爱与罗切斯特虽然如愿以偿地步入婚姻，但二者在身体、精神和经济等层面都发生了翻天地覆的变化。彼时的罗切斯特身体健全而强壮，经济富裕，但此时他双目失明，连名下财产——曾经辉煌的山庄也早已年久失修，荒芜一片。而简·爱呢？曾经她只是一位普通的家庭教师，现在却成了巨额遗产的继承人。故事的结局看上去幸福美满，是因为从简·爱的叙述视角来看，她终于疗愈了自己的童年创伤并重获新生。但如若将镜头对准罗切斯特，以他的视角来叙述故事，那么新的家庭记忆也可能会转变为创伤记忆。事实上，罗切斯特正"备受苦难的折磨"[2]，而在过去的时间长河中，不仅简·爱有自己难以言说的童年创伤，罗切斯特也遭受过创伤记忆的侵袭。他们的爱情并非简·爱一个人的救赎之旅，而是两个同样具有创伤经历的人互相取暖的过程。换言之，重构新的家庭记忆其实也是罗切斯特的迫切需求。在罗切斯特与伯莎的婚姻关系中，他满是怨恨，甚至直言这是"她引诱我"[3]。这段婚姻让他的家庭记忆充满不甘、怨念和愤怒，他曾试图逃离英国，去躲避家庭记忆带来的创伤。与简·爱的邂逅使他重拾组建家庭、迈入婚姻的勇气，但还未能待到创伤的彻底疗愈，罗切斯特就迎来了二次创伤，即身体的残疾，生理上的"压倒性体验"时刻提醒他已再次陷入创伤的阴霾。事实上，只有当简·爱和罗切斯特都重铸起对新家的信

---

[1] Terry Eagleton. *Myths of Power: A Marxist Study of the Brontës*. New York: Palgrave Macmillan, 2005, p. 16.

[2] Maria Lamonaca. "Jane's Crown of Thorns: Feminism and Christianity in 'Jane Eyre'". *Studies in the Novel*, 2002, vol. 34, no. 3, p. 255.

[3] 夏洛蒂·勃朗特：《简·爱》，前引书，第401页。

心齐心协力经营家庭生活，他们才算真正摆脱了创伤的噩梦，并获得自我和集体的认同。

家庭记忆始终是简·爱建立自我、认识自我并挑战自我的重要途径。简·爱重构家庭记忆的过程即为她直面记忆创伤、破除记忆困境的过程，反映了她身上所具有的反抗性。但是，夏洛蒂·勃朗特在迫切展现简·爱身份的颠覆和自我实现的成功时，却忽视了记忆所具有的社会性和集体性。处在集体中的个体必然会受到其他集体成员的影响，尤其是集体中处于至关重要位置的成员更有可能改变整个集体的动态走向。换言之，简·爱与罗切斯特共享同一份家庭记忆，唯有二人都实现了身份认同之后，新的家庭记忆才具有正向的疗愈功能，并得以稳定持久地存续下去。

小　结

在 19 世纪的英国维多利亚社会中，家庭生活对普通百姓的重要性不言而喻。正如阿莱达·阿斯曼所言，个体"身份中重要的一部分是与家庭的历史联系在一起的"[①]，即家庭身份的稳定性与确定性对个体的重要性不可小觑。夏洛蒂·勃朗特的小说《简·爱》正是以家庭记忆为切入点来架构故事的经典之作。从盖茨海德府到劳渥德学校，从桑菲尔德到圣约翰家甚至是最后的芬丁庄园，故事中所涉及的场域无一例外与家庭有关。对女主人公简·爱而言，她所经受的记忆创伤和记忆困境与家庭环境直接相关，她自我认知的修复也需要借助家庭记忆的疗愈功能。一方面，家庭记忆为简·爱实现自我价值带来契机；另一方面，她的反抗精神也随记忆的竞争和重构过程而表露出来。不过，虽然简·爱已经从家庭中的边缘人物转变为具有明确身份的女主人，但我们不能武断地判定她完全走出了家庭创伤的困局。小说结尾看似已成定局，但实际上，尽管个体已经获得集体的认同，但巩固集体认同的艰巨任务仍然道阻且长。

[①] 阿莱达·阿斯曼：《记忆中的历史：从个人经历到公共演示》，前引书，第 54 页。

第五章 《金银岛》的帝国记忆与自我建构

19世纪末，英国进入垄断资本主义即帝国主义阶段，其生产力与生产关系的矛盾日益突出。英国在冶金、石油、造船、铁路等领域的垄断组织将大量资本投入殖民地以收割快钱，致使国内资本减少、科技研发减缓，进而导致英国在第二次工业革命中被德国、美国等后起资本主义国家超越，丧失了全球工业垄断地位。同时，英国的国内矛盾也日益尖锐。19世纪80年代开始，英国国内工资下降，失业严重，罢工潮此起彼伏[1]，环境污染不断恶化。面对内忧外患，19世纪末的英国文学试图针砭时弊，却稍显乏力。随着威廉·萨克雷（William Thackeray）、狄更斯等现实主义巨擘的相继去世，现实主义小说陷入了拘泥于"现实"与"细节"描写的怪圈[2]，批判方式逐渐同质化；自然主义小说洞见了社会环境的异化，却充斥着消极与悲观的环境决定论；象征主义文学等具有现代主义特征的文学类型异军突起，揭露了人类情感的疏离与异化，但它们蕴含的现代主义精神尚在萌芽阶段，有待成熟。

与此同时，英国文学中出现了以罗伯特·斯蒂文森的《金银岛》（*Treasure Island*，1883）为代表的冒险小说。该小说描写了少年吉姆·霍金斯偶然获得海盗的藏宝图并出海寻宝的故事，充满浪漫主义色彩，在帝国记忆版图的拼凑方面起到了独特的作用。除了斯蒂文森的《金银岛》，亨利·哈格德（Henrg R. Haggard）的《所罗门王的宝藏》（*King Solomon's Mines*，1885）和《她》（*She*，1887）等19世纪末的冒险小说均表现出既批判又维护英帝国的复杂态度。这些小说重拾浪漫主义传统，描写了惊心动魄的海外夺宝冒险，将冒险奇谭等想象视为更好地反映现实生活的方式；

---

[1] 例如1886年伦敦失业工人示威游行、1888年伦敦东头火柴厂罢工、1889年煤气工人大罢工、1900年南威尔士铁路工人大罢工等。

[2] 陈兵：《斯蒂文森的文艺观与〈金银岛〉对传统英国历险小说的超越》，载《英美文学研究论丛》2015年第1期，第49—50页。

在批判 19 世纪末英国诸多社会问题的同时，也试图通过各种书写策略建构青少年的帝国认同，维护英帝国的"荣光"。

在散文集《致少男少女》(*Virginibus Puerisque*，1881) 中，斯蒂文森曾对马克·吐温的《汤姆·索亚历险记》(*Adventures of Tom Sawyer*，1876) 中汤姆与哈克贝利扮演海盗游戏的一幕进行过评述。他认为，随着入戏越来越深，汤姆与哈克贝利对所扮演的海盗产生了共情心理，对海盗的道德评价开始模糊，甚至认为海盗不应该被偷盗的罪名污名化。斯蒂文森认为，这种对海盗的共情以至于迷恋冒险，导致道德感模糊的表现，展现了所有男人追求少年感的特质。他指出，我们心中的男孩并没在 20 岁时死去，也没有在 30 岁时死去，相反，我们心中一直保留着那个"田园牧歌式的人生阶段"[①]，这个追求自由、略带叛逆、充满幻想的男孩一直沉睡心田，等待被唤醒。

布拉德利·迪恩（Bradley Deane）针对斯蒂文森的上述观点进行了探讨。他指出，维多利亚晚期的社会迷恋"永恒的男孩"（perpetual boyhood）这一形象[②]，因为这一形象能削弱"新的帝国侵略精神"[③]。他解释道，随着英国走向帝国主义，海盗不再作为"体面和基督教的对立面"存在[④]。斯蒂文森将男孩时期充满幻想的海盗扮演游戏融入《金银岛》，将男孩与海盗两个元素绑定，使原本应该被道德谴责的海盗成为"超越道德（amoral）的海盗"以及永葆青春的男孩的象征[⑤]，同时，也将帝国前线从一个原本应放入道德进行考察的问题，置换为心中怀揣"自由男孩"的人进行海盗游戏的场所，以及同台竞赛的体育活动，进而将帝国主义置换为一种"游戏伦理"（play ethic），从而一定程度上维护

---

① Robert Louis Stevenson. *Virginibus Puerisque and Other Papers*. Edinburgh: Edinburgh University Press，2018，p. 14.
② Bradley Deane. "Imperial Boyhood: Piracy and the Play Ethic". *Victorian Studies*，2011，vol. 53，no. 4，p. 689.
③ Bradley Deane. "Imperial Boyhood: Piracy and the Play Ethic". *Victorian Studies*，2011，vol. 53，no. 4，p. 689.
④ Bradley Deane. "Imperial Boyhood: Piracy and the Play Ethic". *Victorian Studies*，2011，vol. 53，no. 4，p. 694.
⑤ Bradley Deane. "Imperial Boyhood: Piracy and the Play Ethic". *Victorian Studies*，2011，vol. 53，no. 4，p. 694. 维多利亚末期还有许多作家将男孩与海盗进行绑定。例如，诗人阿尔弗雷德·诺伊斯（Alfred Noyse）就在《黑暗：一部英国史诗》(*Drake: An English Epic*，1908) 中将海盗弗朗西斯·德雷克称作"男孩气的私掠船船长"(p. 12)。

了帝国主义①。

　　不少学者也表达过相似的看法。克劳蒂亚·尼尔森（Claudia Nelson）将《金银岛》中的屈利劳尼等人称作成年男孩，认为这种渴望被视为孩子的成年男性角色在以帝国主义为背景的维多利亚小说中很常见。② 凯文·卡彭特（Kevin Carpenter）认为《金银岛》的出现让儿童文学变得不再强调道德目标。③ 更有甚者，黛安·西蒙斯（Diane Simmons）直言《金银岛》是一部"道德责任真空"的小说。④

　　值得注意的是，迪恩同时也承认，《金银岛》中的吉姆在面对李甫西时产生了羞耻感，这种羞耻感并非源于吉姆做错了事，而源于海盗游戏中吉姆的表现时刻受到他人的审查与评价。⑤ 而正是这种羞耻感，使《金银岛》同时批判了帝国主义——哪怕被置换为一种游戏伦理，帝国主义的内生逻辑依旧是严苛的等级制度和绝对服从的帝国精神。莎莉·布谢尔（Sally Bushell）也认为，《金银岛》中的寻宝地图虽隐喻着帝国主义与殖民扩张，但小说也通过展现这一隐喻，向帝国事业发起了道德与伦理诘问，表达了对帝国野心和帝国未来的质疑与忧虑。⑥

　　无论是迪恩提出的"永恒的男孩"还是尼尔森的"成年男孩"，《金银岛》中广受批评家们关注的这些人物总是作为某种媒介传递着对帝国记忆的复杂态度，而这些人物的建构又与记忆密切相关，他们是少年记忆与成年记忆、个体记忆与文化记忆冲撞的产物，是垂暮的帝国欲通过少年记忆抵御时间的洪流，进而让自身停滞于某种永恒状态的尝试。在记忆视阈下研究斯蒂文森的《金银岛》，我们可以发现，作者通过回忆视角、记忆的协商、空间书写等叙述策略，引导读者建构了帝国认同，同

---

① Bradley Deane. "Imperial Boyhood: Piracy and the Play Ethic". *Victorian Studies*, 2011, vol. 53, no. 4, p. 692.

② Claudia Nelson. "Adult Children's Literature in Victorian Britain". *The Nineteenth-Century Child and Consumer Culture*. Ed. Dennis Denisoff. Burlington: Ashgate, 2008, p. 137.

③ Kevin Carpenter. *Desert Isles and Pirate Islands: The Island Theme in Nineteenth-Century English Juvenile Fiction*. Frankfurt: Verlag, 1984, p. 90.

④ Diane Simmons. *The Narcissism of Empire: Loss, Rage and Revenge in Thomas De Quincey, Robert Louis Stevenson, Arthur Conan Doyle, Rudyard Kipling, and Isak Dinesen*. Brighton: Sussex Academic, 2007, p. 46.

⑤ Bradley Deane. "Imperial Boyhood: Piracy and the Play Ethic". *Victorian Studies*, 2011, vol. 53, no. 4, p. 702.

⑥ Sally Bushell. "Mapping Victorian Adventure Fiction: Silences, Doublings, and the Ur-Map in *Treasure Island* and *King Solomon's Mines*". *Victorian Studies*, 2015, vol. 57, no. 4, p. 634.

时表达了对帝国主义既批判又维护的复杂态度。

第一节　记忆建构与自我成长

安斯加尔·纽宁（Ansgar Nünning）和柏吉特·纽曼（Birgit Neumann）等学者将具有《金银岛》这种叙事特点的小说称为记忆小说（fictions of memory）。[①] 纽曼指出，记忆小说"构成了对于过去的一种想象性（重新）建构，回应的是当前的需要"，目的是回答"我们是谁"这个问题[②]。记忆小说中再现的记忆是过去与现在交涉的产物，叙事过程中叙事自我（narrating self）与经验自我（experiencing self）之间必然产生交涉。受到记忆力、创伤等客观因素以及立场、价值观等主观因素的影响，叙事自我通常会"审查"经验自我的"体验"[③]，对其进行有意识或无意识的增添、删减或修改，这意味着记忆的过程充满建构性。

记忆小说中建构的记忆往往服务于建构身份认同的目的。纽曼指出，在记忆小说中，进行回忆的叙事者面临着"一种核心的挑战，即如何通过意义的创造来调和时间的与认知－情感的矛盾"[④]。随着时间的流逝、环境的变迁、个人的成长，我们的认知、情感、心智每时每刻都在发生变化，身份认同也在发生变化。同理，记忆小说中处于后视视角的叙事者通常会因时间间隔、立场等原因，在身份认同上与曾经的经验自我形成矛盾。建构过去记忆的最大目的便成为"整合"记忆中那些与当下叙事自我的价值观或立场所不匹配的或矛盾的"异质因素"，从而维持当下身份认同的稳定[⑤]。正如纽宁所言，记忆小说中的叙事充满叙事者当下的倾向、偏见和价值观念[⑥]，而这样做的目的是使过去和现在的自我一致。

吉姆的叙事中可以看到叙事自我与经验自我共存、纠缠、交涉的张

[①] 参见 Birgit Neumann. *Erinnerung-Identität-Narration: Gattungstypologie und Funktionen Kanadischer Fictions of Memory*. Berlin: De Gruyter, 2005.
[②] 柏吉特·纽曼：《记忆的文学再现》，前引书，第414页。
[③] 尤瓦尔·赫拉利：《未来简史》，北京：中信出版社，2017年，第353页。
[④] 柏吉特·纽曼：《记忆的文学再现》，前引书，第417页。
[⑤] 柏吉特·纽曼：《记忆的文学再现》，前引书，第418页。
[⑥] Ansgar Nünning. "Editorial: New Directions in the Study of Individual and Cultural Memory and Memorial Cultures". *Journal for the Study of British Cultures*, 2003, vol. 10, no. 1, p. 5.

力。《金银岛》采用第一人称的回忆视角,以少年吉姆的回忆贯穿全书,倒叙了吉姆一行人前往加勒比海寻找海盗弗林特生前埋藏的宝藏的故事。小说开篇展现了其回忆视角:"乡绅屈利劳尼先生、李甫西大夫和其他几位绅士要我把有关藏宝岛的全部详情从头至尾毫无保留地写下来。"① 小说围绕着海盗财富的争夺而展开。恶贯满盈的大海盗弗林特将收集的金银财宝藏在了一座小岛上,并留下了一幅藏宝图。弗林特死后,他麾下的船员们产生内乱,纷纷抢夺这张藏宝图。《金银岛》的故事便肇始于携带藏宝图的海盗比尔逃至吉姆家经营的旅店,因为利益争夺,比尔的同伴不断找上门来暴力骚扰,导致吉姆父亲死亡。不过吉姆的叙述和行为并不一致。比尔死前将藏宝图的秘密告诉了吉姆,吉姆却对比尔说:"我不要你的钱……只要你把欠我父亲的账付清就够了。"② 他的母亲也曾义正言辞地表示:"我是个诚实的女人……我只要收回欠我们的账,一个子儿也不多拿。"③ 然而,当吉姆取回欠款并发现藏宝图的秘密后,他并未对这些强抢民脂民膏积聚起来的脏钱感到羞耻,也未将此消息通报给刚刚救了他性命的政府督税官丹斯或其他缉私官员,而是选择私下与乡绅屈利劳尼和李甫西大夫商议出海寻宝的事。吉姆寻宝的行为和他所宣称的良心之间事实上并不一致,如何化解这个矛盾,建立叙事的可信度,成为小说中隐藏的问题。

热拉尔·热奈特(Gérard Genette)指出,倒叙是通过文学再现记忆的典型方法④,然而再现出的记忆永远不可能是对过去发生的事的完全模仿⑤。吉姆的经验自我与叙事自我间的张力有两种具体表现形式,其中之一便是叙事自我对经验自我的修正,修正的目的则是建构和稳定叙事自我的可信度。在金钱的诱惑下,吉姆的经验自我呈现出前后言行的矛盾,这种矛盾很容易让读者将吉姆视为贪婪、不诚信和不义的海盗化身。一旦如此,吉姆就会失去道德制高点,从而失去读者的信任,"寻宝"这一剧情主轴的合理性也将受到怀疑。因此,小说一开始采用了倒叙视角,乡绅和大夫是吉姆叙事的邀请者,也成为叙事可靠性的证人。叙述过程中,吉姆的叙事自我不断地干涉并合理化经验自我的记忆,进

---

① 斯蒂文森:《金银岛·化身博士》,荣如德译,上海:上海译文出版社,2006年,第7页。
② 斯蒂文森:《金银岛·化身博士》,前引书,第20页。
③ 斯蒂文森:《金银岛·化身博士》,前引书,第28页。
④ Gérard Genette. *Narrative Discourse*. Oxford: Basil Backwell, 1980, p.40.
⑤ Gérard Genette. *Narrative Discourse*. Oxford: Basil Backwell, 1980, p.164.

而维持自身作为叙事者的道德感,促使读者将寻宝之举认同为正义的行为。

约翰·摩尔(John D. Moore)将吉姆叙事自我和经验自我的冲突和张力称为"行动中的主角"(protagonist inside the action)与"回忆行动的叙事者"(narrator remembering the action)之间的张力。[1] 摩尔认为,这种张力贯穿小说,吉姆的叙事总是"重写自身,预示自身,并常常与自身矛盾"[2]。在这种张力驱动下,吉姆在回忆比尔在旅店的种种霸凌行径的同时,总会在回忆中插入叙事自我的声音,对比尔进行某种赞扬,以对冲、消解一部分比尔的邪恶形象,从而使藏宝图的性质从不义之财渐渐转变为海盗朋友托付的、属于我的遗产,进而合理化自身的寻宝动机。吉姆还援引他人的话来替比尔的行为开脱:"英国得以称霸海上正是靠的这种人。"[3] 在叙事自我对记忆的不断修正下,海盗比尔逐渐成为英帝国海外拓展的先头军,吉姆由此合理化了经验自我的行为,稳定了自身的正义形象。另外,尽管吉姆的叙事自我常对经验自我进行纠偏,但斯蒂文森却不断通过吉姆经验自我的真实感来突出金银岛寻宝的冒险经历,突出了维多利亚时代特有的财富传奇和神奇手段,引发读者的参与感。

威廉·哈德斯蒂(William H. Hardesty)和大卫·曼恩(David D. Mann)指出,如何使吉姆的叙事可靠并使读者与之共情是斯蒂文森在创作时所面临的主要考验。[4] 若无法有效建立吉姆经验自我的可靠性,小说后半部分吉姆的擅离职守不仅不能制造悬念,反而会让读者对他的言行产生怀疑。为此,哈德斯蒂和曼恩认为,首先,斯蒂文森通过严谨的日期推算和详尽的时代细节影射,保证了吉姆作为叙事者的可靠。[5] 小说中,所有关于时间的描写都能通过推算形成自洽。比如,屈利劳尼的信送到时是3月3日,吉姆最后一次看望母亲是收到信的第二天,即3月4日,吉姆在看望母亲后休息了一晚再出发,因此出发日应该是3月5

---

[1] John D. Moore. "Emphasis and Suppression in Stevenson's 'Treasure Island: Fabrication of the Self in Jim Hawkins' Narrative." *CLA Journal*, vol. 34, no. 4, 1991, p. 437.

[2] John D. Moore. "Emphasis and Suppression in Stevenson's 'Treasure Island: Fabrication of the Self in Jim Hawkins' Narrative." *CLA Journal*, vol. 34, no. 4, 1991, p. 437.

[3] 斯蒂文森:《金银岛·化身博士》,前引书,第10页。

[4] William H. Hardesty, and David D. Mann. "Historical Reality and Fictional Daydream in 'Treasure Island'". *The Journal of Narrative Technique*, 1977, vol. 7, no. 2, p. 97.

[5] William H. Hardesty, and David D. Mann. "Historical Reality and Fictional Daydream in 'Treasure Island'". *The Journal of Narrative Technique*, 1977, vol. 7, no. 2, pp. 97−8.

日，吉姆在出发后的第二天抵达布里斯托是3月6日，这些根据时间推算的结果与行文中跳跃出现的具体日期相符，这就赋予了吉姆经验自我的叙事以真实可靠的色彩。其次，小说中大量的细节描写都紧扣时代风貌[①]，如海盗手持的昏暗提灯和头戴的三角帽、人们出行时所乘的邮政马车（mail coach）等，这些细节亦增加了吉姆经验自我的可信度。布拉德福德·布斯（Bradford Booth）将斯蒂文森的这种写作风格总结为将罗曼斯安置于严密的事实之上。[②] 故事时间和情节的严密和写实构成了叙事者的权威，也促使读者产生共情心理，伴随着吉姆的冒险经历，体验浪漫化的帝国开拓记忆。

19世纪末的英国社会充斥着萎靡与悲观的情绪。在《乖戾的时代与青少年》（"Crabbed Age and Youth," 1918）中，斯蒂文森将自己的文学创作动机解释如下：借由文学唤起英帝国崇高的民族精神。在叙事的表层结构上，可以看到对象征着帝国海外掠夺的批评，但在深层结构上，却不断通过叙事自我干涉记忆建构，以此为海盗财富占有行为开脱。纽曼指出，记忆文学中对过去记忆的建构"能够影响读者对过去的理解"[③]，因此我们可以认为，《金银岛》及其19世纪的冒险小说之所以集体采用回忆视角的原因在于，一方面它们希望依托叙事者的经验自我来批判19世纪末英帝国因帝国主义所形成的社会问题，如社会动荡、财富不均等；另一方面又希望依托叙事自我来维护帝国主义，并向那些逐渐对英帝国失去信心的读者（特别是青少年读者）输出帝国记忆，以建构帝国认同。

第二节　文化记忆与个人成长的协商

《金银岛》中叙述自我和经历自我之间的矛盾再现了维多利亚时代中产阶级价值观和文化记忆与现实的体验之间的冲突，雷蒙德·威廉斯（Raymond Williams）认为，这些冲突主要集中在看待成功和金钱的态度上。比如"主导的社会性格认为，努力即会成功，财富令人受到尊敬。

[①] William H. Hardesty, and David D. Mann. "Historical Reality and Fictional Daydream in 'Treasure Island'". *The Journal of Narrative Technique*, 1977, vol. 7, no. 2, p. 98.

[②] Bradford Booth. *Selected Poetry and Prose of Robert Louis Stevenson*. Boston: Houghton Mifflin Company, 1968, p. xvii.

[③] 柏吉特·纽曼：《记忆的文学再现》，前引书，第415页。

然而，这些理想的价值观却经常与社会现实格格不入……丧失财产则与社会性格发生了矛盾，因为金钱上的功败垂成关系到个人品质的优劣和社会地位"[1]。维多利亚时代的社会矛盾在小说中常常以危机开始，以神奇手段化解，如获得远方亲戚的遗产或出走大英帝国海外殖民地，过上新生活并以新的面貌体面回到英国。这种神奇手段事实上是为了遮掩帝国号称并尊崇的伦理道德与实际经验之间的冲突。

英帝国 19 世纪的海外扩张成为化解现实矛盾的有效手段。充满财富和冒险传奇的"金银岛"本身即是海外殖民地的象征缩影。小说中，海盗们经常唱一首民谣，主要歌词为"七十五人随船出海，只剩一个活着回来"[2]。这句歌词反复出现在小说中，从文化记忆的角度出发，这首民谣描绘了英帝国在工业革命资本利益驱动下大量海外移民的艰苦历程，既充满冒险传奇，也伴随着尔虞我诈和残酷的利益争夺。正如吉姆的感慨："伊斯班袅拉号上已经有十七个人为此送了命。这些财宝在积聚过程中流过多少血和泪……多少耻辱、欺诈和残忍的行为干了出来。"[3] 尽管小说中以海盗名义为海外殖民扩张进行了遮蔽，但结合历史语境，这些描写无疑是和帝国文化记忆的建构紧密相关的。

文化记忆是一种集体的、社会建构的、长时间的记忆，通常借由特定的仪式化形式（如庆典、祭祀、诗歌、音乐、纪念碑等）进行跨越代际的传播，代表着一个民族或国家在历史长河中所共享的记忆。文化记忆的建构和传播主要由"专职人员"和"社会学意义上的精英人群"主导[4]，如牧师、吟游诗人、作家、萨满、教师、政府等，因而文化记忆有可能形成某种"霸权性的记忆文化"[5]。据考证，1840 年英国有 9 万人移民海外，到了 1850 年，移民人数翻了三番。海外扩张虽然充满被殖民地人民的血泪，但在英帝国话语和文化记忆中却被塑造成逃避国内纠纷的理想乐园、美妙的乌托邦。而这些海外冒险家则成为帝国的精英，担任收割财富、推动英国资本主义完成原始积累的重要人物。小说中，海盗西尔弗是最能体现这种文化记忆的人物之一，甚至小说的原名就是

---

[1] 赵国新：《导读》，载《漫长的革命》，雷蒙德·威廉斯著，北京：外语教学与研究出版社，2019 年，第 XVI 页。雷蒙德·威廉斯又译作雷蒙·威廉斯。

[2] 斯蒂文森：《金银岛·化身博士》，前引书，第 214 页。

[3] 斯蒂文森：《金银岛·化身博士》，前引书，第 208 页。

[4] 扬·阿斯曼：《文化记忆：早期高级文化中的文字、回忆和政治身份》，前引书，第 50 页。

[5] 扬·阿斯曼：《交往记忆与文化记忆》，载《文化记忆研究指南》，李恭忠等译，南京：南京大学出版社，2021 年，第 420 页。

《船上的厨子》①，可见斯蒂文森对这个人物的重视。他倾注了大量的心血，花费了大量的笔墨来塑造这个凶悍勇猛、充满野心、不择手段、见风使舵的老派海盗。虽为反派，但西尔弗性格中的许多特质却符合维多利亚后期英帝国文化记忆的内容。例如，西尔弗对财富的渴望符合彼时金钱至上的价值观，他的数度倒戈符合英国人实用主义的外交理念，他在海上的凶悍勇猛符合英帝国骁勇善战的形象。《金银岛》的数个电影改编版本甚至均以西尔弗为男主角，可见这一人物形象对大多数英国读者的吸引力。

纽曼指出，记忆文学可以通过展现个体视角下的个体记忆与主流的文化记忆之间的张力，来"将记住的事情、禁忌的事情放在一起"，从而"挑战"霸权性的记忆文化，并质疑"由社会确立的记忆和忘却之间的边界"②。"独腿水手"西尔弗是海盗集团中令人闻风丧胆的角色，他化身炊事员潜入吉姆的海外寻宝冒险，并在船上安插人手策反了伊斯班袅拉号上大部分船员，导致船员倒戈相向，暴乱爆发后许多船员命丧黄泉，吉姆和屈利劳尼等人也只能一度弃船逃命。然而，虽然吉姆训斥西尔弗是个"阴险残忍""两面三刀"的叛徒③，应该"见鬼去"④，但在面临危机时他却采取了西尔弗常用的灵活变通方法，和西尔弗合作，甚至对其他包围他的海盗承诺："如果你们放了我，过去的可以一笔勾消。将来你们因为当过海盗受到审判，我将尽我所能救你们的命。"⑤听到这番话，西尔弗喜出望外，他连忙表示自己"喜欢这个孩子"⑥，并赞扬吉姆"像个男子汉"⑦。吉姆终究放弃了个体记忆中对西尔弗的批判看法，转而变成了他曾经最讨厌的西尔弗，这标志着文化记忆对吉姆个体记忆的规训和收编。西尔弗夸赞吉姆像男子汉，正是暗示吉姆已经将英帝国文化记忆中的内容内化为了自己的价值观，成长为帝国新一代的开拓者。

拉康认为，叙事建构于显现的话语和压抑的话语的关系之中。⑧换

---

① 参见荣如德：《译本序》，载《金银岛·化身博士》，上海：上海译文出版社，2006年，第4页。
② 柏吉特·纽曼：《记忆的文学再现》，前引书，第420页。
③ 斯蒂文森：《金银岛·化身博士》，前引书，第74页。
④ 斯蒂文森：《金银岛·化身博士》，前引书，第153页。
⑤ 斯蒂文森：《金银岛·化身博士》，前引书，第174页。
⑥ 斯蒂文森：《金银岛·化身博士》，前引书，第175页。
⑦ 斯蒂文森：《金银岛·化身博士》，前引书，第177页。
⑧ Robert Con Davis. "Lacan, Poe, and Narrative Repression". *Lacan and Narration: The Psychoanalytic Difference in Narrative Theory*. Ed. Robert Con Davis. Baltimore: Johns Hopkins University Press, 1983, p.990.

言之，若没有被压抑的话语，叙事便无法建立，每一段叙事都同时指涉着外显的含义和未言及的被压抑的话语。据此，约翰·摩尔指出，吉姆对西尔弗态度的转变无声地向读者揭示了吉姆自身被压抑的话语。[1] 摩尔认为，吉姆的一夜长大是有代价的，这种代价就是受社会规则规训的成年吉姆对少年吉姆本真经验的压抑[2]，即文化记忆对个体记忆的压抑与收编。乡绅屈利劳尼代表了英帝国文化记忆的主要传播者，他这样评价与他从未谋面的弗林特："他是有史以来最残暴的一个海盗……西班牙人对他怕到这样的地步……我有时简直感到自豪，因为他是个英国人。"[3] 可见，根据英帝国文化记忆，海盗虽作恶，却也是令人敬佩的枭雄，是英帝国帝国主义的推手，是应该被表彰为凶悍勇猛和懂得变通的帝国战士。因此，吉姆最终屈服于这种文化记忆的价值标准也就不难理解了。

第三节 空间隐喻与帝国记忆

如爱德华·W. 萨义德（Edward Said）指出的那样，"维系帝国的存在取决于'建立帝国'这样一个概念"[4]。大英帝国的文化记忆是由统治者与被统治者双方维持的，对于吉姆来说，金银岛的冒险经历不仅是获得巨大的财富，而且是完成帝国的光荣使命，维护帝国的尊严。在《金银岛》中，斯蒂文森采用了多处空间隐喻，指涉英帝国记忆。吉姆冒险之旅的船名"伊斯班袅拉号"既是一例。伊斯班袅拉是加勒比海中部海地岛的别名。1492 年，哥伦布在向西探险时发现了海地岛，之后在海地岛上设立了殖民地纳维达德。海地岛的原住民为印第安人，受到欧洲人带来的病毒与反殖民战争的影响，海地岛的印第安人大量死亡，至1544 年，只剩 500 余人。为了补充劳动力，欧洲殖民者开始从非洲运送黑奴至美洲各殖民地，史称"黑三角贸易"，获取了巨额利润。可见，

---

[1] John D. Moore. "Emphasis and Suppression in Stevenson's 'Treasure Island: Fabrication of the Self in Jim Hawkins' Narrative". *CLA Journal*, 1991, vol. 34, no. 4, p. 451.

[2] John D. Moore. "Emphasis and Suppression in Stevenson's 'Treasure Island: Fabrication of the Self in Jim Hawkins' Narrative". *CLA Journal*, 1991, vol. 34, no. 4, p. 451.

[3] 斯蒂文森：《金银岛·化身博士》，前引书，第 37 页。

[4] 爱德华·W. 萨义德：《文化与帝国主义》，李琨译，北京：生活·读书·新知三联书店，2003 年，第 12 页。

英国维多利亚小说中的文化记忆研究

"伊斯班袅拉号"一词承载着英帝国等欧洲殖民国家的殖民史和贩奴史。吉姆取伊斯班袅拉号作为船名,意味着其无意识中帝国荣耀的文化记忆,暗含着他期待为帝国建功立业的愿望。

作为空间隐喻,伊斯班袅拉号上的旗杆区可谓是伊斯班袅拉号的心脏,因为这里是英国国旗飘扬的地方,它隐喻着英帝国对海地岛等美洲殖民地的霸权,以及英帝国无上的荣光。吉姆等人每每看到飘扬的国旗都会联想起英帝国的强大与荣光,并在国旗的象征意义下获得一种只有传统和记忆才能赋予的历史合法性。例如,在吉姆从海盗手里夺回伊斯班袅拉号后,他做的第一件事就是冲向旗杆区,降下悬挂的黑色海盗旗,将其扔到船外,并高呼"上帝保佑吾王!"①。而在吉姆一行人获得宝藏返程时,他们再次将英国国旗升起,令它"迎风飘扬"②。这仿佛是在践行一种重要的传统仪式,如同帝国记忆中海外扩张的征途和归途中国旗护佑殖民旅途的顺畅。

纽曼这样解释空间的上述作用:"空间可以作为以往事件的象征性中介"③,人们可以通过空间的隐喻传递某种富含情感或价值取向的记忆,激发"某个共同体之过去的无数回音和潜在情感"④。金银岛是小说中海外殖民地的空间隐喻,寻宝地图则不仅是小说中冒险经历的重要元素,还象征了帝国版图的海外扩张。米特里·麦西森(Ymitri Mathison)认为,维多利亚文学中的地图是帝国权威的象征,按图寻宝活动凸显了"帝国允诺其子民的财富与社会地位",因而不仅"创造了帝国主义的动力,也创造了帝国主义本身"⑤。莎莉·布谢尔认为,冒险小说中的地图表现了英帝国的帝国主义野心与商品化进程。⑥ 小说中,吉姆等人因西尔弗的叛乱而逃到金银岛上的木屋,并确定为暂居之地。这间木屋是为数不多被藏宝图标记出的地方,可以说,它是前帝国开拓者弗林特锚定的帝国前沿疆土,是一块英帝国所辖的殖民地。

---

① 斯蒂文森:《金银岛·化身博士》,前引书,第153页。
② 斯蒂文森:《金银岛·化身博士》,前引书,第212页。
③ 柏吉特·纽曼:《记忆的文学再现》,前引书,第422页。
④ 柏吉特·纽曼:《记忆的文学再现》,前引书,第421页。
⑤ Ymitri Mathison. "Maps, Pirates and Treasure: The Commodification of Imperialism in Nineteenth-Century Boys' Adventure Fiction". *The Nineteenth-Century Child and Consumer Culture*. Ed. Dennis Denisoff. Hampshire: Ashgate, 2016, no. 175.
⑥ Sally Bushell. "Mapping Victorian Adventure Fiction: Silences, Doublings, and the Ur-Map in *Treasure Island* and *King Solomon's Mines*". *Victorian Studies*, 2015, vol. 57, no. 4, p. 612.

这是一间易守难攻的宽敞木屋，可用作阵地战的据点，是弗林特当年登岛时所造。它是全岛上唯一人造的空间，展现了相较于原始丛林而言的劳动智慧，这一"原始—人工"的对比使木屋的殖民地隐喻更加浓厚。船长斯摩列特一旦入住小木屋，就将随身携带的英国国旗系在屋顶上，以宣誓帝国主权，反映了海外殖民过程中英国旗帜在思想意识和版图边疆中的力量认同，带有浓厚的帝国主义特征。吉姆等人凭借此"主权"给自己加油打气，以应对来犯的西尔弗等人的"侵略"。当敌人在船上用炮弹攻射击木屋时，乡绅一度提议降下国旗，因为屋顶的国旗探出了树木，提供了木屋的瞄点，从而让敌人更容易瞄准。但船长却不愿降下国旗，木屋里的大部分人也都不同意，因为在木屋上系上国旗体现了"顽强而深厚的感情，有海员的气魄"，同时也明确地向敌人宣告"我们蔑视他们的炮轰"①。于是众人一致同意不降旗，船长甚至在炮火中在日记上写下了饱含帝国荣誉感的铿锵字句："于今日登岸，在藏宝岛的木屋顶上升起英国国旗。"② 显然，木屋的空间隐喻激起了吉姆等人的好胜心与帝国荣誉感。

这些空间隐喻不但在剧情上起着唤起人物的帝国光辉记忆并形成帝国情感联结与认同的作用，还起着感染读者以使读者建构帝国认同的作用。试想，当英国读者读到伊斯班纳拉号被夺并被挂上黑色海盗旗时，如何能不生气？当英国读者读到众人被逼进木屋而屋外炮火纷飞时，又如何能不为木屋里的人们捏一把汗？此时，英国读者很容易带入主角的视角，并受到空间隐喻的感染，迸发出和吉姆等人相同的期望——在象征殖民地的伊斯班纳拉号和木屋上挂起属于"我们"的英帝国国旗，并获得最终的胜利。事实上，吉姆等人的寻宝经历是一种与大英帝国扩张相吻合的意识形态，随着19世纪末对非洲的征服和帝国联盟的巩固，这种帝国记忆产生了持久的影响力。

在散文《谦逊的抗辩》（"A Humble Remonstrance"，1884）中，斯蒂文森将自己创作方法的核心总结为一套叙事艺术。他说："（文学）不模仿生活而是模仿话语，不模仿人类命运的事实，而是人类演员们在讲述自身时所强调的和压抑的那些（话语）。"③ 在《金银岛》中，这一创

---

① 斯蒂文森：《金银岛·化身博士》，前引书，第114页。
② 斯蒂文森：《金银岛·化身博士》，前引书，第115页。
③ Robert Louis Stevenson. *Memories and Portraits*. New York：Charles Scribner's Sons，1899，pp. 283—284.

作美学被充分贯彻,吉姆每一次态度的悄然转变都是文化记忆和个体记忆博弈的结果。冒险伊始,吉姆等人将作恶多端的海盗视为邪恶的代表,将自己视为"正义的一方"[①],从道德上否定了任何海盗获取财宝的正当性。然而,吉姆一行人在获得宝藏后,很快就抛弃了冒险经历中失去朋友和亲人的悲伤,转而开始从帝国记忆的角度来对海盗们进行再塑造。比如,满载而归的吉姆一行人受到了英国军舰舰长的招待;黑人、墨西哥人、印第安人愿意"表演潜水去捡你扔下的钱币"[②];曾经是海盗的葛雷靠着资本的原始积累成功转型,成为"一艘装备优良的大商船的合股船主兼大副"[③]。可见,吉姆接受了英帝国文化记忆中对资本原始积累的正义描述,选择将建立在血泪之上的资本原始积累视为帝国获得荣光以及个人获得成功的必要之恶。小说结尾的各种描述都在向读者传递一种信息:有钱就意味着成功,就会受到尊重,所以获得金钱的过程并不重要。通过文化记忆对吉姆个体记忆的收编,斯蒂文森维护了帝国主义,为资本的原始积累进行了辩解,并试图借此建构读者对英帝国的认同。

小　结

19世纪末的英国诞生了一批冒险小说,这些小说通过描写充满异域风情的海外夺宝冒险,一方面批判当时帝国主义的黑暗面,另一方面又试图维护帝国主义的统治,《金银岛》是其中的代表之一。在《冒险的幻想,帝国的行动》(*Dreams of Adventure, Deeds of Empire*, 1979)中,马丁·格林(Martin Green)将这些冒险小说描述为激励英帝国帝国主义神话的催化剂。[④] 和早期的《鲁滨孙漂流记》相比,《金银岛》不单纯是一个海盗海上冒险的故事,也是对帝国记忆的延续和拓展,不仅小说的主要人物担任了新世界的创建者,小说中金银岛的海外财富更是暗喻着帝国殖民的原始积累。《金银岛》中,吉姆的海上冒险之旅是帝国海外殖民的重复操演,其过程复现了海外财富掠夺过程中的暴力和血腥,

---

① 斯蒂文森:《金银岛·化身博士》,前引书,第84页。
② 斯蒂文森:《金银岛·化身博士》,前引书,第213页。
③ 斯蒂文森:《金银岛·化身博士》,前引书,第214页。
④ Martin Green. *Dreams of Adventure, Deeds of Empire*. New York: Basic, 1979, p. 3.

而吉姆也在此过程中成长为符合帝国记忆的征服者和开拓者。英帝国的文化记忆是由统治者与被统治者双方维持的，对于吉姆来说，金银岛的冒险经历背后折射的是帝国海外征途的记忆，带有历史感、荣耀感和传统的意义。尽管帝国记忆本身充满矛盾，但仍然在其帝国公民的共有记忆中产生了巨大影响。

第六章 "莫格里系列"中的丛林记忆与身份建构

约瑟夫·鲁德亚德·吉卜林是英国第一位荣获诺贝尔文学奖的作家，以其短篇小说和"印度小说"著名，被誉为英国的短篇小说大师和英国的巴尔扎克。吉卜林的小说充满深刻的观察、新颖的想象和凝练的叙事，这使他的小说受到诸多赞誉。在受到赞誉的同时，吉卜林也是一位充满争议的作家。争议源自他作品中流露出的帝国主义和殖民主义倾向。吉卜林在创作生涯的早期和中期写了许多以英属殖民地和大英帝国的海外扩张为背景的小说，其中以英属印度这一背景为盛，这些小说被学者统称为吉卜林的"印度小说"。吉卜林曾长期旅居印度，对印度的风土人情有相当理解，因而他的"印度小说"充满丰富的细节和深厚的情感。但同时，这些小说也充满了西方作者视角下的他者凝视。在"印度小说"中，吉卜林鼓吹英国殖民者的优良品质，包括富有纪律性、充满国家荣誉感、具有奉献精神、为人谦逊等；妖魔化殖民地人民的形象，将其描写为未开化的劣等民族（lesser breeds）；同时，美化殖民行径，将西方列强在东方的殖民行径书写为传播西方文明、拯救东方百姓的义举。

1899 年美国征服菲律宾后，吉卜林写下了一首充满争议的诗《白人的责任》（"White Man's Burden"），他在诗中将西方的殖民行径美化为一种为实现人类进步而进行的探索，甚至将其鼓吹为"白人的责任"：

> 肩负起白人的责任，
> 派出你最优秀的子孙，
> 让他们背乡离井，
> 去服务那些奴隶，
> （中略）
> 那些新捕获的，
> 一半魔鬼一半孩童的愠怒之人。

（中略）

为实现他人利益而探索。[①]

这首诗使"白人的责任"[②] 一词流行开来，成为西方殖民者开脱自身殖民行径的经典话术。吉卜林的"印度小说"和许多作品都反映出上述殖民主义和帝国主义色彩。E. M. 福斯特在演讲中批评过吉卜林作品中的帝国主义色彩，他认为吉卜林笔下的帝国常常在某种天赋王权的使命感下欺压外国人，并致力维护英国人这一所谓的"被选召种族"（Chosen Race）的优势地位。[③]

当然，我们应该客观评价吉卜林在帝国主义问题上的局限性。在那样一个全英国都被国家机器大肆宣传的帝国主义情怀笼罩的年代，吉卜林也难以避免社会语境的影响，但忽视吉卜林对帝国主义和殖民的批判也是不公允的。吉卜林无疑歌颂了帝国主义，同时他也在小说中批判过帝国主义，对殖民地人民表达过同情，在创作生涯后期，吉卜林自身的帝国主义态度有了更大的转变，此时他小说中的背景已经从英属殖民地转向了英帝国本土，反思帝国内部的矛盾。可见，吉卜林对帝国主义和殖民主义的态度不应该被高度简化为"帝国主义的文学旗手"这种标签。

斯里尼瓦萨·艾扬格（K. R. Srinivasa Iyengar）认为，我们不应该将吉卜林所有的作品都天然地视作帝国主义和殖民主义的宣传媒介，将吉卜林每部作品的解读都捆绑上白人的责任更是讨厌至极。[④] 在他看来，吉卜林许多作品的主题并非帝国主义，而是人类的原始天性以及神秘印度的丛林法则。[⑤] G. N. 赛巴巴（G. N. Saibaba）将瓦拉德汉的观点总结为"悲惨的孤独"（harrowing loneliness），即人类原始的、悲惨的、无尽的孤独才是贯穿吉卜林所有作品的元素，这种普适的孤独超

[①] Rudyard Kipling. "The White Man's Burden". *McClure's Magazine*, 1899, vol. 12, no. 4, p. 2.

[②] 又译作"白人的负担"。

[③] Michael Lackey. "E. M. Forster's Lecture 'Kipling's Poems': Negotiating the Modernist Shift from 'the Authoritarian Stock-in-Trade' to an Aristocratic Democracy". *Journal of Modern Literature*, 2007, vol. 30, no. 3, p. 1.

[④] K. R. Srinivasa Iyengar. "Kipling's Indian Tales". *The Image of India in Western Creative Writing*. Eds. M. K. Naik, S. K. Desai and S. T. Kallapur. Dharwar: Karnataka University, 1970, p. 72.

[⑤] K. R. Srinivasa Iyengar. "Kipling's Indian Tales". *The Image of India in Western Creative Writing*. Eds. M. K. Naik, S. K. Desai and S. T. Kallapur. Dharwar: Karnataka University, 1970, p. 75.

越了一切小说中的"历史议题"（historical trajectories），如殖民主义等。[1]

吉卜林一生共创作了 21 部短篇小说集和历史故事集，在短篇小说集《许多发明》（*Many Inventions*，1893）、《丛林故事》（*The Jungle Book*，1894）和《丛林故事续篇》（*The Second Jungle Book*，1895）中，有 9 个剧情相互关联的短篇小说，分别为《在丛林里》（"In the Rukh"）、《莫格里的兄弟们》（"Mowgli's Brother"）、《蟒蛇卡阿捕猎》（"Kaa's Hunting"）、《老虎！老虎！》（"'Tiger! Tiger!'"）、《恐惧怎样降临》（"How Fear Came"）、《让丛林进入》（"Letting in the Jungle"）、《国王的象叉》（"The King's Ankus"）、《红毛狗》（"Red Dog"）和《春跑》（"The Spring Running"）。这些小说与英属印度殖民地相关，因此可被视为吉卜林的"印度小说"。同时，这些小说有个更广为人知的名字，那便是莫格里系列。莫格里系列围绕一个被狼群抚养长大的印度少年莫格里展开，讲述了莫格里被丛林里的动物抚养，又遭到丛林社会的驱逐，回归人类社会并在经历一系列冒险后成为领取英帝国工资的护林员的故事。

英国著名的传记作家和儿童文学家罗杰·兰斯林·格林（Roger Lancelyn Green）将维多利亚时代称作"儿童文学的黄金年代"（the Golden Age of children's books）[2]。吉卜林、狄更斯、萨克雷等作家都创作过充满想象力的儿童文学。U. C. 诺普弗马赫（U. C. Knoepflmacher）将维多利亚时代儿童文学的辉煌归因于维多利亚人民的"两面性"（self-divided Victorians）[3]。他指出，维多利亚时代的人民生活在两个世界之间，一个是朝向未来的进步的世界，一个是回望过去的怀旧的世界。[4] 当这种两面性特质进入维多利亚时代的儿童文学创作中并发挥作用时，儿童文学就不再是单纯为儿童创作的体裁了。怀旧让儿童文学作家关注纯真的、充满想象力的儿童，而进步则让他们将成人的视角、思维与期待融入这些小说，其结果便是这些儿童文学充满了复杂的结构，其目标读者不仅

---

[1] G. N. Saibaba. "Colonialist Nationalism in the Critical Practice of Indian Writing in English: A Critique". *Economic and Political Weekly*, 2008, vol. 43, no. 23, p. 64.

[2] Roger Lancelyn Green. *Mrs. Molesworth*. New York: Henry Z. Walck, 1964, p. 51.

[3] U. C. Knoepflmacher. "The Balancing of Child and Adult: An Approach to Victorian Fantasies for Children". *Nineteenth-Century Fiction*, vol. 37, no. 4, 1983, p. 497.

[4] U. C. Knoepflmacher. "The Balancing of Child and Adult: An Approach to Victorian Fantasies for Children". *Nineteenth-Century Fiction*, vol. 37, no. 4, 1983, p. 497.

是儿童，也包括能够透过简单的表面窥见复杂的深层含义的成年读者。[①]诺普弗马赫所言不虚，只需看看刘易斯·卡罗尔（Lewis Carroll）的杰作《爱丽丝漫游仙境》（*Alice's Adventures in Wonderland*，1865）激发了多少关于英国历史和后殖民的解读，便可知维多利亚时代儿童文学家们确实深谙上述策略。

安格斯·威尔逊（Angus Wilson）在为吉卜林撰写的传记中写道：吉卜林在和孩子的互动中，愿意跟随孩子，从孩子身上学习，也愿意贡献（自己的知识与经验）。[②]可见，吉卜林在和孩子的相处过程中也表现出怀旧与进步的两面性，他既愿意聆听、尊重、跟随孩子，也愿意贡献自己作为成年人的经验。这种两面性也被吉卜林运用到莫格里系列中。表面上看，这是一系列面向儿童读者的、充满童趣与天马行空的幻想的小说，而细察下，这些小说无不向潜在的成年读者传递着吉卜林对帝国主义与殖民主义的观点。

那么，如何才能平衡儿童文学中的两面性呢？如何才能在传递作者的成年思想的同时写出符合儿童期待的纯真幻想呢？答案是记忆。与吉卜林同时代的作家伊迪丝·内斯比特（Edith Nesbit）这样总结写好儿童文学的要诀："我们无法通过想象、观察或爱来理解儿童，唯有通过记忆才能理解儿童……我曾是个儿童，很幸运的是我还记得自己儿童时期是如何感受与思考事物的。"[③]儿童读者能从少年莫格里的记忆中读出童趣、纯真与冒险精神，而成年读者则能从成年莫格里与少年莫格里的记忆间、莫格里个体记忆与社会的文化记忆间读出巨大的张力。正是通过不同记忆的张力，吉卜林巧妙地传递了自身对英帝国的帝国主义和殖民主义的复杂看法。本章以莫格里系列为研究对象，借助扬·阿斯曼的文化记忆和交往记忆理论，研究小说中莫格里的身份建构与流变，指出莫格里的身份认同前后经历了三个阶段：丛林中的动物身份，英属印度殖民地的人类身份，联结丛林和村庄、印度和帝国的帝国代理人身份。

[①] U. C. Knoepflmacher. "The Balancing of Child and Adult: An Approach to Victorian Fantasies for Children". *Nineteenth-Century Fiction*, vol. 37, no. 4, 1983, p. 500.

[②] Angus Wilson. *The Strange Ride of Rudyard Kipling: His Life and Works*. New York: Viking, 1978, p. 1.

[③] Naomi Lewis. "Introduction". *E. Nesbit Fairy Stories*. Ed. Naomi Lewis. London: Scholastic Publications Limited, 1977, p. vii.

第一节　丛林文化记忆的建构与传承

莫格里系列中，生活在丛林里的动物共同组成了一个丛林动物社群，和丛林外的人类世界相区隔。在丛林中流传着一个神话。传说丛林最初由大象的始祖们开创，它们创造丛林的初衷是建立一个能让所有动物都"是一家人"①的乌托邦。大象的始祖们专注于扩大丛林的边界，无暇管理已经创造出来的丛林，于是它们挑选了一些代理人来做"丛林的主人和法官"②。这些代理人负责丛林的日常管理以及动物间冲突的裁决工作。大象始祖最先选择的代理人是老虎始祖。在神话时代，老虎始祖本是食草动物。后来，由于老虎始祖控制不了情绪，杀死了一头鹿，将死亡带进了原本和谐的丛林世界，于是被取消了代理人的资格，并且长出了现代老虎身上的条状斑纹作为杀生罪恶的印记。老虎始祖的做法让原本和谐的丛林社会开始分裂，其他动物开始躲避老虎。

接着，猿猴始祖被选为第二代代理人。猿猴始祖工作散漫，缺乏责任感，不仅不能对动物之间的冲突做出合理的裁决，还嘲笑其他动物，很快就失去了威信，遭到其他动物的蔑视。继老虎始祖将死亡带进丛林后，猿猴始祖将耻辱带进了丛林，丛林社会进一步分崩离析。大象始祖决定用恐惧来对抗丛林社会中弥漫的死亡和耻辱气氛，它宣告谁能找到恐惧谁就是新的代理人。后来，老虎始祖杀死了一个人，进而间接教会了人类杀戮。人类在生理上较弱，比不过许多大型动物。但人类的智力却远超动物，因而在学会杀戮后成为令所有动物恐惧的存在，进而成为丛林的新代理人，将恐惧带进了丛林。自此，原本团结和谐的丛林社会分化为一个又一个小社群，"各类动物各自待在一起"③。

在莫格里系列中，丛林里代代相传的神话正是一种象征形态，它承载着属于丛林的某种具有原型意义的文化记忆。狼群、鹿群等各种动物群体的长者则是负责对象征形态进行展演的专门人员，它们通过对年幼的动物口述神话，将神话故事中蕴含的文化记忆提取出来并传承下去。文化记忆是扬·阿斯曼在哈布瓦赫的集体记忆概念的基础上提出的，指

---

① 吉卜林：《丛林之书》，张新颖译，桂林：广西师范大学出版社，2002年，第105页。
② 吉卜林：《丛林之书》，前引书，105页。
③ 吉卜林：《丛林之书》，前引书，第107页。

第六章 "莫格里系列"中的丛林记忆与身份建构

一个社会中由集体所共享的、能够跨越代际传播的、体制化的、长期的、与身份认同相关联的记忆。这种记忆常常构成该集体的文化、风俗与身份认同。文化记忆的传播通常由社会的管理阶层负责。具体来讲，文化记忆通常会被社会的体制化机构附着在某种外在于记忆的、符号化的象征形态中，如纪念碑、吟游诗人的唱词、祭典等，并依靠这种承载物传播。在传播过程中，会有专门人员负责对象征形态进行展演，以帮助人们提取出其中蕴含的文化记忆。

艾伦·麦克达菲（Allen MacDuffie）借助新拉马克主义理论（neo-Lamarck theory）对延续丛林记忆的重要性进行了阐释。艾伦指出，记忆与遗传之间有着重要的联系，"生物的经验（通过记忆）存储为本能或其改变形态的依据，这些身体新特征的改变又通过代际间的共同记忆得以遗传给下一代"[①]。丛林是一个弱肉强食的世界，动物们不但要警惕自然灾害和天敌，还要警惕人类的侵犯，因此为了更好地延续种族的血脉，它们需要持续进化并将更好的身体特征遗传给下一代，此时记忆就成为激活生理遗传机制的催化剂。

麦克达菲对丛林文化记忆的论述主要从动物的生理属性出发，而我们知道，作为充满幻想的儿童文学，莫格里系列更多聚焦的不是动物的生理，而是动物的社会性。若从动物的社会属性出发，我们会发现，丛林居民传承文化记忆的原因在于身份的建构。阿斯曼指出，对于没有文字的社会而言，记忆是维持一个群体的身份认同的唯一手段。[②] 显然，丛林中的动物们并没有自己的文字，因此它们代代相传的文化记忆就成为建构它们身份认同的重要手段。我们在小说中可以看到，丛林中各种动物的身份认同仍旧遵循着神话里它们始祖的身份认同，而丛林中的社会关系也大致维持着神话中的社会关系——老虎们离群索居，各自为阵，并时刻提防着人类的报复；猿猴仍旧随心所欲、做事懒散，它们和其他动物互相唾弃；人类则延续了神话中的身份，成为丛林里所有动物恐惧的对象。

承载着丛林文化记忆的神话在反复讲述的过程中又被讲述者不断加入新的内容，这些新内容是每个时代丛林的文化记忆的沉淀。最后，神话和这些新的文化记忆糅合在一起，形成了一套丛林法则，这套丛林法

[①] Allen MacDuffie. "'The Jungle Books': Rudyard Kipling's Lamarckian Fantasy". *PMLA*, 2014, vol.129, no.1, p.21.

[②] 扬·阿斯曼：《宗教与文化记忆》，黄亚平译，北京：商务印书馆，2018年，第47页。

则规定了每个动物的身份和行为规范，它是"世界上最古老的法律——几乎为所有可能发生在丛林居民身上的事，都做了妥当的安排"①。比如，丛林法则规定：丛林里的动物不能吃人，因为这会引来人类的报复，就像神话中报复老虎始祖的人类一样②；丛林里的其他动物不能跟猿猴打交道，因为猿猴生性懒散；成年动物不能伤害不具备捕食能力的幼年动物，否则丛林的生态链就得不到保护③；若在地面上50英尺高的地方遇到蜂窝，要礼貌地向其问好④；要到其他动物的猎场捕猎必须先通知其他动物⑤，等等。通过口述神话，丛林的文化记忆得以在动物中代代相传，这些文化记忆框定了每个个体的身份、地位、行为准则，为丛林社会的稳定提供了一套法规和秩序。

莫格里被狼群抚养长大，大象海斯和棕熊巴卢等丛林教师向他讲述丛林神话。棕熊巴卢向莫格里传授丛林法则的重要方式之一是歌曲。T. S. 艾略特指出，吉卜林小说中出现的韵文（verse）与诗歌（poetry）有区别，其中最大的区别在于这些韵文反映了作者的音乐兴趣，它有重复的副歌（musical refrain），应该被视为歌曲的歌词而非诗句。⑥ 斯蒂芬·班森（Stephen Benson）认为，歌曲是莫格利系列中的重要元素，也是常常被评论家们忽视的元素。⑦ 事实上，很多莫格里系列的短篇小说都包含唱段或歌曲，一些短篇小说甚至直接由歌词构成，比如《莫格里之歌》（"Mowgli's Song"）和《丛林夜曲》（"Night-Song in the Jungle"）等。这些歌词中反复出现的副歌能进一步加深听者的印象，使歌曲蕴含的丛林法则更易传达，因此班森指出，副歌在莫格里学习丛林法则的过程中起到了关键作用⑧。这些歌曲正是阿斯曼所言的文化记忆寄宿的象征形态，而巴卢通过歌曲传授丛林法则的过程正是阿斯曼所言的专职人员对文化记忆的展演。

巴卢严格要求莫格里熟背丛林法则，每条法则都要重复背诵100遍

---

① 吉卜林：《丛林之书》，前引书，第92—93页。
② 吉卜林：《外国中短篇小说藏本：吉卜林》，文美惠等译，北京：人民文学出版社，2014年，第160页。
③ 吉卜林：《外国中短篇小说藏本：吉卜林》，前引书，第163页。
④ 吉卜林：《外国中短篇小说藏本：吉卜林》，前引书，第181页。
⑤ 吉卜林：《外国中短篇小说藏本：吉卜林》，前引书，第159页。
⑥ T. S. Eliot. *A Choice of Kipling's Verse*. London: Faber and Faber, 1941, p. 35.
⑦ Stephen Benson. "Kipling's Singing Voice: Setting the 'Jungle Books'". *Critical Survey*, 2001, vol. 13, no. 3, p. 41.
⑧ Stephen Benson. "Kipling's Singing Voice: Setting the 'Jungle Books'". *Critical Survey*, 2001, vol. 13, no. 3, p. 53.

以上，如果莫格里不认真就会被打得鼻青脸肿。① 巴卢看似狠心，实际上却是用心良苦。莫格里因躲避跛虎谢尔汗的追捕而误入丛林，后被狼爸狼妈所救。但狼爸狼妈的庇佑并不意味着永远的安全。按照丛林法则，人类是令所有动物感到恐惧的威胁，因此很多动物并不欢迎莫格里，谢尔汗甚至强烈反对莫格里加入丛林的社群。在这种情况下，为了保证莫格里的安全，巴卢就必须设法将莫格里变为丛林动物的一份子，使其身份认同从人变为动物。唯有如此，其他动物才能接纳莫格里，他也才能在弱肉强食的丛林中作为一只"动物"活下去。巴卢对莫格里反复讲述神话，正是为了向他传播丛林的文化记忆，使他能够熟背丛林法则，进而内化这些法则，最终将自己改造为一名身份认同为狼的狼孩，而记忆深处自己年幼时模糊的人类回忆已经被他称为"变成狼以前"② 的事了。这种进行反复展演、反复强化文化记忆、反复背诵文化记忆中丛林法则的过程就是阿斯曼所言的文化记忆的经典化过程。③ 在无文字的社会里，只有将文化记忆经典化，才能令记忆接受者主动参与文化记忆的建构与传播，并在自我实践中内化文化记忆所包蕴的内核。

第二节　莫格里盗火与人类交往记忆

丛林文化记忆为莫格里建构了一种劳拉·斯蒂文森（Laura C. Stevenson）所言的"牧歌式成长环境"（pastoral upbringing）④。劳拉又将这种牧歌式成长环境称作一个和莫格里原初身份迥异的"阿卡迪亚社会"⑤，意指高度理想化的、封闭的社会。这一环境隔绝了他和任何非自然的人类文明的接触⑥，使他的记忆中缺失人类。不过，尽管莫格里的记忆中缺失人类，但莫格里与人类有朝一日的相遇在艾伦·麦克达菲看来是不可避免的。麦克达菲指出，吉卜林在创造莫格里时融入了新拉马

---

① 吉卜林：《丛林之书》，前引书，第32—33页。
② 吉卜林：《外国中短篇小说藏本：吉卜林》，前引书，第174页。
③ 扬·阿斯曼：《宗教与文化记忆》，前引书，第46页。
④ Laura C. Stevenson. "Mowgli and His Stories: Versions of Pastoral". *The Sewanee Review*, 2001, vol. 109, no. 3, p. 368.
⑤ Laura C. Stevenson. "Mowgli and His Stories: Versions of Pastoral". *The Sewanee Review*, 2001, vol. 109, no. 3, p. 369.
⑥ Laura C. Stevenson. "Mowgli and His Stories: Versions of Pastoral". *The Sewanee Review*, 2001, vol. 109, no. 3, p. 368.

克主义，即莫格里身上表现出一种来自遗传学说的"向上发展力"(upward development)①。莫格里对知识的渴望、对丛林的探索都反映出这种向上发展力。新拉马克主义认为，世间万物的进化不是自然选择的结果而是在向上发展力的指导下个人发展的结果，而这种发展有赖于个人经验的积累和"自我的主动形塑"(active self-shaping)。② 作为一个丛林的异质性元素，莫格里要实现自身发展，必须向丛林外索求，更准确地说，向未知的人类社会索求。唯有如此，他才能实现经验的积累与自我的主动形塑。因此，吉卜林若要塑造莫格里的成长与自我人格的完善，就必须安排莫格里与人类接触，而一旦莫格里接触人类社会，他的记忆和认知必将受到巨大的冲击。

莫格里取火事件是他与人类社会的第一次接触，火种既是人类文明的象征，也和神话中传递光明和温暖的普罗米修斯互文。普罗米修斯是希腊神话中泰坦神族的神明之一，其名意为"先见之明"(forethought)。在神话故事中，宙斯禁止人类用火，人类经年累月生活在寒冷与黑暗之中。普罗米修斯十分同情人类，他不惜违背宙斯的旨意，巧施妙计，盗取天火送给人类，给人类世界带来了温暖与光明。火作为符号具有强烈的人类色彩，正是在火的帮助下，人类开始吃熟食，远离了原始状态，并提升了生产力和战斗能力，故而这一符号具有开化、文明、强大等象征意义。从这个象征意义来看，莫格里盗火类似于普罗米修斯为混乱黑暗的丛林社会带去了文明的火种，是一种自我开化、自我赋权的行为。换言之，这是他开始远离原始的动物身份回归人类文明的象征。

阿斯曼在研读哈布瓦赫的集体记忆理论后提出，实际上存在两种集体记忆，为了区分这两种集体记忆，他将其分别称为交往记忆和文化记忆。如前文所言，文化记忆是一种跨时长的、建构性的、体制化的记忆。交往记忆相反，它"不是体制性的"，不需要依靠外在于记忆的象征形态和体制化的展演来实现记忆的传承，而是一种依靠"日常互动和交往"形成的记忆，这种记忆的跨度远没有文化记忆长，最多存在于"三代人"的时间范围内③。我们可以这样理解两者的不同：文化记忆与一个社会的文化和社会群体的身份认同息息相关，是一种长期的、宏大的记忆，

---

① Allen MacDuffie. "'The Jungle Books': Rudyard Kipling's Lamarckian Fantasy". *PMLA*, 2014, vol. 129, no. 1, p. 31.

② Allen MacDuffie. "'The Jungle Books': Rudyard Kipling's Lamarckian Fantasy". *PMLA*, 2014, vol. 129, no. 1, p. 19.

③ 扬·阿斯曼：《交往记忆与文化记忆》，前引书，第140页。

如大英帝国的黑三角贸易记忆、圈地运动记忆、光荣革命记忆等;交往记忆则与个体或所属微观群体的直接经验息息相关,是一种"活生生的、具身化的记忆"①,如一个社群成长的经历和家族的记忆等。莫格里关于人类社会的唯一回忆正是火——"我记得我变成狼以前,就常常躺在红花(火)旁边,那儿又暖和又舒服"②。当他再次接触到火时,他幼时朦胧的回忆被新的交往回忆唤醒了。这种交往记忆比丛林的文化记忆更加生动、鲜活,它唤起了莫格里关于火的儿时回忆,培植了莫格里关于人类的新记忆。

莫格里盗火成为他的身份认同转变过程中的重要事件,此时的交往记忆在过去与现在两个维度分别连结了他身为人的属性,因此他的身份认同开始重构,并开始将自己视为人类。目睹了火的强大之后,莫格里爱上了火焰的力量,他认为火焰是比巴希拉、巴卢和狼群中爱他的那些伙伴们"都更有力量的朋友"③。根据丛林法则,火焰本应是丛林动物们畏惧的存在。从本应畏惧到喜爱并驾驭火焰的转变体现了莫格里身份的悄然转变——他从一个狼孩慢慢回归为一个驾驭火焰的征服者的角色,那就是人类。我们看到,获得火种后,莫格里确实展现了这种变化,他依靠火焰摆脱了谢尔汗的威胁,成为狼群的"征服者"④。

盗火事件促使了莫格里身份认同的转变,他开始主动学习村民的语言以融入人类生活。语言是交往顺利进行的基础,更是交往记忆顺利形成的必要条件。莫格里学习语言以及融入人类生活使他形成更多与人类关联的交往记忆,这些交往记忆又会作为一种符号,不断回溯到他的幼年时期,与记忆深处关于火的儿时回忆耦合,进而强化莫格里对于自己人类身份的认同感。受到交往记忆的影响,莫格里的身份逐渐回归人类,他不再将自己单纯视为一个狼孩。与此同时,丛林的文化记忆依旧在发挥作用,影响着他的自我认知与身份认同,因此他并未彻底回归人类身份。在交往记忆和文化记忆的共同影响和纠缠之下,莫格里在狼孩与人类这两种身份的夹缝中寻找自己的位置。

---

① 扬·阿斯曼:《交往记忆与文化记忆》,前引书,第 147 页。
② 吉卜林:《外国中短篇小说藏本:吉卜林》,前引书,第 174 页。
③ 吉卜林:《外国中短篇小说藏本:吉卜林》,前引书,第 172 页。
④ 吉卜林:《外国中短篇小说藏本:吉卜林》,前引书,第 177 页。

第三节　帝国记忆下丛林法则的让渡与臣服

正如萨义德指出的那样,"吉卜林的最伟大的著作是关于印度的"①。从1608年第一支英国远征军到达印度开始,到1947年最后一名英国总督离开,在长达300多年的殖民地历史中,印度已经和英国的"商业与贸易、工业与政治、意识形态与战争、文化与想像的生活"② 等有密切的联系和影响。不难理解,吉卜林对印度殖民地文化社会和道德方面的观察是和帝国的稳定性相关联的。1857年至1858年,印度殖民地发生叛乱,吉卜林却将叛乱定义为"哗变",意为一种失控,而不是印度人对英国统治的强烈反抗。莫格里系列中的丛林隐喻了印度殖民地原始的等级森严的种姓制度,莫格里作为黑暗丛林中的人类,发挥了管理和规范的作用,事实上成为帝国殖民者的代言人。《在丛林里》是莫格里系列中第一篇发表的故事,却位于整个系列故事线的最后,这篇故事是莫格里丛林记忆的终结,也是人类社会记忆的开始。故事起源于吉斯博恩和莫格里的相遇。吉斯博恩是英帝国驻印度殖民地的森林部总监。在一次追查老虎吃人的案件中,吉斯博恩遇到了莫格里,后者帮助他完成了讨伐老虎的任务。莫格里能够和动物交谈,能够感受丛林的气息,他对丛林的了解以及处处显露的"通灵"力量使吉斯博恩大为震惊,于是他邀请莫格里加入英帝国森林部公务员的队列。莫格里同意了吉斯博恩的邀请,成为一名看林人,即一名英帝国在印度的帝国代理人,负责沟通原始的丛林和先进的村镇,以保证英帝国殖民地的安全,同时保护作为英帝国财产的丛林的安全。

简·霍奇斯基(Jane Hotchkiss)提醒我们,若我们将《在丛林里》和其他莫格里故事稍加对比就能发现,莫格里的人物形象前后形成了较大的反差。在其他故事中,年幼的莫格里表现出的更多是一种偶像破坏(iconoclast)甚至反社会(sociopath)的形象,这从他攻击印度教村落等例子可以看出。然而在《在丛林里》,他摇身一变成为帝国秩序的守护

---

① 爱德华·W.萨义德:《文化与帝国主义》,前引书,第188页。
② 爱德华·W.萨义德:《文化与帝国主义》,前引书,第188页。

者。① 正如森林部长穆勒对莫格里指示的那样，"你该做的事就是，不要再在森林里到处游荡……你就到我手下来工作……当森林看守人"，负责汇报"老虎迁移的情况……还得对森林里所有的火灾发出确实的警报"②。霍奇斯基认为，莫格里转变的根本原因是前俄狄浦斯时期（pre-oedipal）两位母亲使他陷入的身份困扰。前俄狄浦斯期指婴儿出生后的一段时期，包括口欲期和肛欲期两个阶段。这个时期的婴儿无法区分自我和他者，其自我人格处于逐渐建构中，父母与婴儿的互动对于此时婴儿自我的建构至关重要。我们知道，莫格里在出生不久就离开了生母，后来被动物母亲抚养长大，因此他在前俄狄浦斯时期拥有两位母亲。两位母亲是如此不同，甚至跨越了物种，这使莫格里从小就形成了边缘者的人格——他既不完全属于丛林，也不完全属于人类世界。霍奇斯基认为，莫格里在其他故事中攻击印度教村落的行为实际上是一个少年宣泄自身身份困惑的手段，而《在丛林里》中莫格里的归顺做法则是少年逐渐长大并更清楚地认识到丛林与人类社会的对立后做出的妥协之策。换言之，莫格里的前后转变并不像看上去那么突兀，只是他内心狼孩和人类两种身份、两种记忆激烈交锋的自然结果。③ 这种结果便是他选择了动物与人类之外的第三条路——联结两者的看林人。

霍奇斯基的精神分析解读从莫格里的成长方面解释了他的身份转变，但如果将莫格里放在殖民历史的语境中，我们更愿意将莫格里的合作看作一种和殖民者自觉的妥协。在吉卜林的笔下，印度的土著与王公住在不同的空间，而莫格里成为不同空间的联结者。帝国的问题归根结底是拥有空间的问题，当殖民者无法理解丛林文化记忆的符码、无法掌控这片土地的时候，莫格里作为帝国代理人的身份就非常重要了。小说中，莫格里成为看林人一年以后娶妻生子，和莫格里的4个兄弟即4匹狼生活在一起。小说最后，吉斯博恩和穆勒遇到了莫格里的妻子，后者让躲在树丛里的4匹狼走出来"向先生们致敬"④。吉卜林以这段插曲来结束整个莫格里系列显然别具匠心。若我们将吉卜林自身的帝国主义和殖民主义情结、莫格里系列中频频出现的相关描述以及英属印度殖民地这一

---

① Jane Hotchkiss. "The Jungle of Eden: Kipling, Wolf Boys, and the Colonial Imagination". *Victorian Literature and Culture*, 2001, vol. 29, no. 2, p. 442.

② 吉卜林：《外国中短篇小说藏本：吉卜林》，前引书，第212页。

③ Jane Hotchkiss. "The Jungle of Eden: Kipling, Wolf Boys, and the Colonial Imagination". *Victorian Literature and Culture*, 2001, vol. 29, no. 2, p. 442.

④ 吉卜林：《外国中短篇小说藏本：吉卜林》，前引书，第219页。

英国维多利亚小说中的文化记忆研究

背景综合起来进行考量,我们就能发现,这一转变代表了一种隐晦的殖民主义思想——莫格里作为帝国代理人管理殖民地。

约翰·麦可布雷尼(John McBratney)指出,《在丛林里》以莫格里掌控狼族兄弟并臣服于吉斯博恩结束,莫格里作为一名印度与英国的"混血"联结两者的结局代表着吉卜林本身的观点——英国对印度的统治应该回到以往的父系主义,即通过一个仁慈、私人的行政机构来管理印度,而不应该采用印度叛乱(Indian Mutiny)后英国政府冷冰冰的、功利主义的管理方式。[①] 简·霍奇斯基认为,莫格里虽不属于人类与动物的任一世界,但也正因如此,他可以起到沟通两者的作用,《在丛林里》的结局表现出吉卜林对英属印度未来的乐观期望,那便是"用丛林法则和英帝国林业准则的结合取代印度的文化和传统"[②],同时用莫格里这样的英属印度兵(sepoy)来防止印度兵变和暴乱的发生[③]。

小说中,丛林保留着蛮荒、野性与不羁的一面,受到老虎、大羚羊等动物的威胁,帝国官员难以真正掌握丛林,因此才会专门成立森林部来进行管理,他们认为没有一个部门比森林部更为重要[④]。由此可见,丛林象征西方眼中落后、原始、未开化的印度。正因如此,穆勒才会把丛林和丛林中长大的莫格里视为和基督教对立的"异教"[⑤]。而莫格里成为看林人管理丛林,意味着帝国殖民者对印度殖民地的勘察和征服,他们可以通过莫格里和丛林中的动物沟通;而莫格里及其妻子让四个狼兄弟向先生们问好,也代表着他对殖民者主动地迎合,并且适应、服从并推动了帝国的社会秩序的建立。他对狼兄弟的指令,既是一种对印度人民的规训和命令,也是一种对英帝国统治的臣服和赞同,更是吉卜林作为帝国记忆书写者对于平息印度叛乱的想象。当保留野性的丛林动物也终被规训匍匐在帝国官员身前时,印度还如何抵抗英国的殖民呢?

---

① John McBratney. "Imperial Subjects, Imperial Space in Kipling's 'Jungle Book'". *Victorian Studies*, 1992, vol. 35, no. 3, pp. 289.

② Jane Hotchkiss. "The Jungle of Eden: Kipling, Wolf Boys, and the Colonial Imagination". *Victorian Literature and Culture*, 2001, vol. 29, no. 2, p. 448.

③ Jane Hotchkiss. "The Jungle of Eden: Kipling, Wolf Boys, and the Colonial Imagination". *Victorian Literature and Culture*, 2001, vol. 29, no. 2, p. 442.

④ 吉卜林:《丛林之书》,前引书,第193页。

⑤ 吉卜林:《外国中短篇小说藏本:吉卜林》,前引书,第209页。

小　结

莫格里系列由 9 篇短篇小说系列构成，小说讲述了由狼群抚养长大的"狼孩"莫格里在丛林中的冒险以及返回英属印度殖民地后的故事。劳拉·斯蒂文森认为，人类与动物的相互仇恨使莫格里这个联结两者的看林人犹如一个"阿卡迪亚的牧歌英雄"[①]，他在原始自然与人类文明间架起了一座乌托邦式的美好桥梁。但我们若将英帝国的殖民战略纳入考量范畴则能发现，看林人身份也是一种政治隐喻。野性的丛林象征着西方眼中未开化的印度，其中充满了等级森严的原始文化记忆与习俗，而来自丛林内部的莫格里最终成为丛林看护人，这种身份使他既成为丛林实际的领袖，也成为沟通丛林与殖民者的代理人。莫格里和家人对看林人身份的接受以及丛林动物对莫格里的臣服则隐晦地表达了吉卜林对英帝国殖民地社会秩序的想象。

---

① Laura C. Stevenson. "Mowgli and His Stories: Versions of Pastoral". *The Sewanee Review*, 2001, vol. 109, no. 3, p. 370.

第七章 《机器停转》中的文化记忆与交往记忆

19世纪60年代,第二次工业革命在欧美爆发,电灯、内燃机、汽车、远洋轮船、电影放映机等发明相继问世,人类从蒸汽时代迈入电气时代。第二次工业革命极大地推动了生产力的发展,促进了垄断组织的产生,而远洋轮船的发明则助推了资本主义国家全球殖民的扩张。垄断组织与殖民地扩张导致资本主义国家发展不均、争夺霸权的斗争愈演愈烈,最终在19世纪90年代末,世界进入了垄断资本主义即帝国主义时代。英国在第二次工业革命中处于相对尴尬的位置。尽管第一次工业革命主要发生在英国并使英国成为资本主义强国,但在第二次工业革命中,英国诸多垄断组织却更愿意将资本投向殖民地那些基于现有技术的高回报产业,而不是投入新科技的研发,这导致英国在第二次工业革命中被德国、美国等后起之秀超越。1894年,美国的工业生产总值首次超过英国,在19、20世纪之交,英国失去了全球工业的垄断地位。同时,科技的不协调发展带来了许多负面影响,如环境污染、工人失业、生活异化等。据英国社会学家查尔斯·布思(Charles Booth)统计,在1889年的伦敦,有30.7%的人生活在贫穷中,有31.5%的人居住环境拥挤[1]。

面对外部国际竞争的加剧和内部社会问题的频发,英国民众开始质疑曾经笃信的信条——科技一定能带来进步与幸福,许多英国作家也开始反思科技的盲目扩张与无序发展。美国科幻小说家詹姆斯·冈恩(James Gunn)这样描述当时普遍存在的科技怀疑情绪:"工业革命和科

---

[1] Charles Booth. "Life and Labour of the People in London: First Results of An Inquiry Based on the 1891 Census. Opening Address of Charles Booth, Esq., President of the Royal Statistical Society. Session 1893—94". *Journal of the Royal Statistical Society*, 1893, vol. 56, no. 4, pp. 565—566.

学革命首先发生在西方……这些国家的小说总带有一点悲观主义的色彩。"① E. M. 福斯特便是其中之一。福斯特以其旅行写作、散文和小说理论著称,许多读者不知道的是,福斯特曾写过一篇反思科技的短篇科幻小说《机器停转》(*The Machine Stops*,1909)。这篇小说立意深刻,表达了作者对 19 世纪末 20 世纪初科技无序发展的忧虑,时至今日仍然毫不过时,充满警示意味。《机器停转》描绘了一个人类的反乌托邦未来,福斯特在小说中书写了人类因机器崇拜而产生的空间感丧失。本章将使用扬·阿斯曼的交往记忆与文化记忆理论对小说女主角瓦什蒂的行为进行分析,指出福斯特不仅书写了人类空间感的丧失,还书写了人类交往记忆的丧失,以此批判机器和科技的盲目发展,以及 19 世纪英国社会情感的疏离。

第一节 机器时代的权力与主体性

《机器停转》想象了一个反乌托邦未来。在这个遥远的未来,地球表面因环境污染而变得不宜居住,人们依靠高科技在地下建立了居住地,从此长居地下。

每个人在地下都拥有一个属于自己的房间,这个房间充满高科技设备,房间中的每个按钮都对应不同的功能。例如,需要吃饭时,按下按钮就会有机器将饭菜送到你面前;需要睡觉时,按下按钮就会有舒适的床从地面升起;需要社交时,按下按钮就会有屏幕降下供你和地球上任何地方的人进行实时交流;需要学习时,按下按钮屏幕里会显示各种文字、图像资料。在这个时代,食物、消费品均由机器负责制造、提供,各种设施的建设与维护也交由机器负责,强大的科技将人们从繁重的工作中解放出来,金钱这种东西也不复存在,人们衣食无忧。

然而,在衣食无忧的乌托邦表象下,机器所象征的权力中枢却在监听、监督、侦察、检查。"它行使监督的权力,揭露世界的权力,侦察人民的秘密的权力,监视人类行为的权力。"② 在机器权力的全面监控下,

---

① 詹姆斯·冈恩:《科幻之路(第三卷)》,郭建中译,福州:福建少儿出版社出版,1997年,第3页。
② 约翰·费斯克:《大众经济》,载《文化研究读本》,罗刚等编,北京:中国社会科学出版社,2000年,第234页。

记载了所有机器操作方式的《机器之书》被奉为新时代的《圣经》，机器则被奉为新的神明。人们的生活不断异化：远程实时通信代替了面对面交流，足不出户的懒惰代替了身体力行的体验。人们不再出门，不再和他人见面，一切都由房间里的科技设备完成；就连生育也成为机器安排的工作，夫妻不会同住，子女出生后就会被机器接走并安置在地球某处的某个地下房间中。

《机器停转》很明显讽刺了机器时代人们对机器的迷恋，他们处于被机器控制的关系中，并且主动在这种关系中生产出自己生活的意义和快感。在这一时代，人们已从繁重的工作中解放，甚至没有了任何经济压力。人们本应拥有足够的时间做任何事情，但在机器的控制下，人们却一点一滴丧失对身体、外界以及互动的欲望，转而将自己封闭在逼仄的房间中，反刍自己的意识与荧幕中的信息，试图寻找"新的想法"来打发无聊的时间。福斯特这样描述这种异化的生活："人们很少挪动身体；一切骚动不安都集中在灵魂里。"[①] 从这里我们能发现，科技和机械已经颠倒了目的和手段的关系。曾经科技和机械是手段，其目的是提高生产力与效率以节省人类的时间，促使人类获得时间自由。但当科技和机械高度发达后，两者反而成为目的本身。人类有了时间，却失去了大部分自然的生命的欲望，唯一的欲望即在科技和机械中寻找"新思想"。例如，瓦什蒂认为自己所要寻找的"新思想"不在大自然中，也不在人与人之间的交流中，而是在《机器之书》和房间的屏幕里。从机器中寻找"新的想法"能让她获得"顺从权威的狂喜"[②]。

机器是这个乌托邦中占支配地位的阶级，不仅统治着人类社会，而且通过其在道德和精神方面的领导地位来引导这个社会。处于从属地位的各类人将自己束缚在机器的权力结构中，对机器所定义的各种价值观、文化观、政治观都表示支持和赞同。《机器停转》的矛盾肇始于儿子库诺通过电话请求母亲瓦什蒂跨越大洋去他的房间看他。听到这一请求，瓦什蒂疑惑不解，她反问自己能通过可视电话看到儿子，为何还需当面相见。库诺解释说自己不想通过讨厌的机器跟母亲对话，因为机器中的不是"本人"，只是"影像"[③]。这场旅程令瓦什蒂苦不堪言。人类早已习

[①] 福斯特：《福斯特短篇小说集》，谷启楠译，上海：上海译文出版社，2016年，第129页。

[②] 福斯特：《福斯特短篇小说集》，前引书，第126页。

[③] 福斯特：《福斯特短篇小说集》，前引书，第122页。

惯了地下幽闭的空间,因而当透过飞船的玻璃望向辽阔无垠的地表和各种自然景观时,她只感到"一种几乎是生理的厌恶"[1],射向她的阳光也令她感到"恐惧"[2]。好心的女服务员下意识地上前扶她,却遭到了她的怒斥,因为在这个时代,"人们从来不互相触摸"[3],触摸这种行为是机器诞生之前,人们还居住于地表时的旧时代记忆。如此这般,所有乘客皆怀着"几乎是生理的厌恶互相躲避,都渴望再回到地下"[4]。为了安抚自己不安的情绪,也为了给自己壮胆,瓦什蒂不时默念"啊,机器!啊,机器!"[5],不时抚摸《机器之书》,并大声宣告"我们取得了多么大的进步啊,多亏有了机器"[6]。当瓦什蒂见到库诺时,她感慨自己经历了"最可怕的旅行",而这"大大延缓了"她"心灵的发展"[7],于是她决定只停留几分钟,之后便赶紧回到自己的小屋。可以说,科技和机器不但控制了人类在空间内的活动方式,甚至已经控制了人类的思想。

但是,权力的一个有机组成部分就是对它的抵抗或众多抵抗。权力的双向性质意味着抵抗本身就是权力的多元层面,在这个意义上,人民可以从权力的压迫中解放,反抗权力对生活的控制,反抗权力对个人的定义。瓦什蒂的儿子库诺曾在未得到机器许可的情况下私自前往地面,这导致他受到来自机器的"无家可归"威胁。所谓"无家可归"威胁,指机器将人驱逐到环境恶劣的地表任其自生自灭。库诺告诉母亲,《机器之书》中的许多教导都是错误的。比如,《机器之书》说在没有"外出许可证"的情况下人类不可能到达地表,但实际上库诺就在没有"外出许可证"的情况下走到了地表;又如,《机器之书》说地表没有任何人类存活,但库诺却亲眼看到了一名人类。库诺认为,机器正在使人类慢慢消亡。他指出,机器剥夺了人类的"空间感"[8]。人们的生活完全依赖机器,机器及其效率水准逐渐成为衡量一切的标尺。任何不能在几秒钟内看到的地方都是"遥远"的,任何不能在几分钟内完成的事都是"复杂"的,而习惯了机器所带来的便捷的人类已丧失了应对"遥远"和"复杂"的能力。于是,人们画地为牢,自我监禁于小房间,不断失去生机与活

---

[1] 福斯特:《福斯特短篇小说集》,前引书,第135页。
[2] 福斯特:《福斯特短篇小说集》,前引书,第133页。
[3] 福斯特:《福斯特短篇小说集》,前引书,第133页。
[4] 福斯特:《福斯特短篇小说集》,前引书,第135页。
[5] 福斯特:《福斯特短篇小说集》,前引书,第130页。
[6] 福斯特:《福斯特短篇小说集》,前引书,第134页。
[7] 福斯特:《福斯特短篇小说集》,前引书,第136页。
[8] 福斯特:《福斯特短篇小说集》,前引书,第138页。

力,"身体瘫痪、意志瘫痪"①。库诺前往地面就是希望重新找回空间感,重新树立"人类就是标尺"②的意识。他说:"'近'是我用脚能很快走到的地方,而不是火车或飞船会很快把我带到的地方。"③

《机器停转》高度概括了机器时代人们对未来的担忧,甚至在某种程度预言并实现了其中的一些判断。更加令人焦虑的是,小说中,库诺通过地表的种种迹象判断,主宰现今社会的机器即将停转,一旦如此,如今已失去劳动能力、活力和空间感的人类必将灭绝。机器控制了人类生存的空间,控制了人类之间的交往,更可怕的是,机器代替生产关系,再生了人类的社会身份。机器决定了人类的思维和社会关系,在经由机器所打开的假想空间里,个人才能认识到自我的存在,因而主体也就成为机器所预设的假象的自己。机器时代的最大问题在于要机器操控了人类思想,导致人类空间感和交往记忆的丧失。

第二节 文化记忆的霸权与交往记忆的丧失

莫里斯·哈布瓦赫指出,集体记忆指借由交往和社会互动所形成的社会层面的、被集体所共享的记忆。集体记忆能帮助集体形成集体身份认同;反之,集体身份也会促使集体形成共同的记忆。哈布瓦赫的集体记忆的概念推动了记忆研究的发展,学者们开始关注记忆在社会生活层面的运作机制。如前文所述,扬·阿斯曼认为,在社会生活层面实际存在两种不同的集体记忆,为了区分这两种记忆,他提出了交往记忆与文化记忆这两个概念,前者约等于哈布瓦赫笔下的集体记忆,后者约等于哈布瓦赫笔下的传统。阿斯曼指出,文化记忆是一种体制化的记忆,它被"抽取出来、对象化,然后存储在一些象征形态"④ 中,这些象征形态或者说象征符号是"稳定的、超然于具体情境的"⑤,借由它,文化记忆能一代代传下去。例如,民族或社团等体制化群体可以通过创造纪念碑、博物馆、档案馆、节日、庆典、吟游诗歌等外在于人的象征形态,将特定的记忆(如传统习俗和大屠杀记忆等)植入这些象征形态,并通

---

① 福斯特:《福斯特短篇小说集》,前引书,第144页。
② 福斯特:《福斯特短篇小说集》,前引书,第138页。
③ 福斯特:《福斯特短篇小说集》,前引书,第138页。
④ 扬·阿斯曼:《交往记忆与文化记忆》,前引书,第139页。
⑤ 扬·阿斯曼:《交往记忆与文化记忆》,前引书,第139页。

过定期进行关于象征形态的展演，令这些象征形态发挥转喻或提示器的作用，激发人们回想起其中植入的记忆。这种依靠体制化运作，借由外部象征形态得以代代传承的、稳定且长期的记忆便是文化记忆。

与文化记忆不同，阿斯曼指出，交往记忆"不是体制性的"，不需要通过象征形态来获得"稳定化"，不需要特定场合的仪式或展演来激发记忆的传承，它存在于"日常互动和交往之中……时间跨度非常有限"，通常最多只有"三代人"的跨度。① 换言之，交往记忆依靠人际交往和经历体验，文化记忆则通过重复的表征来固定一个社会的共同的意象。根据人类学家让·万思那（Jan Vansina）基于非洲无文字社会的研究，一般而言，时间上离我们很近的记忆很多、信息量很大，时间上离我们较远的记忆则很少、信息量也少；而倘若将时间推得更远一些，这时记忆又会变得多起来。这意味着交往记忆一般处于充沛的状态，文化记忆则在传承过程中不断地、重复地增补、添加、修改，以达到固定化的目的。

在《机器停转》中，机器成为一种意识形态高度浓缩的信号，成为概念化统治阶级的社会价值，其统治策略是取消人类的交往，控制人类的思想，人类的生活变得扁平化，失去多义性。在这个机器主宰的世界，人类失去了活力与空间感，一切不能在他们的高科技小房间内完成的事都是麻烦的、不值得做的，尽管他们能通过屏幕与其他人进行线上社交，但正如库诺所言，这种线上投影之间的社交并不能代替真人之间的社交，因为人脸泛出的红晕等情感标志才是"人际交流的真正本质"②，而屏幕投影很难精准再现这种微妙之处，仿真技术也无法取代人与人交往的真正乐趣，更无法产生人际的交往记忆。

交往记忆减少是个恶性循环，一旦交往记忆减少，人们就会缺少阿斯曼所言的"活生生的、具身化的记忆"③，由此缺乏生活的经验，而沉迷于机器所规定的稳定和连续不变的意义框架，人与人之间产生异化和疏离，进一步导致对外界和直接接触的极端抵触，进而加剧交往记忆的减少。瓦什蒂长期缺乏人际交流，导致她和儿子之间的接触也让她产生恐惧。在去探望库诺的旅行过程中，瓦什蒂甚至对自己房间外的隧道也感到陌生，这隧道"和她记忆中的不大一样"，这让她对"获取直接经验

---

① 扬·阿斯曼：《交往记忆与文化记忆》，前引书，第140页。
② 福斯特：《福斯特短篇小说集》，前引书，第123页。
③ 扬·阿斯曼：《交往记忆与文化记忆》，前引书，第147页。

产生了恐惧"①。而当她看见飞机侧翼上因长期暴露在地表空气中而形成的斑点后,她再次"对获取直接经验产生了恐惧"②。失去交往记忆让人与人之间的联系断裂,进而造成身份的缺失,取而代之的是机器强加的文化记忆。

  小说中的《机器之书》成为超越了时间、历史和经验的文化记忆的象征物,不仅要求人类将其奉为主导话语,也强迫人们屈服于机器形成的文化记忆权威。机器制造了远程交流屏幕、按钮、地下房间等外在于个人的象征形态,将机器崇拜、机器至上等文化记忆潜移默化地植入了这些象征形态,并通过抚摸、阅读、亲吻《机器之书》等仪式与展演,将这些蕴含于象征形态中的文化记忆代代相传。在机器所形成的记忆权力下,人类产生自觉的内在的驱动力,与机器所要求的规范保持一致,服从机器的意志和统治。阿斯曼称:"'记忆'并不是一个隐喻,而是一种转喻。"③当人们生来就被机器教导要以一种仪式化的行为来阅读《机器之书》后,《机器之书》便不再单纯是一本指导人们如何操作机器的书,而成为一种转喻,指向其中描述的各种机器,而这些机器又作为转喻指向其中包蕴的机器崇拜思想。阿斯曼也指出,促使文化记忆传承的仪式必须"严格遵循'脚本'"④,瓦什蒂的阅读行为就具有脚本性质。每当感到焦虑时,瓦尔特都会下意识地抚摸、阅读和亲吻《机器之书》,这种略带强迫症症候的重复行为便可视作仪式严格遵循的脚本,这种脚本保证了文化记忆的传承,阻止了瓦什蒂对文化记忆产生质疑。

  人们可以通过交往记忆和文化记忆来认知世界,交往记忆的缺失会让人们更加依赖文化记忆来认知世界,而这意味着二手思想(二手经验)在重要性上超越一手思想(一手经验)。在《机器停转》中,福斯特讽刺道:"让你的思想成为第二手思想吧,如果可能的话成为第十手思想,因为那样一来这些思想就摆脱了令人不安的成分——直接观察。"⑤人们业已通过机器"说话""相互看见""生存"⑥了,而现在,随着交往记忆的不断丧失以及文化记忆霸权的不断巩固,人们连思考也要通过机器——人们放弃了通过交往记忆形成一手思想,习惯于通过机器被动接

---

① 福斯特:《福斯特短篇小说集》,前引书,第 127 页。
② 福斯特:《福斯特短篇小说集》,前引书,第 130 页。
③ 扬·阿斯曼:《交往记忆与文化记忆》,前引书,第 139 页。
④ 扬·阿斯曼:《交往记忆与文化记忆》,前引书,第 144 页。
⑤ 福斯特:《福斯特短篇小说集》,前引书,第 149-150 页。
⑥ 福斯特:《福斯特短篇小说集》,前引书,第 151 页。

收他人的二手思想。福斯特通过书写交往记忆的丧失以及文化记忆的霸权，发出了这样的质疑：当人丧失了思考的主体性，变成了被动接收思想的器具，人还能称之为人吗？答案自然是否定的。那么，我们该怎样改变这一局面呢？福斯特给出了他的答案：唯有联结。

第三节　机器停转下的联结与交往

福斯特早期的游学经历和三次印度之行的经历都深刻影响了他的文学创作思想，孕育了"联结"这个反复出现于福斯特各部小说的重要主题。福斯特的著名作品《霍华德庄园》（*Howards End*，1910）正是联结主题的代表。联结也是《机器停转》的重要主题，小说结尾对这一主题进行了较为深刻的探讨。在《机器停转》结尾，瓦什蒂已渐渐意识到儿子所言非假，人类确实在机器的控制下逐渐走向灭亡。比如，人们的精神状态愈发萎靡、空虚，很多人申请安乐死，甚至包括瓦什蒂自己。她在自己的线上讲座举办得不成功时也曾抑郁空虚，并申请过安乐死。但这些安乐死申请都没有成功，因为机器"不允许死亡率超过出生率"[1]。同时，瓦什蒂也意识到机器停转并非危言耸听。从苏门答腊岛到巴西，世界各地同时发生许多怪事，例如房间里的音乐系统出现异常，老是出现杂音；当困倦的人召唤床时，床也不再像往常那样从地面升起。这时瓦什蒂才意识到，机器真的可能会停转。

机器所代表的知识和统治权威一旦破坏，臣服于这种内在规范的个体共同分享了严重断裂的经验。小说中，在毫无预兆的情况下，"全世界的联络系统突然垮了"[2]。当时瓦什蒂正在线上讲课，当她发现观众毫无回应的时候，她怒气渐起，还以为是观众睡着了，然而当她单独呼叫这些观众时仍毫无回应，此时她想起了库诺所言的机器停转。她连忙告诉自己，只要《机器之书》还在，"安全就有保障"[3]。但这种自我安慰在顷刻降临的寂静面前十分无力。瓦什蒂已经习惯了被机器运作的嗡嗡声包围，机器停转所带来的寂静"几乎要了她的命"[4]。瓦什蒂面临机器停

---

[1] 福斯特：《福斯特短篇小说集》，前引书，第153页。
[2] 福斯特：《福斯特短篇小说集》，前引书，第157页。
[3] 福斯特：《福斯特短篇小说集》，前引书，第158页。
[4] 福斯特：《福斯特短篇小说集》，前引书，第158页。

转时的反应是机器所规范的信息交流系统的失败。当机器停转的时候，她无法从这个系统得到其他人的反馈，也无法作为信息发出者授课，机器所设置的交流渠道一旦摧毁，每个人都成为一个信息的孤岛。小说中机器停转之际，整个地底世界骚动起来，曾经足不出户、拒绝社交和身体接触的人类在巨大的恐慌中夺门而出、相互推搡，有些高呼希望安乐死，有些不顾《机器之书》的教导往地面逃去，更多的人则以泪洗面，不遗余力地向《机器之书》祈祷，希望机器能够奇迹般地重新运转。

面对眼前的一切，瓦什蒂彻底崩溃。从最开始的难以置信到最后的崩溃，福斯特细致刻画了瓦什蒂内心的复杂变化，这种变化与机器停转前后人类的境遇遥相呼应。在机器未停转时，人类充满安全感，如瓦什蒂对儿子的警告嗤之以鼻。但这种安全感却是有代价的，正如福斯特所言，"一年又一年，人们为机器服务，效率越来越高，自己的智能却越来越低"[①]。机器提供安全感的代价就是人类能够为自己提供的安全感不断减少，没有机器提供帮助，人们连最基本的生活都无法继续。同时，这种安全感也是脆弱的，它意味着一旦机器停转，这种安全感便荡然无存。于是我们看到，在机器停转后，人们的安全感瞬间被击碎，瓦什蒂陷入了崩溃。通过描写瓦什蒂内心的变化起伏，福斯特进一步凸显了机器崇拜的负面结果——它使人们对于自身正朝消亡迈进毫无觉察，而当人们觉察时一切都太晚了。

故事的最后，因抢夺资源以及机器的爆炸，地下世界尸横遍野，在一片漆黑中，瓦什蒂遇到了库诺。瓦什蒂抽泣着问库诺还有希望吗，库诺回答说，"对我们来说"没有希望了，但"我们触摸了，我们谈话了，没有通过机器……我们回到了从前的自己。我们虽然要死，但是我们重新找回了生命"[②]。库诺的话有两层意思。第一，对于被机器封闭于地下的人来说，已经没有希望了，但对于地面上的人来说还有希望。机器在停转前封闭了对外出口，绝大多数人都无法逃到地面，但还是有一小部分人通过爆炸等逃出生天。并且，库诺曾在地面上亲眼见过人类，他相信地面上一定有人类生活着，而不像《机器之书》所言杳无人烟。对于地面上的人类来说，目睹这次机器停转后，他们会吸取教训，绝不会再任由机器无序发展，甚至主宰人类。他们会重新审视人与机器的关系，重新重视人与人之间的实际接触和交流，重新重视交往记忆，不让机器

---

① 福斯特：《福斯特短篇小说集》，前引书，第 152 页。
② 福斯特：《福斯特短篇小说集》，前引书，第 160 页。

建构的体制化文化记忆将人吞没。这些转变都可以概括成一个词，那就是联结。唯有通过联结，人们才能对抗机器建构的文化记忆所带来的疏离感。只有通过联结，对于那些地表上的生者而言，未来才有希望。第二，对于被机器封闭于地下的人来说，虽然没有了存活下去的希望，但他们却在生命最后的短暂时光重新找回了生命的意义，那就是相互联结，而这在福斯特看来正是将人类从机器的桎梏中解放出来的关键。曾经在机器的支配下，人们情感疏离，不愿面对面社交或进行身体接触。然而此刻的瓦什蒂和库诺却在纷乱的爆炸中相互触碰，库诺甚至感动地亲吻了母亲的脸颊。这些活动均没有机器的介入，人与人之间回到了纯粹的、真实的、未被异化和扭曲的关系。换言之，瓦什蒂和库诺在这一刻重新开始建构和拥抱交往记忆。

交往记忆和文化记忆是人类认知世界的两种渠道，机器和科技的无序发展不仅会改变人们的生活习惯和思维模式，导致交往记忆缺失，更会导致人们愈发依赖文化记忆来认知世界，进而陷入恶性循环，使人们更加情感疏离、依赖科技。福斯特提出的解决办法正是他一贯主张的联结。当人们能够重新联结起来，面对面交谈，不讳肢体接触，感受虚拟屏幕所不能提供的人情温度时，人们就能够重新建构出强有力的交往记忆，而这种充满真实情感与亲身经历的交往记忆能够帮助人们对抗体制化的、僵硬的文化记忆的规训，进而帮助人们对机器崇拜祛魅。例如，在库诺和母亲冰释前嫌并建立起全新的、强力的交往记忆后，他们在一刹那间，透过被机器炸碎的空隙，看到了"未受污染的小块天空"[1]。此时，地面上的天空被形容为未受污染的，意味着地下曾被《机器之书》形容为干净、安全、纯洁的空气和环境其实是受到机器污染的。这种认知的转变明显受到交往记忆的影响。生死离别前真挚情感的流露与交心使瓦什蒂母子摆脱了文化记忆的规训，破除了对机器的迷恋。

值得注意的是，联结作为福斯特提出的解决办法具有一定的理想主义色彩。且不论人们获得交往记忆后，交往记忆与机器主宰的文化记忆之间的博弈将会是另一个复杂的议题，如何让人们摆脱偏见，重新面对面交往本身就是一个复杂的难题。换言之，联结的确是解决问题的办法，但更重要的问题是如何让人们愿意并且真正重新联结起来，而福斯特并未回答这个问题。尽管福斯特的解决方案具有一定的理想主义色彩，但不可否认的是，福斯特对于机器所可能引发的社会问题的洞察是精辟而

---

[1] 福斯特：《福斯特短篇小说集》，前引书，第 161 页。

深刻的，小说提出的警示对科技突飞猛进的当下具有现实意义。如今，《机器停转》中的许多科技想象已经成为现实。比如，通过 Skype 等软件，我们能随时随地远程同步交流。又如，赛博空间（cyberspace）、元宇宙（metaverse）等技术和概念将整个社会的运行模式以及人们的生活方式逐步推向福斯特当年的设想——我们蜗居于小房间，通过网络进行离身性的交流与沟通。尽管我们还未达到《机器停转》中人们那种抵触现实交流的程度，但我们生活的发展方向却是和《机器停转》中的预言一致的。可见，福斯特的警示时至今日也具有深刻的现实意义。

小　结

19 世纪末期，英国工业和科技的发展以及城市生活的碎片化使英国人产生了情感的疏离。E. M. 福斯特的短篇科幻小说《机器停转》描绘了一个机器主宰人类的反乌托邦未来。在这个未来中，人们将所有事情都交给了机器来处理，逐渐丧失了面对面交往的欲望甚至独立生存的能力。《机器停转》中机器的主宰会使人们逐渐丧失交往记忆，转而被机器所主导的文化记忆控制，从而陷入狂热的机器崇拜与情感疏离。福斯特通过书写人类交往记忆的丧失以及机器操控的文化记忆，批判了机器和科技的盲目发展，以及 19 世纪末英国社会情感的疏离。福斯特提出的警示对于 19 世纪末的英国具有现实意义。福斯特对科技盲目发展的控诉其实也是对当时时代风貌的控诉，他认为人与人之间应该建立情感联结以对抗情感疏离，应该建构生动的交往记忆以对抗僵硬和机械的文化记忆的控制，以保证社会不被焦虑和疏离感湮灭。

第八章 《黑暗的心》的语象叙事与视觉寓言

很多学者指出，康拉德的《黑暗的心》(Heart of Darkness, 1899)是声音在本体论和认识论上的逻各斯中心主义的表征，声音是小说建构的基础和读者多维度凝视中解构小说的场域所在。佩里·迈泽尔（Perry Meisel）认为，整部小说建构在声音上，表征了非洲之旅的虚无和空洞。[①] 文森特·佩科拉（Vincent Pecora）认为，小说中种种断裂的声音意象，包括马洛的讲述声、马洛转述的库尔兹的声音、大自然的声音、无意义的噪音等，都是以反帝国的表征对抗着帝国的表征。[②] 李靖认为，这部小说是康拉德围绕声音进行的文化思辨实践。[③] 但是进一步分析可知，声音永远出现在画面中，所谓有声有色，就是声音和画面不可分。小说中有大量的场景和画面描写，图像呈现了诸多声音景观的建构要素，作者实际是在建构图像中的听觉想象，因此分析文本语象就成为研究《黑暗的心》亟待探索的文化命题。

语象（Ekphrasis）一词是古希腊的修辞术语，指的是用语言文字构图，对视觉现象进行文字描述。小说是用语言构图的这一理论存在已久。法国美学家莫隆曾在《美学与心理学》中阐明了文学的目的就是创造心理的体积感，即造型，像画家一样创造空间的存在。[④] 英美第一部小说理论专著卢伯克的《小说技巧》花大量篇幅论证了小说是呈现给读者看的轮番交替出现的画面和戏剧性场面。[⑤] 福斯特在《小说面面观》的第

[①] Perry Meisel. "Decentering 'Heart of Darkness'". *Modern Languages Studies*, 1978, vol. 8, pp. 20—28.

[②] Vincent Pecora. "Heart of Darkness and the Phenomenology of Voice". *ETH*, 1985, vol. 52, no. 4, pp. 993—1015.

[③] 李靖：《〈黑暗之心〉：声音复制隐喻与康拉德的罗各斯》，载《外语教学》2014年第1期，第85—88页。

[④] 夏尔·莫隆：《美学与心理学》，陈本益译，上海：学林出版社，1992年，第15页。

[⑤] 卢伯克，福斯特，缪尔等：《小说美学经典三种》，方土人译，上海：上海文艺出版社，1990年，第67页。

八章论述了"图式"和小说美感之间的关系。[①] 这些都说明小说重视图像叙事是由来已久的传统。王安、程锡麟的《语象叙事》一文对该词的历史、定义与范围有细致考察，认为语象叙事的分析价值是基于赫弗南的定义"视觉再现的文字再现"[②]。再现之再现不是简单的模仿、拷贝和描述场景画面，而是对图像化语言的后语言学、后符号学的阐释，是将文本语象看成视觉、话语、权力和修辞等之间的复杂互动。小说《黑暗的心》中图像和场景描述占据小说的大半篇章，是什么动机促成了作者把整个文本建构成了语象叙事？当语象叙事成为方法，意义在视觉世界里如何产生并传递？"黑暗的心"如何通过视觉表征？这对于小说的主题呈现有何作用？

第一节　语言的不可讲述性和语象的希望

在马洛讲述故事伊始，我们可以窥见作者把整个文本建构成图像叙事的动因。作者交代了一件至关重要的事情：语言的不可讲述性。故事无法用语言来叙述的特性借小说叙述者之口做了如下阐述："对他来说，一个故事的含义，不是像果核一样藏在故事之中，而是包裹在故事之外，让那故事像灼热的光放出雾气一样显示出它的含义来，那情况也很像雾蒙蒙的月晕，只是在月光光谱的照明下才偶尔让人一见。"[③]

故事的不可讲述性首先意味着什么？康拉德勾画两幅充满感情色彩的精致图像要说明的是，语言无法言说的部分，在叙述机制外闪烁的意象，只能由图像叙事模式替代。如果说文字的局限在于"书不尽言，言不尽意"[④]，"言有尽而意无穷"[⑤]，那么文字对于图像的书写，就是对自身缺憾的弥补和超越，通过"神用象通，情变所孕"[⑥] 实现升华、建构特色。正如德勒兹所言，词语与形象的二律背反是一种历史上先验的东西，"说与看，或陈述与可视性，是纯洁的因素，是在某一时刻所有思想

[①] 卢伯克，福斯特，缪尔等：《小说美学经典三种》，前引书，第 323 页。
[②] 王安，程锡麟：《西方文论关键词：语象叙事》，载《外国文学》2016 年第 4 期，第 80 页。
[③] 康拉德：《黑暗的心》，黄雨石译，北京：商务印书馆，2012 年，第 9—11 页。
[④] 王弼，孔颖达：《十三经注疏·周易正义》，北京：北京大学出版社，1999 年，第 291 页。
[⑤] 严羽：《沧浪诗话》，南京：凤凰出版传媒集团，2009 年，第 134 页。
[⑥] 刘勰：《文心雕龙》，韩泉欣校注，杭州：浙江古籍出版社，2001 年，第 155 页。

得以构成、行为得以展示的先验条件"①。小说中作者通过大量的"客观对应物"的构图，获得了一股强大的再现氛围的力量。借助图像丰富的意向，小说不仅达到解释世界的目的，更重要的是让读者凭借经验从图像中寻找看待世界的方式。康拉德认为，小说家的职责就是要全方位开启读者的感受系统，首先就是要让读者看到。② 这也是语象叙事要达到的第一个目标：追求真实性、在场性，产生一种栩栩如生的效果。

语言的不可讲述性还表现为语言具有价值判断，而图像是沉默的。某些不可言说的价值判断必须靠图像来传达。这是语象叙事达到的第二个目标：图像的权力隐喻。

图像的最典型表达是地图。马洛开始陈述时，说到地图这一重要概念："要知道在我还是个小不点儿的时候，我就对地图十分感兴趣。我常常会一连几小时看着南美，或者非洲，或者澳大利亚的地图，痴痴呆呆地想象着宏伟的探险事业。"③ 作为对地形的模仿，地图并不完全等同于实际地理的客观状况，而是一种映射和想象。如果说科学理论就像地图一样，并不完全同经验世界本身画等号，而只是模仿性的叙述，那么所有的知识都有建构性质。《黑暗的心》用语象的创作方法，实际上引发的是关于历史、现实和文学想象中的权力关系的问题。例如，刚果河在刚果人的眼里，是世界与神灵及死者世界之间的分界线，生命是一个圆，在这个圆里，个体从生者的世界跨入死者的世界，然后又返回到生者的世界，社会作为一个整体，生和死共存。而19世纪末20世纪初的欧洲人去刚果旅行，不习惯看到没有船的刚果河，认为自己的任务就是帮助落后的非洲人成熟起来，刚果河在两种文化的视觉观看中，意义截然不同，被两种文化建构出两种截然不同的心理地图。小说浓墨重彩地描绘了两条重要的河流：泰晤士河沉静威严、潮涨潮落，永不停息地为人类服务；刚果河神秘莫测、恐怖可怕，永不停息地制造死亡。地图作为知识和工具，永远不能告诉你在这条河上发生了什么，它永远在遮蔽真正的现实，它提供了我们可以观察的因素，也遮蔽了我们不能观察的因素。遮蔽，意味着"黑暗"。真正的黑暗，就是所有的知识都不会告诉你，你也永远无法知道，你将踏入黑暗。因此，和马洛最后的谎言一样，在风平浪静的叙述表面之下，"文字地图"究竟在暗流涌动地遮蔽什么，为什

---

① Gilles Deleuze. *Foucault*. Minneapolis: University of Minnesota Press, 1988, p. 60.
② 康拉德：《白水仙号上的黑家伙》，载《世界文学》1979年第5期，第300页。
③ 康拉德：《黑暗的心》，前引书，第17页。

么遮蔽，我们永远无法探究，而所谓的西方文明，在很大程度上就是在谎言堆砌和遮蔽中建构出的脆弱大厦而已。

语言的不可讲述性还表现为语言叙事具有时间性和历史性，而图像具有空间性。语象叙事通过调和二者矛盾让空间图像流动、发声，成为永恒。整部小说的叙事时态都是过去式，讲述的是过去发生的事情。这和图像的特征一致：所有的图像呈现的都是过去时刻的某一点，表达的是已经逝去的景物。因此，所有的图像都有哀悼和忧伤的情绪在里面，其本质就是对死亡的哀伤。而对于死亡的构图，相伴而生的是道德拷问。所以语象叙事的第三个目标是，在对"死亡"的空间图像的动态描摹中，呈现出道德的反思和追问。

《黑暗的心》是以康拉德非洲之行的亲身经历为模板来创作的，小说中没有任何关于殖民主义、文明和野蛮、道德和秩序的批判分析和历史思考的话语，而是通过一帧一帧的画面来勾勒和传递作家的心灵感受。马洛非洲的寻觅之旅，实际上是人类心灵之旅的隐喻。从海滨站的不安预感，到中心站道德防线的崩溃，再到内陆站见到库尔兹的彻底堕落，丛林和荒野一步一步把中心边缘化，把文明野蛮化，把库尔兹、欧洲文明和黑暗画等号，对西方文明一直以来的封闭时空观和中心救赎思想提出质疑。小说一开始出现了马洛在看地图时的自述，"但是，我要去的并不是这些地方。我要进入一片黄色的地区。它位于正中心上"[1]。从古罗马普罗提诺开始，在西方神秘主义传统思想中，灵魂必须要到神圣的"中心"才能得到救赎，离中心越远，黑暗越多。这种中心救赎的思想，从上帝对但丁说"我就是万物的中心，你不是"开始，流传了数个世纪，到文艺复兴时期，上帝不再是中心，取而代之的是人的灵魂。由此，接近中心意味着灵魂救赎，意味着发现新的知识体系，解决所有的矛盾和问题。西方从古罗马帝国到中世纪十字军东征，从奥斯曼帝国到西班牙崛起，再到两次世界大战，无不渗透着寻求真理的光荣与梦想。康拉德在小说中对中心和真理的发现，从一开始就持怀疑的态度。马洛讲述道："他们打算在海外建立一个由他们统治的王国，通过贸易从那里赚来数不清的钞票。"[2] 可以看出，如果像迷宫一样的大自然有一个中心，接近这个中心就会有超验的唯一的真理的话，如今这个真理"就如同在一个热不可挡的墓道里宁静而带泥土味的气氛中，死亡和贸易在欢快地跳

---

[1] 康拉德：《黑暗的心》，前引书，第25页。
[2] 康拉德：《黑暗的心》，前引书，第23页。

舞……一条条的河流，生命中的死亡之流"①。马洛描绘的图景，越接近中心越黑暗，发现真理的道路就是走进黑暗深处之路。

《黑暗的心》中的语象叙事通过文字勾勒图像景观所形成的文学空间地图，有超出文字的隐喻表达：景观的重要性在于其相关性——物质环境反映了怎样的人类社会问题。因此，康拉德景观图像的书写，本质是将家园、权力、现代性等概念联系起来，通过描摹、拼贴、并置和延展的构图技巧达到生动地传递某种观念形态并使之扩延、深入人心的目的。

第二节 "黑暗"图像的描摹、拼贴、并置和延展

泰晤士河与刚果河的景观截然不同。小说开篇就是用文学语言对画面进行摹写，像电影画面一样展开，描述了泰晤士河入海口的景象：

> 泰晤士河的入海口，像一条没有尽头的水路的起点在我们面前伸展开去。远处碧海蓝天，水乳交融，看不出丝毫接合痕迹；衬着一派通明的太空……格雷夫森德上空的天色十分阴暗，再往远处那阴暗的空气更似乎浓缩成一团愁云，一动不动地伏卧在地球上这个最庞大，同时也最伟大的城市的上空。②

康拉德的语言简单干净，善用形容词勾勒细节，长句子的运用使得画面有连续感和节奏感。饱含深沉阴郁的感情色彩的描写像电影的长镜头，缓缓从远处的入海口拉回近景船上。画面庄严沉静，充满昏黑朦胧的海洋气息。从这样宏大又幽暗的画面，拉到近处人物的静态出场，显得人如沧海一粟般渺小。康拉德用语言做镜头进行场景的描摹和组接，动态而立体。开篇这几帧画面，描摹出了天地之悠悠、人生之多艰之感，画面的底色是深沉庄重的。对比刚果河"死亡之河"的描述，我们能看出康拉德通过对不同环境的塑造，含而不露地凸显人被不同环境影响呈现出的复杂特性。作家没有直接进行评论，但小说包含的所有感情的和道德的评判都呈现在小说的格调氛围之中。

---

① 康拉德：《黑暗的心》，前引书，第39页。
② 康拉德：《黑暗的心》，前引书，第3页。

> 沿河而上的航程简直有点儿像重新回到了最古老的原始世界,那时大地上到处是无边无际的植物,巨大的树木便是至高无上的帝王。一条空荡荡的河流,一种无边无际的沉默,一片无法穿越的森林。空气是那样的温暖、浓密、沉重和呆滞。在那鲜明的阳光下,你并没有任何欢乐的感觉。一段段漫长的水道,沿途荒无人烟,不停地向前流去,流进远方的一片阴森的黑暗之中。①

刚果河弥漫着神秘压抑之气和凶险又怪诞的氛围。贪婪、愚蠢、堕落、龌龊与这样的环境匹配。河、天空、乌云、树丛的意象在小说中反复出现,它们形成了一个个图像表征系统,借由这个系统拼贴出无限多的画面,种种图像的拼贴组合就成为制造画面的机器,形成一个黑暗图像的能指链,也可以说是一个个比喻性画面的结构方式。作家借用小说的真正讲述者,听马洛讲故事的人之口提出问题,"希望能从中找到一个线索,让我理解这个似乎并非假人之口,而是在河水上空重浊的夜空中自己形成的故事,为什么会引起了我的淡淡的悲愁"②。这个线索,实际上就是色彩、光线、声音构成的图像符号代表的能指,引出读者非物质性的思想或者观念的所指。而能指和所指之间的对立强调了图像符号替代缺席的指称对象,它永远是替代品,在它指涉某物时,它通常远离某物或者在某物之后。真正的"意义"永远缺席,再现的图像经过再现之再现后呈现给我们的效果,所产生的模糊性与多样性让真相不仅难以捉摸,而且令人痛苦。每次读者要接近它,它都迅速逃离,留给读者的是永恒的黑暗图景。这也是《黑暗的心》整个故事的展开模式:不是要明确地讲出一个道理,而是要分散并掩饰真正的道理,展示种种图像景观,故事的含义不在讲述之中,而在叙述之外。这也是小说激怒很多读者的关键所在。福斯特曾这样评价康拉德:"盛装他天才的神秘盒子里包裹的不是珠宝,而是一团雾气……观点看法被披上了永恒的外衣,环以大海,冠以星辰,因而便很容易被误认为是信条了。"③ 福斯特虽然恼怒,但指出了小说的图像叙事方法,是基于雅各布森所说的"语言的毗邻性"展开的,不是告诉你真理是什么,而是触发关于真理的图像想象。

---

① 康拉德:《黑暗的心》,前引书,第 103 页。
② 康拉德:《黑暗的心》,前引书,第 81 页。
③ F. R. 利维斯:《伟大的传统》,袁伟译,北京:生活・读书・新知三联书店,2009年,第 225 页。

基于毗邻性的图像描摹，本质是建立读者的空间体验。康拉德对广阔空间的描摹是稳健流畅的，刚果河流域幅员广阔，充满了容易使人产生距离感的联想。对于读者来说，无论哪个画面都可以发挥对远方的想象，在任何一条河的岸边，在河水流过的陆地，在每一处森林边缘。非洲这个名字，意味着地域无限，一个关于非洲故事的地平线，图景自然是模糊又宽阔的。康拉德图像的描摹中不仅有色彩，有光，还有通过光影变幻传达的时空感。

  在那黑色的溪水上可以看到一小块一小块的水面在发着光。月亮已经在一切东西上面铺上了一层薄薄的银色——在茂密的乱草上、在烂泥上、在比庙宇的墙壁还要高的密集成片的树丛上，也铺在我通过一个阴暗的缺口看到它闪闪烁烁、闪闪烁烁、一声不响向前流动着的河水上……我们这些胡乱窜到这里来的，到底都是些什么人呢？我们能够控制住这无声的荒野吗？还是它将控制住我们？①

  我仿佛是在对你们讲一个梦——完全是白费力气，因为对梦的叙述是永远也不可能传达出梦的感觉的，那种在极力反抗的战栗中出现的荒唐、惊异和迷惘的混杂感情，以及那种完全听任不可思议的力量摆布的意念，而这些才真正是梦的本质……那构成生命的真实和意义的东西——它的微妙的无所不在的本质。这是不可能的。我们在生活中也和在梦中一样——孤独……②

这幅画面的流动性很强，康拉德用光影构图组织的文字有强大的感染力。句与句之间是镜头的移动，光线和色彩在时间流逝中带给读者的是空间的体积感，让人身临其境，遥远又广袤的刚果河被"时空压缩"进读者的阅读体验，时间就是空间，空间就是时间，荒野不仅是生活的场所，更是人的存在方式。我们跟随作者的目光，非洲近在眼前，月光、乱草、烂泥、树丛、河水，远景近景的并置、光线和色彩的统一，读者被这幅静谧、神秘的画面震慑，引发了对人性之深邃和精神之恐惧的感受。

空间的描摹、音色交响、画面的并置和延展就是这部小说主题得以

---

① 康拉德：《黑暗的心》，前引书，第77—79页。
② 康拉德：《黑暗的心》，前引书，第81页。

表达的最合适的形式，画面传达的不仅是空间和人的存在方式，更重要的是人内心的感受，对黑暗和死亡的感受，此处康拉德用图预示"梦"，给黑暗蒙上了一层扑朔迷离的面纱。如果说马洛描绘的图景可以看作梦的再现，那无意识书写的流动把我们带到了一个幻景，这个幻景形成一种内在自我的直接呈现。这些触手可及的意象，包括河水、微风、树叶等，淡化了死亡的恐怖，反而幻化出通向另一个未知世界的奇异光彩，即弗洛伊德所说的与海洋感相类似的婴孩式的、力比多式的快乐，这种快乐没有被文明限制。这幅画面有多种可感因素的交织：声音、光线、色彩等交互，把各种看似不相关的事物拉入一个统一的点，这个点就是幻景下的黑暗。脆弱的生命如同漂泊的落叶，在这个光影照耀下的黑暗中无所依凭、无处归属、无法遁藏。

小说结尾处一句话的描摹，"远处的海面横堆着一股无边的黑云，那流向世界尽头的安静的河流，在乌云密布的天空之下阴森地流动着——似乎一直要流入无边无际的黑暗深处"[①]。作为结尾的图像和开头泰晤士河的画面形成对照。格调阴郁冷漠、庄重平静；节奏平缓有力、绵长哀恸；不仅是流动的，而且延展到无边无际的黑暗远方。"画面感"有力地消解了主题化的言说倾向带来的说教和乏味感，用语言绘画，直观、感性、具体，一帧一帧地演示出生命的消逝和黑暗的漫无边际，达到了思想性、艺术性和感受性的高度统一。

第三节 "黑暗"图像的视觉寓言

对图像的表征和对图像的感知不是一回事。语象叙事的另一面，是我们如何描述作为观者的感受，"黑暗的心"如何通过观者的视觉来表征。

在康拉德的小说创作中，马洛作为故事的讲述者，细致刻画种种图景都是通过小说的真正讲述者来完成的双层讲述结构。马洛作为讲述者出现在以下四部作品当中：《青春》《黑暗的心》《吉姆爷》《机会》。康拉德采用"马洛系列"的内部视点、多角度叙事的双层讲述结构的手法，用意和效果是什么？实际上，这种手法揭示的是，观看永远是一种双向互涉且多角度的行为。观看永远处在主体和客体的相互关系当中，主体

---

① 康拉德：《黑暗的心》，前引书，第249页。

和客体在观看中彼此建构着对方，由此，观看的对象就是由不同的观看主体以及来自不同的观看方式建立起来的总体，简单说，观看永远是旁观者在场的活动。

如果说《黑暗的心》是关于"殖民主义""帝国主义""人性之恶"的寓言，那么这个由语象叙事带来的互动观看，所形成的寓言，本质就是"反本质"的"另一种言说"，它是半透明，不可言说的。寓言（allegory）来自希腊文"allos"（另外的）和"ag-oreuein"（公开演说），从词源上指向了"另一种言说"。[①] 从浪漫主义开始，寓言已经从一种表达机制走向了视觉情境的意义生成机制，其内部蕴含异质性的结构部件，互为穿插交织，呈现出一种自相矛盾的冒险运动：在不断拆解中，在作品的内部与外部、看与被看中，揭示图像与意义共生的关系。换句话说，现象与本质、肉体与灵魂、感觉与理性、文化与自然、人与动物等的二元对立，不仅是一种评价和分类体系，而且是一种生产机制，是一种表征性实践。

在双向互动的讲述中，马洛勾勒的图像有很多空白和断裂，造成了含混性意义表达，这也是这部小说从诞生起就一直被讨论主题意义的原因之一。这些空白和断裂有哪些？比如，文章最后库尔兹的未婚妻表达了对他强烈的思念，但他们的过去并未讲述；库尔兹得到所有人的尊敬，但他的历史也没有详述；马洛对库尔兹的态度含混不清；库尔兹的忏悔根基建立在虚无缥缈的梦幻当中，给人希望，但又让人寻不到出路；黑与白、沉沦与救赎、幻灭与理想、谎言与真实共存，在种种二元对立中，马洛和故事的真正讲述者都没有做明确的伦理选择。大量的断裂图像也凸显了这种含混性，但这种表达方式本身就成为故事的两位叙事者和读者认识世界的方式。例如，库尔兹死后马洛描摹的画面：

> 生活实在是个滑稽可笑的玩艺儿——无情的逻辑作出神秘的安排竟然只为了一个毫无意义的目的……我曾经和死亡进行过搏斗。这是你所能想象到的一种最无趣味的斗争。那是在一片无法感知的灰色的空间进行的，脚下空无一物，四周一片空虚，没有观众，没有欢呼声，没有任何光荣，没有求得胜利的强烈愿望，也没有担心失败的强烈恐惧，在一种不冷不热、充满怀疑的令人作呕的气氛中，你既不十分相信自己的权力，同时也更不相信你对手的权力。如果这就是最高智慧的表现形式，那么生命必定是一个比我们某些人所

[①] 哈德：《牛津英语词源词典》，上海：上海教育出版社，2000年，第11页。

设想的更为神秘得多的不解之谜。①

我们从这幅图中看到的是生命的虚空和无聊，缺乏与死亡搏斗的力量、荣光和生命力，这不是读者想象中英雄死亡的故事，读者也无法对这种悬空有任何感同身受，如果说亚里士多德的"悲剧是对于一个严肃、完整、有一定长度的行动的模仿"②，那《黑暗的心》刻意破坏图像的完整性所引发的读者感受的断裂，比直接勾画悲伤更能唤起悲悼哀伤的情绪。断裂性、碎片性比连贯性和整体性更能表征黑暗的死亡主题。这也完全契合本雅明所说的寓言。他认为，寓言并不是一种比喻的技巧，而是一种表达方式。寓言化的表达方式在于碎片、断裂和不连贯，在于我们不断地赋予寓言以意义，然后打碎这种意义，形成新的碎片。最终的结果指向死亡，指向满目疮痍的骷髅地。这也是小说主题"黑暗"和"死亡"在文本外部，在读者反复拆解、猜测、论证、观看的寓言形式中形成。

康拉德精致的描摹所呈现出的图像从诡异的平静到满目疮痍的循环，随处可见。图像中人的形象可有可无，作者试图引诱读者采用一种寓言式的观看方式：大段大段精致的场景描写，使读者试图记住其中的连贯、一致和戏剧性，然而精致的背后是断裂和无法被记忆。断裂造成的阅读困境不断撕裂着图像叙事带来的感受，现实的景象描摹不断被跳跃、被搁置、被遗忘。这部小说对读者最有挑战性的地方就是图像的真实性和不连续性带来的紧张。最后读者会陷入本雅明式的"忧郁性沉思"，其本质就是清除对现实世界的最后幻觉，开启我们对黑暗世界的反反复复的重新观看。康拉德用寓言机制将我们每次所理解的主题分解成碎片，也因此，对于《黑暗的心》主题到底是殖民主义的还是反殖民主义的、到底是对恶的批判还是对帝国主义的赞誉的讨论迄今经久不息。但这不重要，在每次对其赋予意义然后又将其重新碎片化的过程中，这部作品成为经典，成为英美文学史上最伟大的小说之一。

---

① 康拉德：《黑暗的心》，前引书，第 223—225 页。
② 胡经之：《西方文艺理论名著教程（上卷）》，北京：北京大学出版社，2003 年，第 51 页。

小 结

在西方文化中,"see"经常"know"一词互换。例如,"我懂了",通常说:"I see"。这说明"看"具有认知作用。在《图像转向》一文中,米歇尔指出,视觉文化已脱离了以语言为中心的理性主义形态而日益转向以形象为中心。[①] 视觉文化不但标志着一种文化形态的转变和形成,而且意味着人类思维范式的一种转换。语象叙事反映出的图像和语言的关系,不只是媒介和艺术效果的问题,还是意识形态、社会制度、文化斗争、权力、他者、身份认同的问题。正如福柯认为词与物的关系是无限的,图像与语言的关系也是无限的,而要呈现出这种无限的关系,就需要在具体的文本中去把握分析。

康拉德强调的是用图像感知的心灵体验,是对现代、黑暗、死亡的描摹和追问。传统认识论认为,在图像和语言的二元对立中,图像是感知手段,而语言是思维工具。语象叙事打破两者的二元对立,"图像开发的是人对语言的全新感受,实际改变的是人理解、把握世界的方式"[②]。小说中大量拼贴和并置的图像带给观者全新的视觉想象体验,散点透视般移动的目光质疑了传统图像的一致性和真实性,进而挑战的是西方主流文化中不言自明的真理观和历史传统的权威。寓言的表达并不是被作家预设好的单层结构,而是根据不同的语言层级不断衍生出的多层次的叙述结构。而意义就在语言不同的层级机制中绵绵生成。由此,《黑暗的心》不断拆解,又不断建构出一个产自自身又反抗自身的艺术现实,它永远指向"另一种言说",其断裂和空白处产生的意义绵延不绝。

[①] W. J. T. Mitchell. *Picture Theory*. Chicago: The University of Chicago Press, 1995.

[②] 刘巍:《读与看:我们这个时代的文学与图像》,北京:中国社会科学出版社,2013年,第212页。

第九章 《诺斯特罗莫》的殖民地记忆摹仿叙事

正如F. R. 利维斯在《伟大的传统》中所言，约瑟夫·康拉德的伟大之处在于他笔下所展露的"外异性"（foreignness）。[①] 作为一位用英语写作的作家，康拉德同时精通波兰语和法语。更重要的是，康拉德有丰富的航海经验，海洋是他认识世界的重要途径，而他本人可以说是一名世界公民。[②] 如他著名的中篇小说《黑暗的心》以非洲大陆为故事背景，《吉姆爷》（Lord Jim，1900）描绘了马来半岛，而罗伯特·沃伦（Robert Penn Warren）眼里"艺术创作的集大成者"[③]——《诺斯特罗莫》（Nostromo，1904）则聚焦遥远的南美洲，是康拉德讲述异域故事的又一力作。这部作品以宏大的历史背景、错综复杂的情节和多元的叙述手段为主要特征，受到众多批评家们的广泛关注。爱德华·赛义德认为，研究康拉德的作品，不仅要留意故事所呈现的内容，更要探究呈现故事的方式，而《诺斯特罗莫》的核心在于"历史讲述"（historical reporting）[④]。哈特利·S. 斯帕特（Hartley S. Spatt）通过对小说形式和主题的探索指出，《诺斯特罗莫》的叙述者（narrator）背后隐藏着一定的价值观和意识形态，从而揭露了历史的建构性。[⑤] T. 麦卡林顿（T.

[①] Frank Raymond Leavis. *The Great Tradition: George Eliot, Henry James, Joseph Conrad*. London: Chatto & Windus, 1955, p. 17.
[②] 宁一中：《康拉德学术史研究》，南京：译林出版社，2014年，第6页。
[③] Robert Penn Warren. "Nostromo". *The Sewanee Review*, 1951, vol. 59, no. 3, p. 364.
[④] Edward W. Said. "Conrad: The Presentation of Narrative". *A Forum on Fiction*, 1974, vol. 7, no. 2, p. 121.
[⑤] Hartley S. Spatt. "Nostromo's Chronology: The Shaping of History". *Conradiana*, 1976, vol. 8, no. 1, pp. 37—46.

McAlindon)[①]、弗雷德里克·杰姆逊（Fredric Jameson）[②]、帕梅拉·H. 迪莫里（Pamela H. Demory）[③]、约翰·G. 彼得斯（John G. Peters）[④]等人也探讨了《诺斯特罗莫》的故事叙述与历史、政治和文化之间暗藏的种种关系。以上学者均着力研读了康拉德小说《诺斯特罗莫》的叙述特点，并结合特定语境进行分析，对拓宽康拉德研究的视野有着重要的作用。

依据其自身的语境，所有意识内部的深刻变化都会随之带来特有的叙述方式，而在特定的历史情况下，记忆就从这样的叙述中产生。作为"帝国主义心脏的英国"[⑤]，海外殖民地自身的生活经验和生活世界，与帝国宗主国的生活经验和生活世界具有差异性，殖民主义意味着宗主国的经济分支和社会结构被置放在他乡。生活在这个特定时代的作家康拉德，试图在形式、结构和语言三个方面再现这种新的海外殖民的经验，《诺斯特罗莫》的叙述结构因而呈现出强烈的记忆小说（fictions of memory）[⑥]特征，小说中存在大量有关记忆的叙述。不同叙述者从不同角度对自身经历进行回忆、筛选和讲述，使小说成为记忆的存储器，形成了"回忆的模仿"（mimesis of memory）。通过记忆的叙述，《诺斯特罗莫》再现了南美洲的殖民历史，展现了强烈的帝国反思意识。

---

① Tom McAlindon. "'Nostromo': Conrad's Organicist Philosophy of History". *Mosaic: A Journal for the Interdisciplinary Study of Literature*, 1982, vol. 15, no. 3, pp. 27－41.

② Fredric Jameson. *The Political Unconsciousness*. New York: Routledge, 1981.

③ Pamela H. Demory. "Nostromo: Making History". *Texas Studies in Literature and Language*, 1993, vol. 35, no. 3, pp. 316－346.

④ John G Peters. *The Cambridge Introduction to Joseph Conrad*. Cambridge: Cambridge University Press, 2006.

⑤ 詹姆逊：《现代性、后现代性和全球化》，王逢振主编，北京：中国人民大学出版社，2004年，第191页。

⑥ 在《文化记忆理论读本》的选篇"回忆的模仿"中，诺依曼的德语专著（*Erinnerung-Identität-Narration:Gattungstypologie und Funktionen kanadischer Fictions of Memory*）被译为《回忆的虚构》。然而，柏吉特·纽曼本人在论文"The Literary Representation of Memory"中则用"such works"（"那些作品"）来指代"fictions of memory"。笔者调查发现，Kelly Poynter, Leszek Drong, Adriana Masko等人的论文中也直接把文学作品（novels, stories）归类于"fictions of memory"，Kelly Poynter则更是在论文中直接将"fictions of memory"定义为"the genre designation for literature that concerns itself with memory and its related themes"。可见，"fictions of memory"意指把记忆作为主要写作对象的文学体裁。因此，本章将这一概念译为"记忆小说"。

第一节 "回忆的模仿":记忆中的苏拉科

安斯加尔·纽宁和柏吉特·纽曼将展现记忆过程(process of remembering)的虚构作品定义为"记忆小说"。[①] 他们指出,"记忆小说"并非模仿现存的记忆,而是通过叙述的方式再现作家想要描述的过去。[②] 在记忆小说中,"记忆",而非历史、社会或文化,成为文本模仿的对象,其中,"一系列叙事形式和审美技巧"[③],或称再现记忆的手段,叫作"回忆的模仿"。纽曼指出,研究记忆小说,一是要把握记忆在叙述过程中的运行机制;二是要提取记忆背后的主体身份和价值取向,并尝试回答"我是谁?"或"我们是谁?"的问题。[④] 具体而言,叙述文本使用哪些具体技巧对记忆进行模仿和"回忆的模仿"的功能是解读记忆小说的两个关键。小说《诺斯特罗莫》中,康拉德在故事的讲述方面采用了多种叙述方式,在叙事策略上体现了对回忆的模仿,叙事效果更加具有现实性。

西蒙·查特曼(Seymour Chatman)在《故事与话语》(*Story and Discourse*,1978)中指出,叙事文本由故事(story)和话语(discourse)两个部分组成。其中,"故事"用以描述文本内容或相继发生的一系列事件,而"话语"关注的是对事件如何进行表达的问题。[⑤]《诺斯特罗莫》的故事主要围绕南美洲科斯塔瓦那共和国的苏拉科省展开。在得知父亲死讯后,远在英国留学的查尔斯·古尔德带着妻子回到了苏拉科。凭借美

[①] Birgit Neumann. "The Literary Representation of Memory". *Cultural Memory Studies: An Introduction and Interdisciplinary Handbook*. Eds. Astrid Erll and Ansgar Nunning. Berlin: Walter de Gruyter, 2008, pp. 333—343.

[②] Birgit Neumann. "The Literary Representation of Memory". *Cultural Memory Studies: An Introduction and Interdisciplinary Handbook*. Eds. Astrid Erll and Ansgar Nunning. Berlin: Walter de Gruyter, 2008, p. 334.

[③] Birgit Neumann. "The Literary Representation of Memory". *Cultural Memory Studies: An Introduction and Interdisciplinary Handbook*. Eds. Astrid Erll and Ansgar Nunning. Berlin: Walter de Gruyter, 2008, p. 334.

[④] Birgit Neumann. "The Literary Representation of Memory". *Cultural Memory Studies: An Introduction and Interdisciplinary Handbook*. Eds. Astrid Erll and Ansgar Nunning. Berlin: Walter de Gruyter, 2008, p. 334.

[⑤] Seymour Chatman. *Story and Discourse: Narrative Structure in Fiction and Film*. London: Cornell University Press, 1978, p. 19.

国财阀霍尔罗伊德的鼎力帮助，古尔德成功开发了父亲留下的遗产圣托梅矿，为苏拉科省带来了宝贵的物质财富。然而，在银矿运营不久后，常年处于战争中的苏拉科省又陷入新一轮的革命斗争。古尔德等人扶持的里比热政府遭到印第安将军蒙泰罗弟兄俩的奋力反抗。动乱之际，码头监工诺斯特罗莫勇敢地肩负起救世的责任，和记者马丁·德科德护送银锭到了伊莎贝尔岛，并奉蒙汉姆医生之命请求援兵。最终，苏拉科省脱离科斯塔瓦那，成立了独立政府。然而，诺斯特罗莫这位建国功臣却被他最信任的"父亲"维奥拉误杀，只留下他的未婚妻琳达的声声呐喊久久回荡在大海边。按照事件发生的先后顺序，小说的叙述应该从古尔德开始，到新一轮战争进入高潮，最终以诺斯特罗莫的悲剧落幕。然而，康拉德显然摒弃了这种传统的叙述模式，他的话语表达方式是多种多样的，包括时间的错置、空间的时间化、多元的叙述视角等。想要了解苏拉科的故事，首要任务就是分析叙述过程的"伪时序"（pseudo-temporal order）[1]。这一"伪时序"打乱甚至颠倒了过去、现在和未来的顺序，在叙述者的文字中，所有事件仿佛都已经发生过一遍了，也就是说，所有事件都呈现出回忆的特征。因此，《诺斯特罗莫》可以说是"对过去事件的概括或者说重构"[2]，康拉德再现的苏拉科即是叙述者记忆想象的对象。

热奈特将文本的叙事时间（narrative time）分为时序（order）、时距（duration）和频率（frequency）三个方面。[3] 时序主要针对的是叙事时间与自然时序之间的差异，而对于记忆小说来讲，倒叙（analepsis）——将现在与过去所发生的事件倒置——是"文学再现记忆的典型"[4]。《诺斯特罗莫》开篇先简要介绍了苏拉科的地理背景和神话传说，随即进入了里比热政府的垮台和暴力革命的紧张氛围，而直到第一部分的第六章才回到银矿开采之前的故事。这一"倒叙"的事件是在叙述者介绍古尔德夫人时自然过渡的，他说"古尔德夫人知道圣托梅矿

---

[1] Gerard Genette. *Narrative Discourse: An Essay in Method*. Trans. Jane E. Lewin. London: Cornell University Press, 1980, p.35.

[2] 米切尔·巴斯勒，多罗塞·贝克:《回忆的模仿》，载《文化记忆理论读本》，冯亚琳等编，余传玲等译，北京：北京大学出版社，2012年，第274页。

[3] Gerard Genette. *Narrative Discourse: An Essay in Method*. Trans. Jane E. Lewin. London: Cornell University Press, 1980.

[4] Birgit Neumann. "The Literary Representation of Memory". *Cultural Memory Studies: An Introduction and Interdisciplinary Handbook*. Eds. Astrid Erll and Ansgar Nunning. Berlin: Walter de Gruyter, 2008, p.335.

的历史"①。这一历史的讲述实际上是对古尔德夫人记忆的描写,圣托梅矿成为她记忆的对象,是联结过去与现在的桥梁。

《诺斯特罗莫》第二部分的第七章中,马丁·德科德的回述成为另一叙述层,他在"一根蜡烛的光亮下"②给自己远在巴黎的妹妹写信,这层书写是另一种对回忆的摹仿。用热奈特的"时距"概念来分析这一部分的故事时长(duration of the story)③,可以发现两个意义:第一,"故事时长"可以用来指德科德在故事中写信所花费的时间;第二,"故事时长"也可以指信中的全部内容——即出海前"最后两天的详细情况"④。前者是故事世界(story world)实际发生的事件,但事实上却指向德科德回忆过去所耗费的时长;而后者纯粹就是德科德"个人的故事讲述"(the individual categories of storytelling)⑤。用纽曼的话来讲,德科德的信作为回忆性质的书写,是现在的他在回顾他的过去,属于典型的个体记忆,⑥此时的"故事时长"应该指代记忆的时长,包括记忆现象和记忆内容两个方面。对于记忆小说而言,"生活故事不是被塑造成一个合乎逻辑的事件和因果链,而更多是一个由回忆角色来拼凑而成的拼图游戏"⑦。此时,叙述的模仿对象已经从外部世界转移到了人物的内心世界,那些在回忆者看来具有重要意义的事件会被详细阐述,而其他内容则会被省略(ellipsis)。对于德科德而言,他所在意的是如何策划护送银锭这件事,所以他的叙述主要集中在对这一事件的回顾上。

当叙述者回忆过去发生的那些类似事件时,大脑会自然而然地将其归类、综合,因而在叙述过程中体现为对某一典型或一般事件的回述。小说中,米切尔船长的"概括叙述"(iterative narrative)多次出现,"几年后,每当有显赫的陌生人来访问苏拉科,米切尔船长基本上都用一个固定句型表达自己与'那些历史大事件'的关系"⑧。米切尔船长对游客

---

① 约瑟夫·康拉德:《诺斯特罗莫》,何卫宁译,北京:新华出版社,2015年,第47页。
② 约瑟夫·康拉德:《诺斯特罗莫》,前引书,第192页。
③ Gerard Genette. *Narrative Discourse: An Essay in Method*. Trans. Jane E. Lewin. London: Cornell University Press, 1980, pp. 87-88.
④ Pamela H Demory. "Nostromo: Making History". *Texas Studies in Literature and Language*, 1993, vol. 35, no. 3, p. 319.
⑤ Fridric Jameson. *The Political Unconsciousness*. New York: Routledge, 1981, p. 269.
⑥ Birgit Neumann. "The Literary Representation of Memory". *Cultural Memory Studies: An Introduction and Interdisciplinary Handbook*. Eds. Astrid Erll and Ansgar Nunning. Berlin: Walter de Gruyter, 2008, p. 335.
⑦ 米切尔·巴斯勒,多罗塞·贝克:《回忆的模仿》,前引文,第277页。
⑧ 约瑟夫·康拉德:《诺斯特罗莫》,前引书,第407页。

的讲述发生过多次，讲述行为却高度概括，仅仅提了一次；但讲述的内容，即苏拉科的革命历史却是回忆的重点。米切尔船长带领游客来到往事发生的场地时，他会不由自主地回忆起过去所发生的一切，于是"空间成为回忆的激活器；空间的体验转化成了时间式的体验"[1]。如弗雷德里克·杰姆逊指出的那样：历史利用个人的激情和价值所建构出来的一个机构化、集体化的新空间[2]。当米切尔船长向远道而来的宾客介绍苏拉科时，他对那些建筑的回忆，尤其是过去在这些空间场域中所发生的故事便成了讲解的主要内容。站在古尔德夫妇的住宅前时，米切尔船长会从银矿的开采权聊到铁路工人在动乱之际为保护这栋宅邸所做出的贡献；当经过广场附近的政府大楼，他又会讲述起苏拉科独立前两方作战的紧张态势；来到何塞·阿维兰诺斯先生的半身雕塑旁时，又会回忆起这位先生在世时的英勇事迹。米切尔船长在回忆时使用了经历自我的视角，结合事件亲历和事件发生的空间，他的讲述本身是回忆展示的工具，而这些空间也被赋予了象征性的回忆内容，成为联结过去与现在的媒介。

总的说来，《诺斯特罗莫》中丰富的叙述视角大多是"竞相描绘过去的多元版本"[3]，古尔德夫人的回忆视角、德科德的书信回忆视角、米切尔船长的经历自我的回顾视角都聚焦到诺斯特罗莫暴乱的起因和经过，影射了南美洲殖民地的集体记忆，殖民者的权力、暴力、投资、剥削和危机，以及殖民地人民针对血腥征服和财富掠夺的反抗和暴动。利维斯指出，《诺斯特罗莫》的小说主题"是以一些个人历史的形式呈现的"[4]。单个视角本身是对个体记忆（individual memory）的模仿，不同视角聚焦到同一故事，就会形成记忆与记忆之间的矛盾和张力，传递出集体记忆（collective memory）中的共有价值。

---

[1] 米切尔·巴斯勒，多罗塞·贝克：《回忆的模仿》，前引文，第281页。

[2] Fredric Jameson. *The Political Unconsciousness*. New York：Routledge，1981，p. 269.

[3] Birgit Neumann. "The Literary Representation of Memory". *Cultural Memory Studies: An Introduction and Interdisciplinary Handbook*. Eds. Astrid Erll and Ansgar Nunning. Berlin：Walter de Gruyter，2008，p. 339.

[4] Frank Raymond Leavis. *The Great Tradition: George Eliot, Henry James, Joseph Conrad*. London：Chatto & Windus，1955，p. 191.

第二节 殖民者的苏拉科集体记忆

扬·阿斯曼认为,"社会通过记忆塑造一种文化,使一代代人保持自己的身份"①,记忆研究的意义在于探索记忆、身份与文化之间存在的关系,揭示记忆如何再现个体/集体的身份特征和文化观念。当记忆在文学作品中成为叙述的模仿对象时,文学就"将真实与想象、记忆与假定结合起来,并通过叙述手段,富有想象力地探索记忆的运作方式,从而提供了对过去的新视角"②。小说叙述者记忆中的苏拉科,不仅仅是作者想象性的建构,也是19世纪末20世纪初这一时期历史文化状况的一个注脚。此时的欧洲正在加快帝国主义进程的步伐,帝国殖民者不仅仅满足于在世界各处建立他们的殖民地,还致力创建殖民者的历史,以此曲解、抹杀被压迫民族和被殖民地区的记忆。《诺斯特罗莫》的故事背景是在西班牙统治下的南美洲,小说中记忆的主体包括英国人、法国人、意大利人和美国人,他们对苏拉科的回忆具体而微地再现了殖民权力建构的过程,他们所回忆的过去是由记忆、幻想、叙事和神话建构的,在回忆过程中寻找帝国集体记忆的认同,不同的叙述者表现出对这种帝国殖民记忆的内在驱动力和规范保持一致的主观意愿。借用苏珊·S. 兰瑟(Susan S. Lanser)在其著作《虚构的权威》(*Fictions of Authority: Women Writers and Narrative Voice*,1992)中对叙述形式(narrative form)和社会身份(social identity)的关系所作的判断,即"社会行为特征和文学修辞特点的结合是产生某一声音或文本作者权威的源泉"③,小说中的声音(voice)发出者意味着话语权威(discursive authority),叙述者的讲述构成了苏拉科过去的大写的历史。

从记忆小说的叙述形式来看,描述单个叙述者的回忆行为,实际上是对个体记忆的模仿。按照莫里斯·哈布瓦赫的观点,个体记忆仅仅是在形

---

① Jan Assmann. *Cultural Memory and Early Civilization: Writing, Remembrance, and Political Imagination*. London: Cambridge University Press, 1992, p. 4.

② Birgit Neumann. "The Literary Representation of Memory". *Cultural Memory Studies: An Introduction and Interdisciplinary Handbook*. Eds. Astrid Erll and Ansgar Nunning. Berlin: Walter de Gruyter, 2008, p. 334.

③ Susan S. Lanser. *Fictions of Authority: Women Writers and Narrative Voice*. London: Cornell University Press, 1992, p. 6. 译文参见苏珊·S. 兰瑟:《虚构的权威:女性作家与叙述声音》,黄必康译,北京:北京大学出版社,2002年,第5页。

式上呈现出"个人"的特征,个体作为集体社会的成员,时刻被某一群体包围,而个体记忆应该说是"集体记忆的一种观点(viewpoint)"[1]。个体是在集体框架中进行回忆的,所以"我"所记住的往往是从自身所处的环境中获得的。在《诺斯特罗莫》中,以查尔斯·古尔德为代表的殖民者的个体记忆无疑体现了"深藏在表象世界背后帝国主义的本质"[2]。对于查尔斯·古尔德来说,"他是家族三代成员中待在英格兰时间最多的人,所以很不情愿被算作美洲人"[3]。从血缘关系上来讲,他的确是英国人的后裔,而从自我认知角度来看,他也仅仅把苏拉科当作是自己的出生地,从来没有对美洲产生过认同。从古尔德夫人的回忆叙述中可以了解到,要不是"那座矿山导致父亲陷入荒谬的精神灾难之中"[4],他是不会回到苏拉科的。而当古尔德重返美洲,面对圣托梅矿的开采权,英帝国全球财富掠夺的帝国记忆压倒了他的个体记忆,他全然忘记了"对逝者的记忆"[5]。不仅圣托梅矿巨大的利益让古尔德变成物质主义者,帝国记忆也仿佛成为一种社会决定因素,赋予了他内心深处殖民宗主国的使命。在同霍尔罗伊德的交谈中,古尔德描绘道:"我们要轻松地占据地球上的岛屿和大陆。我们要管理这个世界,无论世界是否喜欢。"[6] 赛义德在《东方主义》(Orientalism,1978)中明确指出,这种东方主义并不是对欧洲之外的土地的美妙幻想,而更多是为满足自身的物质追求。[7] 古尔德的南美之行,并不在于对家乡的怀念或者对父亲的哀思,相反,他将这里看作自己实现物质利益的场域,将圣托梅矿看作自己实现宏大野心的有效途径。

同样,作为法国后裔的马丁·德科德对苏拉科的态度也体现出他的殖民者心态。在给妹妹的信中,他开篇就这样写道:"告诉我们在巴黎的小社交圈子,准备迎接一个新的南美共和国。不就是一个共和国,多一个,少一个,有何关系?世界上的共和国就像是腐烂社会的温床中蕴育出的邪恶花朵;但蕴育这个共和国的种子却是来自你哥哥的头脑。"[8] 德

---

[1] Maurice Halbwachs. *The Collective Memory*. Trans. Francis J. Ditter, Jr. and Vida Yazdi Pellauer. New York: Harper Colphon Books, 1980, p.48.
[2] 赵海平:《约瑟夫·康拉德研究》,北京:大众文艺出版社,2007年,第161页。
[3] 约瑟夫·康拉德:《诺斯特罗莫》,前引书,第72页。
[4] 约瑟夫·康拉德:《诺斯特罗莫》,前引书,第58页。
[5] 约瑟夫·康拉德:《诺斯特罗莫》,前引书,第58页。
[6] 约瑟夫·康拉德:《诺斯特罗莫》,前引书,第67页。
[7] Edward W. Said. *Orientalism*. London: Penguin Books, 1991, p.6.
[8] 约瑟夫·康拉德:《诺斯特罗莫》,前引书,第191—192页。

英国维多利亚小说中的文化记忆研究

科德这番言论中所提到的"新的南美共和国"此时还未成立，但是初步的设想已经在几天前得到了古尔德夫人的支持，所以他迫不及待地想把自己的这份记忆也分享给远在巴黎的妹妹。对他而言，苏拉科共和国的诞生本身是微不足道的，他之所以选择把这个消息告诉妹妹，只是为了炫耀在帝国记忆全球殖民的历史过程中融入了他自己的聪明才智，而且他成为新的帝国记忆的缔造者。在这种略带戏谑又沾沾自喜的语气中，德科德回顾了这群欧洲人为建立共和国所做的一切准备工作。他夸张地称英国殖民者古尔德为"苏拉科之王"[1]，而远在美国的幕后支持者霍尔罗伊德则源源不断地"向这块愚昧的大陆输出正义、工业、和平"[2]。由于殖民者掌握了记忆的"权威"，他们所有的行为都得以合理化和合法化了，但正如安德里亚·怀特（Andrea White）所言，小说中"任何可见的社会变化显然都是剥削的结果"[3]，德科德蕴育的这个"种子"实质上就是以欧洲人为代表的殖民者对南美印第安人在领土权上的占领、经济上的剥削和意识形态上的控制行为。

如哈布瓦赫所述，集体记忆并不是对过去所有碎片的简单重组，记忆的首要前提是"共享"（shared data or conceptions）[4]。古尔德和德科德的所作所为可以算得上是小说中殖民者的典型代表。不过，借助多视角的叙述手段，《诺斯特罗莫》旨在建构一组殖民者群像，即西方帝国如何通过集体记忆巩固自己在殖民地的领导地位。通过"回忆的模仿"，小说呈现出来的是一群来自欧洲的所谓的理想主义者和正义使者在南美小岛——苏拉科上演的发财致富和殖民独立的故事。例如，何塞·阿维兰诺斯在全知叙述者口中是一位爱国者，此人毕生的梦想是使苏拉科"在文明国家之林有一席荣耀的地位"[5]；殖民政府的领导人里比热则是一位能够在"国内保持和平的基础上增进人民的繁荣"的统治者；米切尔船长的导游词中更是把独立后的苏拉科称为"世界财宝屋"[6]。小说中的苏拉科殖民共和国之所以被贴上正义、和平和繁荣的标签，就在于记忆的叙述者是记忆政治的主体，是他们在言说和回忆——他们带着欧洲帝国

---

[1] 约瑟夫·康拉德：《诺斯特罗莫》，前引书，第 205 页。
[2] 约瑟夫·康拉德：《诺斯特罗莫》，前引书，第 205 页。
[3] Andrea White. "Conrad and Imperialism". *The Cambridge Companion to Joseph Conrad*. Ed. John Henry Stape. Cambridge：Cambridge University Press，1996，p. 196.
[4] Maurice Halbwachs. *The Collective Memory*. Trans. Francis J. Ditter, Jr. and Vida Yazdi Pellauer. New York：Harper Colphon Books，1980，p. 31.
[5] 约瑟夫·康拉德：《诺斯特罗莫》，前引书，第 120 页。
[6] 约瑟夫·康拉德：《诺斯特罗莫》，前引书，第 422 页。

殖民的集体记忆,在南美小岛开拓殖民地,并赋予了这段经历以所谓的"民主和独立"的意义。

当文化身份被定义为一种共有的文化,反映共同的历史经验和共有的文化符码时,共享这种文化身份的叙述者也从不同的角度出发,分享这种经验,维护共有的集体记忆稳定的、连续的指涉和意义框架。《诺斯特罗莫》中的古尔德、德科德等作为小说的记忆主体,他们的话语规定了殖民地的历史应该记住什么,怎么记住。不过,正如诺依曼所言,记忆的叙述中若有自我,就有他者;有被认可的记忆(sanctioned memory),就有未被认可的记忆(unsanctioned memory)[1],因为当个体/集体作为社群成员进行回忆时,这个行为本身一定是具有排他性的。那些被排除在外的内容并非不存在,只是被赋予了"他者"的意义。在《诺斯特罗莫》中,尽管殖民者们从不同视角合力印证了所谓正义的苏拉科独立王国的诞生,但事实上,故事另有一个版本。正是通过揭露殖民者记忆背后的故事,康拉德表达了自己对帝国主义的思考。

第三节 诺斯特罗莫的记忆与沉默的"他者"

在佳亚特里·斯皮瓦克(Gayatri Spivak)的著作《后殖民理性批判:走向行将消失的当下的历史》(*A Critique of Postcolonial Reason: Toward a History or the Vanishing Present*,1999)中,她用"自我与他者"的二元对立来理解殖民者与被殖民者的关系,"为了巩固欧洲的自我(the Self),他强迫土著居民在自己的土地上居于他者(the Other)的地位"[2]。殖民者成为国家的领导人,而被殖民者却总是处于殖民社会的底层,遭受来自欧洲殖民者的武力侵略、经济剥削和文化霸权。殖民者通过记忆建构,使"统治者和记忆结成联盟"[3],从而使统治行为本身变得合法化。透过殖民者的记忆,古尔德等帝国主义者成为"科学"、"先进"和"爱国"的代名词,他们所组建的殖民政府则是"文明"的代

---

[1] Birgit Neumann. "The Literary Representation of Memory". *Cultural Memory Studies: An Introduction and Interdisciplinary Handbook*. Eds. Astrid Erll and Ansgar Nunning. Berlin: Walter de Gruyter, 2008, p. 335.

[2] Gayatri Chakravorty Spivak. *A Critique of Postcolonial Reason: Toward a History or the Vanishing Present*. Cambridge MA: Harvard University Press, 1999, p. 211.

[3] 阿莱达·阿斯曼:《回忆空间:文化记忆的形式与变迁》,前引书,第151页。

表，而诸如蒙泰罗将军这样的印第安革命者却被描绘成"自私、残忍、贪婪和渴望权力"①的暴力分子。例如，德科德在与安东尼娅的对话中称，蒙泰罗将军是个"愚蠢的、凶残的印第安人"②；而在给妹妹的信中，他评价这场革命运动为蒙泰罗"统率千军万马的拿破仑的野心"③。那些圣托梅矿的印第安劳工在这些殖民者眼里也是"既没有理性也不懂政治的穷苦力"④，他们为苏拉科实现经济富足所做出的贡献被当作理所应当，成了资本的他者（other of capital）⑤。欧洲殖民者掠夺他人土地，实现自身物质利益的行为被披上正义的外衣，而土著人民反抗外国干预的革命斗争却遭到了大肆批判。统治者利用功能记忆，为自己非正义的行为辩护，颠倒了是非黑白，把蒙泰罗等革命者当作反面人物，使之沦为权力的他者。

《诺斯特罗莫》披露了殖民者的记忆视角下，那些以南美印第安人为首的被殖民者的话语如何被抑制和被遗忘，甚至被直接剥夺了记忆的权利。被殖民者和被压迫者所代表的群体，构成了殖民者记忆"不同角度的反面"⑥，成为殖民语境下记忆的"他者"。不论是在开采圣托梅矿的过程中，还是里比热政府垮台后爆发的革命战争中，印第安人都是至关重要的见证者或参与者，且同样共享着苏拉科发展史的全部记忆。但作为被殖民者，这些人不仅不能讲述他们记忆中的苏拉科，甚至连他们自己的故事都是由矿山的统治者或苏拉科的领导层来讲述的，用阿莱达·阿斯曼的话来说，被无情地储存在那些"被控制或被消除的地方"⑦。在古尔德夫人对矿山的回忆中可知，印第安人生活在苏拉科峡谷的平原上，依靠庄家种植和圈养牲口为生。古尔德夫人形容，"他们对和平有一种疲倦的渴望，发现他们对政府官员有一种恐惧"⑧，由于苏拉科常年处于战乱之中，他们的家人或死于战场，或被放逐，这些印第安人无疑成了战乱中的受害者。圣托梅矿建立之后，他们的土地被侵占，矿

---

① John G. Peter. *The Cambridge Introduction to Joseph Conrad*. Cambridge: Cambridge University Press, 2006, p.75.
② 约瑟夫·康拉德：《诺斯特罗莫》，前引书，第156页。
③ 约瑟夫·康拉德：《诺斯特罗莫》，前引书，第203页。
④ 约瑟夫·康拉德：《诺斯特罗莫》，前引书，第155页。
⑤ Huei-Ju Wang. "Haunting and the Other Story in Joseph Conrad's 'Nostromo': Global Capital and Indigenous Labor". *Conradiana*, 2012, vol.44, no.1, p.5.
⑥ 阿莱达·阿斯曼：《回忆空间：文化记忆的形式与变迁》，前引书，2016年，第153页。
⑦ 阿莱达·阿斯曼：《回忆空间：文化记忆的形式与变迁》，前引书，2016年，第153页。
⑧ 约瑟夫·康拉德：《诺斯特罗莫》，前引书，第77页。

石被掠夺。但对于印第安人的生存境况，古尔德只是冷冰冰地说"今后就没有节日表演了"[①]。"节日表演"本身是印第安人文化习俗的展示，终止"节日表演"意味着印第安人仅余的文化记忆也被抹杀和遗忘了。

殖民者试图通过想象性的统一来塑造集体记忆，殖民地被隐藏的历史即使能够再现，也受到抑制和扭曲，成为殖民者观看和想象的他者形象。小说中蒙泰罗是敢于和殖民者对抗的人，也是革命队伍的带头人，但他没能获得叙述的资格，更无法获得记忆的权威。当蒙泰罗站在苏拉科的广场中央，激昂地发表演说时，殖民者背后的代言人——一位隐藏的全知叙述者承担了讲故事的职责。在他回顾式的叙述中，蒙泰罗"一会儿踮着脚尖，一会儿握紧双拳举过头顶，一会儿把手掌放在心头，一会儿翻白眼，一会儿用手横扫全场，一会儿指着某人，……"[②]。这些夸张的手势和举动与革命领导者的形象格格不入，更像是杂戏团班子的小丑为博得在场观众的喝彩在卖力表演。这位幕后的叙述者剥夺了蒙泰罗讲述自己故事的权利，他正义的宣言成了殖民者眼中的一个笑话。蒙泰罗所言的"人民的幸福"、"祖国的儿子"和"全世界"在叙述者嘴里却变成了"讲演者在嘴的一张一闭之间喷发出一些特殊的词汇"[③]，仿佛叙述者听不懂蒙泰罗所意指的内容。颇具讽刺意味的是，这些词语在里比热的总统发言中同样存在，但殖民者对此深表认同，并不存在认知障碍。显然，叙述者把自己归于里比热总统的集体记忆，而蒙泰罗属于这个集体记忆的他者；叙述者不仅有意隐藏了蒙泰罗过去的记忆，包括革命发起的缘由、斗争的过程等，而且剥夺了他发声的权力和自我言说的机会。

《诺斯特罗莫》中记忆的叙述尽显殖民者对原住民的侵略姿态，是殖民者面对他者的又一次胜利，但康拉德并非在迎合殖民者记忆的权威；相反，这种叙事策略让读者看到作为本地原住民的经验和声音的缺失，以反讽的方式凸显了被殖民者的沉默（silence），而这恰恰体现了他对帝国主义记忆的反思。在《拟写帝国：后殖民文学的理论与实践》（*The Empire Writes Back: Theory and Practice in Post-Colonial Literatures*，2002）中，被殖民者的沉默有两方面的内涵，一是字面意义上的沉默，即个体被剥夺了言说的自由；二是叙述层面的沉默，意思是即便在写作中，为了展现殖民主义的暴行，作家本人不得不采用殖民者的语言进行

[①] 约瑟夫·康拉德：《诺斯特罗莫》，前引书，第 105 页。
[②] 约瑟夫·康拉德：《诺斯特罗莫》，前引书，第 332 页。
[③] 约瑟夫·康拉德：《诺斯特罗莫》，前引书，第 322 页。

抗议。① 小说通过模仿殖民者的记忆过程，先是揭露了被殖民者在记忆层面的他者身份：因为他们无法用言语表达自己对过去的认知和经验，所以只能对被殖民的历史保持缄默；与此同时，在殖民语境下，康拉德的写作本身体现了沉默的第二种表达，作家本人同这些被殖民者一样，藏匿在隐含作者（implied author）和人物角色身后，只能无声地对帝国殖民的种种行为和记忆政治表示抗议。

表面上，《诺斯特罗莫》给殖民者以话语权的主导地位，被殖民者连同作家都成为沉默的他者，但事实并非全然如此。正如赛义德所说的那样，为了证实自己对帝国的态度与所谓正统观念（the Orthodox）背道而驰，康拉德"通过叙述的混乱，不断吸引读者的注意力，从而使人们发现意识和价值的建构性"②。小说的主人公诺斯特罗莫的刻画充满矛盾和反讽，字里行间显现了康拉德对帝国形象的反思。在意大利语中，"Nostromo"（诺斯特罗莫）可拆解为"nostro uomo"，意为"our man"（我们的人），而在后记中，康拉德也明确指出，诺斯特罗莫是一位"平民英雄"（a man of the people）③。但问题在于，诺斯特罗莫属于哪一个"我们"？从文化身份的角度来看，"我们"指一个集体共有的文化，集体成员彼此分享共同的历史经验和共有的文化符码，也分享集体记忆对历史的建构。但文化身份并非持久不变的，殖民地造成文化记忆的断裂和变化，导致被殖民的民族和被殖民者的经验被定位，屈从于主导再现领域的话语方式，被殖民者的话语规范和改变。诺斯特罗莫在苏拉科独立王国的建立中起到了决定性的作用，是民族独立的英雄式人物。然而，诺斯特罗莫从始至终处于叙述的客体，他的故事要么由米切尔船长复述，要么委托全知叙述者代为讲述。在这场记忆的模仿中，每个殖民者都或多或少呈现了自己记忆中的过去，只有诺斯特罗莫的记忆因沉默而空白。但叙述的矛盾之处就在于此，"诺斯特罗莫"作为小说标题和情节发展的关键人物，却没有作为叙述的中心，甚至连他讲述故事的权利都没有。更具讽刺意味的是，在故事的结尾，当所有殖民者都在享受独立王国所带来的胜利果实时，诺斯特罗莫却悲惨地死于一场误杀。在这个意义上，

---

① Bill Ashcroft, Gareth Griffiths, Helen Tiffin. *The Empire Writes Back: Theory and Practice in Post-Colonial Literatures*. The Second Edition. New York：Routledge，2002，p. 83.

② Edward W. Said. *Culture and Imperialism*. New York：Vintage Books，1994，p. 29.

③ 约瑟夫·康拉德：《诺斯特罗莫》，前引文，第495页。英文原版参见：Joseph Conrad. *Nostromo: A Tale of the Seaboard*. New York：Oxford University Press，1984，p. 409.

"诺斯特罗莫"这个标题充满反讽意味,指向一个空洞而虚无的声音,一个没有集体归属、没有个体记忆、没有文化身份的存在。唯有如此,康拉德才能从叙述的混沌和意义模糊之处,提示读者那些殖民经验痛苦而令人难忘的性质。

小　结

作为记忆小说,康拉德的《诺斯特罗莫》"不仅是对回忆作了普遍性和特殊性的思考,而且通过各种不同的叙述技巧直接展示了具体的回忆过程"[①]。小说中颠倒的时序使故事呈现出回忆的特征,而各个叙述者的故事讲述则更是对个体记忆的直接再现。叙述者们共享殖民帝国的群体身份,使小说中记忆的叙说成为殖民主义者的专利,刻画了帝国主义的集体记忆和殖民化的南美历史。与此同时,原住民的文化和记忆在殖民叙述中遭到遗忘、篡改和贬低,使之沦为被凝视的他者。不过,康拉德并未止步于揭露被殖民者的被动沉默,而是借隐含作者的故事建构,在记忆权威下形成一股反面力量,通过刻画他者式的英雄——诺斯特罗莫的记忆缺失和悲惨结局,最大限度地讽刺了帝国主义的虚伪面目和剥削性质。《诺斯特罗莫》利用文学、叙述与记忆之间的关系,使记忆的叙述者成为历史的代言人,反映出"康拉德所处时代有关资本主义、帝国主义、革命和社会正义的主要问题"[②]。康拉德将殖民者的记忆"权威"置于前景,却最终指向被殖民者的"他者"身份,由此批判了殖民主义者的侵略行为,反映了他对帝国主义的反思。

[①] 切尔·巴斯勒,多罗塞·贝克:《回忆的模仿》,前引文,第274页。
[②] Robert Penn Warren. "Nostromo". *The Sewanee Review*, 1951, no. 3, p. 381.

第十章 《印度之行》的记忆危机与身份建构

《印度之行》(*A Passage to India*, 1924)是英国爱德华时期著名作家爱德华·摩根·福斯特的第五部小说，也是其生前发表的最后一部长篇小说，发表以来主要以"印度问题"(Indian question)的主题而备受关注。至今距《印度之行》出版已近百年，而像许多伟大的经典文学作品一样，这部小说的批评史间接地反映了文学批评理论本身的发展史。几乎每一个重要的文学批评理论都试图对这部小说做出令人信服的解读，然而这些解读之间的差异甚至是矛盾却是显而易见的。因此，对这本小说的批评史进行简要的梳理将有助于我们发现问题的关键所在，并更好地为我们的研究确定方向。

关于《印度之行》最早期的探讨都是围绕小说的内容进行的印象式批评，关注的主要内容包括小说情节、人物刻画、写作方式以及主旨思想。对这些内容的探讨和分析通常会联系福斯特之前的作品，或与当时其他作家的现代主义作品进行比较研究。[①] 这些对小说内容的众说纷纭的印象式解读很快催生了一种理论上的自觉，批评家们开始关注小说的形式方面，并基于对小说形式的阐释，试图将此前诸多印象式批评纳入一个融贯的整体。格特鲁德·怀特(Gertrude White)首先注意到《印度之行》三个部分之间具有的一种辩证发展的模式，而对这一模式的解读不仅可以填补此前批评上的空白，还可以厘清此前批评上存在的混乱与含混之处。怀特认为，小说的三个部分"'清真寺'、'石窟'和'神庙'不仅仅如福斯特所提示的分别代表印度的'炎热季'、'凉爽季'和'雨季'这三个季节，而且代表了黑格尔式的正题—反题—合题的辩证结

---

① 最常见的是将《印度之行》与 T. S. 艾略特(Thomas Stearns Eliot)的《荒原》(*The Waste Land*)进行比较分析，两部作品在此都被视为对生活在20世纪初的现代社会中的人们的精神状况的描写。

构"①。因此，小说向读者展现的也是一个由分裂走向融合的过程，而利用这一辩证发展的模式，怀特成功地将"小说所具有的社会学、心理学与哲学等多个层面的含义，以及小说的各个部分与各个元素协调为一个和谐的意义整体"②。

格伦·艾伦（Glen Allen）虽然认同对小说的整体性解读是十分有价值的，但是认为怀特的解读实际上是一种似是而非的东西："她的解读不仅仅有损于小说本身的意义，还歪曲了福斯特本人的哲学观点。并且，黑格尔的三段论所具有的乐观主义（optimism）则很明显地与福斯特的无为主义（quietism）相冲突。"③ 艾伦更倾向于福斯特本人的小说理论，并坚持文本的内部研究，因此他将福斯特在《小说面面观》（*Aspects of the Novel*，1927）中提出的"节奏"（rhythm）这一概念应用于《印度之行》的文本分析，而这样一种细节上重复的技巧不仅将整部作品联结为一个整体，并且使其内涵得到了更好的展现。在节奏之外，艾伦还系统地分析了小说中出现的"马拉巴尔山、石窟、太阳、回声、巨蟒、蛇和蠕虫"④ 这几个重要象征（symbol），并指出小说的主题实际上已经由菲尔丁在小说第二部的结尾处展示出来了：地中海堪称人类的范例，因为这"就是人类的杰作与托起它们的大地之间的和谐，是已经摆脱了混乱状态的文明，是以理性形态呈现的精神，同时又血肉丰盈"⑤。

事实上，《印度之行》的批评史的发展过程仿佛遵循了一种辩证发展模式。《印度之行》的批评史可以大致划分为几个时期，而每个时期所具有的普遍性质来自其间的批评家们的基本研究方向。其所遵循的是分析与综合不断交替、不断循环的周期性的运动模式，但它的轨迹并不是一个圆，而是呈一种螺旋上升的趋势。对于小说的内容和其中细节的研究属于分析的阶段，而分析所积累的素材必然导致一种综合的努力。然而，每一次综合并不是对小说的解读盖棺定论，而是为更一步研究确定方向、

---

① Gertrude White. "*A Passage to India*: Analysis and Revaluation". *PMLA*, 1953, vol. 68, p. 644.

② Gertrude White. "*A Passage to India*: Analysis and Revaluation". *PMLA*, 1953, vol. 68, p. 643.

③ Glen O. Allen. "Structure, Symbol, and Theme in E. M. Forster's *A Passage to India*". *PMLA*, 1955, vol. 70, p. 935.

④ Glen O. Allen. "Structure, Symbol, and Theme in E. M. Forster's *A Passage to India*". *PMLA*, 1955, vol. 70, p. 940.

⑤ E. M. 福斯特：《印度之行》，冯涛译，上海：上海译文出版社，2016 年，第 357—358 页。

为更多文本细节的分析奠定基础。①

怀特和艾伦等批评家②在当时对《印度之行》的整体形式的把握就是一次综合的尝试，而这样一次尝试之后，对小说内容的分析则呈现为一幅更加广阔与繁荣的画面。大卫·舒斯特曼（David Shusterman）首先反对此前批评家们对戈德博尔教授及其所代表的印度教思想的解读，并且认为"将《印度之行》解读为只是为了美化印度教与戈德博尔的一篇布道文，实际上代表了对于这本小说与福斯特的整体思想的严重误读"③。舒斯特曼通过对戈德博尔的细致分析进一步指出，戈德博尔的人物刻画有美学与哲学上的重要价值，但是福斯特对于这一人物以及他后面的印度教思想则明显持有一种批判的态度，因为在某种程度上小说中所有的痛苦与混乱的根源都是来自"戈德博尔对于马拉巴尔石窟所表现出的一种勉强的、保留的态度"④，而这样一种态度很明显地来自人与人之间信任的匮乏。因此，戈德博尔这样一个复杂的人物形象更多地体现出的是福斯特对人性的认识与反思。

对《印度之行》内容的分析逐渐拓展到小说的每一个细节，并大有穷尽所有细节的趋势。基思·霍林斯沃思（Keith Hollingsworth）重新阐释了小说中"回声"这一象征的丰富内涵，在他看来，回声代表了一种交流的失败，因为回声不是对方的答复，而是自身发出的言谈被拒绝并被机械地反弹回自身的一种标志。霍林斯沃思认为，小说中多次出现的回声的根本来源是现代机器的轰鸣，因此回声是一种现代危机的象征：人类为统治自然世界而发展的科学技术的成果倒戈指向人类，使得人类的存在日益自我疏离，人与人之间关系不断异化。⑤ V. A. 沙哈内（V. A. Shahane）则将目光聚焦在小说的第三部分，并且也认为"神庙"所

---

① 这样一种时期的划分并不是一种绝对意义上的划分，因为特例和反例是很容易找到的。这里的划分标准只是依据在数量上占主流趋势的研究方向而定的。

② 汤姆森也采纳了类似于怀特的黑格尔式的三段论结构，将小说的三部分分别解读为"乐观、幻灭与精神实现"三个阶段，而这样一种发展历程实际上就是"人类精神发展史"，并且每一个阶段的意义都是通过一些重要的象征提示给我们的。参见 George H. Thomson. "Thematic Symbol in *A Passage to India*". *Twentieth Century Literature*, 1961, vol. 7, pp. 51-63.

③ David Shusterman. "The Curious Case of Professor Godbole: *A Passage to India* Re-Examined". *PMLA*, 1961, vol. 76, p. 426.

④ David Shusterman. "The Curious Case of Professor Godbole: *A Passage to India* Re-Examined". *PMLA*, 1961, vol. 76, p. 429.

⑤ Keith Hollingsworth. "*A Passage to India*: The Echoes in the Marabar Caves". *Criticism*, 1962, vol. 4, pp. 210-224.

具有的象征意义是和解与融合,但是并非作为三段论中的合题,而其象征意义的根源应该在福斯特所提示的"雨季"以及水的象征意义中寻找:"深层的象征意义在雨滴中得到了最好的显现。雨、水、水池和天空都是和谐与融洽的象征,而同时也和福斯特自己对小说的划分相呼应。"① 福斯特将雨季放在最后则预示人类精神在水的滋润下会得到新生并重新焕发生机。埃林·霍罗威茨(Ellin Horowitz)同样认为,在《印度之行》中福斯特试图在两种不同的文化、两种不同的信仰体系以及两种不同的价值观念之间架起一座桥梁、打通一条通道(passage),但是他指出小说的主题在多次出现的团体仪式以及莫尔太太身上得到了最好的展现:"团体仪式所具有的联结的含义与人们之间日常生活的分裂状态在小说中呈现为一种拉锯的场面,而莫尔太太作为一个普通的英国女人被塑造为一个荒原中的圣杯追寻者。在艺术的国度中,她的死亡则是对新生的献祭与救赎。"②

在结构主义理论的观照之下,这一时期对于《印度之行》文本细节的解读与分析几乎涵盖了小说中的所有重要意象和象征。③ 面对这样一种局面,如果批评家们试图对这部小说达成更深入与更全面的理解,那么他们面临两种选择:其一是从内部研究走向外部研究,将《印度之行》视为社会学或历史学文本,在小说文本之外寻找新的证据以对小说做出新的解读;其二是进行理论层面的创新,打破结构主义或形式主义的理论限制,引入新的理论观点以对小说的主题与内容做出新的阐释,而这两个方面实际上是齐头并进且相互交叉的。

迈克尔·斯宾塞(Michael Spencer)首先将《印度之行》放置在印度的历史文化语境之中,并从印度哲学、印度美学与印度神话学等多重

---

① V. A. Shahane. "Symbolism in E. M. Forster's *A Passage to India*: 'Temple'". *English Studies*, 1963, vol. 44, p. 423—431.

② Ellin Horowitz. "The Communal Ritual and the Dying God in E. M. Forster's *A Passage to India*". *Criticism*, 1964, vol. 6, pp. 70—88.

③ 此外,亨特(John Dixon Hunt)从小说中反复出现的"混乱"与"神秘"两个概念入手,认为神秘作为一种特殊的形式混乱,其本身包含的无序性与形式的缺乏的含义,与其被构造为一种独特的美学形式之间存在着内在的悖论(paradox),而这一悖论正是理解小说的关键:"福斯特借这一悖论向读者所传达的是印度所代表的神秘、混乱与无序事实上是比英国所代表的理性、秩序与严谨更高级的存在。"因此"印度之行"中的"行"(passage)也就意味着打破限制走向一个更广大的世界。详见 John Dixon Hunt. "Muddle and Mystery in *A Passage to India*". *ELH*, 1966, vol. 33, pp. 497—517. 实际上,亨特的论述明显受到了后现代主义与解构主义思潮的影响。

视角出发重新阐释了小说中的重要意象与象征。① 杰弗里·梅耶斯（Jeffrey Meyers）则指出，批评家所指责的《印度之行》对于从第一次世界大战结束到小说出版这段时期内印度所发生的政治事件与运动的忽视，实际上是对小说的误读。梅耶斯不仅在小说中找到了指涉这段时期在印度发生的种族运动、宗教冲突、政治暴动、民族独立等政治事件的大量文本细节，并且发现"作者的战后视角与小说中人物的战前视角之间存在着一种戏剧张力，而这极大地增强了小说的政治意义并且提高了小说的反讽意义与政治上的说服力"②。罗伯特·塞利格（Robert Selig）则受到福斯特在一封回信中对当时批评家们过分解读《印度之行》的象征主义所表达的一种不以为然的态度的启发，重新回归文本的内部分析，并聚焦于"神就是爱"这一主题以及由之发展起来的各种反讽，试图对福斯特写作的原始意图进行一次恰如其分的解读。③

小说的外部研究已经极大地扩展了研究的视野，但是有意识地引入新的批评方法与理论视角则将这一局面推向了更高的层次并且达到了高潮。福斯特对小说形式与语言媒介所具有的一种高度的自反意识④，以及《印度之行》本身的主题与内容的丰富性，使得这部作品不仅深受解构主义批评家的青睐，并且成为解构主义批评的最佳范例。⑤ 阿夫罗姆·弗莱希曼（Avrom Fleishman）首先立足于马丁·海德格尔（Martin Heidegger）的存在主义哲学观点，发现《印度之行》中存在大量的二元对立的概念，包括在场与缺席、现实与神秘、寻常与异乎寻常等，以及

---

① Michael Spencer. "Hinduism in E. M. Forster's: A Passage to India". The Journal of Asian Studies, 1968, vol. 27, pp. 281-295.

② Jeffrey Meyers. "The Politics of A Passage to India". Journal of Modern Literature, 1971, vol. 1, pp. 329-338. 类似的研究还可以参加 Frances B. Singh. "A Passage to India, the National Movement, and Independence". Twentieth Century Literature, 1985, vol. 31, pp. 265-278. 此外路易斯还出版了专著，系统地梳理与分析了福斯特的印度之行的个人经历对于《印度之行》的创作影响，参见 Robin Jared Lewis. E. M. Forster's A Passages to India. New York: Columbia University Press, 1979.

③ Robert L. Selig and E. M. Forster. "'God is Love': On an Unpublished Forster Letter and the Ironic Use of Myth in A Passage to India". Journal of Modern Literature, 1979, vol. 7, pp. 471-487.

④ "福斯特曾向一位密友坦白，他已经'厌倦了小说形式本身的无聊与老套'。"引自 Pankaj Mishra. "Introduction". A Passage to India, by E. M. Forster. London: Penguin Books, 2005, p. xxv.

⑤ 解构主义批评的主要目的在于发现文本自身的内在差异性，让诸多差异都有机会言说自身，并在文本空间中形成一种多声共鸣的效果，以此证明文本意义的统一性与一致性的不可能，以及文本意义的多重性与不确定性。解构主义批评家们都是从文本的语言媒介入手，并揭示看似稳定的语言与意义之间的对应关系的实际不稳定性。

这些二元概念之间的交互关联。其中最典型的例子是小说开篇所提到的，马拉巴尔石窟作为方圆几十英里之内唯一异乎寻常的存在，而在石窟内唯一可以发现的却是缺席与虚无。因此，弗莱希曼将小说中所有二元对立的概念归结为存在与虚无的对立，并且认为"印度之行"的"行"即意味着人在存在与虚无之间的不断徘徊以及在徘徊中试图发现生命真谛的徒然的努力。[1] 吉莉安·比尔（Gillian Beer）则受当时叙述理论对"空白"（gaps）、"缺席"（absence）与"断裂"（fissures）的强调的启发，进而关注到《印度之行》中存在的大量否定性表述与否定性空间，并指出这样一种否定性逻辑使得确定的意义成为不可能："否定性形式的使用让我们不断地走向不确定性（indeterminacy）。说某件事物不是什么，意味着它有可能是其他任何东西。"[2] 作家对否定性语言表述的频繁使用，实际上是在暗示语言与意义之间的永恒的内在斗争。[3]

除了解构主义，后殖民主义是批评家们解读《印度之行》用到的一个主要的理论视角。整部《印度之行》都是以印度作为背景，其中对英印（Anglo-Indian）社会的描写，以及对英国人、印度人以及他们之间各种关系的刻画使其成为后殖民主义批评理论的不二之选。爱德华·萨义德首先将福斯特以及《印度之行》纳入东方学的学术谱系，并认为小说结尾处阿齐兹与菲尔丁之间关系的失败实际上证实了西方与东方之间存在着一种"痛苦的距离感，（这一痛苦的距离感）仍然将'我们'与注定要被永远打上陌生与新异标记的东方分隔开来"[4]。基于萨义德的这一论断，亨特·霍金斯（Hunt Hawkins）系统地分析了小说中人际关系（personal relationships）的全面失败，而这样一种失败事实上代表着福斯特对帝国主义的深刻批判。[5] 温迪·莫弗特（Wendy Moffat）则从叙

---

[1] Avrom Fleishman. "Being and Nothing in *A Passage to India*". *Criticism*, 1973, vol. 15, pp. 109—125.

[2] Gillian Beer. "Negation in *A Passage to India*". *Essays in Criticism*, 1980, vol. xxx, p. 155.

[3] 道林则深受德里达的影响，认为小说中无处不在的由于语言交流导致的误解以及叙述者声音通过"天空"（sky）的发声，实际上已经表明了语言本身的内在缺陷，并宣称"印度之行"的"行"意味着超越（beyond）语言媒介的限制。参见 David Dowling. "*A Passage to India* through 'The Spaces between the Words'". *The Journal of Narrative Technique*, vol. 15, 1985, pp. 256—266.

[4] 萨义德：《东方学》，王宇根译，北京：生活·读书·新知三联书店，1999年，第311页。括号内文字为笔者所加。

[5] Hunt Hawkins. "Forster's Critique of Imperialism in *A Passage to India*". *South Atlantic Review*, 1983, vol. 48, pp. 54—65.

述理论的视角切入,认为《印度之行》中所存在的内在含混性（ambiguity）,是在福斯特认清了"对于单一的、整体的经验的假定与对于其他的,有时候甚至是混乱的认知方式和思维方式的压制,实际上是一种叙述帝国主义（narrative imperialism）的事实"之后,而主动采取的叙述方式。[1] 基兰·多林（Kieran Dolin）则注意到,在统治印度这个问题上,当时的英国法律与文学作品之间存在一种共谋的关系,但是在《印度之行》中福斯特将对英国传统与印度习俗的描写并置时,往往产生的是后者动摇前者的效果,而小说的中心事件,即英国人对阿齐兹的流产的审判事件,则是作者对英属印度中英国法律这一霸权话语的批判。[2]

在对《印度之行》的解读中,后殖民主义理论逐渐与性别研究[3]、空间批评等理论视角结合起来。玛丽亚·戴维斯（Maria Davidis）认为,阿黛拉作为一位新女性,她对"真实的印度"的追寻是对原本应该由男性探索者（骑士）所占据的位置的篡夺,而她在法庭上为阿齐兹脱罪更是对帝国统治下性别话语的一种反抗。因而,阿黛拉作为一位女性,"对于这样一种为骑士传统所禁止的浪漫关系的追寻,使其成为小说中主要的替罪羊。她所受到的身体上与心灵上的双重创伤,以及社会的责罚与驱逐,都是作为违反骑士制度的命令的后果"[4]。托德·库赫塔（Todd Kuchta）注意到,《印度之行》的殖民者居住的城市空间与被殖民者居住的乡村空间之间的截然对立,而这一对立实际上是一种帝国意识开始衰退的表征,这一点在福斯特同时期的作家伊夫林·沃（Evelyn Waugh）与乔治·奥威尔（George Orwell）的作品中也有同样清晰的体现。因而,《印度之行》整部小说所展现的就是殖民者对帝国统治的一种怀旧心理逐步转变为一种怨恨心理的过程,即晚期帝国主义的文化逻辑的展开,而福斯特对这一过程的描写实际上已经预示了未来的帝国的瓦解与殖民

---

[1] Wendy Moffat. "*A Passage to India* and the Limits of Certainty". *The Journal of Narrative Technique*, 1990, vol. 20, p. 338.

[2] Kieran Dolin. "Freedom, Uncertainty, and Diversity: *A Passage to India* as a Critique of Imperialist Law". *Texas Studies in Literature and Language*, 1994, vol. 36, pp. 328–352.

[3] 关于这一阐释方向转变的相关梳理参见 Benita Parry. "Materiality and Mystification in *A Passage to India*". *NOVEL: A Forum on Fiction*, 1998, vol. 31, p. 177.

[4] Maria M. Davidis. "Forster's Imperial Romance: Chivalry, Motherhood, and Questing in *A Passage to India*". *Journal of Modern Literature*, 1999–2000, vol. 23, p. 260. 对于小说类似的讨论,参见 Meenakshi Pawha. "Politics of Gender and Race: Representations and Their Location within the Colonial Space in *A Passage to India* and *Chokher Bali* (*A Grain of Sand*)". *South Asian Review*, 2004, vol. 25, pp. 283–303.

地的独立，并为这一变化找到了正当的理由。①

在对《印度之行》的批评史的这一简要的梳理中，我们可以看到，批评家们几乎从所有可以找到的角度对小说进行了分析与阐释，而他们之间的相似性和差异性也是显而易见的。批评家们争论的核心问题主要有两个：其一，《印度之行》到底是一部社会学或政治学小说，还是一部哲学或思想小说？其二，小说的结尾到底意味着什么？其中暗含的作家的态度是怎样的？是悲观的还是乐观的？我们同样可以看到，每个批评家所选择的理论视角实际上已经预先设定了这两个问题的答案，因此前期的结构主义理论视角与后期的后结构主义理论视角对小说的解读存在截然对立。在这里我们发现，文本之外的批评家们面对的局面和文本之内的小说人物面对的情境竟是惊人的相似。而这样一种冲突的局面实际上并不是任何本体论意义上的冲突，而只是方式或方向上的冲突，也就是分析与综合之间的冲突。对小说主题与内容的分析似乎走到了这样一种极端的地步，以至于我们不得不认为任何综合的努力都将是徒然的。然而这只是一种表面上的假象，因为精神生命的实质，"正不外就是把一些本来是统一的予以分离，以便能够进一步以更确实的方式把这些被分离的重新结合统一"②。

本章尝试从记忆理论的视角出发，对《印度之行》进行整体性解读。记忆作为联结现在与过去、个人与社会的中介，发挥着确保个人身份的稳定性与自我的连续性的重要作用。因此，从记忆理论的视角出发，《印度之行》中两位女主角——阿黛拉与莫尔太太的印度之行使两人遭遇了一种普遍的记忆冲突与记忆危机而深陷身份危机之中。这样一种身份危机，一方面导致一种广泛而深刻的焦虑感，而另一方面又促使个体对社会秩序与文化秩序本身进行反思。因此，阿黛拉对"真实的印度"的追寻实际上是对真实的自我的追寻，而对社会秩序与文化秩序本身进行反思必将产生一种更清晰、更全面的自我认知，以作为自我的一个更坚实、更稳固的基础。小说结尾处两位男主人公的分道扬镳也不再意味着一种二元论意义上的非此即彼的交流的成功或者失败，而只是表明自我作为一个连续的过程，在其走出一次精神危机之后又即将面对新的危机与挑战。

---

① Todd Kuchta. "Suburbia, Ressentiment, and the End of Empire in *A Passage to India*". *NOVEL: A Forum on Fiction*, 2003, vol. 36, pp. 307—329.

② 恩斯特·卡西尔：《人文科学的逻辑》，关子尹译，上海：上海译文出版社，2004年，第90页。

第一节 帝国记忆与记忆危机

亨利·伯格森（Henri Bergson）在《物质与记忆》中首先攻击了传统的机械论的记忆理论，认为记忆不应被视为受制于感觉主义的"观念联想"的机制下的一种生理现象，而是个体内部经验之间的交互渗透。[1]记忆"与其说只是在重复，不如说是往事的新生；它包含着一个创造性和构造性的过程"[2]。莫里斯·哈布瓦赫在此基础之上打破了对记忆的个体性限制，明确提出个人所属的集体决定着这一"创造性与建构性的过程"[3]，并提出集体记忆这一概念，由此开启了对记忆的社会学与历史学研究。从此，学者们开始关注个人所处的不同的阐释框架，包括不同的社会文化语境、历史传统与话语体系如何建构了个体的记忆以及个体的社会身份与文化认同。在哈布瓦赫提出的集体记忆概念之上，皮埃尔·诺拉则进一步将记忆的历史分为三个阶段：前现代、现代与后现代。他认为，前现代时期的记忆特点是自然的，传统和仪式能够为群体提供一种稳定感。随着工业和社会的现代化，记忆产生了危机，而这种记忆危机常常伴随着身份危机。诺拉在《记忆之场》的开篇通过与历史的对照为我们阐明了记忆的运作机制：

> 记忆是鲜活的，总有现实的群体来承载记忆，正因为如此，它始终处于演变之中，服从记忆和遗忘的辩证法则，对自身连续不断的变形没有意识，容易受到各种利用和操纵，时而长期蛰伏，时而瞬间复活。……记忆具有奇妙的情感色彩，它只与那些能强化它的细节相容；记忆的营养源是朦胧、混杂、笼统、游移、个别或象征性的回忆，它容易受各种移情、屏蔽、压制和投射的影响。[4]

记忆必须由个体来承载，而个体只有归属于某一个集体才能获得稳

---

[1] Henri Bergson. *Matter and Memory*. Trans. Nancy Margaret Paul and W. Scott Palmer. New York: The Macmillan Co., 1911, pp. 299-332.
[2] 恩斯特·卡西尔：《人论》，甘阳译，上海：上海译文出版社，2007年，第70页。
[3] 参见莫里斯·哈布瓦赫：《论集体记忆》，前引书，2002年。
[4] 皮埃尔·诺拉：《记忆之场：法国国民意识的文化社会史》，黄艳红等译，南京：南京大学出版社，2020年，第5-6页。

定的自我与身份，因而记忆的运作总是受制于个体与集体之间的辩证关系。记忆危机往往产生于两种对立的集体阐释框架之间的冲突，其导致的个体的焦虑感是一种内在的情感上的矛盾，因此其也不可避免地带有一种盲目性。

《印度之行》的开篇对昌德拉布尔城的环境的描写，尤其是英国人的官署驻地与印度人的生活区域之间在景色上与建筑风格上的截然对立，实际上展现的是两种不同的集体记忆之间的对立冲突。外在环境上的对立事实上体现的是内在精神上的冲突。放眼望去，印度人的生活区域尽是混乱、肮脏、丑陋的场景："触目所及，所有的一切都是那么猥劣而又单调……可城镇的轮廓大致还在，只不过这儿伸出去一点，那儿缩回来一块，就像某种低等却又不可摧毁的生命形态在苟延残喘。"① 与此同时，英国人的官署驻地则呈现为一派有序、整洁、漂亮的景象："它的设计建造合情合理，红砖的俱乐部建在高坡的最高处，俱乐部背后是一家杂货店和墓园，几条马路横平竖直，带凉台的平房散布在马路两旁。"② 官署驻地的建筑构造是英国理性主义的体现，但是其中很明显地透露出狭隘："这里没有任何丑恶的东西，而且风景相当漂亮"，但是官署驻地本身则"不会激起你任何情感的变化"③。相反地，昌德拉布尔城则被喻为某种"低等却又不可摧毁的生命形态"，其中所具有的生命力与生命意志是显而易见的，但是这一生命意志也显然具有一种内在的盲目性与无序性。

在对昌德拉布尔城的描写中，除这一对立外，还有两处特别引人注意的存在：隐藏在群山之中的马拉巴尔石窟与头顶那主宰一切的苍穹。苍穹作为官署驻地与昌德拉布尔城之间的唯一的共通之处，实际上象征着普遍人性，而马拉巴尔石窟则是一种最纯粹也最盲目的生命意志的体现。那片苍穹"威力无比、广袤无垠"④，而马拉巴尔山也犹如"一簇拳头和手指破土而出，中断了那无尽无休的铺展"⑤。因此，开篇出现的这一水平层面上的对立与垂直层面上的冲突则分别构成了一条文化的或社会的横轴与一条哲学的或形而上学的纵轴，而这样一个坐标系的中点就

---

① 福斯特：《印度之行》，前引书，第3—4页。
② 福斯特：《印度之行》，前引书，第4—5页。
③ 福斯特：《印度之行》，前引书，第4—5页。
④ 福斯特：《印度之行》，前引书，第5页。
⑤ 福斯特：《印度之行》，前引书，第5页。

是人或者人性本身。① 因而，不同的集体记忆所蕴含的不同的人的观念与不同的对于人性的理解是彼此之间发生冲突的根本原因。

任何一种文化、社会制度或话语体系都既有一个哲学上或逻辑上的前提，又同时诉诸于人的一种普遍的情感与意志，而这一切都是通过人的记忆而发挥作用的。当个体处于某种特定的集体中的时候，他会自然地采用这一集体的阐释框架来认知，甚至感知这个世界。因此，在《印度之行》中经常出现"双重视角"（double vision），这一现象就意味着个体不单以其所处的集体阐释框架来看待事物，并且有能力跳出这一框架以一种新的眼光来看待同一个事物。这既是对原有认知的一种拓展，也是一次挑战：因此从官署驻地"俯瞰下去，昌德拉布尔就完全呈现出另外一幅模样：它摇身一变，成了一个园林之城……所以初来乍到的人都难以相信此地当真就像人们描述的那般贫瘠，除非是亲自到树木掩映下的低洼处去看一看，这才会幻想破灭、如梦初醒"。② 这样一种幻想破灭、如梦初醒的体验主要发生在阿黛拉与莫尔太太两位《印度之行》的女主角身上，两人都经历了这样一种记忆危机而深陷身份危机，而两人又都神奇地走出了危机并对自我获得了更正确的理解。

在阿黛拉与莫尔太太的印度之行中，两人时刻面对两种集体记忆的拉扯，因而两人的身份认同一直处于摇摆的、不稳定的状态。莫尔太太印度之行的目的就是促成她的儿子罗尼与阿黛拉的婚姻。因此，试图融入英印社会的目的使得两人认同它的殖民文化与帝国话语。而两人原本的价值观念使她们共情于印度人，主要是男主角阿齐兹的生活态度与行为方式。因此，贯穿小说始终的是以英国殖民者为代表的帝国记忆与以男主角阿齐兹为代表的民族记忆之间的冲突，而小说中出现的所有人物都不可避免地卷入了这一冲突。莫尔太太和阿黛拉作为两个"初来乍到"的人，不仅试图融入殖民者的社会，又尝试与普通的印度人建立一种真正的友好关系，因此两人不断地在两种对立的集体记忆之间摇摆，两人的身份总是处于不稳定的状态。

莫尔太太所持有的基督教信仰使她与阿齐兹在第一次碰面时就建立起了深厚的友谊。两人的第一次碰面是在夜晚的清真寺，莫尔太太因为

---

① 福斯特也曾在《小说面面观》中明确说道："小说家的任务就是揭露（人的）内在生活的源头……小说的一个首要功能就是表达人性的隐秘的一面。"参见 E. M. Forster. *Aspects of the Novel*. London: Harcourt, Inc., 1927, pp. 45—46.

② 福斯特：《印度之行》，前引书，第 4 页。

厌烦了《凯特妹妹》的戏剧表演溜出来透气,而阿齐兹也因刚在他的英国人上司那里受了委屈到这里来平复心情。莫尔太太的基督教信仰使她对任何人都不存在偏见,而清真寺的环境又让阿齐兹逃离了帝国主义的罗网,"回到他熟悉的风俗习惯和行为举止当中"①。因此,两个人此时不同的心境都让他们抛开了寺庙之外的社会与文化的束缚,可以直接抒发内心的情感与思想,从而彼此达成一种真正的相互理解:

  他之所以这么激动,部分是因为他受到了不公平的对待,更主要的则是因为知道有人会对他受到的不公平待遇表示同情。……她已经通过直言不讳地批评自己的女同胞向他证明了自己的同情……于是连美都无法激起的火焰在他心中熊熊燃起,虽然他的话里面充满牢骚,其实他的心却开始暗暗发光发热了。这种情感即刻就转化成了语言。②

莫尔太太甚至被阿齐兹认为是一个"东方人"③。在这里,我们可以看到一次明显的成功的跨文化交流的例子,并且在其中语言似乎克服了种种障碍而与情感和思想达成了一种直接的联系。因此,解构主义与后殖民主义对小说中交流与语言的全面否定是站不住脚的。莫尔太太与阿齐兹很明显处于一种与外部世界割离的状态,他们之间思想与情感的交流已经完全摆脱了社会与文化的枷锁。这样一种奇妙的、自由的存在状态显然也是稍纵即逝的:"莫尔太太回到俱乐部的时候,《凯特表妹》的第三幕已经演了有一大半。……于是属于她的正常生活也随之扑面而来。"④

《印度之行》的第一部分为读者呈现的主要就是这样一种记忆冲突与记忆危机的局面。在这一冲突之中,作家很明显地站在受压迫的一方,批判英国殖民统治与帝国话语对人性的普遍压抑、歪曲以及殖民者自身的麻木不仁。殖民者的社会对个体记忆的压制与屏蔽是其维持统治权威与社会秩序的重要手段,而受到压制的不仅是印度人,还包括初来乍到的英国人。阿黛拉与莫尔太太都深感氛围的压抑,阿黛拉"对于她们这

---

① 福斯特:《印度之行》,前引书,第17页。
② 福斯特:《印度之行》,前引书,第23页。
③ 福斯特:《印度之行》,前引书,第24页。
④ 福斯特:《印度之行》,前引书,第25页。

次新生活的枯燥乏味深感失望……这一路的行程多么富有浪漫色彩，可到头来她们看到的却只不过是一幢幢格子状的带凉台的平房"①。莫尔太太也有同样的感受，只不过比阿黛拉年长四十岁的她"已经懂得生活是从来都不会在我们认为适当的时刻为我们奉上我们需要的一切的。奇遇确实会出现，不过却从来都不会如约而至"②。当聚会结束时，"莫尔太太已经被俱乐部的气氛给搅得昏头涨脑，来到外边这才清醒过来"，而望着夜空中的明月，莫尔太太重新感受到了一种奇妙的、自由的存在状态：

> 她望着那轮明月，淡黄色的月光在紫色的夜空中晕染开来。在英国，月亮显得是那么死板而又陌生；而在此地她却跟大地和所有其他的星星一起，被夜幕整个包裹在当中。一种和谐统一，与宇宙天体亲密无间、浑然融为一体的感觉突然涌上这位老妇人的心头，然后倏忽逝去，宛如清水流过水池，留下一种奇异的清新。③

天空中的明月始终是同一轮明月，而变化的只有观赏者自身的心境。莫尔太太这样一种感觉上的变化反映的是作家对英国中产阶级狭隘的价值观与人性观的一种批判。这种狭隘的理性主义作为英国中产阶级的价值观念与海外殖民统治的话语体系的基础，不仅阻碍了人与人之间真实与直接的沟通和理解，而且在人与自然环境之间也竖起了一道无形的屏障。"印度之行"对莫尔太太与阿黛拉来说是一次拓展认知视野、反思原有的价值观念的机会。

莫尔太太的长子——昌德拉布尔城的地方法官罗尼——在小说中是殖民者社会的一个重要代表。当莫尔太太向他谈起她与阿齐兹在清真寺偶遇这件事时，罗尼的反应体现出明显的帝国话语对个体记忆的规训。在罗尼眼里，阿齐兹的所作所为"肯定是别有用心"，在他"说的每句话后面总是别有用心，总是有所企图，即便是没有别的企图，那也是竭力想抬高自己，显得与众不同"④。莫尔太太明显不同意这样的说法，但是在罗尼把自己放在一个权威的位置而做的论辩面前，莫尔太太又找不出任何可以反驳的证据而不得不屈服。然而，当莫尔太太独自一人回到房

---

① 福斯特：《印度之行》，前引书，第 26 页。
② 福斯特：《印度之行》，前引书，第 26 页。
③ 福斯特：《印度之行》，前引书，第 32 页。
④ 福斯特：《印度之行》，前引书，第 37 页。

间后，她"重又仔细回顾了一遍在清真寺里的情景，想看看到底是谁的印象正确"①，而她得出的结论是，当用罗尼这样的方式来评定一个人时，"他心灵的本质就被一笔抹杀了"②。

小说的第一部分所展现的不同集体记忆之间的冲突和帝国话语对个体的压制，在"桥会"这一原本"旨在存在于东西方之间的鸿沟之上搭起一座桥梁"③的聚会中有着最清晰直观的体现。这次聚会"非但无法弥合，却只能加深了他们之间的隔阂"④。前来参加聚会的印度人与英国人分成了泾渭分明的两个团体，彼此之间不存在任何交流的努力，而只有双方对彼此的恐惧与厌恶。在这种场合下，想要了解"真实的印度"是不可能的，因为"你的一举一动都逃不掉他们的注意，一直得等到他们完全确信你跟他们是一路人才肯罢休"⑤。这里的"他们"指的是殖民者，但是在被殖民的一方也存在同样的情况。所有人都在暗中观察，所有人也都是殖民话语的受害者而又不自觉地加害别人。这就是集体记忆对个体记忆的操纵，而个体通常对于这一操纵处于无意识的状态。莫尔太太与阿黛拉很明显对这一点有所觉察，但是这种觉察并没有使她们摆脱这一困境，反而让她们陷入一种深刻的身份危机。

第二节 印度之行与自我追寻

《印度之行》前两个部分的情节发展主要由一明一暗两条线索不断推进：明线是阿黛拉对真实印度的追寻，而暗线则是其对真实自我的追寻。这里的明线与暗线的区分主要包含两层含义：其一，明线只是阿黛拉表面上（在其他人看来）在做的事情，而暗线则是她实际上（内心深处）在做的事情；其二，明线是阿黛拉有意识在做的事情，而暗线则只是其朦胧地感觉到而并没有清晰地意识到她实际上正在做的事情。这两条线索是互相交织、彼此推进的。对真实自我的追寻实际上是在追寻对自身的真实感受的明晰状态，而真实感受意味着这种感受是发自内心的，是自我在自由状态下的最直接的感受，换言之，真实感受是一种未经任何

---

① 福斯特：《印度之行》，前引书，第38页。
② 福斯特：《印度之行》，前引书，第39页。
③ 福斯特：《印度之行》，前引书，第30页。
④ 福斯特：《印度之行》，前引书，第42—43页。
⑤ 福斯特：《印度之行》，前引书，第57页。

英国维多利亚小说中的文化记忆研究

文化或社会的加工与操纵的个体性的感受。从记忆理论的角度来看，我们会对这种真实的感受有更好的把握。

哈布瓦赫集体记忆这一概念的提出为记忆研究打开了一个新的局面，但是对集体阐释框架的唯一性的强调则使其完全忽视了记忆的个体性的一面。扬·阿斯曼在结构主义的道路上进一步发展了记忆理论，提出了文化记忆理论。他依据结构主义语言学的理论框架将记忆解释为一种文本，而记忆如果像语言一样作为一种社会性、结构性的存在，那么记忆也只有在特定的社会框架与文化框架之下才能获得其稳定的意义。因而，在记忆活动中"我们不仅进入了自己最隐秘的内在生活的深处，而且在内在生活中引入了一种秩序、一种结构，这种秩序和结构受制于社会条件并将我们与社会联系起来"①。在上一节中我们已经看到了集体阐释框架对个体记忆的操纵与利用。

然而，扬·阿斯曼在发展哈布瓦赫的集体记忆理论的同时，也纠正了前者过分强调记忆的社会参照框架，而忽略了记忆的个体性基础的这一错误的极端倾向。因为对于记忆的感觉永远是个体性的，是与身体紧密相连的，而"思想只有变得具体可感知才能进入记忆，成为记忆的对象，概念与图像在这个过程中融为一体"②。虽然个体只有置身于集体才能获得身份的稳定性与自我的连续性，但是其永远保有对记忆与自我最直接的也是在某种程度上最真实的感觉，只不过这种真实的感觉或真实的自我往往处于一种被压制与被屏蔽的状态，这是每一个人所面临的情况，这也是《印度之行》中的每一个人物所面临的情况，而阿黛拉只不过通过某种方式打破了外界的束缚，重新找到了真实的自我。这种追寻明显地具有一种破坏性，甚至是毁灭性的力量，因此她最后的收获与她付出的代价同样都是十分巨大的。

阿黛拉的印度之行的目的是来印度了解工作状态中的罗尼以及英国人在印度的生活情况，以便决定自己是否要嫁给罗尼，因为嫁给他就意味着未来很长一段时间都要和他一起在印度生活。阿黛拉身上具有明显的浪漫主义色彩，像《霍华德庄园》中的海伦或者《看得见风景的房间》中的露西一样，此时正值风华正茂而又不谙世事，因此，印度之行在她眼里是一次冒险而非简单的旅行，她为此行设立了一个远大的目标，就

---

① 扬·阿斯曼:《宗教与文化记忆》，前引书，第2页。
② 扬·阿斯曼:《文化记忆：早期高级文化的文字、回忆和政治身份》，金寿福等译，北京：北京大学出版社，2015年，第30页。

是要看看真实的印度。然而，她刚来印度的经验告诉她，如果她想看到真实的印度，她首先要摆脱当地的殖民社会对她的束缚。殖民社会中所弥漫的帝国记忆与帝国主义话语使得看到真实的印度成为一件不可能的事。俱乐部中的很多女性来到印度之后并没有真正地和印度接触过，她们学习印度语也"不过只是为了对她的用人们发号施令"①。因为她们自认为在印度除了"一两位拉尼"之外她们"比所有的人都高贵"②。

阿黛拉拒绝成为这样的人，也同样拒绝接受这样的生活。这样的生活毫无疑问会给人极大的安全感，并且在其他人眼里是一种令人尊敬的、舒适的上流社会生活。但是这种生活的代价就是要将自己完全封闭起来，把心灵封锁在一个坚不可摧的堡垒之内，虽然这一堡垒无法被攻破，但堡垒中的驻守者也永远无法冲出堡垒："真实的印度就这样不知不觉间从他们身边滑过。印度那独特的色彩将会残留下来……她将看到这一切。可是那隐藏于色彩和姿态背后的力量却将从她眼前逃过，甚至比现在逃得还要更加干净彻底。"③ 阿黛拉想要看到的是"印度的灵魂"，但是她同时也清楚地觉察到"她已经碰到了一种既阴险又顽固的势力的阻挠"④。这一阴险又顽固的势力就是先她而来的那些英印人，以及他们所秉持的帝国记忆与帝国主义话语，而这种帝国记忆使他们"吃的都是同样的菜式，接触到的也都是同样的思想，同样被人好意地奚落，直到真心接受了那套公认的宗旨并开始奚落起别人来为止"⑤。

阿黛拉对真实印度的追寻实际上就是对真实自我的追寻，因为认知者与被认知的对象之间的关系是密不可分的，甚至对这两者进行任何区分都是没有意义也没有必要的。国家作为如语言、风俗与历史一样的观念性存在，并不具有一个本体论意义上的实体。作为一个观念性存在，印度就是那些印度人或其他来过甚至是听说过印度的人们所认为它是的那种东西。换言之，除了关于印度的观念，并不存在印度本身这样一个东西。因此，当阿黛拉试图追寻真实的印度时，她所追寻的实际上是关于印度的真实的观念，而真实在这里意味着这一观念是建立在与印度和印度人的直接接触而获得的经验之上的，而不是建立在被其他的社会或文化阐释框架过滤后的经验之上的。换句话说，一个真实的观念是建立

---

① 福斯特：《印度之行》，前引书，第48页。
② 福斯特：《印度之行》，前引书，第48页。
③ 福斯特：《印度之行》，前引书，第54—55页。
④ 福斯特：《印度之行》，前引书，第55页。
⑤ 福斯特：《印度之行》，前引书，第55页。

在最纯粹、直接的感官经验之上的,而不是建立在某些被加工过的间接经验之上的。因此,阿黛拉想要获得这样一种直接的个体性经验,她不仅要逃离其他的英印人对她的影响,更重要的是摆脱帝国记忆与帝国主义话语对她的潜移默化的影响。然而,当自我打破堡垒之后,获得的除了自由,随之而来的还有无尽的危险。因此,自我在可以真正脱离堡垒之前,必然要经历一段迷茫与挣扎的时期,而这正是阿黛拉即将面对的情况。

  在桥会彻底失败之后,阿黛拉和莫尔太太在菲尔丁的帮助下终于有机会和印度人进行一次交谈。聚会的地点是菲尔丁的国立中学,两位印度人是阿齐兹医生和戈德博尔教授。[①] 这次聚会在某种程度上可以说是成功的:"能参加这么一次'非同流俗'的聚会真是何等幸运啊,一切的陈规俗套全都抛在了脑后。"[②] 在这次聚会中,阿黛拉尽量规避英国人的身份,而只是作为个人发表观点。阿黛拉急于摆脱帝国记忆对她的束缚而追寻真实印度的心情使她"对于阿齐兹所说的一字一句都深信不疑,以她的天真无知,已经俨然将他当作了印度的化身"[③]。我们可以发现,阿黛拉在摆脱了一张罗网之后又陷入了另一张罗网:她"根本就不会想到他的观点也会有局限,他的方法也会不准确,也没有想到其实没有任何人可以成为印度的化身"[④]。阿黛拉还不具备对她所接收的经验进行一番全面的考察和恰当的阐释的批判性思考的能力。她全盘接受了阿齐兹的观点,以为从这一观点出发所看到的就是她一直追寻的真实的印度。她沉浸于这种观点的心情和她对俱乐部生活的反感之情简直如出一辙。然而,她并没有找到真实的印度,因为她还没有找到真实的自我。她此时的感受不是她的真实感受,而是被阿齐兹高涨的情绪浸染之后的感受。阿齐兹"情绪高涨""滔滔不绝""甚至口不择言,爆出粗口"的状态,反而被阿黛拉当作是"思想开放的明证",是"自由坦率的言谈"。[⑤]

  事实上,阿黛拉所陷入的还是原来那张她想极力逃离的帝国主义罗网,因为这张罗网不过是为了反抗帝国主义话语的统治而编织出来的。我们可以把这张罗网称为民族主义的罗网,它既是帝国主义的前身,也是帝国主义压迫下的产物。关于这一点,在阿黛拉对罗尼的态度上有着

---

  ① 戈德博尔教授是一位"德干婆罗门",也是一位印度教的忠实信徒。
  ② 福斯特:《印度之行》,前引书,第 80 页。
  ③ 福斯特:《印度之行》,前引书,第 86 页。
  ④ 福斯特:《印度之行》,前引书,第 86 页。
  ⑤ 福斯特:《印度之行》,前引书,第 86 页。

清晰的体现。罗尼的突然到来打破了聚会原本和谐的氛围，使得阿齐兹"激情的翅膀正在失去力量"①。但是罗尼怒气冲冲的态度激起了阿齐兹的反抗之心，为了不落下风，他故意表现得轻松自在，并表现出与阿黛拉亲昵的状态，还故意透露了阿黛拉将要离开印度的消息。② 阿黛拉将聚会不欢而散的责任都归咎于罗尼，并且注意到：

> 印度已经大大发展了他的性格当中她从来就没有好感的那些方面。他的自鸣得意，他的吹毛求疵，他对于细腻精微情感的缺乏，所有这些在热带的苍穹下都变本加厉了；与旧日的他相比，对于同事朋友们思想感情的变化他显得更加麻木不仁，更加确信他对他们的看法是绝对正确的，即便错的是他，那也无关紧要。……但凡是她提出的看法从来都无足轻重、不得要领，她的论点即便是确凿无疑的也是空洞无效的，她总是被他提醒他具备深厚的专业知识而她则全副阙如，提醒她即便是实际的经验阅历对她也没有丝毫助益，因为她根本就没有能力汲取其中的道理。③

阿黛拉对罗尼的评价总体上是符合事实的，但是这种评价正如罗尼之前评价阿齐兹一样，一个人心灵的实质就这样被抹杀了。阿黛拉对罗尼的态度具有一种明显的反抗姿态，而这一反抗毫无疑问是对帝国主义话语体系的反抗，这种反抗情绪将她推向了另一个极端。然而，人类的心灵却恰似一个钟摆，当它向一边摆得多高，它马上就会向另一边摆到同样的高度。

阿黛拉自己一腔怒火，决定告诉罗尼自己不打算和他结婚。虽然罗尼被"这个消息深深刺伤了"④，但是他却像一个绅士一样坦然接受了。阿黛拉"心下暗自惭愧"，她突然意识到"正如她自己一样，他相信人与人之间的关系神圣而不可侵犯"⑤。在阿黛拉决定和罗尼分道扬镳之际，她又想起了她的英国人身份，回忆起了她和罗尼旧日的美好时光："他们在第一次相见的时候就相互吸引，那发生在英国湖区那壮丽的景色之

---

① 福斯特：《印度之行》，前引书，第92页。
② 福斯特：《印度之行》，前引书，第94页。
③ 福斯特：《印度之行》，前引书，第97页。
④ 福斯特：《印度之行》，前引书，第101页。
⑤ 福斯特：《印度之行》，前引书，第101页。

间。"① 对过往经历的回忆,让阿黛拉重新审视罗尼以及自己与他之间的关系。阿黛拉与罗尼之后的谈话是小说中莫尔太太与阿齐兹的谈话之外,第二次摒弃了所有外在束缚的心与心之间的真实的交流,因为两个人都脱离了当下的语境而沉湎于旧日的美好时光。他们彼此确认"我们都是英国人",并承诺继续做朋友:

> 一旦相互交换了这一承诺,两人心里都感觉涌过一阵宽慰,然后宽慰感又转变为一股柔情,涌流回来。两人都因自己的诚实而软化,又开始感到孤独并自觉轻率起来。是经历,而非性格,将他们分开,作为人来说,他们俩并没有什么不同;确实,较之在空间上站得离他们最近的那些人,他们俩实际上是完全一样的。②

我们可以清楚地看到,英国中产阶级的集体记忆在发挥作用,阿黛拉把自己和罗尼又重划到了同一个阵营而与周围的印度社会区分开来,而接下来发生的一场意外事故则让阿黛拉完全回到了殖民者的阵营。在他们坐伯哈德老爷的车赶回家的途中,发生了一场意外车祸,但是谁也无法确定到底是什么导致了这次事故。德雷克小姐的车恰好路过,他们拦下并转乘了她的车回家。这场看起平常的事故在小说中具有明显的象征意义,并为小说的核心事件——马拉巴尔石窟事件——做了充分的铺垫,甚至可以看作马拉巴尔石窟事件的一次预演。对阿黛拉来说,这次意外向她展示了一个充满恐怖与危险的陌生世界,在其中她随时有可能遭遇突如其来的袭击,但却找不到袭击的源头。阿黛拉那刚刚走出堡垒的自我,在经历了一番犹豫和挣扎之后、在见识了外面世界的重重危险之后,又返回去了:"为了道别他本来已经松开了阿黛拉的手,现在又重新握住了……他们那坚决而又共同的紧握肯定有着重要的意味。"③ 阿黛拉收回了她之前的决定,并向莫尔太太宣布了他和罗尼的婚约。

阿黛拉深刻地明白了这样一个道理:"如果一个人做不到绝对的诚实,那他活在这个世上还有什么用呢?"④ 但是也正如莫尔太太敏锐捕捉到的一样,"阿黛拉这番话说的相当含混晦涩",因为她正处于"这种含

---

① 福斯特:《印度之行》,前引书,第 101 页。
② 福斯特:《印度之行》,前引书,第 102—103 页。
③ 福斯特:《印度之行》,前引书,第 113 页。
④ 福斯特:《印度之行》,前引书,第 118 页。

混不清、模糊不明的悔恨和疑虑"① 之中。她刚刚宣布与罗尼的婚约就意识到自己"错过了恰当的时机，再想回去已经不可能了"②。她如今像小动物一样被贴上了标签，而她从来都"蔑视任何形式的标签"③。她原本已经下定决心绝不做殖民社会中的那种人，因而当她阴差阳错地决定做那种人之后，她马上又陷入了深深的不安与焦虑。阿黛拉对真实印度的追寻，以及她在反抗或屈服于帝国记忆之间的不断徘徊，已经让她的精神极度紧张，而她此时的不安和今晚的事故事实上已经预示了接下来真正的危机的爆发。然而，很明显的，如果她不先深陷身份危机，她永远没有机会找到真实的自我。

第三节　身份危机与自我认知

批评家们对《印度之行》的各种解读没有达成一致的观点，而产生分歧的一个焦点就是如何解释马拉巴尔石窟与其中永恒回荡的回声的象征意义。马拉巴尔石窟以及其中的回声在小说中具有明显的神秘主义色彩：

> 在印度的有些地方倒是真有美妙无比的回声……但马拉巴尔石窟中的回声却全然不同，完全是毫无区别的嘈杂一片。不论是你说的是什么，回答你的都是同样单调的噪声，而且沿着石壁上上下下地颤动不已，直到被窟顶完全吸收进去才算作罢。如果一定要用人类的文字来表示，只能写作"嘣唔"，或者"啵－盎唔"，再或者"盎－嘣唔"——实在是单调乏味之极。不论是美好的祝愿，是彬彬有礼的谈吐，还是擤鼻涕抑或皮靴尖利的咯吱声，全都变成"嘣唔"的回声。④

马拉巴尔石窟之行是小说的核心事件，其重要地位可以这样表述：之前的所有事件都可以看作在为它的出现做准备，而之后的所有事件都

---

① 福斯特：《印度之行》，前引书，第118页。
② 福斯特：《印度之行》，前引书，第113页。
③ 福斯特：《印度之行》，前引书，第114页。
④ 福斯特：《印度之行》，前引书，第184页。

可以看作它本身的延伸或者它产生的结果。事实上，这样的说法意味着《印度之行》这部小说作为一个整体、作为一个连续的发展过程，在马拉巴尔石窟事件这里发生了一次断裂，随之而来的是为了弥合裂缝而对此前发展过程的重新组织与对进一步发展的重新定向。从记忆理论的视角出发，我们会清楚地看到，这样一种断裂恰恰是一次记忆的断裂。实际上，这一点在小说开篇作家就已经提示了我们："只有在南边，有一簇拳头和手指破土而出，中断了那无尽无休的铺展。这些拳头和手指就是马拉巴尔山，那些神奇的石窟就隐藏在山间。"① 就像马拉巴尔山中断了"无尽无休的"大地的铺展一样，马拉巴尔山之行打断了整个小说的进程以及其中所有人物角色原本连续的、自然的发展过程。这种中断不仅带来了普遍的、深刻的身份危机，更带来了一次重新认知自我的机会。

特雷西·平齐曼（Tracy Pintchman）指出，小说的最重要的内容是围绕马拉巴尔石窟事件展开的，他认识到"在不同人物对于马拉巴尔石窟事件以及其中的回声等象征的回应之中，所体现出的是他们所持有不同的，甚至是相互冲突的宇宙观与人生观，而这些这些观念本身也同时反映了他们所持有的不同的政治与社会立场"②。但是他错误地把马拉巴尔石窟事件抽离出其所处的历史局势，抽象地分析其中所包含的象征含义，从而就不可避免地在抽象的分析之后对不同人物所持的宇宙观与人生观进行排序，进而得出印度教思想优于其他的信仰体系的错误结论。福斯特在小说中批判的正是这种等级化与秩序化的帝国主义思想，而其所要达成的是对人性的更加全面和深刻的理解。因此，对马拉巴尔石窟事件不应只从不同人物的孤立的外部行为进行解读，而应将其置于每一个人物的内在经验，从互相联系与相互影响的角度来解读。

莫尔太太与阿黛拉是受马拉巴尔石窟与其中的回声最直接与最深刻的影响的两位女性角色，其他人物都是间接地受到影响，即其他人物实际上是受到莫尔太太和阿黛拉的精神变化的影响。马拉巴尔之行让莫尔太太与阿黛拉深陷身份危机。马拉巴尔石窟似乎具有一种神奇的力量，可以将一个人内心最隐蔽的部分暴露出来，即把他真实的欲望投射在眼前，并把他对未来的恐惧投射成现实：

---

① 福斯特：《印度之行》，前引书，第5页。

② Tracy Pintchman. "Snakes in the Cave: Religion and the Echo in E. M. Forster's A Passage to India". *Soundings: An Interdisciplinary Journal*, 1992, vol. 75, p. 62.

第十章 《印度之行》的记忆危机与身份建构

> 它们（石窟）本身没有任何特点，一无所有……洞里没什么好看的，你也根本什么都看不见，游客进洞后得一直等上五分钟，并且擦亮一根火柴后，才能看到点洞内的情形。一旦你擦亮一根火柴，石壁的深处也会马上升起另一团火焰，并朝着石壁的表面飘移过来，就像一个被囚禁的幽灵；那圆形洞窟内的墙壁被打磨得平滑无比，宛若镜面。这两团火焰慢慢接近，努力想融为一体，结果却只是徒然而已。①

进入石窟的人在宛如镜面的石壁上看到的影像就是自己内心隐秘的欲望与恐惧的投影，它被囚禁于石壁之中就恰似其被囚禁于他们的内心深处。因此，石窟内回荡的回声实际上是在人们的内心回荡，并且回声也绝不是交流失败的标志，而是自己内心深处的真实的感受向自己发出的声音。因此当自己可以真正地、诚实地面对自我，理解自我之时，才是回声消失之际。

莫尔太太精神上发生的变化可以帮助我们理解马拉巴尔石窟和其中的回声的真正作用。莫尔太太在马拉巴尔石窟中看到的实际上是自己即将步入死亡的事实，以及伴随死亡而来的无尽的虚无与恐惧：

> 她越是仔细回想刚才的经过，就越发觉得厌恶和恐惧……但那层层叠叠的可怕回声却以某种无以名状的方式彻底动摇了她对整个生活的把控……它们仿佛是在喃喃念诵："悲悯，虔诚，勇气——它们都存在，不过并没什么不同，淫猥和肮脏跟它们也是一回事。一切都存在，却全都毫无价值可言"。②

莫尔太太在这里感觉到的是一种虚无主义，而这种虚无主义不过是她在提前预知到自己即将死亡时感到的恐惧感的必然产物。这种对死亡的巨大恐惧摧毁了她的基督教信仰："那可怜的、渺小的、喋喋不休的基督教，而她知道所有的圣谕……其结果无非就是一声'嘣唎'。"③ 莫尔太太精神上的转变并不是任何外部力量作用的结果，而是

---

① 福斯特：《印度之行》，前引书，第 155 页。
② 福斯特：《印度之行》，前引书，第 186—187 页。
③ 福斯特：《印度之行》，前引书，第 187 页。

"近两个月来的情绪终于确定成型"① 的自然结果,因为在"自打她踏上印度的土地以来,祂(上帝)就一直经常不断地在她的头脑中浮现,但奇怪的是,祂却越来越难以让她感到满足了"②。莫尔太太陷入了深刻的身份危机,因为即将来临的死亡让她意识到,人类本身作为一段过程在宇宙的过程面前太过渺小,而那广漠无垠的宇宙、死亡以及死后的"一块远比日常经验巨大得多的领域"③ 让她惊恐不已。在死亡面前,基督教信仰显得不堪一击。不久之后莫尔太太在离开印度返回英国的轮船上去世了。

马拉巴尔石窟和其中的回声在阿黛拉的身上也产生了同样的效果。阿黛拉来到印度之后其精神也一直处于持续的不安与焦虑之中,并在两种冲突的集体记忆之间不断徘徊,哪怕她最终决定要嫁给罗尼之后,也还是处于深深的焦虑之中,而只不过这一焦虑的源头是被遮盖起来的。当她从第一个石窟出来之后,她的心思开始聚焦在她的婚事上,而后她又"把心思转向了她将来在昌德拉布尔的生活这一更加严肃的问题"④。她开始逐渐接近引起焦虑的源头了。当她进入第二个石窟之前,她突然清楚地意识到她"马上就要嫁给一个男人了,竟然并不爱他"⑤。这个想法让她心烦意乱,因为她现在处于进退两难的境地:解除婚约会造成太多麻烦,而没有爱情的婚姻又让她望而却步。阿黛拉就这样独自一人走进了一个石窟。当她再次出现时已经浑身是血并且神志不清,路过的德雷克小姐发现了她并开车载她回了城里。

在这里,作者将小说中的人物与小说外的读者放在了同样的位置,两者都无法确定在第二个石窟里到底发生什么,以及是什么导致了阿黛拉突然的精神失常。阿黛拉在第二个石窟中的经历变成了一段记忆的空白,这段空白打乱了小说中所有人的原本的生活,所有人都被卷入了对真相的争论。后结构主义者认为,这段记忆的空白与断裂是意义的不确定性的明证,因为其本身是拒绝任何阐释的;而结构主义者则认为,这象征着两种文化、两种社会制度之间的冲突,因此事件的当事人阿黛拉与阿齐兹的主体性也就随之被否定了。两种理论视角都因自身的局限而无法对这一事件给出完全令人信服的解读。从记忆理论的视角出发,我

---

① 福斯特:《印度之行》,前引书,第 188 页。
② 福斯特:《印度之行》,前引书,第 61 页。
③ 福斯特:《印度之行》,前引书,第 188 页。
④ 福斯特:《印度之行》,前引书,第 190 页。
⑤ 福斯特:《印度之行》,前引书,第 190 页。

第十章 《印度之行》的记忆危机与身份建构

们不仅可以看到围绕这一事件发生的文化上的冲突,还可以理解这一事件背后的真实原因及其真正的含义。

在对这一段记忆空白的阐释上,我们可以清楚地看到英国殖民的帝国记忆与印度人的民族记忆之间的剧烈冲突。除了阿黛拉与阿齐兹,没有任何目击证人或证据,因此所有对这一事件的真相的阐释都是基于自身的集体阐释框架的猜想,而每种猜想也都是无法证伪的。英国殖民者认为,一定是阿齐兹尾随阿黛拉进入石窟并试图非礼她;而印度人则站在阿齐兹的一边,认为这是英国人的阴谋,并且没有任何证据的判决是不公平的。对英国人和印度人双方而言,这一事件就像一个发泄口和导火索,使他们相互攻击、谩骂,甚至发生大规模的暴力冲突。然而,他们似乎并不关心事实的真相,因为他们早已认定了真相,并且绝不可能改变。就这样,这件事情的走向似乎与阿黛拉和阿齐兹两位当事人没有任何关系了。

对阿黛拉这一精神变化达成一种真正的理解是我们理解小说主题的关键。对于阿黛拉本人来说,她恢复意识之后首先面对的就是集体记忆对个体记忆的操纵。阿黛拉完全不记得到底发生了什么,她只能认同罗尼与其他英国人的判断,将他们的观点当作事实。这次事件就像此前发生的交通意外一样,将她重又推回帝国主义的罗网,而这是她一直以来一心想要逃离的。但是,石窟事件之后,阿黛拉的耳朵里就一直有嗡嗡的回声,而这回声正如我们在莫尔太太那里听到的,是阿黛拉内心深处的声音。每当阿黛拉认识到可能是自己犯了错误,阿齐兹是无辜的,她"耳朵里的回声"就会"好些了"[1]。因此,当阿黛拉在法庭上面对法官质询的时候,她决定抛弃此前心中的种种顾虑,"实话实说""而且只讲实话,无一字虚言"[2]。当她直面自己内心的感受时:

> 一旦她听到自己的声音,她就连这一点也不怕了。一种崭新而又未知的感觉在保护着她,就如同一身神奇的盔甲。她并不是在回想当时发生的一切,甚至也不是像通常的记忆那样想起当时的经过,而是仿佛重新回到了马拉巴尔山上……灾难性的那一天重新来到眼前,每一个细节无不纤毫毕现,然而此时此刻她感觉既身临其境,

---

[1] 福斯特:《印度之行》,前引书,第 256 页。
[2] 福斯特:《印度之行》,前引书,第 287 页。

同时却又置身事外，这种双重的关系为其涂上了一层无以名状的光彩。①

阿黛拉站在了一个新的视角，一个忠实于自己真实感受的视角重新整理了自己的记忆，弥合了断裂而重新赋予了自我连续性。这一视角让她有一种既身临其境又置身事外的感觉。阿黛拉对自我的认知发展到了一个新的阶段，一个更高的和更完备的阶段：随着自我认知过程的进展，自我不再满足于仅仅认知外部世界，而是开始认识其自身。自我既是主体又是客体，它开始自由地认识自身。阿黛拉最终承认是自己犯了可怕的错误，并撤回了所有的起诉。事后当阿黛拉和菲尔丁讨论她当时的心理变化时，阿黛拉说："今天所有的不幸当中至少有一大幸事：我心里再没有任何秘密了。我耳朵里的回声已经消失了。"② 嗡嗡作响的回声并不是对阿黛拉隐藏秘密的惩罚，而是秘密本身。阿黛拉不仅成功地走出身份危机，对于自我的认知也进入了一个全新的阶段。

自我本质上就是心灵或者精神的活动，对真实印度的追寻就是对真实自我的追寻，而对真实自我的追寻就是对心灵活动方式的理解。因而，真正重要的不是弄清楚在石窟中到底发生了什么，而是理解自己心灵活动的方式。阿黛拉对自我认知的提升使她最终摆脱了此前一直困扰她的帝国记忆与帝国主义话语对她的束缚，而这种认知自我的新方式是不被当前冲突的任何一方接纳的。英国人阿黛拉"已经背弃了她自己的同胞"③，印度也已经被民族主义的情感点燃，虽然阿黛拉在法庭上的真诚使阿齐兹与印度最终大获全胜，但是"一旦印度人决计忽视他们的统治者，他们也就真的意识不到他们的存在了。在由她一手创造的这个宇宙中根本就没有她的一席之地"④。因此，阿黛拉在被菲尔丁短暂收留之后，就与罗尼解除了婚约，并最终返回英国开始了新的生活。

《印度之行》中另一个备受争议的焦点问题就是如何解释小说结尾阿齐兹与菲尔丁的分道扬镳。从记忆理论与自我认知的角度出发，我们可以很清楚地看到，这一结局是马拉巴尔石窟事件的必然结果。马拉巴尔石窟事件造成了普遍的记忆断裂与身份危机。尽管阿齐兹和菲尔丁并没

---

① 福斯特：《印度之行》，前引书，第 288 页。
② 福斯特：《印度之行》，前引书，第 303 页。
③ 福斯特：《印度之行》，前引书，第 293 页。
④ 福斯特：《印度之行》，前引书，第 293 页。

有像阿黛拉一样真正地经历这种记忆的缺失，但他们被深深地卷入了这个漩涡，并在其中经历了深刻的身份危机。然而，他们并没有像阿黛拉一样通过自我认知的提升走出危机并重赋记忆与自我以连续性，而是分别走向了不同的且相互冲突的集体记忆以重获身份的稳定性：阿齐兹走向了民族主义和他的伊斯兰教信仰，而菲尔丁重拾理性主义并回归了他的英国中产阶级生活。当然，这两种选择也是建立在对自我重新认知的基础之上而做出的。

在庭审之后，"菲尔丁发现自己被越来越深地拖入到奎斯蒂德小姐的事务当中"[①]。他将阿黛拉在庭审上的举动视为英雄之举："她这番作为真不愧使她成为一位民族女英雄"[②]，菲尔丁与阿黛拉在庭审之后的交谈是他一直想要达成的"平等交流式的倾心交谈"，并且他践行了他坚信的信条，即"唯有凭借善意再加上文化和智慧，才是实现这种交往的最佳途径"[③]。因此，菲尔丁说服阿齐兹放弃了对阿黛拉的索赔，因为在他看来这才是绅士之举，但是他忽视了一个重要的事实，即阿齐兹并不是英国绅士。菲尔丁坚信的理性主义与阿齐兹对情感的诉诸之间存在根本的冲突："阿齐兹没有证据观念。他的观念就是一系列情绪变化的结果，也悲剧性地导致了他本人与其英国朋友间关系的冷淡。"[④] 菲尔丁也逐渐发现阿齐兹态度中明显的敌意。[⑤] 菲尔丁虽然并不是一个帝国主义者，但是其所秉持的理性主义已经可以清楚地显示出他的欧洲中心主义的倾向："地中海堪称人类的范例"[⑥]。他认为这里才有真正的形式之美，而"在一个清真寺里，形式只是在这里或是那里断断续续地偶尔一见，因此而变得游移不定甚至呆板僵硬"[⑦]。因此，他将这种对形式之美的奇妙感受以明信片的形式邮寄给了他那些无缘享受这种欢欣的印度朋友，"而正是这一点造成了他们之间严重的隔阂"[⑧]。

在阿齐兹看来，菲尔丁的这一系列举动都是对朋友的背叛：他重新接受俱乐部入选的安排，他对阿黛拉表示同情、认可甚至赞美，以及其他的所有细节。阿齐兹对英国人的刻骨仇恨使他在马拉巴尔事件之后

---

① 福斯特：《印度之行》，前引书，第 327 页。
② 福斯特：《印度之行》，前引书，第 320 页。
③ 福斯特：《印度之行》，前引书，第 73 页。
④ 福斯特：《印度之行》，前引书，第 344 页。
⑤ 福斯特：《印度之行》，前引书，第 355 页。
⑥ 福斯特：《印度之行》，前引书，第 358 页。
⑦ 福斯特：《印度之行》，前引书，第 357 页。
⑧ 福斯特：《印度之行》，前引书，第 358 页。

"终于是个印度人了"①，而他的印度式思维方式是菲尔丁这样的"西方人无法理解的"②。因此，即便当阿齐兹重新见到菲尔丁并消除了他们之间的误会，即菲尔丁并没有和阿黛拉而是和莫尔太太的女儿结婚了，他仍然宣称："不管你娶的是谁，请不要再跟着我们了。我不希望任何一个英国男人或是英国女人成为我的朋友。"③ 因此，阿齐兹与菲尔丁在小说结尾之所以还"不能成为朋友"，是因为他们走向了相互冲突的集体记忆以寻求内心的平静的必然结果，他们周围的一切都在说"'不，还不是时候'"，"头顶上的天空则应和道，'不，并不在这里'"④。这事实上呼应了小说开篇阿齐兹与他的朋友之间的讨论，印度人跟英国人交朋友"在英国是有可能的"，而在印度是"不可能"的。⑤ 造成这种"不可能"的真实原因并不是印度本身，而是弥漫在整个印度的帝国记忆与殖民统治以及由此而产生的普遍的记忆危机。

小　结

《印度之行》通过描绘两位英国女性的印度之行，为读者展现了印度社会在帝国主义统治之下存在的普遍的记忆危机与身份危机。这部小说不仅仅是对帝国记忆与帝国主义话语的批判，同时也通过阿黛拉的自我认知的发展为我们指出了一条摆脱集体记忆束缚、走向真实自我的道路。印度社会经历的记忆危机与身份危机，所指向的是帝国主义话语对人类精神的普通压制。在帝国主义话语逻辑走向极端的时候，帝国主义者自身也成为受害者、受压迫者。打破僵局的方法并不是向前冲破迷雾，而是退后一步，重新审视自身原有的观念的意识形态本质。审视的基础是个体记忆所具有的最直观、最真实的感觉。阿黛拉正是通过个体记忆的这种指引完成了对文化记忆的帝国主义本质的批判，并重建了自我的身份。

---

① 福斯特：《印度之行》，前引书，第 373 页。
② 福斯特：《印度之行》，前引书，第 354 页。
③ 福斯特：《印度之行》，前引书，第 385 页。
④ 福斯特：《印度之行》，前引书，第 410–411 页。
⑤ 福斯特：《印度之行》，前引书，第 7 页。

第十一章 《还乡》的乡村与"冷热"文化记忆

约翰·密尔（John Mill）在《时代精神》（*The Spirit of the Age*，1831）中指出："当前时代的首要特点之一是，这是一个过渡时代。人类已经摆脱了旧体制和旧学说，但尚未获得新的。"① 诺拉也认为，19世纪是一个加速的时代，"植根于传统、风俗与流传下的东西已被撕裂、被历史波浪冲刷掉了"②。随着变化而来的是记忆和传统的丧失，人们面临是保留传统，还是抛弃过去继续前进的时代问题。在进步与传统之间，人们面临一种撕裂感，既感叹过去的逝去，又欣喜于社会的进步。归根结底，如何记忆过去和看待传统是维多利亚时代人们思想的核心。

维多利亚时代晚期著名作家托马斯·哈代的一生刚好跨越了这个充满巨变的维多利亚时代。他出生于19世纪40年代，卒于20世纪20年代末。他的创作生涯也跨越了维多利亚时代中期、后期，爱德华时代和乔治王朝时期和第一次世界大战。带着青少年时期对乡村文化和民间传统的记忆，哈代出版了著名的威塞克斯（Wessex）系列作品，并成为一位受欢迎的地域小说家。可以说，如果19世纪面临的最大问题是如何从"过去"向"未来"过渡和转型的问题，那么哈代的作品则为这种过渡提供了见证。《还乡》（*The Return of the Native*，1878）是哈代的第六部小说，普遍被学界认为是哈代的转型之作，真正树立了其悲剧风格，是哈代"最接近完美的艺术作品"③。《还乡》中的荒原意象和仪式特征一直是学者们争相讨论的焦点。D. H. 劳伦斯（D. H. Lawrence）将埃顿荒原视为小说悲剧力量的主要来源，认为小说中主人公的命运都受到

---

① 约翰·密尔：《时代精神》，王平等译，上海：上海人民出版社，2021年，第1页。
② 皮埃尔·诺拉：《历史与记忆之间：记忆场》，韩尚译，载《文化记忆理论读本》，阿斯特莉特·埃尔编，北京：北京大学出版社，2012年，第94页。
③ 转引自聂珍钊，刘富丽：《哈代学术史研究》，南京：译林出版社，2014年，第96页。

荒原原始力量的左右。①邹文新在埃顿荒原的自然描写与时代巨变之间找到了一种耦合关系，认为小说中两位主角的遭遇反映了身处自然之中的现代性人所面临的精神困境，并将他们的难题归为"现代的痛苦"②。张一鸣在探讨19世纪地质学对哈代小说创作的影响时指出，《还乡》第一章对埃顿荒原千年不变的蛮荒状态的描述，采用了一种穿越"历史地层"式的视角，并认为这种视角赋予了哈代小说一种浓郁的历史意识。③崔西·弗古森（Trish Ferguson）聚焦小说中的篝火仪式，追溯了篝火仪式的历史，分析了篝火所具有的政治意义，认为小说中的篝火仪式是一种反叛行为，表达了法国大革命以后英国所面临的复杂而分裂的激进氛围。④滕爱云认为，哈代使用民间文化赋予了小说狂欢化的特征，建构了小说的命运观念和哥特风格。⑤陈珍具体考察了哈代小说中的民俗事象与小说叙事之间的互动关系，认为哈代的民俗场景既构成小说细节、刻画人物形象，又规定了故事的发展脉络和人物命运的轨迹。⑥

小说中，埃顿荒原具有巨大的象征意义，它既为小说的情节发展提供具有悲剧色彩的背景，又有助于影射19世纪维多利亚社会所经历的变化和过渡状态。同时，小说中的埃顿荒原上生活着一群"快乐英格兰"村民，沿袭着一些古老的文化庆典仪式，如篝火晚会、假面戏、抓彩会、吉普赛舞会、五朔节庆祝，固守着一些古老的迷信和巫术等。哈代的民俗描写既烘托了小说的气氛，又推动了故事的发展，还预示了主人公的命运。尽管学者们研究了《还乡》中民俗事件的叙事功能，对民俗的主题意义却较少讨论。值得一提的是，即便在小说出版时，当时的读者也对哈代笔下的民间文化略感陌生。也就是说，这些民间文化和传统在维多利亚时代后期就已经面临被遗忘的危险，小说中远离尘世的荒原与在

---

① D. H. Lawrence. *Study of Thomas Hardy and Other Essays*. Cambridge: Cambridge University Press, 1985, p.172.

② 邹文新：《〈还乡〉中的自然与"现代的痛苦"》，载《外国文学》2021年第2期，第71页。

③ 张一鸣：《19世纪地质学对哈代小说创作的影响》，载《中南民族大学学报（人文社会科学版）》2016年第5期，第165—170页。

④ Trish Ferguson. "Bonfire Night in Thomas Hardy's *The Return of the Native*". *Nineteenth-Century Literature*, 2012, vol. 67, no. 1, pp. 87—107.

⑤ 滕爱云：《民间文化视域下的哈代小说研究》，天津：南开大学出版社，2016年，第14页。

⑥ 陈珍：《民俗事象与哈代小说叙事》，载《河北科技大学学报（社会科学版）》2017年第3期，第78—83页。

文本中重新复活的民间文化，都是作为面临遗忘的过去而存在的。

扬·阿斯曼在《文化记忆》中将文化记忆归为"热"回忆和"冷"回忆两种类型。这种分类方法源于列维－斯特劳斯关于"热"社会和"冷"社会的区分。列维－斯特劳斯认为，冷社会追求的是"可以借助于自身的社会机构，用一种近乎自动的方式，将历史因素对社会平稳和连续性可能产生的影响消解掉"[①]。而热社会的特点是永不知足地寻求改变。简单来说，冷社会指涉历史的冻结和传统的延续，而热社会指涉历史的变迁与社会的变革。基于此，扬·阿斯曼认为，文化记忆具有镇静和刺激两种作用，分别对应"冷"回忆和"热"回忆。他说："镇静作用为冷的类型服务，其重要作用是冻结变迁……其意义在于持续，而非断裂、突变和变迁。与此相反的是，刺激作用服务于热的类型。"[②] 阿斯曼在讨论中指出，回忆的神话动力具有使"冷回忆"向"热回忆"转化的重要作用，这也是回忆得以存活和延续的重要路径。

笔者认为，《还乡》中的埃顿荒原是混合了原始记忆和现代记忆的回忆空间，在这个空间里，风景、村民、仪式、习俗、观念和秩序以一种"冷"回忆的方式存在，成为冻结历史前进的力量，然而，在现代性入侵的过程中，这些冷回忆却丧失了保存和延续的火种。根据扬·阿斯曼的文化记忆理论，"冷"回忆需要在历史变迁中立足过去，面向未来，找到自己的叙事潜力并将其内化为前进的力量，才能保持其持久的传承性和延续性。小说中的仪式和习俗虽然有助于群体成员确认并强化群体身份和归属感，但却未能在历史潮流中完成自身的内能转化。哈代对此表达了不安和焦虑，也映射出维多利亚时代后期人们对行将消逝的民间传统记忆的不安情绪。

第一节 埃顿荒原流动的时间

雷蒙·威廉斯在《乡村与城市》中指出，哈代的小说中"总是有大量内容是关于旧乡村世界的：在风俗和记忆上是旧的，而且在感官上也

[①] 转引自扬·阿斯曼：《文化记忆：早期高级文化中的文字、回忆和政治身份》，前引书，第64页。

[②] 扬·阿斯曼：《文化记忆：早期高级文化中的文字、回忆和政治身份》，前引书，第66页。

是旧的，而这种观感来自新时代的意识教育，也即历史，甚至史前史的陈旧性：受过教育的人对变化的事实的意识"①。因此，"变化"在哈代小说中处于一个特别中心的位置。然而，《还乡》中的荒原却呈现出一种时间静止的面貌。小说的第一章却在一片亘古不变的、广袤的、古老的荒原描写中展开，全章未出现一个人物和任何情节发展的暗示。埃顿荒原被赋予了一种史前遗迹的古老面貌，这里一片蛮荒、满地石南和苔藓，充满了黑暗、朦胧和原始的色彩。在这一章的描述中，埃顿荒原具有一种穿越时间的特质，游离于历史变迁之外，拒绝变化，"文明进化是它的敌人"②，"具有一种亘古的恒久性"③。在这里的荒原描述中，哈代引入了地质、天文和进化等宇宙时间的概念，把荒原上的文明置于广阔的时间跨度内，赋予荒原一种史前景观或者末日景观的永恒特质。在这个荒原上，时间似乎像水一样流淌而过，似乎并未留下任何痕迹。我们发现不了人类文明居住的痕迹，所见之处只有蔓延的石南和苔藓，就如小说所言，某些人曾经尝试将荒地改造成耕地，但是一两年后，石南荆丛依然顽强地重新生长出来，将人类施加的痕迹抹除干净。

即便在后面融入了村民生活场景的荒原描写中，人们对时间的捕捉能力也呈现出一种退化状态。"有许多日子里，许多礼拜里，太阳的升起已从东北移到了东南，太阳的西落已从西北移到了西南；然而埃顿荒原的人们却几乎没注意到这个变化。"④ 在此，哈代同样使用开阔的宇宙时间观来描述天体的变化与时间之间的关系，但转而，他又试图指出人们对时间迟钝的感知力。在荒原上，时间更多的是靠人们对天象朴素而迟钝的感知能力，而非精确、统一的钟表时间。当尤斯塔西雅与克莱姆约会的时候，他们将月食开始的时刻作为赴约的信号。约会过程中，这对恋爱中的男女似乎对时间有了更加敏感的感知，然而他们的描述中，依旧是"沙漏里的沙差不多漏光了，月食也一点点大了"⑤。通过将沙漏与月食进行类比，更加凸显了当地将天象作为时间尺度的朴素做法。

西蒙·加特莱尔（Simon Gatrell）指出，并非荒原可以游离于时间

---

① 雷蒙·威廉斯：《乡村与城市》，前引书，第 270 页。
② 托马斯·哈代：《还乡》，孙予译，武汉：长江文艺出版社，2006 年，第 7 页。
③ 托马斯·哈代：《还乡》，前引书，第 7 页。
④ 托马斯·哈代：《还乡》，前引书，第 127 页。
⑤ 托马斯·哈代：《还乡》，前引书，第 238 页。

第十一章 《还乡》的乡村与"冷热"文化记忆

之外，只是荒原上的时间，意义是比不得它在蓓蕾口或巴黎那般重大的。① 因此，荒原上冻结的时间构筑的是一个远离城市和现代的乡村慢节奏社会。时间的影响可以等同于现代化的侵扰。而时间的停滞，为哈代及维多利亚晚期的读者们保留了一个古老的记忆空间，用以复活一个即将消逝的过去传统。聂珍钊等也认为："这个同外部世界缺少联系的僻静落后的广袤荒原，所象征的就是按照残存下来的古老传统和秩序生存的整个威塞克斯农村社会。"② 荒原上的村民大体上在沿袭一种过去的习俗和乡村秩序传统。关于这一点，我们可以从荒原上的篝火仪式、家宴、巫术和人情纽带的留存与延续窥见一斑。

除此之外，生活在荒原上的人们有着不一致但却和谐的时间观，也就是说，他们依旧生活在时间标准化之前的时代。在他们的时代里，生活节奏非常缓慢，并不需要精确的时间，人们只需要借助太阳、月亮的更迭，观看天文气象即可维持一种生活的古老秩序，日出而作，日落而息。根据小说的描述，"在埃顿荒原上，一天的时辰是没个准的。不同的村庄在任何时刻对时间的说法都各不相同"③。荒原上的人们至少遵循四个不同的计时器：淑女店的钟、花落村的钟、坎特大爷的钟和老船长家的钟。在尤斯塔西雅参加的假面戏剧团前往约布赖特家参加宴会时，精确的表演时间变得必需，反而出现了时间上的混乱感。在小说中，淑女店的钟八点二十分的时候，花落村的钟八点十分，老船长家的钟是八点五分，而坎特大爷的表是差十分八点。由此，我们可以发现一个规律：越是现代的地方，时间过得越快；越是传统守旧的地区，时间过得越慢。淑女店的老板怀尔德夫曾经是一位受过现代教育的工程师，而淑女店的时间是最超前的。与此相反，坎特大爷的表是最慢的，因为坎特大爷是一个过去时代的象征，他代表着荒原的过去传统。坎特大爷被塑造为当地传统和文化记忆的保存者，他会唱古老的歌谣，会跳17、18世纪盛行的未奴哀舞、里尔舞，给新人唱欢迎歌。坎特大爷的每一次亮相均在古老的习俗活动中，可以说，他是荒原乡村记忆和民间传统的践行者和传播者。在坎特大爷身上，我们能窥见一个慢慢消逝的时代。此外，约布赖特一家和老船长一家的钟表时间介于淑女店和坎特大爷的时钟之间。

---

① 西蒙·加特莱尔：《还乡：人物性格与自然环境》，潘润润译，载《哈代研究文集》，聂珍钊等编，南京：译林出版社，2014年，第210页。
② 聂珍钊，刘富丽：《哈代学术史研究》，前引书，第98页。
③ 托马斯·哈代：《还乡》，前引书，第155页。

这两家的共同点是，家族中的新一代成员克莱姆和尤斯塔西雅均接受过现代教育，但其家族仍然由老一辈"家长"管理。可以说，坎特大爷代表的是一个固化的、排外的、完整的乡村过去记忆共同体；淑女店代表的是一种前进的、现代的进步观念；而约布赖特和老船长两家则是一个糅合了现代与传统的两种时间观念叠加的记忆空间。

哈代在小说中进行了各种不同的时间构想方式，如时钟的时间、地质时间、天文时间、进化时间、感知时间等。他将这些时间进行叠加，消解掉了一种绝对的、线性的、精确的时间观念。19世纪是一个充满变化的时代，见证了地质学、天文学和考古学的发展。铁路的出现也颠覆了人们用路程距离来计算时间的方式。1825年，英国开始采用格林威治标准时间，1884年，世界各地都建立了标准时区。至此，时间在全球范围内得以统一和标准化。然而，在时间标准化之前，时间是通过观看太阳和月亮与地球之间的移动关系来进行计算的。事实是，每个村子由于所处的位置不同，对于太阳和月亮位置的捕捉是存在些许差异的，也就是说，每个村庄都有自己的当地时间，都遵循着不同的时间标准。斯蒂文·科恩（Steven Kern）指出，19世纪末20世纪初，人们原本普遍认为同质的、固定的和不可逆的时间，开始被认为是异质的、流动的和可逆的。[①] 荒原上的时间观念也被构想成一种流动的和非固定的样态。

威廉斯指出，19世纪的英国社会具有一种切实存在的流动性，但这种流行性并不完全，而且意味不明。[②] 在《还乡》中，荒原的时间概念变得非固定、非官方，甚至充满了流行性和可逆性。通过将时间倒拨，哈代构筑了一个关乎乡村过去的记忆共同体，表现为亘古不变的地质时间、村民迟钝朴素的天文时间和充满乡村民间文化的各种仪式、庆典和迷信。不同的时间标准实际上代表了不同的时代和不同的价值观，淑女店的超前时间象征着现代社会的快节奏，呈现为一种现代钟表的表现方式，体现了现代性对时间精确性的需求和对未来的掌控，而坎特大爷代表的村民则着眼于对过去的保存。小说将不同的时间平铺在当下，或追溯过去传统，或畅想未来发展，这种时间的并置将荒原上的社会置于一种流动的时代潮流之中，使人们在过去和未来两个时间空间内摇摆，并感受这种流动性。

---

① Steven Kern. *The Culture of Time and Space*, 1880-1918. Cambridge, M. A.: University of Harvard Press, 1983.

② 雷蒙·威廉斯：《乡村与城市》，前引书，第274页。

第二节 乡村习俗与文化"冷"回忆

韦斯利·科特（Wesley Kort）指出，哈代将叙事聚焦于荒原和上一代居民身上，就好像从那个地方和文化中可以找到对现在有用的东西一样。[①] 在《还乡》中，哈代对当地文化的挖掘和考古主要表现为对当地习俗的"复活"和"重演"。哈代的《还乡》融入了丰富的来自过去的、已被遗忘的民间传统和习俗，如篝火节、假面戏、抓彩会、吉普赛舞会、五朔节等民间大型庆典仪式。除此之外，还有诸如扔便鞋讨吉利、结婚送鹅毛褥子、给新婚夫妇唱祝愿歌、礼拜日理发、编辫纪事等小型民间传统，以及针扎巫婆放血解魔咒、火烧蜡像施巫蛊、弑蛇煎油治蛇伤等民间迷信等。从大型的集体庆典到小型的人人熟知并践行的小传统，以及未经医学检验但普遍流传的迷信医蛊巫术，这些民间仪式共同构成了集体纪念过去生活方式和习惯的一整套仪式。艾伦·泰特（Allen Tate）认为，哈代对乡村生活和民间传统非常了解，这种知识有助于哈代自觉地运用乡村素材构筑一个半神圣的世界，用以抵御来自工业主义和资本主义的侵蚀和影响。[②] 从这个意义上来看，哈代对乡村仪式的描述源自自己对田园生活的怀念，和对工业主义的拒斥。

聂珍钊指出，哈代 23 岁之前几乎没离开过故乡多塞特郡。"哈代不仅生活在一个关于美好的英格兰的古老传说里，而且亲身体验了那种具有宗法制特点的农村生活。"[③] 这就不难理解为什么哈代对乡村文化传统和习俗如此熟悉了。可以说，哈代青少年时期的威塞克斯农村传统秩序并未受到外来现代文明的冲击，古老的秩序依然存在。此外，哈代还经常听老一辈讲一些关于过去的传说、民间故事、奇闻轶事和古老风俗等。[④] 综合自身的乡村体验和老一辈村民的讲述，哈代不但获得了英国乡间习俗的记忆，还感受到民间故事、民间歌谣等民间口头文学叙事的

[①] Wesley Kort. *Place and Space in Modern Fiction*. Gainesville: University Press of Florida, 2004, p.28.
[②] Allen Tate. "Hardy's Philosophic Metaphors". *Southern Review*, 1940, vol.VI, pp.100—104.
[③] 聂珍钊：《托马斯·哈代小说研究：悲戚而刚毅的艺术家》，武汉：华中师范大学出版社，1992年，第22页。
[④] Desmond Hawkins. *Hardy's Wessex*. London: Macmillan Press. 1983.

巨大魅力。卡洛琳·莱夏克（Carolyn Lesjak）认为，通过挖掘过去的档案证据和另一个世界的痕迹，哈代在寻求乌托邦式的解放的可能性。①我们可以概括说，哈代通过自己的民间传统考古和复活计划，试图构筑记忆中古老的乡村传统，渴望这种传统在充满变化和流动性的维多利亚时代保存并延续下去。他捕捉到了现代性对乡村民间文化带来的冲击和影响，并试图以民间传统的挖掘来抵抗这种变化，以维持一种乡村共同体在情感上的归属性、文化上的持续性和记忆上的连续感。

扬·阿斯曼认为，文化记忆并非借助基因继承，它只能通过文化的手段一代又一代地传承下去，他进一步指出，文化记忆以回忆的方式进行，起初主要呈现在节日里的庆祝仪式中，因为仪式能促使一个群体记住强化他们身份的知识，而重复仪式的过程就是传承相关知识和文化记忆的过程。②仪式强调群体的共同参与性，具有重复性的特征。其共同参与性能够赋予群体成员一种归属感和融入感，而重复性有助于强化群体成员对过去的记忆，从而保证文化记忆的内容在时间洪流中的一致性，并最终达到延续群体文化记忆和培养群体身份认同的目的。维克特·特纳（Victor Turner）在《从仪式到戏剧》（*From Ritual to Theater*，1982）中也提出，仪式能够表达、固定和强化群体成员共同的信仰和价值观，有助于建立牢固的群体身份。③阿斯曼将"冷"回忆和"热"回忆视作不同的文化记忆类型和不同的记忆策略。"冷"回忆主要起镇静作用，用以冻结历史的变迁。换句话说，《还乡》中的仪式起到的一个重要作用就是抵消19世纪现代文明对乡村古老秩序的影响和冲击，是一种镇静和软化的作用。

哈布瓦赫认为，如果我们要保护一种文化传统和价值观念，我们就要"重视各种程式、象征、习俗，以及必须被不断重演和再现的仪式"④。而通过对民间仪式的"深描"，哈代再现了集体无意识的回归和一种被遗忘的文化记忆的复活。小说中多次对群体仪式的描述，都呈现出一种合作和共融的特点。书中提到，当坎特大爷和其他村民一起参加

---

① Carolyn Lesjak. *The Afterlife of Enclosure: British Realism, Character, and the Commons*. Stanford: Stanford University Press, 2021, p. 127.
② 转引自扬·阿斯曼：《文化记忆：早期高级文化中的文字、回忆和政治身份》，前引书，第87页。
③ Victor Turner. *From Ritual to Theater: The Human Seriousness of Play*. New York: Performing Arts Journal Publications, 1982.
④ 莫里斯·哈布瓦赫：《论集体记忆》，前引书，第207页。

篝火晚会的时候,"这一切让人觉得这些男人和孩子突然跳回到消逝了的过去年代,他们从过去撷取了一个时辰,在做一件过去曾在这儿发生过的事"①。我们可以将这个场景视为过去在当下的"复现"或者"现时化",通过共同参与一个古老的庆祝仪式,人们产生了一种让过去在当下复活的错觉,即群体文化记忆在仪式中得到了延续和继承。参与篝火晚会的成员是固定的,有年迈的坎特大爷、挖泥煤的汉弗莱、扎扫帚的道顿、砍荆条的费厄韦、沉迷于抓彩会的克里斯廷、对尤斯塔西塔实施巫蛊术的纳萨奇太太和知晓蛇油祛病民间疗法的萨姆。他们会一起前往淑女店为怀尔德夫唱新婚欢迎曲,会在约布赖特夫人被毒蛇咬伤时,捕捉蝰蛇煎出蛇油,用迷信的方式治疗蛇毒,也会欢快地参加五朔节的庆典仪式。这些人组成了乡村文化记忆共同体的核心,在他们群体内部,共享着他们所拥有的来自过去的文化记忆,从而使这个团体成员得以固定,其文化身份和群体归属感得到强化。参与仪式的每一个群体成员都成为文化记忆的受众、传播者和见证者。

小说中反复强调的一个画面就是载歌载舞的坎特大爷,其丰富的民谣吟唱成为文化记忆的存储器,代表了荒原上已消逝的时代记忆。塞缪尔·海因斯(Samuel Hynes)认为,民谣"意味着一个共享的社区和一个相对有限的区域内——不是欧洲或世界,而是一个村子、或县城、或一个部落——一些具有共同经历的同质性的群体"②。因为民谣是一种要求读者听的体裁,既具有文本性,又具有听觉性和现场性。约翰·休斯(John Hughes)认为,哈代所经历的时代错位在他对民谣的使用中清晰地显现出来。哈代对民谣的坚守反映了他在现代与传统、未来与过去两种文化记忆模式之间面临的历史困境。通过在小说和诗歌中融入丰富的古老民谣,哈代试图在加速变化的时代里抓住一些能够保留下来的东西。诺曼·阿肯思(Norman Arkans)进一步指出,哈代见证了歌谣在维多利亚时代的迅速消亡,这些歌谣对哈代来说,已经成为一种纪念以及维持连续性和稳定性的象征。③ 陈珍认为,哈代小说中的民谣及其他民俗书写具有刻画人物性格、叙述人物命运、铺垫叙事背景、推动情节发展

---

① 托马斯·哈代:《还乡》,前引书,第18页。
② Samuel Hynes. "The Hardy Tradition in Modern English Poetry". *The Sewanee Review*, 1980, vol. 88, p. 38.
③ Norman Arkans. "Hardy's Narrative Muse and the Ballad Connection". *Thomas Hardy Annual*, 1984, vol. 2, p. 135.

和揭示并深化主题的多重功能。[①] 哈代使用这些兼具听觉性、传诵性、文本性和仪式性的歌谣来保持文化记忆，试图让人们记住过去和传递记忆。就记忆术而言，民谣的听觉属性能够更强有力地唤起人们的情感和记忆。卡洛琳·伯德索尔（Carolyn Birdsall）指出，与视觉记忆相反，声音倾向于记忆的索引关系。换句话说，声音唤起的不是固定的线性叙述或图像，而是某种情绪或感觉，有助于唤醒听者对过去的联想。[②]

《还乡》中的乡间仪式、民谣和其他民间习俗确定并固化了群体成员对过去的延续，保证了他们稳定的身份感。阿斯曼认为，"冷"回忆的镇静作用主要表现为对历史变迁的冻结和对过去文化传统的延续。然而，文化记忆共同体除了具有共享性和归属性之外，还具有排外性，即他们拒绝历史的变迁。如上文所言，埃顿荒原是一个叠加了不同时间和空间的记忆场所，模拟了充满变化和流动的维多利亚社会。在面临变化和影响的时候，群体成员的排外特性也在文中得到了凸显，主要体现在群体成员对待现代知识和文化的态度上。他们抵制进步和知识，认为学校只会培养古怪的念头，写字唯一的效用就是把墙壁弄上污糟糟的涂鸦，觉得不学习识字，"乡村里照样一切过得好好的"[③]。在他们的评价中，曾经受过教育且具有工程师资格的怀尔德夫所学的知识根本派不上用场，读过书的克莱姆和尤斯塔西雅脑子里总有些古怪的念头。当克莱姆决定不再返回巴黎，打算留在荒原开设学堂的时候，村民觉得他根本无法实现这个计划，母亲约布赖特太太也觉得他的计划只不过是空中楼阁。这种对进步历史的断然拒绝，也是一种"冷"回忆方式，即在保存过去文化记忆延续性时，群体成员选择了对新文化的拒斥。

总之，通过仪式、民谣等民俗活动和民间传统，哈代将荒原上的部分居民塑造为一个具有共享价值观、共享集体记忆的共同体。他们在重复仪式和习俗的过程中，反复确认并强化其作为群体成员的身份，使文化记忆得以延续和传递。然而，这种文化记忆注定只能是"冷"回忆，虽然抵抗了历史的变迁，但是却难以在历史的变迁中焕发出新的生命力。

[①] 陈珍：《哈代威塞克斯小说对民间文学的互文妙用》，载《湖北社会科学》2013 年第 9 期，第 140—143 页。

[②] Carolyn Birdsall. "Earwitnessing: Sound Memories of the Nazi Period". *Sound Souvenirs: Audio Technologies, Memory and Cultural Practices*. Eds. Karin Bijsterveld and Jose van Dijck. Amsterdam: University of Amsterdam Press, 2009, p. 172.

[③] 托马斯·哈代：《还乡》，前引书，第 129 页。

阿姆斯特朗指出，在现代社会的侵蚀下，过去的形式带有一种悲怆感。[①]也就是说，现代历史的脚步是无法停止的，传统和过去的"冷"回忆只能在保留自身文化记忆延续性的基础上，接纳并融入新的文化，才能具有持久的生命力。

第三节 现代进程与文化"热"回忆

《还乡》中的乡村仪式和习俗呈现出对过去文化记忆的坚守和对新文化的拒斥，呈现出一种"冷"回忆的记忆策略。然而，"渴望改变"是现代社会的一个典型特征，现代人倾向于将历史"内化，使之成为社会发展的动力"[②]。扬·阿斯曼进一步指出，"以国家形式组织起来的文化倾向于在文化上'发热'"[③]。也就是说，国家经济、政治和社会政策的干预会促使历史发生断裂、突变和变迁，起到一种对现有文化的刺激性作用，从而引发社会群体价值观和文化心态的改变。19世纪兴起的达尔文进化论使当时的社会，尤其是知识界，产生了巨大的动荡，进一步影响了人们的历史观和社会进化观。人们倾向于认为，社会如物种一样，是从一个低级的文化状态向一个高级的文化状态演化。历史的进程无法停止，冷回忆得以保存和延续的唯一出路，就是在社会变迁中将自己的"冷回忆"内化为社会的动力，成为热回忆，从而在新的历史中产生新的阐释意义，获得生命力。在扬·阿斯曼的文化记忆概念中，"热"回忆"不是单纯地把过去作为产生于时间层面上的、对社会进行定向和控制的工具，而且还通过指涉过去获得有关自我定义的各种因素并为未来的期望和行动目标找到支撑点，我们称这样的回忆为'神话'"[④]。也就是说，从"冷"回忆转向"热"回忆的一个重要议题是如何立足过去面对未来，并在自身内部找到支撑点，内化为历史的力量进行延续。

威廉斯认为，如果我们仅仅把哈代当作一个地域小说家来看待，将

[①] Tim Armstrong. *Haunted Hardy: Poetry, History, Memory*. New York: Palgrave Publishers, 2000, p.3.

[②] 阿莱达·阿斯曼，扬·阿斯曼：《昨日重现——媒介与社会记忆》，陈玲玲译，载《文化记忆理论读本》，阿斯特莉特·埃尔编，北京：北京大学出版社，2012年，第36页。

[③] 扬·阿斯曼：《文化记忆：早期高级文化中的文字、回忆和政治身份》，前引书，第68页。

[④] 扬·阿斯曼：《文化记忆：早期高级文化中的文字、回忆和政治身份》，前引书，第75页。

他视为旧乡村文明最后的声音，那么我们就忽略了"变化"在他小说中的核心地位。[①] 我们还应该注意到，并非所有生活在埃顿荒原的人物都完全守旧。在人们的思想和观念中，也体现出社会价值观的流动。这种流动性不仅仅是土地改造、铁路修建、工厂设立等显性的社会改造工程，还体现在人们价值观的变化上。小说开篇，埃顿荒原虽然以一种与世隔绝、亘古不变的姿态出现，但是荒原上的人们却呈现出不同的文化价值观，而且我们能窥见人们对婚姻、家庭、金钱和事业观念的变迁。我们能够发现，荒原上人们的运动轨迹已经不再局限于乡村内部，人们谈话的内容也不仅仅全然关乎乡村内部的事务。尤斯塔西雅来自一个叫作蓓蕾口的海滨城市，克莱姆在城市求学，会法语和德语，曾在大都市巴黎做珠宝生意，怀尔德夫曾经在外地考取过工程师资格证，除此之外，我们还能得知，怀尔德夫的叔叔远居加拿大并打算把家人接到加拿大生活。由此可见，埃顿荒原虽然地处偏僻，但却不乏离乡和还乡的人们所带来的现代信息和彼岸想象。

阿姆斯特朗认为，哈代作品的价值在于他记录了历史中个人声音和集体话语之间困难的、常常是创伤性的关系，他拒绝简单地以降神会的方式把过去的一个声音或图像放在另一个旁边。[②] 因此，哈代将过去和未来放置在同一个空间，让过去遭遇未来，发生变化，并在动态的流动和对话中，让读者捕捉时代变迁的痕迹。小说标题名为"还乡"，就是在让过去回归，但却是回归到一个悄然发生变化的故乡。作为荒原之子，克莱姆在现代文明中遭遇挫败，选择回到埃顿荒原开办学堂，试图对荒蛮的村民进行文化改造。而尤斯塔西雅从城市搬回埃顿荒原以后，却恨透了这块荒凉无趣的"地狱"，急于寻找各种机会离开荒原。在两人的行动路线上，克莱姆试图从巴黎返回埃顿，尤斯塔西雅渴望借助克莱姆从埃顿前往巴黎。可以说，两人行动路线唯一的交叉点就在埃顿荒原。如果说荒原代表的是一种行将消逝的英国乡村，那么巴黎代表的就是现代文明，两者分属不同的文化空间、不同的时间层和不同的价值观念，表达了对待前进和保守的两种截然不同的态度。我们可以发现，荒原上的仪式在其群体成员内部具有极强的共享性和排他性，然而在其他村民的眼中，却呈现一种陌生与疏离感。换句话说，这个以坎特大爷为轴心的乡村文化记忆共同体仅仅局限于

---

① 雷蒙·威廉斯：《乡村与城市》，前引书，第270页。
② Tim Armstrong. *Haunted Hardy: Poetry, History, Memory*. New York: Palgrave Publishers, 2000, p.6.

部分下层村民。这些村民主要靠荒野谋生，或给上流社会家族当仆人，做一些砍荆条、挖泥煤、编扫帚等的工作。这些传统的劳作具有一个共同特点，那就是依赖于埃顿荒原的大地生长出来的石南荆条，呈现出一种古朴的人与自然互生共生的原始生活方式。

正如上文所论述的，哈代表述的是一种充满流动性的、复杂的价值观的变迁。这种变迁也反映在不同的仪式表演之中。我们可以发现，小说开篇的篝火庆祝仪式和尤斯塔西雅加入的吉普赛舞会都具有一种召回过去和回忆的效果。这些庆典仪式具有自发性、与具体节日的紧密关联性以及参与成员的自愿性。反观另一次主要的仪式——约布赖特太太为了庆祝儿子返乡，举办家宴，组织假面戏表演——则充满了异化色彩。假面戏表演是僵化的、刻板的、流于形式的，完全成为一套由习惯强制执行的毫无生气的陈旧的一系列动作。尤斯塔西雅认为现在的假面戏是一种"纯粹敷衍了事的娱乐活动"[1]。当假面戏表演结束以后，观众的反应也同样冷漠，"像演出者本人一样，不动感情地看罢了这出戏"[2]。在受邀村民的谈论中，我们得知，家宴中的庆典仪式已经失去了它原有的"庆祝"和"团结"的情感功能，取而代之的是一种具有阶级观念的"乐善好施"，正如小说所言，"她不加区别地将普通的乡邻和劳动者叫来，只是想让他们好好吃上一顿晚餐而已"[3]。由此可见，当仪式和庆典活动被置于一个渗入了现代观念的场域，仪式本身的意义已然发生了改变，再也无法发挥召唤过去、强化群体身份的功能。可以说，在一个处于现代性剧烈冲击的历史洪流中，这种隶属于"保存"和"延续"的文化力量面临着巨大的压力。迈克尔·米尔盖特（Michael Millgate）认为，通过叙事者，哈代尝试以一种人类学家的身份讲述一种正在消失的生活方式。[4] 哈代通过固化的民间仪式抵抗现代文明的历史进程，同时，哈代也将这些仪式置于现代文明的场景，描摹了由乡村居民价值观的变迁所引起的对待民间传统的不同态度。

知识被置于这种变化的旋涡中心。仪式的"冷"回忆作用得以发挥，是因为它们存在于并未拥有知识的群体成员之间。仪式对记忆召唤的失败，也恰恰是由于它被置于一个有着现代文明浸染的文化空间。约布赖

---

[1] 托马斯·哈代：《还乡》，前引书，第146页。
[2] 托马斯·哈代：《还乡》，前引书，第166页。
[3] 托马斯·哈代：《还乡》，前引书，第158页。
[4] Michael Millgate. *Thomas Hardy Reappraised: Essays in Honour of Michael Millgate*. Toronto：University of Toronto Press，2006，p.159.

特太太是一个"很有思想的女人"①，拥有一张能看到未来的脸庞。她虽早年丧夫，却自觉比本地村民高人一等，拥有眼界和学识，支持儿子学习知识，前往大城市。而且她的观念也是金钱至上，她留给侄女和儿子的遗产不是祖传纪念物，而是金钱。因此，约布赖特家是荒原上最具有现代气息的场域所在。这种现代性的强大气息消解了原始文化记忆和民间传统所具有的精神力量和生命力。

在小说的最后，代表现代文明的尤斯塔西雅和怀尔德夫均溺水身亡，具有现代意识的约布赖特夫人也因蛇毒去世。留在荒原上的是习惯了荒原古老生活的托马茜，经历了失明、砍荆条劳作早已与荒原融为一体的克莱姆，曾从事"稀罕、有趣、几近绝迹的行当"②的红土贩子，以及其他团结的乡村文化记忆共同体成员。小说的最后一卷以大团圆的五朔节欢庆场面结尾。小说中有这样的描写："在这儿英国人欢乐的本性特别生动地得到了表现，传统延续下来的这个每年一度很有典型意义的习俗在埃顿也得到了真实的体现。"③哈代在此畅想了一个现代文明失败而民间传统记忆得以保存和延续的结局。经历现代与传统的碰撞之后，留下的是一片传统回忆空间的复活。然而，这个完美的结局并非哈代的初衷。哈代看似团圆的大结局其实来自《贝尔格莱威亚》（Belgravia）杂志编辑对大团圆的坚持。对此，哈代本人也在脚注中对此进行了说明。④ 其实，在小说结局中，哈代依旧埋下了现代文明不死的种子，透露出他对传统文化记忆延续的不安和焦虑。首先，曾经从事古老的红土倒卖生意的维恩放弃了这一"几近绝迹的行当"⑤，并声称"赚钱是我惟一的目的"⑥。托马茜将怀尔德夫死后的巨额遗产全部被留给了唤作"尤斯塔西雅"的女儿。我们似乎能在小尤斯塔西雅身上看到另一个具有现代精神的尤斯塔西雅在重新复活，并成长为一股更加强劲的冲击力量。同时，作为乡村文化记忆共同体轴心的坎特大爷，只有一个儿子克里斯廷。然而，克里斯廷却被描述为是阉羊一样的存在，被剥夺了生育和传承的能力，暗示了民间传统文化记忆的无以为继。所以说，传统文化记忆依旧

---

① 托马斯·哈代：《还乡》，前引书，第212页。
② 托马斯·哈代：《还乡》，前引书，第10页。
③ 托马斯·哈代：《还乡》，前引书，第448页。
④ Michael Millgate. *Thomas Hardy Reappraised: Essays in Honour of Michael Millgate*. Toronto: University of Toronto Press, 2006, p.170.
⑤ 托马斯·哈代：《还乡》，前引书，第10页。
⑥ 托马斯·哈代：《还乡》，前引书，第457页。

面临重重危机，读者即便在大团圆的结局中，也能嗅到哈代隐隐的不安。在他眼中，民间传统文化记忆终究会面临僵死、丧失生命力的结局，因为这些文化记忆无法完成从"冷"回忆到"热"回忆的转化。

小　结

扬·阿斯曼通过援引《出埃及记》的文化传承故事，举例说明了"冷"回忆转化为"热"回忆的记忆策略，即神话化。他指出，神话和历史的区别在于，神话赋予了过去一种叙事功能，这种叙事功能面向未来，成为发展的动力和延续的基础，因为神话是为了借助有选择的记忆和历史，让人们在当下找到前进的方向，此外，神话还可以在文化记忆的传承过程中提供一种规范和定型作用。[①] 在《还乡》中，哈代在埃顿荒原上平铺了不同的时间层次，构建了一个压缩了不同时代文化记忆的回忆空间。小说中几乎把所有具有神话色彩的描述放在了尤斯塔西雅和克莱姆身上。尤斯塔西雅被塑造为具有反叛精神的希腊女王，但以失败告终。克莱姆则被塑造为一个俄狄浦斯似的人物，经历离乡、返乡、获罪、赎罪等一系列磨难，最终修成正果。克莱姆的学堂计划以失败告终，却被"神话"化为布道演讲的方式在荒原得以留存，并得到了受众的支持。在此，布道成为一种通过知识转化民间传统记忆的方式，从而达到将文化记忆内化成历史力量的目的。村民的习俗和仪式以一种"冷"回忆的方式在埃顿荒原继续存在，虽然能够在固化的乡村记忆共同体内部确认并强化群体身份和归属感，但却未能在充满变化的社会和历史中转化为具有生产性力量的"热"回忆。哈代对此表达了不安和焦虑，也映射出维多利亚时代后期人们对行将消逝的民间传统记忆的不安情绪。

---

① 扬·阿斯曼：《文化记忆：早期高级文化中的文字、回忆和政治身份》，前引书，第72—73页。

第十二章 《卡斯特桥市长》的"羊皮纸重写本"记忆模式

《卡斯特桥市长》(*The Mayor of Casterbridge*)出版于1886年,是哈代的第十部小说,被誉为哈代"第一部不可否认其伟大的作品"[①]。该小说第一次细致地描绘了"威塞克斯"(Wessex)的地形、风景、民俗和生活方式等社会风貌,记录了社会变迁,留下了时间流逝的痕迹。劳伦斯·勒纳尔(Laurence Lerner)认为,哈代将故事设置在一个与世隔绝般的乡村小镇——卡斯特桥市,刻画了处于巨大变革进程中的英格兰乡村。[②] 威廉斯在《乡村与城市》中也认为,哈代在小说中表现了英国乡村社会结构的复杂变化,以及这种变化带来的人物命运、价值观和生活习惯的变迁。[③] 聂珍钊指出,小说的两位主人公亨察德和伐尔弗雷分别代表了旧的农耕社会和新的现代社会。[④] 因此,卡斯特桥市就构建了一个新旧两股力量角力的场所。殷企平则认为,卡斯特桥市构建了一个新兴的共同体模型,表达了哈代融合两股社会力量的憧憬和思考。[⑤] 在此基础上,胡怡君提出,《卡斯特桥市长》呈现了以公开性、集体性和仪式性为特征的旧的共同体范式,和以功利主义、理性和商业为特征的新兴共同体范式,体现了英国乡村新旧交替的社会面貌。[⑥] 以上批评家均关注到了小说中不容忽视的两种社会力量,以及这两种社会力量所代表

[①] 转引自 Earl Ingersoll. "Writing and Memory in The Mayor of Casterbridge". *English Literature in Transition*, 1880-1920, 1990, vol. 33, no. 3, p. 299.

[②] Laurence Lerner. *Thomas Hardy's* The Mayor of Casterbridge: *Tragedy or Social History*? Sussex: Sussex University Press, 1975, p. 100.

[③] 雷蒙·威廉斯:《乡村与城市》,前引书,第270—275页。

[④] 聂珍钊:《哈代的小说创作与达尔文主义》,载《外国文学评论》2002年第2期,第91—99页。

[⑤] 殷企平:《想象共同体:卡斯特桥镇长的中心意义》,载《外国文学》2014年第3期,第44—51页。

[⑥] 胡怡君:《卖妻、巫术、斯基明顿与理性的商人:〈卡斯特桥市长〉里的共同体范式研究》,载《外国文学评论》2019年第2期,第182—199页。

第十二章　《卡斯特桥市长》的"羊皮纸重写本"记忆模式

的不同的文化价值观在卡斯特桥市的冲突与较量。

　　哈代将自己对时间和历史的感知注入了威塞克斯，如果把这一地域比作化石，读者可以在其中看到时间的层次和"岩页"。[①] 哈代特别关注生活中的"遗留物"（survivals），因为这些混合了不同时间层的残骸、遗迹和场所，就是他所理解和感知的世界的多孔性面貌。安德鲁·拉福德（Andrew Radford）认为："哈代艺术的本质是召唤时间的遗迹。"[②] 历史学家 R. J. 怀特（R. J. White）也认为，哈代是一位极具历史意识的作家，在他的整个文学生涯中，读者都很容易发现镌刻着祖先印记的地形。[③] 伊芙琳·哈代（Evelyn Hardy）指出："哈代不仅仅是作为一名考古学家对古代遗迹感兴趣，他可以富有想象力地穿透过去，给这些古老的灰蒙蒙的古董重新披上已消失的昨日壮丽色彩。"[④] 哈代作品中地理空间和时间记忆的关系为学者所关注，如安德烈亚斯·海森（Andreas Huyssen）指出，"因为城市是社会表达人们对过去和现在的时间感的主要战场"，"毕竟，城市是历史的重写本，既是时间在石头上的化身，又是记忆在时间和空间上延伸的场所"[⑤]。乔迪·格里菲斯（Jody Griffith）进一步指出，《卡斯特桥市长》"是一个文本艺术，其功能很像一个作为文化记忆储存库的建筑"[⑥]。以上研究均聚焦哈代在《卡斯特桥市长》中空间化时间的叙事特点，构架了不同的共同体范式，展现了不同社会力量的冲突或融合，以及亨察德和伐尔弗雷代表的两种社会价值观。

　　卡斯特桥市就是这样一个压缩了不同时间和记忆纹理的空间。我们在这里能看到不同时代的残余，或保持其历史的持久性，或被历史重新涂抹、着色，甚至覆盖。莱昂内尔·约翰逊（Lionel Johnson）认为，哈代描写的"威塞克斯"是一个"活的羊皮纸重写本"，一个"因历史时间

[①] 哈代不仅是小说家、诗人，也被公认为是优秀的考古学家和建筑师，是多塞特郡的古建筑保护协会和自然历史和古文物野外俱乐部成员。哈代曾在发现的罗马遗迹之上，设计和建造了自己的居所——麦克斯门（Max Gate），被视为罗马遗迹与现代建筑的融合的典型。

[②] Andrew D. Radford. *Thomas Hardy and the Survivals of Time*. Aldershot：Ashgate，2003，p. 29.

[③] 转引自 Martin J. P. Davies. *A Distant Prospect of Wessex：Archaeology and the Past in the Life and Works of Thomas Hardy*. Oxford：Archaeopress Publishing Ltd.，2011，p. 7.

[④] Evelyn Hardy. *Thomas Hardy：A Critical Biography*. London：Hogarth Press，1954，p. 196.

[⑤] Andreas Huyssen. *Present Pasts：Urban Palimpsests and the Politics of Memory*. Stanford：Stanford University Press，2003，p. 101.

[⑥] Jody Griffith. *Victorian Structures：Architecture，Society，and Narrative*. New York：SUNY Press，2020，p. 94.

的连续变迁而分层"的地方。① 然而，约翰逊的论述重在挖掘哈代对威塞克斯地方民俗风貌的描述，并未着力论述城镇中显示的多重时间、空间、记忆交织和重叠的时间纹理。本书认为，卡斯特桥市具有时间和记忆的多孔性和多层性，体现出"羊皮纸重写本"式记忆的交织、覆盖、涂抹关系。哈代构建的"羊皮纸重写本"叙述方式再现了维多利亚时代"新"与"旧"记忆之间的冲突和共存关系。

第一节 卡斯特桥市空间记忆的叠加

在剑桥词典中，"palimpsest"（羊皮纸重写本）一词起源于17世纪中叶，意为"非常古老的文本或文档，其中的文字反复被删除、覆盖或替换为新的文字"，"具有建立在彼此之上的多层次的意义和风格"。英国浪漫主义作家托马斯·德昆西将人的大脑比作一个羊皮纸重写本，认为人们"无数层的想法、图像和感觉像光一样轻柔地叠落在大脑中。每一层新的都似乎掩埋了之前的所有层次，但实际上没有一层会被消除掉"②。德昆西的描述突出了记忆所具有的多层重合概念和痕迹的持久性。卡莱尔在《论历史》（"On History"，1830）中也指出，过去的图像就是一幅密实的织物的图像，一个多层的状态、一堆数据的缠绞，类似于一张几乎无法辨认的复用羊皮纸。③ 在洛娃·凯兹格伦（Lovisa Kjerrgren）看来，当羊皮纸重写本被用作地理空间的隐喻时，我们可以阅读城市中过去和未来重叠的痕迹，无论这些层次是时间的、空间的，还是想象的。④ 哈代在《卡斯特桥市长》中，融合了他作为小说家、历史学家、建筑师和考古学家的多重身份，他笔下的卡斯特桥市是一个"羊皮纸重写本"城镇，城镇里的地形、建筑、习俗和居民都像一卷卷重复使用的羊皮卷，记载了来自不同时间层的信息和数据，使记忆以空间

---

① Lionel Johnson. *The Art of Thomas Hardy*. London: Elkin Mathews, 1894, pp. 96, 98.

② Thomas De Quincey. *Suspira De Profundis: Being a Sequel to the Confessions of an English Opium-eater and Other Miscellaneous Writings*. Edinburgh: Adam and Charles Black, 1871, p. 18.

③ 转引自阿莱达·阿斯曼：《回忆空间：文化记忆的形式和变迁》，前引书，第232页。

④ Lovisa Kjerrgren. "Layers of Land: The Palimpsest Concept in Relation to Landscape Architecture". *Bachelor's Project at the Department of Urban and Rural Development*. Uppsala, SLU, 2011, p. 5.

第十二章 《卡斯特桥市长》的"羊皮纸重写本"记忆模式

的方式进行存储,并置了"过去"和"现在"两个时间层。

卡斯特桥市建立在古罗马遗址之上,城市里布满了来自不同历史时期的废墟、文物和建筑,包括史前古墓、罗马遗迹、中世纪修道院、客栈、高地礼堂等。在哈代眼中,这些遗迹不但具有文物意义,而且具有文化上的联想功能。[①] 可以说,哈代利用这些建筑表达了记忆和历史与现在的关系。约翰·罗斯金(John Ruskin)认为,建筑在保持历史的连续性方面发挥着重要作用。他认为,诗歌和建筑都是过去的保存者,但是建筑更为强大,因为它有一个坚实的现实,能够以物理的形式连接现在和过去。[②] 在他看来,这些建筑上的文字记录是"存疑的"(doubtful),图案也是"无生命的"(lifeless),仅能提供冰冷的历史,与此同时,建筑的物理形态本身,历经岁月,记录了活的民族记忆。它们由生活在特定时期的人们用双手建造并雕刻,而且它们书写历史使用的"纸张"是坚固而不易腐蚀的大理石,足以抵抗时间的洗礼。在卡斯特桥市,这些历史建筑成为坚固的记忆承载之场,呈现出一种空间同时性,"无论是点缀在卡斯特桥周围遥远高地的土墩和土堡、传统民间传说、石化的有机遗迹,还是受到哥特复兴主义者威胁的中世纪教堂,都是哈代时间旅行的核心"[③]。建筑物的空间并置如沧海桑田,透过它们可以看到卡斯特桥市的时间层次和记忆纹理。

小说中的卡斯特桥是一个"罕见的古老的城镇"[④],"卡斯特桥的每条街道、每个巷子、每一片区域,都显示出古罗马风格。它看上去像罗马,展示了罗马的艺术,埋葬了罗马人的祖辈"[⑤]。在这个城市里,最为醒目的是一个罗马竞技场。"这个竞技场对于卡斯特桥而言,正如残废的可西里对于现代罗马一样,而且两者几乎一样雄伟。"[⑥] 哈代讲述了这个竞技场在历史上的用途的变化,展示了时间层在建筑上的叠加、涂抹和交织,它最初是一个竞技场所,被罗马人用于血腥的角斗,"在南面出口

[①] Thomas Hardy. *The Collected Letters of Thomas Hardy Volume Four 1909-1913*. Ed. Richard L. Purdy & Michael Millgate. Oxford: Clarendon Press, 1984, p.19.

[②] 详参约翰·罗斯金:《建筑的七盏明灯》,谷意译,济南:山东画报出版社,2012年,第288—291页。

[③] Andrew D. Radford. *Thomas Hardy and the Survivals of Time*. Aldershot: Ashgate, 2003, p.27.

[④] 托马斯·哈代:《卡斯特桥市长》,韩丽等译,北京:北京燕山出版社,2003年,第55页。

[⑤] 托马斯·哈代:《卡斯特桥市长》,前引书,第64页。

[⑥] 托马斯·哈代:《卡斯特桥市长》,前引书,第64页。

处，地下仍保留着几间密室，当年人们在这里招待参赛的牲畜和角斗士"①，举行过一些"残暴的比赛"②，也曾充当过市里的绞刑场所，"常有人大打出手，险些发生人命案"③，现在"仍有罪恶的勾当发生"④。从"当年"到"曾经"再到"现在"，竞技场经历了时间的迁移。竞技场的用途虽然发生了变化，但在不同的历史时期都与"斗争"、"血腥"或"不光彩"等记忆相连，不断地叠加书写，形成了仍然保留在生活在那里的人们的集体记忆——也就是在这个竞技场，亨察德安排了自己与苏珊不光彩的会面。

特定场所具有的集体记忆能够穿越代际和时间，具有强制性和持久性的标记，可以被视为羊皮纸重写本所具有的痕迹的持久性。即便竞技场最初的用途不断被新的用途取代，但是其暴力和邪恶的性质却历经几代人保留下来。通过建筑的废墟，过去侵入了现在，这些历史的遗留物扰乱了历史的进程，打破了过去与现在之间清晰的界限，体现了遗迹之上历史的连续性。在介绍罗马竞技场时，哈代写道："市郊和花园里，不消向下挖一二英尺，就不可能不碰到罗马帝国时代高大的士兵或其他什么人的遗体，他们默默无闻地躺在这里，安息了一千五百多年。"⑤ 在此，罗马竞技场成为整个卡斯特桥市的缩影，负载着古旧的历史感。19世纪的人类学家爱德华·泰勒（Edward. B. Tylor）在《原始文化》（*Primitive Cultures*，1871）中将这种经过代际不自觉保留下来的东西称作"遗留物"（survivals），具体指从一个初级文化阶段转移到另一个较晚阶段的仪式、习俗、观点等。⑥ 当然，这些遗留物除了指涉抽象的文化范畴，还包括具象的文物、建筑、服饰、饮食等。这些遗留物见证了人类从过去到现在的经历和记忆，因为它们构建了一个不同时间感并存的空间，产生了一种不稳定的、多孔的历史感。

---

① 托马斯·哈代：《卡斯特桥市长》，前引书，第65—66页。
② 托马斯·哈代：《卡斯特桥市长》，前引书，第65页。
③ 托马斯·哈代：《卡斯特桥市长》，前引书，第65页。
④ 托马斯·哈代：《卡斯特桥市长》，前引书，第65页。
⑤ 托马斯·哈代：《卡斯特桥市长》，前引书，第64页。
⑥ 爱德华·泰勒：《原始文化：神话、哲学、宗教、语言和习俗发展之研究》，连树声译，桂林：广西师范大学出版社，2005年，第11页。

第十二章 《卡斯特桥市长》的"羊皮纸重写本"记忆模式

第二节 记忆阴影下人物的叠加涂抹

罗斯金认为,建筑是"'记忆'这种神圣作用的聚焦处与护持者"①。但是,他也指出,建筑之所以具有如此强大的记忆功能,根本原因在于人类在历史中的干预。因此,《卡斯特桥市长》中过去在现在的延续和重复,不仅存在于带有历史感的古建筑,也存在于卡斯特桥市的居民身上。人物作为一种空间存在(spatial entity),在时间中呈现出叠加或者重复的现象。不管是人物的空间性重复还是时间性重复,在《卡斯特桥市长》中都表现为一种个人的、几代人之间的和家族的命运的叠加。亨察德18年前因酒醉而卖妻鬻女,这段过去一直困扰着他,让他活在愧疚和懊恼中。不仅如此,苏珊、露西塔、简、纽森,甚至见过他拍卖妻女事件的老妇人作为过去的见证,不断出现在他的当下,仿佛过去的记忆一再重复,每一次重复都再一次撕开过去的伤口,亨察德不得不再次经历创伤。

过去、历史和时间的重负在这些人物的刻画上表现为一种尼采式的带有差异的重复。苏珊、露西塔、简等不过是过去的回声,是过去的影子在现时空间的叠加,带有影影绰绰的色彩,但并不完全与前者相同。时间的无限延展性在哈代的小说中发展成为空间的封闭性,而空间却成为时间的迷宫。从人物功能来看,亨察德可以指涉一个具有多重时间层的记忆之场。厄尔·英格索尔(Earl Ingersoll)认为,亨察德代表了以口头传统为主要记忆方式的前现代文明,而伐尔弗雷则代表了以书写文字为记忆方式的现代文明,小说通过两者的商业和观念上的冲突展现了人们在记忆与经验结构方面的问题。② 格里菲斯甚至将亨察德比喻为小镇中具有多重历史层面的建筑物——高地礼堂。他认为,亨察德和这座房子一样,看起来风光华丽的外表和地位却掩盖了自己不光彩的过去。③在亨察德的个人历史和人物功能中,可以看到神话原型的反复描写,既类似命运多舛的索尔,也类似强壮却失败的参孙,同时还是困惑的受难者约伯以及充满愧疚的罪人该隐,哈代在用这些神话原型塑造同一人物

---

① 约翰·罗斯金:《建筑的七盏明灯》,前引书,第288页。
② Earl Ingersoll. "Writing and Memory in The Mayor of Casterbridge". *English Literature in Transition*,1880—1920,1990,vol. 33,no. 3,pp. 299-309.
③ Jody Griffith. *Victorian Structures: Architecture, Society, and Narrative*. New York: SUNY Press,2020,p. 109.

时反复地描写，让亨察德的命运具有了复杂的色彩。

约翰·欧文（John Irwin）曾将小说人物的重复分为空间性重复和时间性重复，前者是"某人成为当前另一人的一种空间重复的方式，而时间的双重性表现为某人在后来的时间中发现之前某个自己的重影，从而认识到他自己的处境只是前段生命宿命的重复"[1]。《卡斯特桥市长》中的人物简的描写也是过去的阴影投射到现在的不断重复。当苏珊和女儿回到威敦·普利奥斯村的时候，叙述者指出，母亲的特征在女儿的身上得到了"自然遗传"[2]。这里，女儿的形象与母亲重叠，仿佛18年前发生卖妻事件的那个早晨在重返之日重现，过去的记忆在下一代身上得以再现。黛尔·克莱默（Dale Kramer）认为，这也是一种前人在现在的回归，因为它明确地将当前个体行为与前人行为进行了联结。[3] 小说中，亨察德一直认为简是自己当年卖掉的女儿，直到苏珊去世后，他才得知自己的女儿早已夭折，简是纽森和苏珊的孩子。在这个意义上，简是已去世的孩子的替身，她成为过去的缺失之物的替代，她虽然以同样的名字取代了亨察德孩子的位置，但其命运也成为过去记忆的宿身。同时，简还有另一个双重性的存在——露西塔——她在母亲墓地看到这个跟自己看起来"一模一样，简直就是双胞胎"[4] 的女人。在简这个人物的描绘上，覆盖着三层不同的阴影，这些阴影也在彼此覆盖和涂改：既能看到年轻时被拍卖的母亲苏珊，也能看到当年被卖而早夭的简，甚至预见到伐尔弗雷爱上简的同时，也会爱上和简长得一模一样的露西塔。

露西塔在小说中是一个"幽灵"般的角色，在苏珊母女出现在卡斯特桥市之前，她是亨察德的情人，充当了苏珊的替身。在她与亨察德在罗马竞技场遗址上碰面的时候，亨察德回忆起他跟苏珊在此碰面的场景，并将露西塔与苏珊做了对比。同样的场景"使他灵魂深处的记忆完全复活了：另一个受他虐待的女人，当年也像这样站在这里，如今却永远地安息了"[5]。亨察德在相似的、循环的时空旅行中，看到了记忆的重复轨迹——对苏珊的记忆使他放弃了羞辱露西塔的报复计划，他将与露西塔

---

[1] John T. Irwin. *Doubling and Incest/Repetition and Revenge: A Speculative Reading of Faulkner*. Baltimore: The Johns Hopkins University Press, 1975, p. 55.
[2] 托马斯·哈代：《卡斯特桥市长》，前引书，第16页。
[3] Dale Kramer. "Introduction". *The Mayor of Casterbridge*. Ed. Thomas Hardy. London: Penguin, 1997, pp. xi–xxix.
[4] 托马斯·哈代：《卡斯特桥市长》，前引书，第124页。
[5] 托马斯·哈代：《卡斯特桥市长》，前引书，第234页。

的经历视作他和苏珊的经历的延续。基思·威尔逊（Keith Wilson）将这种人物身上上演的重叠视作涉及死者和记忆的"幻象"（phantasms）。他指出，这种"幻象"的重演实际上是一种过去的回归，通过幽灵般的痕迹扰乱人们的主体和身份。[1] 用这种方式，小说中的人物呈现出多重重影和幻象，层层叠加和涂抹，像极了建筑结构，积累了不同时间层的记忆和历史。因为每个人都代表一段过去和记忆，人物的身上不同角色的叠加也就是不同人物经历的累积。

小说中的人物大都处于被过去侵袭的状态，也呈现出多种不同的时间层。苏珊母女重新回到亨察德的生活，是一种过去的回归；但与此同时，亨察德也被纽森和露西塔的阴影困扰。因为纽森重新出现，简就会发现亨察德不是自己的亲生父亲，因此亨察德选择了隐瞒，并决定逃离卡斯特桥市。同样，在亨察德与苏珊母女一起生活时，露西塔又成为亨察德充满忌惮的来自过去的幽灵。但是，等到露西塔与伐尔弗雷结婚以后，她与亨察德的恋情则成为反复折磨她的过去。老妇人的回归也充满了这种幻象特质，"她是一个满脸长斑的老女人，披着一条说不清是什么颜色的围巾……戴着一顶粘糊糊的黑帽子"[2]。老妇人带着亨察德不堪回首的过去，出现在亨察德作为地方法官的法庭之上，如同神话故事中的复仇女巫——从"世界上最恐怖的地方"被逮捕而来，她歇斯底里，在法庭上高声叫嚣，像一个来自过去的恐怖幽灵，伴随她而来的还有恐怖的过去记忆和故事真相。

《卡斯特桥市长》中的人物在双重意义上被构建为"羊皮纸重写本"。每个人物似乎都是覆盖着其他角色的"重影"，并镌刻着属于另一个人的经历。从简的身上，可以看到她已逝的姐姐、年轻时的母亲以及露西塔的影子。通过这些"复写的幻象"在简的身上上演，哈代提醒读者注意附着在这些幻象上的记忆。过去的幽灵通过不断回归到当下扰乱当下的人生轨迹。通过这种羊皮纸重写本似的人物素描，哈代让过去不断侵入现在。与哈代笔下的建筑遗迹一样，人的身体同样成为过去在当下的活动场所。这种活动，一方面丰富了人物的层次，另一方面也表达了哈代的时空观，即每一个当下的人物和事物都镌刻着历史和记忆的痕迹。这些痕迹层层叠加、相互覆盖，但是记忆却并没有消失。

---

[1] Julian Wolfreys. *Victorian Hauntings: Spectrality, Gothic, the Uncanny and Literature*. London: Bloomsbury Publishing, 2017, p.115.
[2] 托马斯·哈代：《卡斯特桥市长》，前引书，第186页。

第三节　文化仪式的重复与传承

在《卡斯特桥市长》中，过去以不连贯的、破碎的、扭曲的、交织的方式层层累积在建筑和人物之上，说明过去可以侵扰现在、存在于现在，并对现在产生影响。在过去的回归中，时间也会发挥腐蚀作用，使原始的记忆变形和扭曲。正如哈代对古罗马竞技场的历史还原一样，不同年代的事件仅以不连贯的、碎片的形式作为集体记忆予以保留。小说中提到，"他们和现代人之间似乎有一道不可逾越的鸿沟"[1]，说明过去在当下已经变得不可恢复。但是，小说中描绘的人们古朴的田园生活方式、习俗和观念，却处处都暗示着卡斯特桥市的历史记忆在居民脑海中仍然鲜活。

大卫·马歇尔（David Marshall）认为："在学术界，羊皮纸重写本已经成为描述城市的隐喻，既包括城市的物理形态，也包括人们在城市空间日常生活的记忆和体验。羊皮纸重写本不仅提供了一种思考城市转型的方式，新的结构和与旧结构既并存着又相互作用，改变着居民的生活方式和文化观念。"[2] 因此，时间和记忆的多重结构不仅体现为物理形式的城市建筑、作为多重时间记忆载体的人们，也体现于人们的生活习俗、观念和习惯。泰勒认为："历史不仅是部落和民族的历史，而且也是知识发展的历史，宗教、艺术、习俗等的历史。"[3] 换句话说，原始的文化习俗也会在历史中得以保留，文明则成为过去的实践和经验在历史中层层叠加的表征。它是人类的观念和知识结构的缓慢累积，这种累积过程在当下的生活实践和仪式中以化石般分层的方式得以显现。

《卡斯特桥市长》中充满了对文化遗留物的痴迷，比如小说中使用的大量圣经原型、民间谚语、方言、民间习俗、仪式传统等。这些过去的文化遗留物在人们日常生活实践中的重新操演体现了卡斯特桥市人们生活中不同的时间纹理，也说明了历史经验的互动、交流和共存。小说中

---

[1] 托马斯·哈代：《卡斯特桥市长》，前引书，第64页。
[2] David J. Marshall. "Narrating Palimpsestic Spaces". *Environment and Planning A*, 2017, vol. 49, p. 1163.
[3] 爱德华·泰勒：《原始文化》，前引书，第4页。

描述了三个不同的旅馆：王权旅馆、三水手客栈和彼得芬阁旅店。这三个场所带有明显的阶级属性，分别对应上层阶级、中产阶级和下层阶级。胡怡君指出，这种泾渭分明的等级制度说明了英国典型的贵族－中间阶层－贫民劳工三层级乡村社会结构。[①] 从这个角度来看，三个旅店所代表的阶级分层也体现了前现代乡村制度在当下的遗留，这三个空间相应地具有固定阶层根深蒂固的仪式功能。彼得芬阁被称为"米克生巷的教堂"[②]，但这里并非一个进行宗教活动的场所。它之所以被称为教堂，是因为这是贫民最爱聚集的地方，他们在这里口述社区故事，并计划斯基明顿奸佞游行。这样看来，彼得芬阁具有一种原始口述时期居民行使其部落惩罚职能的仪式功能。三水手客栈被描述为卡斯特桥市的心脏，是每周日市民们参加宗教活动以后聚集的场所。小说中反复提到卡斯特桥市一直有着饮酒作乐的习俗，市民们每周日在三水手客栈的饮酒行为是一种周期性习惯性的具有高度仪式感的活动：固定的场所、每周日（主日）、使用一模一样的杯子、喝同样量的酒（刻意的严格限制自己只喝半品脱的酒）、讨论同样的内容。客栈里的桌椅摆放也颇为讲究，"像是古时候用石块在石堆上摆成圆圈一样"[③]，圆圈和亚瑟王的骑士会议相关，这种重复的周期式的聚会是平民对神话传说中亚瑟王传奇的摹仿。与此相比，贵族们光顾的王权旅馆举办的宴会则更具有现代的表演性质：市政高官们在宴会厅喝三种不同的饮料、享用丰盛的晚餐，饥饿的市民们则聚集在窗外观看这场宴会。王权旅馆的上层聚会类似于一场用于表演的傀儡戏或"木偶戏"[④]，窗外聚集的市民通过观看，参与了这场没有实质内容的仪式。这三个有着不同仪式的旅店，成为卡斯特桥市不同阶层塑造阶级认同、传递信息、传承记忆的场所。

重复的文化仪式有助于社会稳定，特定空间内的每一样东西、每一个人都有特定的位置，这种空间秩序代表着一个稳固的世界。但在卡斯特桥市反复的仪式生活下，新的力量却在向旧的传统不断发起进攻。亨察德的沦落和缺失打破了旧世界的平衡。伐尔弗雷引进新的播种机器，带来了现代科技思想，引入了具有数学模式、计算思维的商

[①] 胡怡君：《卖妻、巫术、斯基明顿与理性的商人：〈卡斯特桥市长〉里的共同体范式研究》，载《外国文学评论》2019 年第 2 期，第 182—199 页。

[②] 托马斯·哈代：《卡斯特桥市长》，前引书，第 239 页。

[③] 托马斯·哈代：《卡斯特桥市长》，前引书，第 215 页。

[④] Andrew D. Radford, *Thomas Hardy and the Survivals of Time*, Aldershot: Ashgate, 2003, p. 123.

业运作手段；而亨察德则一直坚守前现代家族式的商业管理方式，依靠人与人之间的信任纽带。格里菲斯认为，小说表面上是关于谁将成为市长、粮食生意负责人，以及露西塔丈夫的争斗，但这些争斗从根本上重演了旧的生育仪式，即旧的生育之神由于失去了生育的力量而被年轻的生育之神取代的故事。[1] 苏珊母女刚来到卡斯特桥市的时候，亨察德的干草生意就面临着玉米种子无法孕育出高质量粮食的难题，亨察德怀疑有人给自己下了蛊和诅咒，寻找魔法师孚尔先生来问卜天气，依据占卜来收售粮草，但伐尔弗雷的出现却奇迹般地解决了这个问题。在这个意义上，这种将庄稼收成、健康状况或事业成功寄托于占卜的民间传统，最终不敌现代的生产和思维方式。两人的个人冲突不仅隐含了守旧和激进两种历史态度的冲突，也包括代际之间在历史进程中如何交替的问题。

小　结

尼尔·萨金特（Neil Sargent）认为，哈代在他的小说中提供了一种双重镜像，使我们能看到反射到我们身上的，我们自己的文化态度和信仰。[2]《卡斯特桥市长》可以被视为哈代对时间和记忆问题的集中探讨。在卡斯特桥市的地理空间，哈代为市里的建筑、居住的市民以及市民们的生活实践都注入了不同时间层的历史和记忆。在这三个层面上，哈代都将卡斯特桥市构建为一个"羊皮纸重写本"城镇。建筑以其坚固的物理结构穿越不同代际，携带着不同历史时间的痕迹和记忆；人物身上既呈现出人物叠加的"重影"效应，也都不同程度地被自己过去的历史和记忆侵扰；而在文化习俗层面，人们的日常生活实践也呈现出不同历史的记忆纹理。在哈代的表述中，过去不可避免地侵扰现在，对现在造成影响；现在对过去进行压制、覆盖和涂改，但是过去并未消失，依旧在与现在的协商和互动中继续存在。文化仪式通过反复的日常操演，成为过去记忆在当下生活中累积的经验，层层

---

[1] Jody Griffith. *Victorian Structures: Architecture, Society, and Narrative*. New York: SUNY Press, 2020, p. 94.

[2] Neil Sargent. "At the Crossroads of Time: The Intersection between the Customary and the Legal in *The Mayor of Casterbridge*". *Thomas Hardy Journal*, 2012, vol. 27, p. 35.

叠加成为人们的生活习俗。就像"羊皮纸重写本"一样，不同历史时期的文化和记忆虽然被遮蔽、覆盖甚至替换，但是它们并未消失——卡斯特桥市既是新的也是旧的，每一段生活都经历了死亡和再生。哈代意识到这个时代的人们深深植根在一个世俗的、连续的时间之中，这种连续既包括记忆，也包括遗忘。

第十三章 《看得见风景的房间》的心灵认知记忆

《看得见风景的房间》(*A Room with a View*, 1908)是英国爱德华时期著名的现实主义作家爱德华·摩根·福斯特的第三部长篇小说,被他誉为其所有作品中"最美妙的一部"[①]。《看得见风景的房间》是福斯特早期的两部"意大利小说"中的一部,也是创作时间最久、形式结构最复杂的一部。[②] 小说分为写意大利的前半部分与写英国的后半部分,前后两部分都围绕女主人公露西·霍尼彻奇的自我成长、精神蜕变及其与男主人公乔治·艾默森之间的爱情故事展开。小说展现了作家对维多利亚晚期英国社会的现代化与城镇化进程对传统文化的冲击的反思,以及保守而刻板的维多利亚时代的文化记忆所规范的思维方式和心态与活泼而富有生命力的新文化思想之间的内在冲突,主人公在探索心灵和认知的记忆旅程中得到了爱和真理。

同许多经典作家一样,福斯特的不同作品的主题之间具有深刻的内在关联。福斯特的作品不仅为读者呈现了工业与科技的进步所带来的思想与生活上的转变,同时试图探索并回答在这样一个社会动荡与快速转型的时期,作为个体的英国人与作为集体的英国民族应该何去何从。一些学者将《看得见风景的房间》的分析与解读置于福斯特的其他作品之间,认为福斯特的所有作品之间,包括虚构与非虚构作品,存在明显的互文性。杰弗里·希思(Jeffrey Heath)认为,小说涉及"爱情、艺术、自我实现、爱德华时代的社会风俗、女性主义运动、价值观以及价值观的修订……心灵、语言、神话等方面",只有将其置于福斯特作品的整体

[①] E. M. 福斯特:《附录:看得见风景,找不到房间》,载《看得见风景的房间》,E. M. 福斯特著,巫漪云译,上海:上海译文出版社,2016年,第275页。

[②] 福斯特于1900年开始构思并动笔创作《看得见风景的房间》,但该小说于1908年才完成并发表,其间福斯特发表了《天使不敢涉足的地方》(*Where Angels Fear to Tread*, 1905)、《最长的旅程》(*The Longest Journey*, 1907)两部长篇小说。

中来考察才能获得更好的理解。① 苏珊娜·罗萨克（Suzanne Roszak）将福斯特的意大利小说作为一个整体，系统地考察了"英国社会的不遵循传统规范者（non-conformists）如何在其与意大利人与意大利景观的互动中发展了新的阶级、性别、民族与道德观念"②。但与此同时，异国社会的景象往往只作为启蒙英国游客的工具与手段，这又体现了福斯特作品的内在矛盾性，小说中个人的身份危机与思想变化实际上反映了整个英国社会的普遍的民族认同危机与文化冲突。

《看得见风景的房间》和福斯特的其他作品一样，具有浓厚的象征主义色彩，而如何将小说中各种象征与女主角露西精神上的成长和蜕变联系起来，是批评家们关注的重点。佐赫雷·沙利文（Zohreh Sullivan）认为，小说"主要围绕意大利部分的第四章主权广场（Piazza Signoria）与第五章郊游时紫罗兰中的亲吻，以及英国部分的第十二章神圣湖中的洗礼这三个重要的象征性场景而组织起来的，而其中的第一个更是作为整本小说乃至福斯特之后的其他作品的象征性源泉"③。林恩·伊诺霍萨（Lynne Hinojosa）则注意到在小说中宗教扮演的重要角色，认为露西最后发生的精神上的反转实际上展现了福斯特以一种"巧妙的方式颠覆了新教类型学的道德的与形而上学的基本原则，并提出了新的'审美精神'（a new aesthetic spirituality）以及新的平等主义的与身体的道德观（a new morality of egalitarianism and the body）"④。

除此之外，《看得见风景的房间》与当时的社会时代背景之间的内在关系也是批评家们关注的焦点。约翰·卢卡斯（John Lucas）首先注意到音乐对维多利亚中产阶级文化的批判意义，"从贝多芬、舒曼到莫扎特，露西·霍尼彻奇所弹奏的钢琴曲实际上是其内心变化的表达，并预

---

① Jeffrey Heath. "Kissing and Telling: Turning Round in *A Room with a View*". *Twentieth Century Literature*, 1994, vol. 40, p. 393.

② Suzanne Roszak. "Social Non-Conformists in Forster's Italy: Otherness and the Enlightened English Tourist". *Ariel: A Review of International English Literature*, 2014, vol. 45, p. 167. 关于福斯特意大利小说的研究也可参见 Krzysztof Fordoński. *The Shaping of the Double Vision: The Symbolic Systems of the Italian Novels of Edward Morgan Forster*. Bristol: Peter Lang Verlag, 2004.

③ Zohreh Sullivan. "Forster's Symbolism: *A Room with a View*, Fourth Chapter". *The Journal of Narrative Technique*, 1976, vol. 6, p. 217.

④ Lynne Hinojosa. "Religion and Puritan Typology in E. M. Forster's *A Room with a View*". *Journal of Modern Literature*, 2010, vol. 33, p. 72.

示着其一步步向中产阶级的腐朽与空虚的衰落"①。与此同时，他以理查德·瓦格纳（Richard Wagner）著名的三幕歌剧《帕西法尔》（*Parsifal*，1882）为模本，结合当时英国爱德华时期的文化特征，系统分析并阐释了露西所面临的传统与现代之间的冲突局面。小说中存在诸多互相对立并且互相关联的象征和意象，包括光影与黑暗、房间与风景、春与秋、基督教与异教、英国与意大利、爱与真理、穿衣与裸体、中世纪与文艺复兴等。福斯特的其他作品中也同样充斥了大量二元对立的象征性元素，而这些象征性元素之间的内在关联是理解福斯特小说的关键。从这样的视角出发，很容易将小说的主题表达与当时的社会与文化变革联系起来，从而在一个更广泛的层面上把握作者的创作意图与作品的真实意涵。尚塔努·达斯（Santanu Das）总结福斯特的小说的"复杂之处并不在于其形式上的实验，而是在于某种更加根本的、心理意义上的、具有超验色彩的东西：（在阅读福斯特的作品时），我们也将像露西·霍尼彻奇一样，'跨越了某种精神界线'……他的力量在于将历史与道德的洪流展现为人们熟识的个体灵魂的细微颤动"②。这些"灵魂的细微颤动"往往以记忆的形式出现，从记忆的角度出发可以帮助我们更好地把握福斯特作品中个体的内在冲突、社会的文化危机以及两者之间的互动关系。

《看得见风景的房间》试图从根本上批判英国中产阶级所继承的僵化的维多利亚文化观念。"看得见风景的房间"喻示着面对真实的生活、情感、青春和爱情，为读者展现了英国现代化进程对维多利亚的文化传统的剧烈冲击，其直接的表现形式是两种文化记忆之间的冲突。这种冲突在小说的开篇由"看得见风景的房间"这样一件看似不起眼的小事引出，而又发展为贯穿整部小说的主题。两种记忆冲突的背后隐含的是两种不同的世界观的冲突，即英国现代化进程中不断发展的个人主义世界观与维多利亚的传统社会习俗之间的冲突。这又集中体现在女主人公露西个人的思想的游移与挣扎之上，而其最终的转变则预示着英国社会广泛的文化结构之转变。

---

① John Lukas. "Wagner and Forster: *Parsifal* and *A Room with a View*". *ELH*，1966，vol. 33，p. 95.

② Santanu Das. "E. M. Forster". *The Cambridge Companion to English Novelists*. Ed. Adrian Poole. New York: Cambridge University Press，2009，p. 346.

第一节　风景与心灵认知记忆

记忆作为连接现在与过去、个人与社会的中介，其重要性及社会学与历史学意义被越来越多的学者注意到。汉斯－格奥尔格·伽达默尔（Hans-Georg Gadamer）认为："现在正是这样一个时刻，我们要拯救记忆，记忆现象不应该只被看作一种心灵的能力，而应该被视为人类有限的历史性存在的一个本质特征。"① 伽达默尔将阐释学基本原则总结为"能被理解的存在就是语言"②，而扬·阿斯曼则基于这一语言学框架将文化记忆理论概述为"能被记住的存在就是文本"③。如果说语言并非单纯的人类产品，是一种不断自我更新的活动与过程，而语言也只有在主体间的对话与交流之中才能获得其意义并且帮助人从语言的角度获得对世界的新的理解，那么记忆也只有在特定的社会框架与文化框架之下才能获得其稳定的意义。因此，与语言一样，记忆也是一种社会现象，在记忆活动中，"我们不仅进入了自己最隐秘的内在生活的深处，而且在内在生活中引入了一种秩序、一种结构，这种秩序和结构受制于社会条件并将我们与社会联系起来"④。在《看得见风景的房间》中，福斯特通过"风景"，揭示心灵的认知需求，即需要打开窗户，看到外面的风景。个体处于房间的禁锢和规范中，所记忆的内容以及对记忆的利用、解读与阐释则取决于某一社会或者文化的"观点"⑤，只有打开窗户，个体才能获得新的认知记忆。

扬·阿斯曼在哈布瓦赫的集体记忆概念之上进一步提出文化记忆理论，并在一定程度上纠正了后者过分强调记忆的社会参照框架，而忽略记忆的身体基础的倾向。因为对于记忆的感觉永远是个体性的，是与身体紧密相连的，而"思想只有变得具体可感知才能进入记忆，成为记忆

---

① Hans-Georg Gadamer. *Truth and Method*. 3rd edition. Trans. and eds., Joel Weinsheimer, et al. London: Continuum, 2004, p. 14.
② Hans-Georg Gadamer. *Truth and Method*. 3rd edition. Trans. and eds., Joel Weinsheimer, et al. London: Continuum, 2004, p. 470.
③ 扬·阿斯曼：《宗教与文化记忆》，前引书，第 i 页。
④ 扬·阿斯曼：《宗教与文化记忆》，前引书，第 2 页。
⑤ 小说标题《看得见风景的房间》（*A Room with a View*）中"风景"（view）一词本身具有双关含义。

的对象，概念与图像在这个过程中融为一体"①。虽然个体只有置身于集体当中才能获得归属感，只有在文化记忆之中才能建立稳定的身份，但是个体永远保有对新认知的需要，保留个体人生体验中最真实的感觉，才能营养心灵，而这个过程往往成为推动文化与社会演变的根本的力量之源。② 19 世纪英国中产阶级经济、政治和社会力量的增长受到贵族和绅士们的重视，中产阶级重视家庭的神圣和家庭价值观，包括家庭祈祷、守安息日和规律化的家庭生活。固化的阶层和文化观念让社会生活更加排外和更加私人化，建筑空间更加注重隐私，区分不同的区域。井井有条是中产阶级家庭生活追求的规则。一旦失去这种规则，没有这种文化的约束，人们就陷入了混乱。正如老艾默森先生在小说结尾处对露西说的："世界上最糟糕的事情莫过于思想混乱了。"③ 小说一开始的调换房间，是第一次对来自中产阶级的露西等人生活规则的打乱，露西在教堂里佯装生气，以及再早一些"不愿接受那间看得见风景的房间"，都是"思想混乱"。④ 思想的混乱是两种不同经验、不同观念的冲突所造成的无所适从，一方面人的天性是遵从自发的、最直接的、最真诚的、类似于孩童般探索新世界的需求，另一方面人的社会性却被来自过去的、间接的、文化的或者习俗的观念所制约。

"看得见风景的房间"这样一个场景和画面出现在小说之中，最重要的就是"风景"和"房间"的并立：风景寓意着新的事物、新的世界和新的视角，能唤起最真实、最直接的身体的感觉。处于房间规范中的露西渴望外面的世界，渴望心灵获得滋养和自由。《看得见风景的房间》实际上就是向读者描绘女主人公露西的心灵成长，显示了维多利亚时代末期人们对陈腐的文化记忆规范的反抗。"现代主义者将英国维多利亚时代视为中世纪，而将自身视为新的文艺复兴者。"⑤ 他们的任务就是摆脱维多利亚时代旧的、压抑的、束缚个体的社会与道德秩序，而重新建立起一套新的、基于个人主义的、诉诸理性的现代道德观和世界观。小说正是发表于 20 世纪初英国社会"对于文艺复兴的狂热崇拜"时期。露西的

---

① 扬·阿斯曼：《文化记忆：早期高级文化的文字、回忆和政治身份》，前引书，第 30 页。

② 此处，个体与集体的对立也往往被理解为自然与文明的对立、直觉与理性的对立、孩童与成人的对立、直接与间接的对立。

③ E. M. 福斯特：《看得见风景的房间》，前引书，第 261 页。

④ E. M. 福斯特：《看得见风景的房间》，前引书，第 261 页。

⑤ Lynne Hinojosa. "Religion and Puritan Typology in E. M. Forster's *A Room with a View*". *Journal of Modern Literature*, 2010, vol. 33, pp. 78-9.

困惑和选择,都体现了对生命活力的渴望。

在《看得见风景的房间》中,艾默森父子代表的是一种意大利式的追求美、生命、激情的心灵观,而露西所处阶层的其他人,包括她的未婚夫维斯、表姐夏绿蒂和副牧师卡斯伯特等则代表维多利亚的传统价值观念。露西则一直在这两种文化观念之间摇摆与挣扎。小说中维斯是英国维多利亚时代的传统文化的典型代表,他在小说的下半部才登场,那一章的标题是"中世纪的遗风",并且他是小说中作者唯一做出详细描述的人物:

> 他富有中古遗风。像一座哥特式雕塑。他很高,很优雅,双肩似乎是靠一股意志的力量才撑得这么方正的,脑袋翘得比通常的视线水平略高一些,他很像那些守卫法国大教堂大门的爱挑剔的圣徒像。此人受过良好教育,有很好的天赋,体魄健全,然而未能摆脱某一魔鬼对他的控制,现代社会称这个魔鬼为自我意识,而中世纪人由于目光不太敏锐,把它看作禁欲主义来顶礼膜拜。[1]

维斯作为英国维多利亚时代的传统文化的典型代表,"迂腐的道德观念在他脑中是很根深蒂固的"[2],他所能"设想的唯一的人际关系就是封建的关系:保护人与被保护人的关系。他根本看不到露西的心灵所渴望的同志之谊"[3]。而露西与乔治对维斯的评价是,他是一个"不会和任何人很亲密"[4]的人。维斯在小说中所呈现的是一个封闭的自我形象,而露西想到维斯时就像待在一个看不到风景的房间里。[5]"看不到风景的房间"这一隐喻一方面体现了维多利亚的传统文化施加于个人的束缚与压抑,另一方面展现了基于这样一种文化记忆而构建的自我所造成的人与人之间的日益疏离,其本质显示的是文化记忆对个体心灵的全面压制。维斯对于事物与人际关系的看法,完全立足于其所接受的文化传统,这充分体现在他对露西的态度上。他把露西视为"一件艺术品"[6],看作一

---

[1] E. M. 福斯特:《看得见风景的房间》,前引书,第111页。
[2] E. M. 福斯特:《看得见风景的房间》,前引书,第137页。
[3] E. M. 福斯特:《看得见风景的房间》,前引书,第197—198页。
[4] E. M. 福斯特:《看得见风景的房间》,前引书,第214页。
[5] E. M. 福斯特:《看得见风景的房间》,前引书,第136页。
[6] E. M. 福斯特:《看得见风景的房间》,前引书,第123页。

种"风景",而他的任务则是不断引导露西成为"达·芬奇画中的人物"。① 维斯按照维多利亚时代文化典范的标准来塑造露西,看不到露西身上个人的美和生命力,唯有当露西与他解除婚约时,"他第一次对着她看,而不是透过她看。她从一幅莱奥纳多的名画变成了一个活生生的女人,有着她自己的奥秘与力量,有着一些连艺术也难以体现的气质"②。

小说中艾默森父子富有生命力和对生活的热情。当他们与露西在贝尔托利尼公寓初次见面时,他们主动提出愿意将自己看得见风景的房间交换给露西和她的表姐,原因很简单:"女人喜欢看景色;男人不喜欢"③。他们父子的举动出自天性,却被露西的表姐认为是"缺乏教养"④的行为。实际上,露西表姐的评价出自固化的阶级观念,她认为艾默森父子是工人阶级,出身低微,行事缺乏中产阶级的准则约束。艾默森父子的行为准则就是心里怎么想的就怎么说。他们"一点不懂圆滑,也不讲礼貌",但这并不是行为粗鲁,他们"心里有话,就不吐不快"。⑤ 公寓中的一位老太太这样评价老艾默森先生:"他不够委婉得体;不过,有些人的行动很不文雅,可又是——顶美好的。"⑥ 艾默森父子的行为因不符合固化的社会风俗,不被中产阶级喜欢,但其真诚与直爽的态度具有一种内在的美好品质。艾默森父子为露西打开了一扇面对真实生活的窗户,通过这扇窗户能看到生命激情的风景。维多利亚传统的文化观与福音教思想压抑与扼杀身体的欲望,但和艾默森父子的相处则给露西一种看到风景的新奇感觉。这种感觉是来自身体的最直接的、最真实的体验,就像老艾默森先生一直强调的那样:伊甸园,不是过去的事情,"实际上却还没来临呢。当我们不再鄙视我们的肉体时,我们将进入伊甸园"⑦。在小说的结尾,当露西最终和乔治在一起,他们又在春天重新"回到了贝尔托利尼公寓"的那间看得见风景的房间。⑧

从文化记忆的理论视角出发,女主人公露西所面对的内心冲突来自其文化记忆对思维方式的固化和心灵对新认知的渴求,两者都属于文化记忆,但却是新、旧两种记忆之间的冲突所在。露西所面对的内在冲突

---

① E. M. 福斯特:《看得见风景的房间》,前引书,第 150 页。
② E. M. 福斯特:《看得见风景的房间》,前引书,第 221-2 页。
③ E. M. 福斯特:《看得见风景的房间》,前引书,第 5 页。
④ E. M. 福斯特:《看得见风景的房间》,前引书,第 4 页。
⑤ E. M. 福斯特:《看得见风景的房间》,前引书,第 10-11 页。
⑥ E. M. 福斯特:《看得见风景的房间》,前引书,第 13 页。
⑦ E. M. 福斯特:《看得见风景的房间》,前引书,第 161 页。
⑧ E. M. 福斯特:《看得见风景的房间》,前引书,第 267 页。

实际上反映了整个英国社会在现代化进程中出现的两种对立的世界观之间的冲突。我们看待世界的方式受我们已有知识与信仰的影响，因此"看"的行为本身也是一种选择的行为。而图像与画面作为人造的产物，所蕴含的就是这样一种"特定的看待世界的方式"①。"看得见风景的房间"作为直观的场景与画面，也就包含一种特定的世界观，渴求探索生命原始的爱、欲望、冲动，追求美和真理，渴求自我经历一种伟大的再生过程。这一过程以新的记忆为基础，小说中艾默森父子承担了这种唤醒工作。

第二节　意大利之旅的回忆与遗忘

《看得见风景的房间》作为福斯特早期的两部意大利小说之一，往往被解读为旅行叙事，强调旅行所承载的道德、审美和情感教育功能对女主人公露西的自我成长与身份建构所产生的影响。许娅指出，小说中出现的人文景观与古典艺术"主要是福斯特调侃和批判的对象，象征了旅行体验的间接感和表面性——不仅难以引起凝视者在感官、情感和思想上的共鸣，反而可能对其造成束缚。相反，自然风光得到了福斯特的赞美，并被视为唤醒露西在审美偏好、情感表达和社会观念等方面自我意识的明镜"。② 爱德华·巴纳比（Edward Barnaby）则将《看得见风景的房间》置于英国贵族旅行（Grand Tour）③的传统中进行考察，从而指出小说"旨在探索工业化导致的物理上与心理上的移位（displacements），以及后工业社会新兴的并逐渐取得统治地位的消费视觉文化的观众意识（spectatorship）"④。所谓的"观众意识"是维多利亚的传统文化引导下的身份建构，而在旅行过程中，旅行者与景观之间永远被控制在一定的距离之内。在《看得见风景的房间》中，读者可以看

---

① John Berger. *Ways of Seeing*. London：Penguin Group，1972，p.10.

② 许娅：《从乔托壁画到自然风光——〈看得见风景的房间〉中的游客凝视和身份建构》，载《外国文学》2012年第3期，第69页。

③ "贵族旅行"传统始于17世纪，通常作为英国青年男性贵族正式进入上流社会的准备，他们会在欧洲大陆旅行，主要学习古典文化以及文艺复兴的历史。这一传统促进了旅行指南的大量印刷。参见 Edward Barnaby. *Realist Critiques of Visual Culture：From Hardy to Barnes*. Gewerbestrasse：Palgrave Macmillan，2018，p.62.

④ Edward Barnaby. *Realist Critiques of Visual Culture：From Hardy to Barnes*. Gewerbestrasse：Palgrave Macmillan，2018，p.61.

英国维多利亚小说中的文化记忆研究

到,从旅游陪伴、英国化的公寓、旅游指南到驻外牧师等在内的在传统的文化观念的指导下所形成的一系列文化制度,以确保旅行者受到的教育是正统的、符合英国上流社会标准的。其基本运作机制则是这些文化权威的代表对意大利文艺复兴的文化记忆的操控与对旅行者个体记忆的压制。

扬·阿斯曼基于克洛德·列维－斯特劳斯(Claude Levi-Strauss)对"冷社会"与"热社会"的区分,将文化记忆分为"冷"回忆和"热"回忆两种类型。其中"冷社会追求的是'可以借助于自身的社会机构,用一种近乎自动的方式,将历史因素对社会平稳和连续性可能产生的影响消解掉'",而"'热'社会的特点是'永不知足地追求改变',它将自己的历史内化,从而使其成为发展的动力"[1]。阿斯曼进而明确提出统治与回忆的联盟——"统治'以回溯的方式论证自己的合法性,并以前瞻的方式使自己变得不朽'",以及统治与遗忘的联盟——统治通过控制社会交往的方式,利用一些技术手段和社会制度,"使得'每种试图通过进入历史来获取些什么,并以此改变社会结构的尝试,都会遭到令人绝望的抵抗'"[2]。从这样一种回忆与统治和遗忘与统治联盟的角度出发,我们就可以更好地理解小说开篇艾默森父子主动提出交换房间的行为被露西的表姐斥为没有教养的行为所具有的文化内涵。露西的表姐作为其旅行陪伴者,是传统文化观念的权威代表,她在旅行中无时无刻不在扮演家长的角色,全方位监控露西的一言一行,同时对旅行中的所见所闻做出符合社会风俗与传统文化观念的解读与评判。承担相似功能的还有贝尔托利尼公寓的其他游客、旅游指南以及驻佛罗伦萨的伊格副牧师。艾默森父子则很明显地代表文化中存在的变革与更新的力量,这种力量更多地诉诸个人的情感与感觉,因此一直处于被压抑与忽视的地位。

这两种文化力量之间的较量最直接地体现为老艾默森先生与伊格副牧师的两次正面冲突,一次是在圣克罗彻大教堂,另一次是在郊游的路上。当拉维希小姐抛下露西并把她的旅行指南带走之后,露西的心里充满了气愤与委屈,她感到不知所措,只能孤身一人走进大教堂,"甚至连这座教堂是由方济各会修士还是多明我会修士建造的都记不起来了"[3]。

---

[1] 引自扬·阿斯曼:《文化记忆:早期高级文化的文字、回忆和政治身份》,前引书,第64页。

[2] 扬·阿斯曼:《文化记忆:早期高级文化的文字、回忆和政治身份》,前引书,第67-68页。

[3] E. M. 福斯特:《看得见风景的房间》,前引书,第25页。

此时此刻，露西暂时脱离了文化记忆的掌控，只能凭借自己的感觉来参观这座充满古典艺术与伟大作品的大教堂：

> 当然，这座教堂一定是了不起的一大建筑。不过它多么像一座仓库啊！又多么冷啊！不错，里面有乔托的壁画，壁画的浑厚质感原可以感染她，使她体会什么才是恰到好处。可是又有谁来告诉她哪些壁画是乔托的作品呢？她倔傲地来回走动，不愿对她还没有弄清作者和年代的杰作显示热情。甚至没有人来告诉她铺设在教堂中殿及十字形耳堂的所有的墓石中哪一块真正算得上是美的，是罗斯金先生所最推崇的。①

露西思想中所体现的矛盾与纠结反映了英国中产阶级文化与价值观念对个体的感受力和思考能力的侵蚀，体现出的正是启蒙辩证的思想。其中我们可以听到让－雅克·卢梭（Jean-Jacques Rousseau）对所谓的文化进步批判的声音。但是很快"意大利的蛊惑魅力使她着魔了，于是她没有去请教别人，竟然开始感到逍遥自在"②。这种逍遥自在的感觉实际上是她成功地摆脱了文化记忆的束缚，完全依靠自己的力量去接触外在世界而获得的自由的感觉。此时她碰到了艾默森父子，并被邀请与他们同行，而恰巧碰到卡斯伯特副牧师为一群游客做讲解。伊格"指导大家如何根据精神上的规范而不是根据质感方面的价值来对乔托顶礼膜拜"，并让大家记住"这座圣克罗彻教堂的事迹，它是在文艺复兴污染出现以前，怀着对中世纪艺术风格的满腔热忱的信仰建成的"③。卡斯伯特作为英国维多利亚传统文化的代表，不断地运用其记忆统治的手段来规训旅客的情感与思想，并通过回忆过去树立基督教思想的统治地位。在听到这样的指导后，艾默森先生叫喊起来："这些都不必记住！说什么由信仰建成的！那不过是说工匠们没有得到恰当的报酬。至于那些壁画，我看一点都不真实。瞧那个穿蓝衣服的胖子！他的体重肯定和我差不多，但是他却像个气球那样升上天空。"④ 老艾默森讲出的是被统治者刻意遗忘与掩埋的记忆，他通过最直观的感受方面对所谓的古典艺术进行了批判。

---

① E. M. 福斯特：《看得见风景的房间》，前引书，第 25—26 页。
② E. M. 福斯特：《看得见风景的房间》，前引书，第 26 页。
③ E. M. 福斯特：《看得见风景的房间》，前引书，第 29 页。
④ E. M. 福斯特：《看得见风景的房间》，前引书，第 30 页。此处讲到的是壁画《圣约翰升天》。

英国维多利亚小说中的文化记忆研究

面对这种真实的体验,"讲解员的声音结结巴巴了",他无法提出一点儿辩驳的理由,只能假装没有听见而带领他所管辖的教友"默默地列队走出小堂,其中有贝尔托利尼膳宿公寓的两位身材矮小的老小姐——特莉莎·艾伦小姐和凯瑟琳·艾伦小姐"。①

见证了这场冲突的露西重新被拽回了文化记忆的漩涡,她又开始寻找罗斯金赞扬过的墓碑,并因被别人看到她和艾默森父子待在一起而感到不自在。在察觉到露西的变化之后,老艾默森先生对露西说:"放开你自己吧。把你的那些搞不清楚的想法兜底翻出来,在阳光里摊开来,弄清楚它们的含义。"② 在艾默森先生的指引下,露西试着以一种新的眼光来看待世界。虽然艾默森父子象征革新的文化力量,但其目的并不是摧毁现有的文化与道德秩序,而是将文化与道德放置在一个更稳固、更真实的基础之上,这和20世纪初复兴的经验主义传统与个人主义世界观有着密切的关联。《看得见风景的房间》前半部分的意大利之旅实际上可以看作女主人公露西经历的又一次文艺复兴,这并不只是对历史的单纯的重复,而是基于现时的需求重新回到历史中寻找变革当前文化需要的力量。因此,小说中意大利总是带有某种英雄与神话的特征,并且很多地方直接把"意大利比作一位英雄"③。扬·阿斯曼对神话的观点如下:

> 从对现实的不满经验出发,并在回忆中唤起一个过去,而这个过去通常带有某些英雄时代的特征。从这些叙事中照射到当下的,是完全不同的一种光芒:被凸显出来的是那些缺席的、消逝的、丢失的、被排挤到边缘的东西,让人意识到"从前"和"现在"之间的断裂。在这里,当下非但没有被巩固,反而显得是从根本上被篡改了,或至少在一个更伟大、更美好的过去面前被相对化了。④

这种"现实的相对化"发生在小说的第四章。露西首先是在"音乐王国"⑤ 里发现了这种理想的生活状态,当她弹奏钢琴时"她不再百依

---

① E. M. 福斯特:《看得见风景的房间》,前引书,第30—31页。
② E. M. 福斯特:《看得见风景的房间》,前引书,第34页。
③ E. M. 福斯特:《看得见风景的房间》,前引书,第230页。
④ 扬·阿斯曼:《文化记忆:早期高级文化的文字、回忆和政治身份》,前引书。第76页。
⑤ E. M. 福斯特:《看得见风景的房间》,前引书,第37页。

百顺，也不屈尊俯就；不再是个叛逆者，也不是个奴隶"[1]。在公寓内弹奏了几曲贝多芬之后，"她就给陶醉了：这些音键像手指般爱抚着她自己的手指；因而不仅仅通过乐音本身，也通过触觉，她被激起了情欲"[2]。在这里，我们可以看到露西身上那种原始的、本能的感觉的复苏，而这种力量是注定要挣脱一切束缚、摆脱一切限制的。因此亚瑟·毕比牧师断言："要是霍尼彻奇小姐竟能对生活和弹琴采取同样的态度，那会是非常激动人心的"[3]，并且在日记中画了两幅极具象征意味的图画，第一幅画："把霍尼彻奇小姐当作一只风筝，巴特利特小姐握着绳子。第二幅画：绳子断了"[4]。音乐使露西厌烦冗长乏味的谈话，并且意识到自己的不满，在雨刚停的暮色时分走出了公寓。在公寓的其他旅客看来，她这样孤身一人在傍晚出门是很不合时宜的。露西一边思考自己情绪的变化，一边走上了主权广场。在这样"梦幻的时刻——那就是说，在这个时刻，一切不熟悉的东西都成为真的了"[5]，但是露西仍然感到不满足，"希望发现更多的东西"：

> 她的目光若有所思地望着那座王宫的塔楼，它像一根毛糙的金色柱子，从下面的黑暗中升起。它看上去不再像是一座塔楼，不再由土地支撑着，而是某种高得可望而不可即的珍宝，在平静的天空中颤动着。它的光辉使她像是中了催眠术一样，当她把眼光朝地下看并开始往回走时，这些光仍然在她的眼前跳动。[6]

在这样一个时刻，意大利在露西的眼里好像经历了某种神秘的转化，变成了一种神话般的存在，而这其中充盈着个体的强烈的情感与想象。紧接着，她目睹了一个意大利人杀死了另一个意大利人。那个奄奄一息的人似乎对露西感兴趣，"有什么重要的信息要告诉她"，而露西感到他和她"都跨越了某种精神界线"。[7] 朱迪斯·赫芝（Judith Herz）认为，"广场谋杀的一幕是一个影响深远的事件，是理解小说整体设计的关键因

---

[1] E. M. 福斯特：《看得见风景的房间》，前引书，第37页。
[2] E. M. 福斯特：《看得见风景的房间》，前引书，第38页。
[3] E. M. 福斯特：《看得见风景的房间》，前引书，第39页。
[4] E. M. 福斯特：《看得见风景的房间》，前引书，第119页。
[5] E. M. 福斯特：《看得见风景的房间》，前引书，第52页。
[6] E. M. 福斯特：《看得见风景的房间》，前引书，第52页。
[7] E. M. 福斯特：《看得见风景的房间》，前引书，第53—55页。

素。它发挥着和圣克罗彻大教堂中乔托壁画类似的功能，它们都作为小说人物必须观看、做出应对并努力去理解的存在"[1]。在这里可以清楚地看到神话与现实的对立。前一秒，露西还沉浸在幻想的国度当中，而后一秒这一幻想的国度则被现实的混乱、暴力与无序冲击得支离破碎。然而，也恰恰是以这样一种方式，露西得以重新思考其看待世界的方式。露西的意大利之旅实际上是一个个体意识觉醒的过程。她不再盲目地追随文化的脚步，而尝试立足于个体的经验、感觉与情感的坚实基础来应对外部世界与处理人际关系。这种转变的实现是由露西与乔治之间的爱情来完成的。

第三节　爱和真理与记忆唤醒

人与动物之间的区别在于人并非只生存在物理意义上的有机世界之中，还生存在文化世界之中；人并不只是本能地适应外部环境，而是通过反思来应对外部的变化，甚至改造外部世界。因此，人在某种程度上可以认为是文化的动物。如果没有文化或者符号系统，人的生活就会被限定在他的生物需要和实际利益的范围内，找不到通向理想世界的道路。[2] 尤金·韦伯（Eugene Webb）认为，福斯特同大多数现代主义作家一样，"将宇宙看作是无序与混乱的存在，而宗教所提供的虚假的秩序并不能使其满足，因而转向艺术创作，并试图在艺术中创造一个真实与稳定的秩序"[3]。这里提到的"理想世界"与"秩序"只是对同一个事物，即人类所向往并努力追求的一种生活方式的不同称呼，而 D. H. 劳伦斯将其称之为"家园"[4]。记忆作为"我们生活的基础，没有记忆，我们永不会找到回家的路，认出我们的家人"[5]。在《看得见风景的房间》

---

[1] Judith Herz. "*A Room with a View*". *The Cambridge Companion to E. M. Forster*. Ed. David Bradshaw. Cambridge: Cambridge University Press, 2007, p. 140.

[2] 恩斯特·卡西尔：《人论》，前引书，第 38—57 页。卡西尔认为通往理想世界的道路有四条，分别是宗教、艺术、哲学、科学。

[3] Eugene Webb. "Self and Cosmos: Religion as Strategy and Exploration in the Novels of E. M. Forster". *Soundings: An Interdisciplinary Journal*, 1976, vol. 59, p. 186.

[4] D. H. Lawrence. *Studies in Classic American Literature*. Eds. Ezra Greenspan, Lindeth Vasey, and John Worthen. Cambridge: Cambridge University Press, 1923, p. 17.

[5] 沃尔夫冈·顾彬：《记忆的力量》，载《宗教与文化记忆》，黄亚平译，北京：商务印书馆，2018 年，p. ix.

中，福斯特则将爱情与真理视为通向这一理想世界的道路。记忆只有在爱与真理的重新组织下才能成为人类构建身份的稳固基础。其中所涉及的是对个体记忆与文化记忆冲突的调节：基于个体的真实的自我感觉被重新唤醒，并重新建构崭新的自我。

老艾默森先生与卡斯伯特副牧师之间发生的第二次冲突可以帮我们更清楚地看到与维多利亚传统的文化记忆之间的冲突。在露西一行人乘马车出游去观赏山景的路上，卡斯伯特副牧师因驾车的意大利情侣"打情骂俏"[1]而大发雷霆。他命令马车停下来，并喝令这对恋人立即分开，"男的被罚去小费，女的必须立刻下车"[2]。卡斯伯特行动的依据是公共场合的亲热行为有伤风化，不符合传统习俗。艾默森先生则宣称这对恋人绝不应该被拆开：

> 难道我们遇到的快乐的事情就那么多，以致在车夫座位上偶然发生一些就非得驱除掉不可？有一对恋人替我们赶车——国王也会嫉妒我们的，再说，如果我们拆散了他们，那就是我所知道的最最地道的渎圣罪了。[3]

韦伯指出，此处艾默森同样援引了"宗教语言"[4]。此处发生的冲突是两种不同的世界观之间的冲突，而同样反对传统约束的拉维希小姐则说出了冲突的本质：我们正特地上山来欣赏春色，"你以为大自然的春情与人的春情有什么区别吗？可我们就是这样，赞赏前者而指责后者，认为有失体统"[5]。此番言论点明了基督教传统对人性的压制，而这有违自然的规律与人性的法则。如同中世纪到文艺复兴时期意大利知识分子一样，艾默森父子和拉维希小姐扮演了助产士角色，他们求助于这种重新唤醒工作，试图找出一个已经消失的、集体性的"我们"，其目的在于解放人性。基于人是文化的动物这一基本特征，人性解放的成功就在于塑造一个开放的、包容的、不以压抑人性为基础的文化观念。正如彼得·伯格（Peter Berger）指出的，这种世界建构的活动，"永远并且必

---

[1] E. M. 福斯特：《看得见风景的房间》，前引书，第79页。
[2] E. M. 福斯特：《看得见风景的房间》，前引书，第79页。
[3] E. M. 福斯特：《看得见风景的房间》，前引书，第80页。
[4] Eugene Webb. "Self and Cosmos: Religion as Strategy and Exploration in the Novels of E. M. Forster". *Soundings: An Interdisciplinary Journal*, 1976, vol. 59, pp. 195.
[5] E. M. 福斯特：《看得见风景的房间》，前引书，第82页。

然是一集体的事业"①。从人类作为有记忆的动物出发，人类永远无法摆脱文化记忆，而只能以新的文化记忆取代旧的文化记忆，只能脱离旧的集体而寻求新的集体的庇护，无法脱离所有集体而独立存活。基于爱情、友情与亲情建立的新的集体，其中所包含的平等与亲密的人际关系，是福斯特在小说中为我们指出的通向理想世界与精神家园的道路，而爱情是女主人公露西的通向理想世界的唯一选择。

真正"有失体统"的行为发生在女主人公露西和男主人公乔治之间。露西离开她的表姐之后，请求意大利车夫带她去找毕比牧师，而意大利车夫把她带到了乔治的身后，并大声对她说："勇敢一些！""勇气加上爱情"②：

> 就在这时，她脚下的地面塌下去，她不由叫了一声，从林子里摔出来。她给笼罩在阳光与美景之中。她掉在一片没有遮拦的小台地上，整片台地从这一头到那一头都铺满了紫罗兰。
>
> ……
>
> 乔治听见她到来便转过身来，他一时打量着她，好像她是突然从天上掉下来似的。他看出她容光焕发，花朵像一阵阵蓝色的波浪冲击着她的衣裙。他们头顶上的树丛闭合着。他快步走向前去吻了她。③

这一吻被赶来寻找露西的巴特利特小姐打断。从这段描写中，可以看到阳光、紫罗兰、花朵、意大利人所具有的象征意义，它们代表着爱情、生命力、欲望与身体，而亲吻就是基于身体感觉的最直接与最真实的自我表达行为，而且是一种真正的亲密的行为。面对这场突如其来的事件，露西陷入了深深的混乱之中，她不知道该怎么办，只能向她的表姐巴特利特小姐寻求理解与安慰。她们决定连夜收拾行李，离开意大利赶往罗马。她们"跪在一只空箱旁，试图在箱子里铺书，书有大有小，有厚有薄，总是铺不平"④。在这里，她们不单单是在打包行李，也是在整理与封存记忆。在巴特利特小姐这里，露西并没有得到她想要的理解

---

① Peter Berger. *The Sacred Canopy: Elements of a Sociological Theory of Religion*. New York：Open Road，1967，p. 17.
② E. M. 福斯特：《看得见风景的房间》，前引书，第 87 页。
③ E. M. 福斯特：《看得见风景的房间》，前引书，第 87 页。
④ E. M. 福斯特：《看得见风景的房间》，前引书，第 97 页。

第十三章 《看得见风景的房间》的心灵认知记忆

与安慰,而得到了这样一幅完整的画卷:

> 那是个没有欢乐也没有爱的世界,在这个世界里,青年人冲向毁灭,直到他们学会变得聪明些——那是个充满戒备与障碍的羞怯的世界。
>
> ……
>
> 露西忍受着人间迄今为止所发现的最难以忍受的委屈:她的诚挚、她对同情与爱的渴望,被人施展了圆滑的手腕所利用了。这样的委屈是不会轻易忘却的。从此以后,她在袒露心迹以前都要郑重考虑和万分小心,免得被碰回来。而这种委屈会对心灵产生极其严重的影响。①

露西并不是在乔治那里而是在她表姐这里遭受了深深的创伤。从此以后她每次"走到窗前便犹豫起来"②,"看得见风景的房间"变成了一间"看不见风景的房间",她的自我封闭是面对文化记忆规训的无奈结果,选择和艾默森分离也是文化记忆下遗忘个体记忆的要求。"记忆在交往中生存和延续;交往的中断及其参照框架的消失或改变会导致遗忘"③。小说的下半部开篇,露西重新回到英国家中并接受了卡斯伯特的求婚,在意大利发生的许多事情似乎都渐渐被她遗忘了,她已经准备好重新回归中产阶级的生活。

但是,意大利旅行的回忆却是露西个人心灵成长的重要经验,"意大利给了她人在世界上所能占有的最宝贵的东西——那就是她自己的心灵","她已到达只有个人交流才能使她满足的阶段",她"希望获得与她所爱的人同样的平等地位"。④ 中产阶级的生活方式和文化记忆无法遏制青春的渴望,机缘巧合之下,艾默森父子搬到了她家旁边,而她表姐巴特利特的一封信更是将一切过往的记忆重新带回。当露西撞见乔治、她弟弟弗雷迪和牧师毕比在神圣湖洗澡时赤身裸体的样子时,她好像又回到了意大利,她又一次感觉到青春的气息,"两种文明发生了冲突"⑤。

---

① E. M. 福斯特:《看得见风景的房间》,前引书,第 100 页。
② E. M. 福斯特:《看得见风景的房间》,前引书,第 101 页。
③ 扬·阿斯曼:《文化记忆:早期高级文化的文字、回忆和政治身份》,前引书,第 29 页。
④ E. M. 福斯特:《看得见风景的房间》,前引书,第 141 页。
⑤ E. M. 福斯特:《看得见风景的房间》,前引书,第 174 页。

曾经的记忆像幽灵一样又回来了：

> 幽灵又回来了，那些幽灵布满了意大利，甚至正在侵占她童年时代就熟悉的那些地方。神圣湖再也不会是过去的神圣湖了，而下星期日，风角也会发生变化。她将怎样同幽灵搏斗呢？一刹那间，看得见的世界渐渐消失了，似乎只有回忆与感情才真正存在。①

露西再一次面对小说开篇关于交换"看得见风景的房间"时的那种冲突了。打开窗户面对的不仅仅是崭新的记忆风景，还能看到记忆中所包含的情感以及所蕴含的文化观念。记忆不仅因为过去场景的再现而展露，而且也重新回到当下，让露西再一次面临选择。在周日下午，当网球比赛告一段落的时候，在露西的强烈要求下，卡斯伯特为大家朗读一段他新发现的小说中的一段景色描写，而描写的内容正是乔治亲吻露西的场景，是露西的表姐把这一幕透露给拉维希小姐，而后者把它写进了小说。而当露西想要赶快逃离，慌忙地向花园上方走去时，她第二次被乔治吻了。② 身体的接触重新唤起了内心最真实的情感："感受到的与再度出现的爱情，我们的身体所要求的与我们的心灵加以美化的爱情，作为我们能体验的最最真实的东西的爱情，现在都以社会的敌人的面目重新出现，而她必须窒息它。"③

这一次露西和乔治进行了一场面对面的交流，而交流的结果是她与卡斯伯特解除了婚约，并决定像乔治一样，"不再作出努力要理解自己，而加入了黑暗中的大军，他们既不受感情支配，也不受理智驱使，却跟着时髦口号，大步走向自己的命运"④。露西准备逃避一切，既逃避内心最真实的感受，也逃避来自社会与文化的束缚，她决定再次去旅行，而这一次是先去希腊再环游世界。当露西准备出行的前一夜，她在毕比牧师家里再一次碰到了老艾默森先生，而老艾默森先生是小说中唯一可以看透露西内心想法的人：你爱乔治！"你是明明白白、直截了当、全身心地爱他，就像他爱你那样……正是为了他，你不愿和那个人结婚。"⑤ 老艾默森是福斯特所追求的"理想世界"的坚定支持者，他既是一位哲学

---

① E. M. 福斯特：《看得见风景的房间》，前引书，第180页。
② E. M. 福斯特：《看得见风景的房间》，前引书，第206—207页。
③ E. M. 福斯特：《看得见风景的房间》，前引书，第208页。
④ E. M. 福斯特：《看得见风景的房间》，前引书，第225页。
⑤ E. M. 福斯特：《看得见风景的房间》，前引书，第262页。

家,也是一位圣人。在小说中,每当露西陷入思想混乱的时候,他就会出现并为她指明道路。他告诉露西:"我们为之战斗的不只是爱情或欢乐;还有真理呢。重要的是真理,真理才是最重要的。"① 在露西归家途中,她清楚地意识到:"他清洗了她身上的污垢,使世间的嘲笑不再刺痛人;他使她看到了坦率的情欲是圣洁的。"②

爱情是露西走向"理想世界"所能选择的唯一道路,而她与乔治的相爱并不只是建立一个可以让她避难的爱情国度,而是作为一种向世界的宣称,一种对真理的追求,让全世界都看到还有另外一种生活。最后,她与乔治重新回到意大利那间看得见风景的房间,他们可以肆意享受他们的爱情,追忆他们的过去。"新的开始、复兴、复辟总是以对过去进行回溯的形式出现的。它们意欲如何开辟将来,就会如何制造、重构和发现过去"。③ 从他们现在的心境重新回顾过去,她发现她的表姐巴特利特小姐所做的一切可能都是故意的,表姐希望看到他们在一起。在这样一种新的世界观与文化观的照耀之下,他们重新发现人性的另一面,一个传统文化代表者的内心深处也一样有对爱情和真理的渴望,甚至也像露西一样有过同样的挣扎,不过做出了不一样的选择。通过记忆的重构,他们重新建立起生活的基础。

小 结

《看得见风景的房间》通过描写一位爱德华时期的中产阶级年轻女性的自我成长,为读者展现了英国从维多利亚时代向现代化社会转型中出现的文化冲突。新兴的个人主义的对心灵认知的需求受到维多利亚传统的文化记忆的禁锢,体现为女主人公露西个人的内在冲突。小说诉诸意大利文艺复兴时期的文化记忆,试图通过回顾这段历史再现英国维多利亚时代的传统文化对这段历史的操纵与利用,而从根本上批判其对个体的压抑与束缚。小说最终将爱情与对真理的追寻视为通往"理想世界"的道路,其实质是将文化之基础重新放置在更加根本与真实的个体经验

---

① E. M. 福斯特:《看得见风景的房间》,前引书,第 264—265 页。
② E. M. 福斯特:《看得见风景的房间》,前引书,第 266 页。
③ 扬·阿斯曼:《文化记忆:早期高级文化的文字、回忆和政治身份》,前引书,第 25 页。

之上。记忆在其中扮演了至关重要的角色：只有看清了心灵认知记忆与个体性感觉和文化观念的本质关联之后，我们才能通过重新建构个体记忆与文化记忆之关联，获得一个看待事物的崭新方式，并以此为基础重新组织个体的生活方式与个体间的交往模式。在小说的结尾，当露西与乔治回忆并重新组织过去的经验时，露西发现她经历过的挣扎与冲突，可能普遍地存在于每一个个体的心灵深处，那么维持现状与变革更新两种文化力量之间的冲突也是恒久存在的。福斯特的小说《看得见风景的房间》反映了爱德华时代对于摆脱维多利亚时代文化记忆禁锢的需求，以及对新的心灵认知记忆的探索与追求。

第十四章 "谁来继承英格兰？"：
《霍华德庄园》中的记忆冲突与传承

  《霍华德庄园》是英国爱德华时期著名的现实主义作家福斯特的第四部长篇小说，被美国文学批评家莱昂内尔·特里林（Lionel Trilling）誉为"一部毫无疑问的经典之作"[1]。将《霍华德庄园》中的乡村庄园作为英国记忆场域进行的讨论是该小说研究的一个焦点。司代普（J. H. Stape）认为，"霍华德庄园长期以来被看作英国传统乡村文化的中心，是稳定的，与流动的、无根的现代化城市伦敦相对立"[2]。德尔巴－加兰特（Delbaere-Garant）则认为，霍华德庄园"最终成了一个不同阶级、文化与历史的融合物，为英国的未来提供了坚实的基础"[3]。除了伦敦与霍华德庄园，沃尔特·埃文斯（Walter Evans）发现，小说中奥尼顿也是英国传统文化和民族性的代表，是理解小说的一个关键因素。[4] 另有一些学者将《霍华德庄园》中的场所和物品所承载的记忆及象征意义与维多利亚时期出现的"怀旧商品化"（Commodified Nostalgia）现象联系起来。如道格拉斯·道尔（Douglas Doyle）指出，小说中施莱格尔姐妹"编织与做针线活"（sewing and weaving）的行为，与小说的记忆主题有深刻的内在关联。[5] 国内学者何宁分析指出，"福斯特采取隐晦曲折的方式，通过照片展示出两位主人公伦纳德·巴斯特和玛格丽特·施莱格尔

---

[1] Lionel Trilling. *E. M. Forster*. New York: New Directions, 1943, p. 114.

[2] J. H. Stape. "Picturing the Self as Other: Howards End as Psychobiography". *E. M. Forster: Howards End*. Ed. Alistair M. Duckworth. New York: Bedford Books, 1997, p. 339.

[3] J. Delbaere-Garant. "'Who Shall Inherit England?': A Comparison between *Howards End*, *Parade's End* and *Unconditional Surrender*". *English Studies*, 1969, vol. 50, p. 101.

[4] Walter Evans. "Forster's *Howards End*". *The Explicator*, 1978, vol. 36, no. 3, pp. 36–37.

[5] Douglas Doyle. "Forster's *Howards End*". *The Explicator*, 1994, vol. 52, no. 4, pp. 226–228.

所面对的社会身份边缘化的危机"[1]。以上学者都从怀旧和记忆的角度进行分析，但是并没有揭示小说中记忆危机与记忆传承的问题，而后者恰恰是理解《霍华德庄园》的一个重要方面。

《霍华德庄园》深刻地反映了英国维多利亚时代到爱德华时代交替中文化记忆面临的危机和传承问题。特里林认为，霍华德庄园的传承是一个"谁来继承英格兰？"（Who shall inherit England?）的问题。这个问题事实上也是一个文化记忆问题，即：英格兰将选择什么来传承？什么会被它选择作为遗产？物质还是精神？身体还是灵魂？福斯特在《霍华德庄园》中给出的答案是"唯有联结"（only connect）。小说将原本对立冲突的各阶层重新联结为一个象征性整体，建构霍华德庄园这一英国传统记忆的"记忆之场"（Les Lieux de Mémoire/the Realm of Memory），以重建情感认同、归属感和凝聚力。

第一节 "英格兰现状"和记忆传承问题

在某种程度上，《霍华德庄园》应该被作为英格兰现状小说（a condition-of-England novel）来阅读。19 世纪中叶，批评家托马斯·卡莱尔最先意识到维多利亚时期英国的社会困惑和反常，提出了"英格兰现状"问题。卡莱尔指出，"社会财富增加，旧的社会方法已不能对它们进行有效的管理"[2]，与此同时，"外部环境正在发生巨大变化，这是不容任何人置疑的。时代病了，混乱不堪"[3]。卡莱尔在其 1839 年的论文《宪章主义》中，回顾了"法国革命"中产业工人强有力的政治表达所引发的日益增长的阶级斗争的威胁，他认为这一警告对英国具有特殊的意义："资产阶级在它已经取得了统治的地方把一切封建的、宗法的和田园诗般的关系都破坏了……它使人和人之间除了赤裸裸的利害关系，除了冷酷无情的'现金交易'就再也没有任何别的联系了。"[4] 卡莱尔的观念

---

[1] 何宁：《福斯特与〈霍华德庄园〉中的照片》，载《读书》2021 年第 5 期，第 161 页。

[2] 安妮特·T. 鲁宾斯坦：《英国文学的伟大传统：从司各特到肖伯纳（下）》，前引书，第 97 页。

[3] 安妮特·T. 鲁宾斯坦：《英国文学的伟大传统：从司各特到肖伯纳（下）》，前引书，第 96 页。

[4] 安妮特·T. 鲁宾斯坦：《英国文学的伟大传统：从司各特到肖伯纳（下）》，前引书，第 99 页。

第十四章 "谁来继承英格兰?":《霍华德庄园》中的记忆冲突与传承

深刻影响了维多利亚时期的一批重要作家,如伊丽莎白·盖斯凯尔(Elizabeth Gaskell)、查尔斯·金斯利(Charles Kingsley)、阿尔弗雷德·丁尼生(Alfred Tennyson)、威廉·莫里斯(William Morris)、查尔斯·狄更斯等。他们设法将一个正在裂变的思想体系凝聚在一起,这是维多利亚时期的知识界竭尽全力追求的目标。就当时的性质而言,这是一个解说和理论上的冲突、科学和经济上的自信、社会和精神上的悲观主义、深刻意识到进步的不可避免、深深的焦虑不安的时代。[1] 这些作家创作描绘英格兰现状的小说,探索了经济发展和帝国扩张背后社会道德沦丧、宗教信仰式微,以及工人阶级低工资、失业、罢工等社会问题,反映出对英格兰未来走向和发展的焦虑。

在此文学传统和背景下,《霍华德庄园》所聚焦的"谁来继承霍华德庄园"的问题,其象征意义从一开始就得到了广泛的关注。特里林认为,"这本小说的情节如大多数英国小说一样,是关于财产继承的问题",也就是"'谁来继承英格兰'的问题"[2],而小说结尾伦纳德和海伦的孩子成为霍华德庄园的下一任继承者,预示着一个无阶层划分的英国社会即将到来。对于这一点,有研究者持相反意见,认为这种阶层间的融合只是表面上和形式上的,"因为伦纳德的死亡和亨利·威尔科克斯的衰老,这个孩子实际上属于施莱格尔姐妹所属的那个阶层"[3]。也有研究者持相同意见,认为小说具备现实主义本质,福斯特成功地塑造了"一个具有所有可能的最好的品质与价值观念的英国继承者,以确保英国伟大传统的延续与活力"[4]。也就是说,由谁继承霍华德庄园的问题,事实上是一个关于英国记忆继承的问题。因而,小说中的霍华德庄园人物所具有的象征意义,以及这部小说是否成功地完成了其卷首格言所宣称的"唯有联结"的任务,一直以来都是批评家们关注的焦点。[5]

小说中,作为霍华德庄园继承候选人的玛格丽特和威尔科克斯父子,代表着19世纪英国两种不同的记忆。施莱格尔姐妹祖上留有遗产,积极参加上流社会的文化活动,注重人际关系、个人情感、想象力与内在的

---

[1] 安德鲁·桑德斯:《牛津简明英国文学史》,前引书,第410页。
[2] Lionel Trilling. *E. M. Forster*. New York: New Directions, 1943, p. 118.
[3] Thomas Churchill. "Place and Personality in *Howards End*". *Critique: Studies in Contemporary Fiction*, 1962, vol. 5, no. 1, p. 72.
[4] Peter Widdowson. "*Howards End*: Fiction as History". *E. M. Forster: Howards End*. Ed. Alistair M. Duckworth. New York: Bedford Books, 1997, p. 364.
[5] 关于这方面讨论的相关梳理与总结,参见 Leslie White. "Vital Disconnection in *Howards End*". *Twentieth Century Literature*, 2005, vol. 51, no. 1, pp. 43, 57–58.

精神生活，代表着浪漫主义的文化记忆。而威尔科克斯父子则是工具理性和金钱物质的拥戴者，他们讲究实用，追求金钱的最大功效，通过精确计算功利来达到目的，代表着工业资本记忆。小说开篇提到的"威尔科克斯风波"所反映的正是这两种文化记忆的冲突。在施莱格尔姐妹与威尔科克斯一家以极具浪漫主义色彩的方式相遇后，海伦在写给姐姐玛格丽特的信中说，"威尔科克斯一家的活力让她着迷，在她的脑海里形成众多美丽的画面，而她则积极予以回应"[①]。其结果是海伦与保罗很快坠入了爱河，又以更快的速度分道扬镳，因为保罗还要去尼日利亚干一番事业，而海伦明显不符合他选择妻子的标准。这次风波对施莱格尔姐妹产生了深远的影响，她们看到了另外一种生活："我们认为至高无上的亲情关系在那里并不是最重要的。在那里，爱情意味着婚姻财产的授予，而死亡就意味着缴纳遗产税。"[②] 施莱格尔姐妹文雅的行为举止、优雅的生活趣味和文化标准，与威尔科克斯父子粗鲁冒失的作风、拓展海外生意的冲动及锱铢必较的生意头脑形成了对比。海伦与威尔科克斯家人的矛盾实际上反映了在维多利亚时代向爱德华时代社会转型期间，浪漫主义的文化记忆和工业文明的文化记忆之间的冲突，以及这种冲突带来的情感生活中的失望、混乱和挫败感。

19世纪，英国依靠工业革命和殖民地赚取了巨大利润，成为世界第一工业资本主义强国。然而，机器时代的技术进步并没有带来精神的富足，而是如西方研究者所言，进步已经让所有的精神如此的枯萎。[③] 小说中即以玛格丽特的感知表达了这种精神上的危机："这个世界的灵魂是经济，最深的深渊不是没有爱，而是没有金钱。"[④] 当金钱变成了新的、世俗的"上帝"，经济原则与金融体系变成了新的道德准则，以此为指导的人际关系就成为一种物质交换关系，如玛格丽特所说，"我们的思想是拥有六百镑的人的思想，我们说的话也是拥有六百镑的人的话"[⑤]。尽管玛格丽特的沙龙中充斥着文学与音乐、女性权益、民主平等、社会责任等议题的讨论，但这种浪漫主义者对理性、秩序和想象力的倡导，无法

---

① E. M. 福斯特：《霍华德庄园》，巫和雄译，北京：人民文学出版社，2021年，第22页。

② E. M. 福斯特：《霍华德庄园》，前引书，第25页。

③ Philippe Roger. *The American Enemy: A Story of French Anti-Americanism*. Trans. Sharon Bowman. Chicago: University of Chicago Press, 2005, p. 62.

④ E. M. 福斯特：《霍华德庄园》，前引书，第58页。

⑤ E. M. 福斯特：《霍华德庄园》，前引书，第58页。

改变资本主义的市场交换和人的异化,也无法让施莱格尔姐妹摆脱由伦敦拆迁带来的"游牧生活"的不安。浪漫主义的温情掩盖不了物质主义的冷酷无情,这种冲突割裂了跨阶层之间的交往,小说中的下层人士伦纳德就处于这种理想和现实割裂的状态。伦纳德是一个有着较高艺术修养的人,他不仅研读罗伯特·斯蒂文森、爱德华·卢卡斯(Edward Lucas)的文学作品,他的"夜间荒野漫游"更是展现了19世纪末期的自我关注、自我怀疑、爱情的捉摸不定、旅行的自由,而他的音乐爱好也使他有机会接近施莱格尔姐妹。但文学艺术并不能解决现实生活的窘迫,对施莱格尔姐妹的信任反而使伦纳德丢了工作,和海伦的私情也最终导致了他的死亡。

施莱格尔姐妹对伦敦居所不定的不安,威尔科克斯父子时时在灵魂深处感到的罪恶,伦纳德对世界不断下坠乃至崩溃的感受,都隐喻着维多利亚时代表面的优雅平和、繁荣进取下,社会内部情感结构中各个阶层深刻的分裂。不论是充满紧张气氛的家庭关系,还是社会成员明显不安的行为方式和精神状态,都显示出各阶层的人们与稳固安宁的传统之间存在着记忆的断裂。从19世纪60年代开始,无论是具有自由思想还是持保守思想的维多利亚人,不安感都日渐增强。尽管19世纪英国的国际声望和经济力量已为世界所关注,但维多利亚晚期和爱德华时代经济增长率的停滞、社会和政治机构的激烈改变、海上霸权受到德国海军扩张的挑战等社会现状,也成为公众不安的原因。就如同马修·阿诺德(Mathew Arnold)在多佛海滩声称他听到了"信念之海的'忧郁的、慢慢退却的吼声'"[①]一样,这种对英国未来走向的不安感是无法避免的。卡莱尔的所谓英格兰现状问题正在指向一种不确定的未来。

第二节　伦敦城市和霍华德庄园

19世纪的工业化进程一方面带来了经济、科技和城市的快速发展,另一方面也导致原本稳定的社会结构与秩序遭受前所未有的巨大冲击。物质层面的繁荣与精神层面的危机共同构筑了维多利亚晚期英国的社会面貌,形成了不同往昔的突出特征。哲学家卡尔·雅斯贝斯(Karl Jaspers)指出,同那些曾认为"他的世界是处在逝去了的黄金时代与随

[①]　安德鲁·桑德斯:《牛津简明英国文学史》,前引书,第460页。

上帝目的之实现而将到来的世界末日之间的一个持久不变的中间阶段的"人相比,"今天的人失去了家园,因为他们已经知道,他们生存在一个只不过是由历史决定的、变化着的状况之中。存在的基础仿佛已被打碎"①。作为工业化和城市化进程的产物,伦敦是一个不断扩张的工业经济中心。《霍华德庄园》将伦敦所具有的庞大的非人的力量与盲目的、变动无常的本质描写得淋漓尽致:这个伦敦有着不断流动与变化的城市景观,居住在这里的主要人物都居无定所,不是等待着搬家就是正在搬家,或者是被迫流离失所。②玛格丽特讨厌伦敦的变动无常,更厌恶随之而来的颠沛流离的感觉:

> 这个城市本身也在不断变迁……这个著名的大楼拔地而起,那个建筑则难逃拆除的厄运。今天改造了白厅街,明天就要轮到摄政街了。月复一月,路上的汽油味儿越来越浓烈,街道越来越难通过,人们越来越难听懂对方在说什么,呼吸越来越困难,蓝天越来越少见。③

通过她的感受,我们可以获得对当时伦敦人居处不安和彼此疏离的深刻感知。

《霍华德庄园》中描绘的伦敦城市中的居无定所,并不是一种自然的社会流动,而是圈地运动和济贫税造成的社会流浪。随着工业化进程的推进和失去土地的人们不断涌向城市,日益扩张的城市如同巨兽,逐渐吞没了英国丰富的传统文化记忆。传统的文化被工业革命引起的变化破坏,如英国研究者所言:"我们已失去的是体现活文化的有机群体。民谣、民间舞蹈、科茨沃德山区的村舍、手工艺制品说明了一种生活艺术、一种生活方式,它有规则,有格调,涉及了社会艺术、交往原则,以及从远古继承而来的对自然环境和季节交替的适应能力。"④ 工业化的结果是劳动者失去了劳动的乐趣,工作只是为了谋生,传统的丰富多样的乡村生活模式消失了,代之以单调、平和、机械的城市生活模式。乡村文

---

① 卡尔·雅斯贝斯:《时代的精神状况》,王德峰译,上海:上海译文出版社,2003年,第1—2页。
② E. M. 福斯特:《霍华德庄园》,前引书,第107页。
③ E. M. 福斯特:《霍华德庄园》,前引书,第106页。
④ F. R. Leavis and Denys Thompson, *Culture and Environment: The Training of Critical Awareness*, Westport, CT: Greenwood, 1933, pp.1—2.

第十四章 "谁来继承英格兰？"：《霍华德庄园》中的记忆冲突与传承

化记忆的消失导致了个人心理的困惑和疾病，进而如赫伯特·马尔库塞（Herbert Marcuse）所指出的，"心理学问题变成了政治问题：个人的失调比以前更直接地反映了整个社会的失调，对个人失调的医治因而也比以前更直接地依赖于对社会总失调的医治"①。小说中的施莱格尔姐妹生活在商业发达的伦敦城市中，尽管这里灯火通明，人来人往，但她们感觉"吸进口中的空气冰如硬币……到处弥漫着粗俗的气息"②。而且"城市的面貌有点狰狞，越来越狭窄的街道就像矿下坑道一般逼仄……情绪的低落让内心感受到愈发悲哀的黑暗，反过来又让情绪愈发低落"③。生活在现代都市里的个体，无力去关注未知的、无功利性的世界，精神和情感趋于麻木，逐渐丧失正确看待自我和批评社会现状的能力。

与伦敦代表着对传统文化记忆的破坏相反，霍华德庄园作为传统乡村文化与贵族文化的中心，所代表的是传统的"道德经济"（the moral economy）④，而其实质是"对一种以固定的、互惠性的社会和经济关系（据称这类关系是非常全面的）为基础的秩序的美化"⑤。小说通过霍华德庄园附近村民对它的评价，展现了这种英国传统的道德经济："这家人特别仁义，老霍华德夫人从来不说别人的坏话，也不会把人家饿着肚子打发走。那个时候，他们的土地上从来没有树过'外人免进，违者严惩'的牌子，而是客气地说'请勿进入'。"⑥作为霍华德庄园真正的拥有者，威尔科克斯家的女主人露丝的形象与众不同：

> 她拖着长裙不声不响地穿过草坪，款款而来，手里还捏着一把草。她跟两个年轻人以及他们的汽车似乎不属于同一个世界，她只属于这房子，属于笼罩其上的那棵树。大家都知道，她崇尚过往，而这过往将特有的智慧加持到她的身上——我们把这智慧不太贴切地叫做贵族气质。⑦

---

① 赫伯特·马尔库塞：《爱欲与文明：对弗洛伊德思想的哲学探讨》，黄勇等译，上海：上海译文出版社，2008年，第1页。
② E. M. 福斯特：《霍华德庄园》，前引书，第79—80页。
③ E. M. 福斯特：《霍华德庄园》，前引书，第83页。
④ 参见 Judith Weissman. "*Howards End*: Gasoline and Goddesses". *E. M. Forster: Howards End*. Ed. Alistair M. Duckworth. New York: Bedford Books, 1997, p.440.
⑤ 雷蒙·威廉斯：《乡村与城市》，前引书，第51页。
⑥ E. M. 福斯特：《霍华德庄园》，前引书，第271页。
⑦ E. M. 福斯特：《霍华德庄园》，前引书，第20页。

英国维多利亚小说中的文化记忆研究

作为小说中第三种文化记忆的象征，露丝身上明显带有英国乡村田园文化记忆。她出场时手里捏着一把草，不禁令人联想到诗人华兹华斯《露西组诗》中所描绘的英国田野形象："你晨光展现的，/你夜幕遮掩的，/是露西游憩的林园；/露西，她最后一眼望见的，/是你那青碧的草原。"① 从中也可以看出，露丝的形象是对古希腊依洛西斯神话（Eleusinian Mysteries）中代表土地与庄稼的女神德墨忒尔（Demeter）的化用。在古希腊的依洛西斯神庙祭祀中，德墨忒尔的崇拜者就是手执在寂静中收割的一穗谷子。② 因此可以说，手握青草的露丝，实质上是土地和英国传统乡村文明的象征。

露丝和她所拥有的霍华德庄园代表着一种更加稳定和有机的乡村生活记忆，而作者福斯特对霍华德庄园（乡村宅院）和露丝（宅院主人）的青睐，则意在建构黏合社会各阶层的稳定的文化象征结构。阿斯曼认为："每种文化都会形成一种'凝聚性结构'（Konnektive Struktur），它起到的是一种连接和联系的作用"，它"可以把人和他身边的人连接到一起，其方式便是让他们构造一个'象征意义体系'——一个共同的经验、期待和行为空间，这个空间起到了连接和约束的作用，从而创造了人与人之间的相互信任并且为他们指明了方向。"③《霍华德庄园》中人物之间的关系是复杂的，存在不同层面、不同角度的冲突与联系，阶级的对立以及文化上的差异往往交织在一起，但最终这些冲突都通过霍华德庄园所建构的共同的回忆、经历和情感而逐渐趋同。小说中的所有人物都似乎在去往或者说寻找霍华德庄园的路上，而当他们最终抵达时，所有的伤痛似乎都会得到抚慰，所有的冲突也会得到化解。首先到达霍华德庄园的是玛格丽特和海伦，原本以为这将是一次不愉快甚至是最后的会面，但是霍华德庄园里被重新安置的施莱格尔家的旧家具勾起了两个姐妹共同的回忆——椅子上一处污渍，使她们回忆起童年的趣事，并深刻地认识到她们"彼此不可能被分开，因为她们的爱根植于共性的东西"④。而所谓"共性的东西"很明显就是共同的记忆及其附着的情感与经历。之后，查尔斯和伦纳德爆发了剧烈而短暂的冲突，造成伦纳德死于刺伤引发的心脏病，查尔斯也因为过失致人死亡而被捕，导致

---

① 华兹华斯，柯尔律治：《华兹华斯、柯尔律治诗选》，杨德豫译，北京：人民文学出版社，2001年，第34—35页。
② Edith Hamilton. *Mythology*. New York: New American Library, 1969, pp. 44—58.
③ 扬·阿斯曼：《文化记忆：早期高级文化的文字、回忆和政治身份》，前引书，第6页。
④ E. M. 福斯特：《霍华德庄园》，前引书，第297页。

其父威尔科克斯精神崩溃,最终来到霍华德庄园,在玛格丽特这里找到了安慰。从露丝来到伦敦寻找到她精神上的女儿玛格丽特,到她逝去后将霍华德庄园留给玛格丽特继承,最终海伦的孩子入住庄园,成为继承人,霍华德庄园继承人之间在整体上形成了诞生—死亡—重生的记忆联结。

第三节 记忆之场与记忆联结

《霍华德庄园》中所描述的所有相互对立冲突的元素,其本质上都可以说是不同的文化记忆之间的对立冲突。记忆是一种选择过程的产物,这一过程通过各种记忆的矛盾冲突形成记忆交织的凝聚点,即将某一记忆图像置于其他形象之上,成为特定共同体内获得公众认同的最终选择。在这个意义上,小说中的霍华德庄园正是福斯特试图建构的一个拥有情感认同、归属感和凝聚力的记忆之场。有研究者将"记忆之场"定义为"任何经由人类的意志或时间的打磨,已经成为其所在社群的纪念性遗产的一个象征性元素的(物质的或非物质的)实体"[1],认为虽然"记忆之场"作为一种实在的、象征性的和功能性的场所,但是其核心在于象征性,归根结底是象征性使一个场所成为"记忆之场"[2]。因此,霍华德庄园的真正价值也并不仅仅在于它提供了一种记忆的联结与重组,而更在于它还提供了一个英国记忆传承的象征。

霍华德庄园的拥有者露丝的形象与其说是一种久远的神话象征,不如说是以她为表征的这个田园神话记忆给现代英国带来了精神慰藉。西塞罗曾对古希腊罗马神话有过这样的评价:"这些神话让我们的性格甜蜜,让我们的习惯柔和;它们让我们从野蛮的状态进化到真正的人性。它们不仅给我们展示了愉悦生活的方式,而且教诲了我们如何带着更好的希望死去。"[3] 而霍华德庄园也正是以其特有的英国乡村神话传奇,展示了文化记忆中大地女神和土地的联系。如小说描绘庄园中栽种着古老

---

[1] Pierre Nora. "From Lieux de Memoire to Realms of Memory." *Realms of Memory: The Construction of the French Past*. Ed. Lawrence D. Kritzman. New York: Columbia University Press, 1996, p. xvii.

[2] 皮埃尔·诺拉:《记忆之场:法国国民意识的文化社会史》,前引书,第6—29页。

[3] Edith Hamilton. *Mythology*. New York: New American Library, 1969, p.55.

的山榆树①,"那棵树的树干上嵌了几颗猪的牙齿,离地面大概有四英尺的高度,是很久以前乡下人嵌上去的,他们认为这样的话,嚼一块树皮就能治好牙疼。现在这些牙齿几乎被树皮覆盖住了,也没人再理会这棵树"②。这里的猪牙故事是和希腊神话相联系的。在希腊神话中,美少年安东尼斯(Adonis)是从树中诞生的,爱神阿佛洛狄忒(Aphrodite)和冥界的王后珀耳塞福涅(Persephone)都爱上了他,宙斯判决让安东尼斯秋冬季节与冥后在一起,春夏季节则与爱神共处。在一次狩猎中,安东尼斯被野猪的獠牙刺伤流血而死,化为血红色的银莲花。③霍华德庄园山榆树中的猪牙,作为神话和乡土的记忆之锚,成为死亡和再生的象征;如同小说中伦纳德最后被刺伤而死于心脏病,他的儿子却成为庄园的最后继承人,证明霍华德庄园作为继承英国文化记忆的"场所",本身就具有神奇的愈合力量。

作为英国传统文化的"记忆之场",霍华德庄园发挥了福斯特所言"唯有联结"的作用。威廉斯指出:"围绕着定居的观念发展出了一种真正的价值结构。这种结构依赖于许多真切而持久的情感:对那些我们生长于其间的人们的认同感;对我们最初生活于斯和最先学会用眼去看的那个地方,那片景色的眷恋之情。"④作为霍华德庄园的继承人,玛格丽特第一次造访霍华德庄园时,就感受到了霍华德庄园所承载的英国传统文化记忆:"如果说,有什么地方可以让人从容领略人生,一切尽在掌握,一眼看清人生的短暂和青春的永恒,并将两者联结起来——毫无痛苦地联结起来,直到所有人都情同手足,那就是这些英格兰农场了。"⑤霍华德庄园具有神奇的治愈能力,能够让疏离的现代人重新感受到生活的温情。当施莱格尔一家的房子租约到期而不得不搬离伦敦时,他们把所有的家具、书籍和生活物品全部都打包运到了霍华德庄园。在这里,那些三十年来都没感受过阳光的可爱的小椅背被晒得挺热乎的,不仅如此,霍华德庄园还恢复了被遗忘的家庭温暖,使矛盾的文化记忆共同建筑在英国共享的传统价值观念之上,成为施莱格尔姐妹和威尔科克斯父

---

① 山榆树长期作为"英国"的隐喻出现,如盖斯凯尔夫人的《露丝》(Elizabeth Gaskell. *Ruth*. Global Grey Ebooks,2018,p. 38);艾略特的《费利克斯·霍尔特》(George Eliot. *Felix Holt:The Radical*. Free Classic eBooks,p. 8);哈代的《一双蓝眼睛》(Thomas Hardy. *A Pair of Blue Eyes*. Oxford:Oxford University Press,2005,p. 10)中都有相关的意象。
② E. M. 福斯特:《霍华德庄园》,前引书,第69页。
③ Edith Hamilton. *Mythology*. New York:New American Library,1969,pp. 90-91.
④ 雷蒙·威廉斯:《乡村与城市》,前引书,第121页。
⑤ E. M. 福斯特:《霍华德庄园》,前引书,第266页。

子认同的记忆之场。

文化记忆是一个不断被选择和阐释的过程。社会发展、历史变化和阶级利益等都会影响我们如何定义过去，如何传承价值。"记忆不仅重构着过去，而且组织着当下和未来的经验。"① 正如有研究者指出的，"露丝对事物所做的判断依靠直觉，然而她本能地对土地存有温情，本能地抵制威尔考克斯家族那种坚不可摧但庸俗无趣的中产阶级价值观。也许在这个人物身上，福斯特投射了他对'以前的英国'的种种想象"②。露丝选择玛格丽特作为霍华德庄园的继承人，正是看到了玛格丽特身上既具备英国传统文化的理想，又能够引导工业资产阶级的进取方向。从词源来看，"霍华德庄园"（Howards End）指涉"hog warden"（"看猪人"）或"guardian of the home"（"家的守护者"）。作为霍华德庄园的继承者和守护者，玛格丽特清楚地意识到金钱和灵魂之间的矛盾，看到都市生活的不确定和乡村生活的安宁之间的反差，所以她赋予自身的任务就是建起一座"彩虹之桥，把我们内心的平淡与激情联结起来。没有这座桥梁，我们就是毫无意义的碎片，一半是僧侣，一半是野兽"③。正是在这个意义上，玛格丽特成为"家的守护者"，而霍华德庄园也成了施莱格尔姐妹、威尔科克斯先生、海伦和伦纳德的儿子的家园。三种文化记忆通过霍华德庄园的联结，形成一个稳定的象征意义体系，一个具有情感认同、归属感和凝集力的"记忆之场"。在这个意义上，福斯特也回答了英国未来将继承什么、谁来继承的问题。

小 结

伊丽莎白·乌特卡（Elizabeth Outka）指出，福斯特对霍华德庄园空间上的重新组织实际上是对空间所承载的时间（包括记忆与历史）的重新组织，以此重新建构一种时间上的连续性，从而将人、物与场所联

---

① 扬·阿斯曼：《文化记忆：早期高级文化的文字、回忆和政治身份》，前引书，第35页。
② 纳海：《寻找英伦的神话：〈霍华德庄园〉中的"英国问题"和国民性》，载《外国文学》2017年第4期，第24页。
③ E. M. 福斯特：《霍华德庄园》，前引书，第185页。

英国维多利亚小说中的文化记忆研究

合为一个有机的整体。① 小说中,施莱格尔姐妹和威尔科克斯父子的冲突、伦纳德的沦丧反映了英国 19 世纪以来各种社会问题,延续了维多利亚时代英国现状小说对英国现实问题的揭露和思考;同时,伦敦城市和霍华德庄园之间的对立,也展现了现代与传统、城市和乡村之间的矛盾,表现为情感的困惑和记忆的断裂。福斯特在小说中对传统记忆的继承问题提出了"唯有联结"的断语,他通过文学的表现力,以霍华德庄园为记忆之场,寻找记忆之锚,建构了过去和现在、城市和乡村、阶级冲突之间的联系。如德尔巴-加兰特指出的那样,霍华德庄园"最终成为了一个不同阶级、文化与历史的融合物,为英国的未来提供了坚实的基础"②。尽管小说充满作家主观的想象和希望,但霍华德庄园所承袭的英国传统文化记忆和所象征的英国"记忆之场",却通过承认差异并且认同差异,让生活在其中的浪漫主义者与物质主义者可以和谐共处,让原本冲突的各阶级可以重新找到各自的位置,使身处其中的每个人都可以"按照预期的那样去发展"③。小说的结局预示着一个充满希望与无限可能的未来,在这个意义上,《霍华德庄园》展现了爱德华时代对改变维多利亚时代晚期阴郁态度的尝试。

---

① Elizabeth Outka. "Buying Time: *Howards End* and Commodified Nostalgia". *NOVEL:A Forum on Fiction*, 2003, vol. 36, no. 3, pp. 330-350.
② J. Delbaere-Garant. "'Who Shall Inherit England?': A Comparison between *Howards End*, *Parade's End* and *Unconditional Surrender*". *English Studies*, 1969, vol. 50, p. 101.
③ E. M. 福斯特:《霍华德庄园》,前引书,第 335 页。

结 论

按照雷蒙·威廉斯的《关键词：文化与社会的词汇》公布的词源研究结果，英语中的"history"一词衍生于法语的"histoire"、拉丁语的"historia"和希腊语的"istoria"，其最初含义是"询问或调查"，后来延伸为"询问的结果，最后则带有知识的记载、纪录"①。《英国大英百科全书》这样解释道："历史一词在使用中有两种完全不同的含义：第一，指构成人类往事的事件和行动；第二，指对此种往事的记录及其研究模式。前者是实际发生的事情，后者是对发生事件进行的研究和描述。"②从第一层意思看，历史是真实事件的构筑，历史研究是一种经验性的、实证的科学。而第二层意思则与历史分析哲学相关联。历史作为对过去事件的记录和再现，其真实性和对真理的追求与现实主义文学中的再现论、摹仿论不谋而合。对过去的摹写是为了认识和理解生活，这就要求再现必须是真实准确的。威廉·狄尔泰认为："再现的成功在于：一个经历的一些片断却是非常完整，以至我们认为观看到一个连续而成的全貌。"③ 历史主义这种再现观让我们回顾过去的同时，也假设了一个稳定、完整、清晰的社会全貌。

文学与历史的联系再次受到批评家重视的时候，历史与文学概念的外延都产生了变化。社会学的概念和方法极大地影响了20世纪60和70年代对历史的研究。历史研究更倾向于一种分析性的模式，文学批评也开始对大众行为和集体记忆产生兴趣。受后结构主义的影响，后现代叙事怀疑历史的连续性、发展性和进步性，马克·普斯特（Mark Poster）

---

① 雷蒙·威廉斯：《关键词：文化与社会的词汇》，刘建基译，北京：生活·读书·新知三联书店，2005年，第204页。

② 转引自中国社会科学院考古研究所夏商周考古研究室编：《三代考古》，北京：科学出版社，2021年，第118页。

③ 威廉·狄尔泰"对他人及其生活表现的理解"，见汤因比等：《历史的话语：现代西方历史哲学译文集》，桂林：广西师范大学出版社，2002年，第11页。

英国维多利亚小说中的文化记忆研究

曾将后现代历史观描绘为"一种以理解的形式来控制和驯化过去的方式"①。问题在于，历史学家以及历史现实主义作家虽然得到了对过去的控制，自身却没有置于问题中。稳妥沉静的过去暗示着当前发展的方向，问题的缺乏是因为意识形态的遮蔽而导致记忆的扭曲和遗忘。因而，我们首要的工作是恢复观察者与其对象之间的距离。过去与现在之间并非一种连贯、因果或进步发展的关系；过去也并非由一种单一话语的（monological）构成，有着固定秩序的体系；过去是由多种记忆——个体记忆、集体记忆和文化记忆等组成，是矛盾和斗争的权力所在。因此，过去与现在并不能安享一种亲密无间的关系，而是充满断裂和距离。这种距离需要解释和协商，而不是逃避或忽略。

那么，文学文本是如何表征过去记忆的呢？是对过去发生的事件的记录，还是具有差异性的再现？哪些叙事会获得真实价值和情感力量，并通过重复让过去的存在被显现，或者通过回忆让过去在现在被重现？约瑟夫·康拉德曾这样指出，"小说是历史，人类的历史，否则它什么也不是。但不仅仅这样，小说建立在更坚实的基础上，建立在现实的基础、对社会现象的观察上；而历史却建立在文件、手稿的阅读等第二手印象上。所以小说更接近真理（truth）"②。从历史研究的角度看，文学作家比历史学家更接近历史，因为他们生活在"当时"，历史学家则需要借用他们的"再现"来解释和重构过去。20世纪末记忆研究的兴起，从新的角度对文学与历史的关系进行了探索。个体记忆和集体记忆、社会记忆和文化记忆都强调再现的力量和社会生活中的话语。历史具有文本属性，作为文化生产物的产品，文学文本和历史文本一样，是社会话语系统的一部分。作为一面历史棱镜，文学作品折射的不仅仅是社会，还有社会中的人，以及人在社会变革中对待过去、现在和自我的方式。

1902年，胡戈·冯·霍夫曼斯塔尔（Hugo von Hofmannsthal）第一次使用了集体记忆概念，随后，1925年，莫里斯·哈布瓦赫为反驳亨利·柏格森与西格蒙德·弗洛伊德（Sigmund Freud）的观点，在其所著

---

① Tim Woods. "History and Literature". *Making History: An Introduction to the History adn Practics of a Discipline*. Eds. Peter Larnbert and Phillipp Schofield. New York: Routledge, 2004, p. 164.

② Ross C. Murfin, ed. *Joseph Concrad: Heart of Darkness: Concplete, Authoritative Text with Biographical and Historical Countexts, Critical History, and Essays frow Five Contemporary Critical Perspectives*. New York: Bedford Books of St. Martin's Press, 1996, p. 239.

的《记忆的社会框架》(*The Social Framework of Memory*)中将记忆视为一种特殊的社会现象。可以看出，集体记忆概念的出现是伴随20世纪的历史主义危机同时发生的。本书之所以采用记忆的视角，是因为记忆保持和表达了一种经验的直观性，可以作为一代人情感纽带变化的重要媒介、场所和表征。本书对维多利亚时代为经典小说从两个方面进行了研究：一是文学如何生产关于一个时代的集体记忆，如何建构这个时代的文化记忆；二是个人故事在集体记忆的语境中成为现在和未来的寓言，体现历史并使历史获得情感效值。总的来说，维多利亚时代的小说借助记忆的再现，让叙述者和受述者或者说故事讲述者和听众产生归属感并获得情感价值，获得个人的或文化建构的国家认同，这个过程是关于这个时代的文化记忆叙事和自我叙事相互关联的认同过程。本书以维多利亚时代的文化记忆书写为主题，从以下三个维度和层面对维多利亚时代、爱德华时代和温莎王朝时代的小说中再现的维多利亚时代文化记忆进行了研究。

1. 维多利亚时代的家庭记忆

历史和记忆交织中，文学成为个人故事、集体记忆和国家历史的载体。在维多利亚时代的小说的个人叙事中，如狄更斯的《大卫·科波菲尔》《老古玩店》、勃朗特的《简·爱》中，叙述者都将个人的主体性融入更广泛的历史，使得历史叙事呈现出个人化的特征。在回顾幼儿时期饥饿、虐待、暴力、欺骗甚至拐卖等经历时，我们在这些小说中发现叙述者的讲述带有明显的创伤记忆的痕迹和强烈的情绪。马修·阿诺德曾声称，夏洛特·勃朗特的脑子里"除了饥饿、叛逆和愤怒以外一无所有"[1]，《书评季刊》在谈及《简·爱》时，把"无庸置疑的权力和恐怖的感受"结合起来，并得出结论，说该书的精神与"在国外无视权威，破坏人和神的每一法典，在国内酿成宪章运动和叛乱"的书一样。[2] 勃朗特的小说尽管只涉及简·爱的个人经历和故事，但却反映了维多利亚时代的妇女问题和社会变化的敏感性。英国批评家F. R. 利维斯曾强调，这种"不同寻常的结合——把对社会结构和物质世界永不消失的感

---

[1] 安妮特·T. 鲁宾斯坦：《英国文学的伟大传统：从司各特到肖伯纳（下）》，前引书，第110页。
[2] 安妮特·T. 鲁宾斯坦：《英国文学的伟大传统：从司各特到肖伯纳（下）》，前引书，第110页。

觉与对感情境界和个人关系的敏锐洞察相结合"①。作家在回顾幼儿时期的悲惨经历时，叙事带有明显的个人创伤记忆色彩，具体表现为生活细节和独特的情感感受，这也形成了一种基于情感理解和个体记忆的独特的历史组成部分。

狄更斯作为维多利亚时代拥有巨大名望的代言人，无论在早期的小说《匹克威克外传》中，还是在《大卫·科波菲尔》《雾都孤儿》《远大前程》中，狄更斯都致力揭露维多利亚时代表面的繁荣社会的罪恶。他笔下的济贫院、约克郡的学校、债务人监狱、拐骗、法律骗局、小偷、伪善的上流人等，都展现了社会阴暗和罪恶的本身；而家庭记忆中的儿童则是这些社会罪恶的直接和主要受害者。和同时代其他作家相比，狄更斯没有将罪恶和贫穷相联系，而是将罪恶归结为社会自身的问题，也就是卡莱尔提到的"英格兰现状问题"②。无论是社会制度、剥削关系、贫富悬殊，还是政府和官员的腐败、资本家的盘剥和劳工法规、教育立法，狄更斯都为我们提供了一幅维多利亚早期和中期的社会全景图。

工业革命推动了各行各业向前发展，家庭作为社会的经济单位，也同时具备一个财富积累的过程。在19世纪的维多利亚时代，家庭是最基本的经济单元。家庭通过代代相传的血缘、财富、情感和记忆来自我描述、自我思考和自我建构。每一个家庭都存在自身的回忆和回忆仪式，以便下一代学习家庭的历史和价值观念。这些记忆通常只对家庭成员开放，构成了这个家庭共享的秘密。父母的影响不言而喻，作为家庭的权威，父亲的尊严受到尊重，孩子们情感的表达受到家庭结构的规范。因此，幼年的简·爱和科波菲尔丧失父亲之后，一再受到重组家庭里舅母或继父的排斥，在新的家庭内部，他们缺乏和其他成员的必要联系，也没有共同之处。作为一个不安定因素，他们都受到了驱逐，被新的家庭遗忘；这种分离也成为深埋在记忆之中的缺失。

每一个社会的每一个家庭都拥有自己独特的传统，家庭作为社会最小的单位，其成员的社会交往、亲属关系也会融入家庭记忆。哈布瓦赫认为："某个家庭的一部分记忆都有可能渗透、扩散到一个或几个别的家庭的记忆中去。而且，借助家庭中那些直接卷入到外部世界集体生活中去的人作为媒介，一个社会的普遍信念能够影响到家庭成员，所以，这

---

① 安妮特·T. 鲁宾斯坦：《英国文学的伟大传统：从司各特到肖伯纳（下）》，前引书，第243页。

② Thomas Carlyle, Chartism. London: Chapwan and Hall, 1842, p.1.

些信念就既有可能去适应家庭传统，也有可能相反，去改变这些传统。"[①] 一个家庭中的祖父母、亲戚们、佣人们、家庭教育中青少年的叛逆、求偶、婚嫁、家庭中财产、嫁妆、遗产等，都成为社会的缩影，每一种改变都是社会变迁的象征。同时，家庭内部有自己独特的沟通方式，形成沟通性回忆，这些回忆形式包括生日庆典、家庭聚会、下午茶或餐桌谈话等，我们在《简·爱》里看到的罗切斯特先生和简·爱的炉边谈话就是一种家庭式的交往记忆方式；这种交往谈话，不管是正式还是非正式，都是家庭中传达知识和信息的行为，并形成一种家庭的共识和认同；同时，这种交往谈话也成为社会事件、他人情况、各种知识和经验得以流通的方式。在这个过程中，家庭成员固然能够获得彼此的认同或交流，也能产生社会影响或被影响。

可以认为，维多利亚时代的家庭记忆不仅是这个时代社会联系的重要方式，也是这个时代的重要特征。家庭内部父亲的权威形象、母亲家中天使的形象和有教养的孩子们构成了固定的结构，并构成了同代人的记忆。这种同代人记忆跨越了群体，因为共同的家庭结构、相似的说话和思维方式、一定的历史事件、婚姻观、财产管理、精神创伤、幻想等，具有共同的特征。考察维多利亚时代的家庭小说，我们可以看到这种同代人记忆所共享的家庭观、婚姻观，社交娱乐方式；但我们也同时看到家庭记忆中不那么稳定的因素，不管是叛逆的青少年、家庭秘密和隐私、不法或不伦的情爱或婚姻、家庭暴力、破产，还是家庭成员如罗切斯特太太和迪克先生的疯癫、贝茜姨婆的怪癖、威克菲尔先生和罗切斯特先生的占有欲与控制欲、摩德斯通先生和其妹妹的残暴和窥探，还是小耐儿的善良和牺牲、吐拉特的奸诈和贪婪，都形成了这个时代稳定的家庭感下具体的家庭记忆。就此而言，文学小说可被视为一种被更广泛接受和共享的文化情感和记忆，文学中家庭记忆的变化预示着社会认知系统和存在模式的更大的变化。文学中的记忆并非为了解释过去，而更多的是对历史的一种情感式的接近；不是去强调因果关系，而是力图让其他人感知、感受和理解历史的变化。小说中的恐惧、愤怒、疯狂、分裂的情感记忆，和"天佑我王"下严格的社会规制所形成的世界观和现实中黑暗面之间的冲突所形成的认识论，以及道德秩序的混乱，如犯罪、肮脏、疾病、社会不公等，这些社会记忆都成为影响家庭记忆的来源，并且影响了这一代人的行为模式，成为解释小说中人物的行为动机——堕

[①] 莫里斯·哈布瓦赫：《论集体记忆》，前引书，第128页。

落或救赎——的主要因素。

2. 维多利亚时代的帝国记忆

帝国主义扩张既包括对殖民地的经济、军事和政治的控制，也包括语言、宗教、文化的输出，其根本的目的是宗主国追求政治经济利益。本书的第三部分追踪讨论了维多利亚时代对帝国记忆的再现，包括这种集体记忆的塑造、框架，以便于定义在何种范围内他们形成了关于再现的一个完美的循环系统。伴随着帝国主义的是一种特殊的使命感，即"白人的负担"，认为文明国家有责任提升所谓的野蛮民族，所以这一阶段涉及海外殖民地的小说都具有相同的普遍的特点：作为过去历史中荣耀与梦想的象征，帝国记忆成为一种帝国元叙事的基础，在这些叙事所组成的话语链之后，英帝国殖民话语的权力系统并非单纯依靠武力和国家机器来征服和镇压土著，而是通过记忆再现的机制，通过话语和叙事来塑造殖民地的形象，并由此建构青少年的帝国认同。无论是斯蒂文森的《金银岛》、福斯特的《莫格里系列》，还是康拉德的经典作品《黑暗的心》《诺斯特罗莫》，这些文本背后都显现出帝国记忆对民族身份的塑造，成为同一种意识形态话语的产品。尽管诸多文本在再现殖民地时，出现了对帝国记忆的怀疑和迷惑，就像《黑暗的心》中库尔兹的临终呓语"吓人啊！吓人！"[①]，但这种颠覆仍然在最后为马洛所修改，在面对库尔兹的未婚妻时，他篡改了临终留言，并且提醒她及读者："我们会永远记住他的"[②]。可见，帝国的记忆最终仍然取得了胜利，尽管康拉德用库尔兹的想象颠覆了帝国话语中非洲人作为"他者"的对立形象，但这种帝国记忆的修改和传递证明了康拉德对非洲的再现仍然是为这种帝国话语系统服务的。

这里我们可能注意到，在《莫格里系列》之中欧洲殖民话语可能存在的一种颠覆。在英国，殖民主义代表着文明的使命，雷纳托·罗萨尔多（Renato Rosaldo）认为，殖民主义的代理人官员、警察、传教士以及其他人类学家经常对殖民文化怀有怀旧之情，因此，帝国主义怀旧（Imperialist nostalgia）常常在帝国主义范畴出现，即人们"哀悼他们自己所改变的事物的逝去"[③]。莫格里系列中印度被比喻为黑暗的丛林，丛林里的动物森严的等级制度类同于印度种姓制度，其文化记忆的散播与

[①] 约瑟夫·康拉德：《康拉德小说选》，前引书，第584页。
[②] 约瑟夫·康拉德：《康拉德小说选》，前引书，第594页。
[③] Renato Rosaldo, "Imperialist Nostalgia". *Representations*, 1989, Vol. 26, p. 107.

变化表达了一种达尔文式的进化过程，而莫格里的存在是殖民地与帝国共同记忆的产物。在这部小说里，殖民主义对比野蛮的丛林是一种西方文明身份稳定的参照物，最终莫格里成为森林看护人，并携带他的四位狼兄弟"向先生们问好"，以一种慈善的积极的进程完成了殖民主义的收编，将莫格里置于西方殖民者文明的、有教养的家长羽翼下，并将丛林记忆含纳进帝国家庭记忆之中。

《诺斯特罗莫》暴露了殖民历史上的叛乱与冒险。暴力遍及殖民者和土人关系之间的每一方面，而康拉德的小说通过暴露这种暴力颠覆了帝国记忆元叙事的方式，诺斯特罗莫的叙述者迂折地透露了殖民主义远远不是一项值得骄傲的、光荣的冒险，而是腐化的、卑鄙的，但这种叙述能力仅仅赋予了欧洲殖民者，被殖民者作为沉默的他者，其形象受到扭曲。在这个意义上，帝国主义怀旧的意义是刻意地掩盖真正的阶级利益，或者通过另一种方式来施行殖民记忆尚未完成的教化使命（the civilizing mission）。另外，值得注意的是，英帝国的海外殖民地还是文学作品中想象的乌托邦所在，用威廉斯的话来说，是"化解现实冲突的有效手段"[①]。海外殖民地成为解决帝国内部矛盾的主要出口，带给困窘的人们发财致富的机会（如密考伯夫妇、希斯克利夫）；或者成为受到感情伤害的避难地，但究其本质，海外殖民地以乌托邦的形象，掩盖了资本主义对财富的贪婪和掠夺，殖民扩张推动了英国资本主义完成原始积累，实现工业革命的飞跃。在漫长的殖民历史中，帝国记忆充当了意识形态的先锋，小说中无数参与海外殖民扩张的年轻人以书信的方式，向国内的家人和朋友描述他们的所见所闻，尽管故事不同，但其叙述方式和意识形态却很难摆脱帝国记忆的意识形态，这些在《诺斯特罗莫》《黑暗的心》等小说中可以看到。

3. 维多利亚时代的乡村与城市记忆

19世纪工业化和城市化的发展，让城市与乡村之间的对立日渐加重。家庭和土地是一个统一的有机体，对家庭和土地的需要是每一个家庭成员必然和有限的选择。一方面，小说中出现了怀旧的田园主义传统，"这种传统把过去的乡村英国理想化，冠之以'旧英格兰'、'快乐的英格兰'、'有机社会'、'黄金时代'等诸多美称"[②]；另一方面，都市的繁华、现代化、财富的集中等和乡村的落后形成了对比。从1700年到1820

[①] 雷蒙德·威廉斯：《漫长的革命》，北京：外语教学与研究出版社，2019年，第xvii页。

[②] 雷蒙·威廉斯：《乡村与城市》，前引书，第3页。

年，伦敦人口增至 125 万，对这个不断膨胀的都市，"'怪物'和病态'肿瘤'的形象被不断地使用"[①]。城市的扩张是作为工业资本进程中的英国的需要，不过很少有人注意到资本主义制度所带来的这种怪异和病态的成长。文学小说以怀旧的方式追溯乡村生活记忆，试图从历史再现的角度找寻社会情感基础，建构个人和集体记忆之间的联系。在哈代等人所塑造的乡村记忆中，现在的罪恶来自过去的恶念，价值存在于往昔，广袤的乡村和土地所代表的"道德经济"为现今的堕落提供了一个参照物，或者说，过去作为一种记忆的框架，为解释当下提供了一种语言或记忆系统；而存于当下的罪恶或失落，则是一种言语行为，个人道德的失落和私密的记忆。

哈代的威塞克斯展现了这种旧乡村文化记忆复杂的组成，这个区域浓缩了英国乡村从过去到现在的编年史，这个文本世界的基础不仅仅是像狄更斯笔下的伦敦那样真实的城市和社区，而且累积着刚刚逝去的丰富的历史，充满久远的历史记忆。在这个意义上，威塞克斯的故事尽管与传统的叙述，或者与威廉斯所认为的乡村真实面目有所出入，但仍然是一种历史的复述，是源于现存的文化风俗、历史记忆、乡村怀旧与虚构的、想象的声音的一部分，是对大于自身并先于自身的一种秩序的承认。哈代作品中充斥着两种声音：秩序的破坏与新世界的迷惘，代表着 19 世纪中晚期社会上的两种话语和力量：过去与现在、传统与现代、忘却与记忆。建构威塞克斯的世界始终遵循着传统，无论《还乡》还是《卡斯特桥市长》，哈代的人物背后总是拖着家庭历史的阴影，或者背负着乡村记忆或习俗的限制。威廉斯指出："哈代笔下人物承受的压力来自于一种生活体系的内部，如今这种体系本身已是一个范围更加广阔的体系的一部分。并不存在内部是乡村生活，外部是城市化这样简单的划分。"[②] 在社会发展的总体力量和个人历史之间，变化不仅在于城市经济，也根植于乡村经济。尽管保罗·德·曼认为现代派致力"故意的忘却"，但威塞克斯的世界却拒绝忘记过去的乡村，哈代的人物都沉浸在缅怀往事的回忆之中，却无法阻挡时代的巨轮轰轰前行的声音。

哈代的威塞克斯的世界浓缩了这个时代的人们矛盾而复杂的记忆心态，在乡村和城市之间，记忆和忘却之间一直存在着这种辩证的关系。一方面，在新世界全面占领人们生活空间的时候，尚能听到来自旧世界

[①] 雷蒙·威廉斯：《乡村与城市》，前引书，第 207 页。
[②] 雷蒙·威廉斯：《乡村与城市》，前引书，第 286 页。

结　论

的一缕残留的声音，一些残存的过去之物，一种稳定的家庭结构，但这些讲述暗藏着一种即将到来的崩溃，与对过去记忆的摧毁和忘却；另一方面，叙述讲述了来自过去的记忆，无论是家庭的代际传递还是乡村地域风俗文化的传承，处于历史变革之间的人们在这种新旧矛盾中探索自我，寻求身份的认同，这意味着哈代等作家对于过去的探索既有重复又有修正和补充，这种探索并非为了创造黄金时代的过去，也并非为失去的乡村记忆而惋惜，这种对过去的探索的意义在于重新创造并定义它——一种为了忘却的记忆。

世纪之交，从维多利亚时代到爱德华时代过渡中，"谁来继承英格兰？"成为一个时代问题。《看得见风景的房间》《霍华德庄园》都在探索如何探索更丰富的心灵和认知记忆。在《看得见风景的房间》中，福斯特认为，爱和真理能解放呆板的维多利亚时代文化记忆对心灵的禁锢；而在《霍华德庄园》中，福斯特提出了"唯有联结"的解决方案。《看得见风景的房间》中露西·霍尼彻奇和她的未婚夫维斯·塞西尔、表姐夏绿蒂·巴特利特、副牧师卡斯伯特·伊格等的冲突，施莱格尔姐妹和威尔科克斯父子的冲突都反映了英国19世纪以来的各种问题，延续了维多利亚时代英国现状小说对英国现实问题的揭露和思考。同时，伦敦城市和意大利风景、伦敦城市和霍华德庄园之间的对立，也展现了现代和传统、城市和乡村之间的矛盾，表现为情感的困惑和记忆的断裂。福斯特在小说中对传统记忆的继承提出了"唯有联结"的断语，建构了过去和现在、城市和乡村、阶级冲突之间的联系。小说的结局预示着一个充满希望与无限可能性的未来，在这个意义上，《看得见风景的房间》和《霍华德庄园》展现了爱德华时代对改变维多利亚时代晚期阴郁情绪的尝试。

总的说来，记忆记录了每一代人对个人经历、历史事件的集体记忆，通过代际传承，从整体上维系着一个国家或民族世代绵延的传统和记忆。威廉斯认为，并非所有的怀旧都是一样的：在不同的历史环境下，它们的含义完全不同。"历史上的一次永久衰退，经过反思，结果却是一场更为复杂的运动。旧英格兰、殖民、乡村美德，事实上，在不同的时期所有这些都有不同的意义，而这些不同的价值观一直受到质疑。"[①] 一个时代过去了，那些时代的残留物还在物质和精神的层面传递，对过去保留着一种深层的内在的情感。沉默的废墟、墓碑的铭文、城市的地图、乡村的教堂、田野上的五朔节、家庭中传递的故事，如果没有固着在一个

[①] Renato Rosaldo, "Imperialist Nostalgia". *Representations*, 1989, Vol. 26, p. 116.

集体的过去的鲜活回忆中，这些故事就发不出声音。

深藏于这种记忆的张力中，维多利亚时代书写的作家们处于一种两难之境：如何在面对过去的同时正视现在？这既需要跳出来自过去的集体记忆的既定框架和传统的经验束缚，又需要理解现代生活的紧张、无序和混乱。过去和现在之间的错位和矛盾造成认知的困惑，几乎所有的作家都认识到矛盾的根源来自历史连贯性的断裂。因此，在创作中，复制一个完整的恒久的过去，还是再现一种过去的经历或过去的记忆，这两种历史意识必须区分开来，从文学的角度来看，我们更愿意认为这些作家所做出的尝试来自后者，过去的记忆在现在被发现或被重现或被再度经历，而这种再现具有过去所未知的意义。

文学作为记忆的媒介，指向一个看不见的过去，并与它保持着情感的联系。在这片由文字构成的回忆之地，时间和空间奇妙地交织在一起，记忆将在场与缺席、此时与彼时、断裂与连续、衰老与更新保留，回望历史，维多利亚时代的家庭记忆再现了社会结构的划分，成为社会稳定的象征；乡村与城市的过渡与对立反映了时代进步的同时，也表征了历史断裂的危机。海外殖民记忆是家庭记忆结构的海外的延展，可以延展到过去的时代，也可以把同一代人的存在和行为、动机和结果联合在一起。毁坏和遗忘让回忆和历史书写成为社会必要，这决定了文化记忆的一个深刻的改变：传统的记录和存储的记忆工作在这个时代转变为在遗忘和断裂中来规定记忆。意识形态决定了集体记忆的框架，也由此规范了记忆的再现。维多利亚时代的文学和文化记忆的建构在这个意义上，是一个持续地、有生产性地对过去的经验和未来的可能性进行自我整合的结果。

参考文献

阿斯曼，阿，2016. 回忆空间：文化记忆的形式和变迁［M］. 潘璐，译. 北京：北京大学出版社.

阿斯曼，阿，2017. 记忆中的历史：从个人经历到公共演示［M］. 袁斯乔，译. 南京：南京大学出版社.

阿斯曼，阿，阿斯曼，扬，2012. 昨日重现——媒介与社会记忆［M］//埃尔，冯亚琳. 文化记忆理论读本. 陈玲玲，译. 北京：北京大学出版社：20－42.

阿斯曼，扬，2015. 文化记忆：早期高级文化的文字、回忆和政治身份［M］. 金寿福，黄晓晨，译. 北京：北京大学出版社.

阿斯曼，扬，2018. 宗教与文化记忆［M］. 黄亚平，译. 北京：商务印书馆.

阿斯曼，扬，2021. 交往记忆与文化记忆［M］//埃尔，纽宁. 文化记忆研究指南. 南京：南京大学出版社：137－149.

艾略特，1989. 艾略特诗学文集［M］. 王思忠，译. 北京：国际文化出版公司.

巴斯勒，贝克，2012. 回忆的模仿［M］//冯亚琳，埃尔. 文化记忆理论读本. 北京：北京大学出版社.

本雅明，2001. 德国悲剧的起源［M］. 陈永国，译. 北京：文化艺术出版社.

勃朗特，1980. 简爱［M］. 祝庆英，译. 上海：上海译文出版社.

博伊姆，2010. 怀旧的未来［M］. 杨德友，译. 南京：译林出版社.

陈兵，2015. 斯蒂文森的文艺观与《金银岛》对传统英国历险小说的超越［J］. 英美文学研究论丛（1）：49－50.

陈晓兰，2004. 腐朽之力：狄更斯小说中的废墟意象［J］. 外国文学评论（4）：135－141.

陈珍，2013. 哈代威塞克斯小说对民间文学的互文妙用［J］. 湖北社会科学（9）：140－143.

陈珍，2017. 民俗事象与哈代小说叙事［J］. 河北科技大学学报（社会科学版）（3）：78－83.

德里达，1999. 多义的记忆：为保罗德曼而作［M］. 蒋梓骅，译. 北京：中央编译出版社.

狄更斯，2005. 大卫·科波菲尔［M］. 康振海，刘芦，译. 北京：中国致公出版社.

狄更斯, 2016. 老古玩店 [M]. 古绪满, 夏力力, 译. 南昌: 江西教育出版社.

福柯, 2016. 词与物: 人文科学的考古学 [M]. 莫伟民, 译. 上海: 上海三联书店.

福斯特, E. M., 2016. 福斯特短篇小说集 [M]. 上海: 上海译文出版社

福斯特, E. M., 2016. 看得见风景的房间 [M]. 巫漪云, 译. 上海: 上海译文出版社.

福斯特, E. M., 2016. 印度之行 [M]. 冯涛, 译. 上海: 上海译文出版社.

福斯特, E. M., 2021. 霍华德庄园 [M]. 巫和雄, 译. 北京: 人民文学出版社.

冈恩, 1997. 科幻之路·二卷 [M]. 福州: 福建少儿出版社出版.

高继海, 2001. 从《"水仙"号船上的黑水手》及其《序言》看康拉德的艺术主张与实践 [J]. 外国文学评论 (2): 53−9.

郭方云, 2015. 文学地图 [J]. 外国文学 (1): 112−119.

哈布瓦赫, 2002. 论集体记忆 [M]. 毕然, 郭金华, 译. 上海: 上海人民出版社.

哈代, 2003. 卡斯特桥市长 [M]. 韩丽, 静生, 译. 北京: 北京燕山出版社.

哈代, 2006. 还乡 [M]. 孙予, 译. 武汉: 长江文艺出版社.

哈格德, 2007. 所罗门王的宝藏 [M]. 徐建萍, 译. 西安: 陕西师范大学出版社.

哈格德, 2018. 她 [M]. 张伊琍, 王月, 雷晓玲, 译. 北京: 中信出版社.

何宁, 2021. 福斯特与《霍华德庄园》中的照片 [J]. 读书 (5): 160−167.

赫拉利, 2017. 未来简史 [M]. 北京: 中信出版社.

胡经之, 1986. 西方文艺理论名著教程 [M]. 北京: 北京大学出版社.

胡怡君, 2019. 卖妻、巫术、斯基明顿与理性的商人:《卡斯特桥市长》里的共同体范式研究 [J]. 外国文学评论 (2): 182−199.

华兹华斯, 柯尔律治, 2001. 华兹华斯、柯尔律治诗选 [M]. 杨德豫, 译. 北京: 人民文学出版社.

怀特, 2013. 元史学: 19世纪欧洲的历史想象 [M]. 陈新, 译. 南京: 译林出版社.

吉卜林, 2002. 丛林之书 [M]. 张新颖, 译. 桂林: 广西师范大学出版社.

吉卜林, 2014. 外国中短篇小说藏本: 吉卜林 [M]. 文美惠, 任吉生, 译. 北京: 人民文学出版社.

加特莱尔, 2014. 还乡: 人物性格与自然环境 [M] // 聂珍钊, 马弦. 哈代研究文集. 潘润润, 译. 南京: 译林出版社: 208−214.

卡西尔, 恩斯特, 2004. 人论 [M]. 甘阳, 译. 上海: 上海译文出版社.

卡西尔, 恩斯特, 2004. 人文科学的逻辑 [M]. 关子尹, 译. 上海: 上海译文出版社.

卡西尔, 恩斯特, 2013. 人论 [M]. 甘阳, 译. 上海: 上海译文出版社.

康拉德, 1979. 白水仙号上的黑家伙 (序) [J]. 世界文学 (5): 298−303.

康拉德，2011. "水仙号"的黑水手［M］. 袁家骅，译. 上海：上海译文出版社.

康拉德，2012. 黑暗的心［M］. 黄雨石，译. 北京：商务印书馆.

康拉德，2015. 诺斯特罗莫［M］. 何卫宁，译. 北京：新华出版社.

李长亭，2016. 试论《"水仙号"上的黑水手》中怀特身体的能指意义［J］. 外语研究（1）：105－108.

李靖，2014.《黑暗的心》：声音复制隐喻与康拉德的逻各斯［J］. 外语教学（5）：85－88.

李维斯，2002. 伟大的传统［M］. 袁伟，译. 北京：生活·读书·新知三联书店.

刘巍，2013. 读与看：我们这个时代的文学与图像［M］. 北京：中国社会科学出版社.

刘勰，2001. 文心雕龙［M］. 韩泉欣，校注. 杭州：浙江古籍出版社.

卢伯克，福斯特，缪尔，1990. 小说美学经典三种［M］. 方土人，译. 上海：上海文艺出版社.

罗斯金，2012. 建筑的七盏明灯［J］. 谷意，译. 济南：山东画报出版社.

马尔库塞，赫伯特，2008. 爱欲与文明：对弗洛伊德思想的哲学探讨［M］. 黄勇，薛民，译. 上海：上海译文出版社.

梅耶，2021. 记忆与政治［M］//埃尔，纽宁. 文化记忆研究指南. 南京：南京大学出版社：215－224.

密尔，2021. 时代精神［M］. 王平，译. 上海：上海人民出版社.

莫隆，夏尔，1992. 美学与心理学［M］. 陈本益，译. 上海：学林出版社.

纳海，2017. 寻找英伦的神话：《霍华德庄园》中的"英国问题"和国民性［J］. 外国文学（4）：14－26.

尼采，2013. 历史的用途与滥用，尼采全集：第1卷［M］. 杨恒达，译. 北京：中国人民大学出版社，2013.

聂珍钊，1992. 托马斯·哈代小说研究：悲戚而刚毅的艺术家［M］. 武汉：华中师范大学出版社.

聂珍钊，2002. 哈代的小说创作与达尔文主义［J］. 外国文学评论（2）：91－99.

聂珍钊，刘富丽，2014. 哈代学术史研究［M］. 南京：译林出版社.

宁一中，2014. 康拉德学术史研究［M］. 南京：译林出版社.

牛庸懋，蒋连杰，1986. 十九世纪英国文学［M］. 河南：黄河文艺出版社.

纽曼，2021. 记忆的文学再现［M］//埃尔，纽宁. 文化记忆研究指南. 南京：南京大学出版社：413－26.

诺拉，2012. 历史与记忆之间：记忆场［M］//埃尔，冯亚琳. 文化记忆理论读本. 北京：北京大学出版社：94－116.

诺拉，2017. 记忆之场［M］. 黄艳红，查璐，曹丹红，等译. 南京：南京大学出版社.

诺拉，2020. 记忆之场：法国国民意识的文化社会史［M］. 黄艳红，查璐，曹丹红，等译. 南京：南京大学出版社.

荣如德，2006. 译本序［M］//斯蒂文森. 金银岛·化身博士. 上海：上海译文出版社.

萨义德，爱德华，1999. 东方学［M］. 王宇根，译. 北京：生活·读书·新知三联书店.

桑德斯，2000. 牛津简明英国文学史［M］. 谷启楠，高万隆，韩加明，等译. 北京：人民文学出版社.

斯蒂文森，2006. 金银岛·化身博士［M］. 荣如德，译. 上海：上海译文出版社.

泰勒，2005. 原始文化：神话、哲学、宗教、语言和习俗发展之研究［M］. 连树声，译. 桂林：广西师范大学出版社.

滕爱云，2016. 民间文化视域下的哈代小说研究［M］. 天津：南开大学出版社.

王安，程锡麟，2016. 西方文论关键词：语象叙事［J］. 外国文学（4）：77－87.

王弼，孔颖达，2004. 周易正义［M］. 北京：九州出版社.

王欣，2020. 创伤记忆的叙事判断、情感特征和叙述类型［J］. 符号与传媒 21（2）：177－189.

威廉斯，2013. 乡村与城市［M］. 韩子满，刘戈，徐珊珊，译. 北京：商务印书馆.

文蓉，2019."找家"的书：霍华德庄园中共同体重塑［J］. 四川师范大学学报（社会科学版）（4）：119－124.

许娅，2012. 从乔托壁画到自然风光——《看得见风景的房间》中的游客凝视和身份建构［J］. 外国文学（3）：68－75.

雅斯贝斯，卡尔，2003. 时代的精神状况［M］. 王德峰，译. 上海：上海译文出版社.

严羽，2009. 沧浪诗话［M］. 南京：凤凰出版传媒集团.

殷企平，2014. 想象共同体：卡斯特桥镇长的中心意义［J］. 外国文学（3）：44－51.

张卫良，2017. 维多利亚晚期英国宗教的世俗化［J］. 世界历史（1）：28－38.

张一鸣，2016.19世纪地质学对哈代小说创作的影响［J］. 中南民族大学学报（人文社会科学版）（5）：165－170.

赵海平，2007. 约瑟夫康拉德研究［M］. 北京：大众文艺出版社.

赵静蓉，2015. 文化记忆与身份认同［M］. 北京：生活·读书·新知三联书店.

赵启光，2011. 译本序［M］//康拉德. "水仙号"的黑水手. 袁家骅，译. 上海：上海译文出版社.

赵炎秋，2014. 世纪初中国狄更斯学术史研究［J］. 湖南师范大学社会科学学报（6）：125－133.

赵毅衡，2016. 符号学：原理与推演［M］. 南京：南京大学出版社.

祝庆英，1980. 译本序［M］//勃朗特. 简爱. 上海：上海译文出版社.

邹文新，2021.《还乡》中的自然与"现代的痛苦"［J］. 外国文学（2）：68－78.

ACHEBE C, 1977. An Image of Africa [J]. Massachusetts Review (18): 782—94.

ALLEN G O, 1955. Structure, Symbol, and Theme in E. M. Forster's A Passage to India [J]. PMLA (70): 934—954.

ANDREWS M, 1989. The Search for the Picturesque. Landscape, Aesthetics and Tourism in Britain, 1760—1800 [M]. Stanford: Stanford University Press.

ARKANS N, 1984. Hardy's Narrative Muse and the Ballad Connection [J]. Thomas Hardy Annual (2): 131—56.

ARMSTRONG T, 2000. Haunted Hardy: Poetry, History, Memory [M]. New York: Palgrave Publishers.

ASHCROFT B, GRIFFITHS G, TIFFIN H, 2002. The Empire Writes Back: Theory and Practice in Post-Colonial Literatures [M]. London and New York: Routledge.

ASSMANN A, 2007. Ghosts of the Past [J]. Litteraria Pragensia, 17 (34): 5—19.

ASSMANN J, 1992. Cultural Memory and Early Civilization: Writing, Remembrance, and Political Imagination [M]. Cambridge: Cambridge University Press.

BAILIN M, 1994. The Sickroom in Victorian Fiction: The Art of Being Ill [M]. Cambridge: Cambridge University Press.

BARNAVY E, 2018. Realist Critiques of Visual Culture: From Hardy to Barnes [M]. Gewerbestrasse: Palgrave Macmillan.

BEER G, 1980. Negation in A Passage to India [J]. Essays in Criticism (30): 151—166.

BENSON S, 2001. Kipling's Singing Voice: Setting the "Jungle Books" [J]. Critical Survey, 13 (3): 40—60.

BERCROMBIE J, 1849. Inquiries Concerning the Intellectual Powers and the Investigation of Truth [M]. New York: Collins and Brother Publisher.

BERGER J, 1972. Ways of Seeing [M]. London: Penguin Group.

BERGER P L, 1967. The Sacred Canopy: Elements of a Sociological Theory of Religion [M]. New York: Open Road.

BERGSON, H, 1911. Matter and Memory [M]. Trans. , Nancy Margaret Paul and W. Scott Palmer. New York: The Macmillan Co. .

BERTHOUD J, 1978. Joseph Conrad: The Major Phase [M]. Cambridge: Cambridge University Press.

BIRDSALL C, 2009. Earwitnessing: Sound Memories of the Nazi Period [M] // BIJSTERVELD K, VAN DIJCK J. Sound Souvenirs: Audio Technologies, Memory and Cultural Practices. Amsterdam: University of Amsterdam Press.

BODENHEIMER R, 2001. Knowing and Telling in Dickens's Retrospects [M] // ANGER S. Knowing the Past: Victorian Literature and Culture. New York: Cornell University Press.

BOOTH B, 1968. In Selected Poetry and Prose of Robert Louis Stevenson [M]. Boston: Houghton Mifflin Company.

BOOTH C, 1893. Life and Labour of the People in London: First Results of An Inquiry Based on the 1891 Census. Opening Address of Charles Booth, Esq., President of the Royal Statistical Society. Session 1893—94 [J]. Journal of the Royal Statistical Society (56): 557—593.

BRADSHAW D, ed., 2007. The Cambridge Companion to E. M. Forster [M]. Cambridge: Cambridge University Press.

BUSHELL S, 2015. Mapping Victorian Adventure Fiction: Silences, Doublings, and the Ur-Map in Treasure Island and King Solomon's Mines [J]. Victorian Studies, 57 (4): 611—637.

BUZARD J, 2019. David Copperfield and the Thresholds of Modernity [J]. English Literary History (ELH), 86 (1): 223—243.

CARLYLE T, 2010. On History Again [M] //HENRY D T. The Works of Thomas Carlyle. Cambridge: Cambridge University Press.

CARPENTER K, 1984. Desert Isles and Pirate Islands: The Island Theme in Nineteenth-Century English Juvenile Fiction [M]. Frankfurt: Peter Lang Verlag.

CARUTH C, 1996. Unclaimed Experience: Trauma, Narrative and History [M]. Baltimore and London: The Johns Hopkins University Press.

CARUTH C, 2017. Language in Flight: Memorial, Narrative and History in *David Copperfield* [J]. Sillages Critiques, (22).

CASAGRANDE P, 1988. Hardy's Influence on the Modern Novel [M]. London: Macmillan, 1988.

CHATMAN S, 1978. Story and Discourse: Narrative Structure in Fiction and Film [M]. Ithaca and London: Cornell University Press.

CHURCHILL T, 1962. Place and Personality in Howards End [J]. Critique: Studies in Contemporary Fiction (5): 61—73.

COLLINGS D, 1994. Wordsworthian Errancies: The Poetics of Cultural Dismemberment [M]. Baltimore: Johns Hopkins University Press.

CONRAD J, 1979. Preface [M] //KIMBROUGH R. Joseph Conrad: The Nigger of the "Narcissus." New York: W. W. Norton & Company: 168—172.

CONRAD J, 1979. To My Readers in America [M] //KIMBROUGH R. The Nigger of the "Narcissus." New York: Norton: i—vi.

CURLE R, 2008. The History of The Nigger of the "Narcissus": Human, Literary,

Bibliographical [J]. Conrad Studies (2): 127—146.

DALESKI H M, 1977. Joseph Conrad: The Way of Dispossession [M]. London: Faber.

DAVIDIS M M, 1999—2000. Forster's Imperial Romance: Chivalry, Motherhood, and Questing in A Passage to India [J]. Journal of Modern Literature (23): 259—276.

DAVIES M J P, 2011. A Distant Prospect of Wessex: Archaeology and he Past in the Life and Works of Thomas Hardy [M]. Oxford: Archaeopress Publishing Ltd.

DAVIS R C, 1983. Lacan, Poe, and Narrative Repression [M] //DAVIS R C. Lacan and Narration: The Psychoanalytic Difference in Narrative Theory. Baltimore: Johns Hopkins Univ. Press: 983—1005.

DE QUINCEY T, 1871. Suspira De Profundis: Being a Sequel to the Confessions of an English Opium-eater and Other Miscellaneous Writings [M]. Edinburgh: Adam and Charles Black.

Deane B, 2011. Imperial Boyhood: Piracy and the Play Ethic [J]. Victorian Studies, 53 (4): 689—714.

DELBAERE-GARANT J, 1969. Who Shall Inherit England?: A Comparison between Howards End, Parade's End and Unconditional Surrender [J]. English Studies (50): 101—105.

DELEUZE G, 1988. Foucault [M]. Minneapolis: University of Minnesota Press.

DEMORY P H, 1993. Nostromo: Making History [J]. Texas Studies in Literature and Language, 35 (3): 316—346.

DERESIEWICZ W, 2006. Conrad's Impasse: "The Nigger of the 'Narcissus'" and the Invention of Marlow [J]. Conradiana, 38 (3): 205—227.

DICKENS C, 1992. David Copperfield [M]. Hertfordshire: Wordsworth Editions Ltd.

DOLIN K, 1994. Freedom, Uncertainty, and Diversity: *A Passage to India* as a Critique of Imperialist Law [J]. Texas Studies in Literature and Language (36): 328—352.

DOWLING D, 1985. A Passage to India through "The Spaces between the Words" [J]. The Journal of Narrative Technique (15): 256—266.

DOYLE T D, 1994. Forster's Howards End [J]. The Explicator (52): 226—228.

DUCKWORTH A M, 1997. E. M. Forster: Howards End [M]. New York & Boston: Bedford Books.

DUNCAN I, 1992. Modern Romance and Transformations of the Novel: The Gothic, Scott, Dickens [M]. Cambridge: Cambridge University Press.

DURHAM S, 1998. Phantom Communities: The Simulacrum and the Limits of

Postmodernism [M]. Stanford: Stanford University Press.

EAGLETON T, 2005. Myths of Power: A Marxist Study of the Brontës [M]. New York: Palgrave Macmillan.

EDINSTER W, 2007. Fairies and Feminism: Recurrent Patterns in Chaucer's "The Wife of Bath's Tale" and Brontë's Jane Eyre [M] //BLOOM H. Charlotte Brontës Jane Eyre. New York: Chelsea House.

ELIOT T S, 1941. A Choice of Kipling's Verse [M]. London: Faber and Faber.

ELLMAN R, 1987. Oscar Wilde [M]. London: Hamish Hamilto.

ERLL A, 2011. Locating Family in Cultural Memory Studies [J]. Journal of Comparative Family Studies, 42 (3): 303-318.

ERLL A, RIGNEY A, 2008. Introduction: Cultural Memory and its Dynamics [M] //ERLL A, NUNNING A. Cultural Memory Studies: An Introduction and Interdisciplinary Handbook. Berlin: Walter de Gruyter.

EVANS W, 1978. Forster's Howards End [J]. The Explicator (36): 36-37.

FLANDERS J, 2014. The Victorian City: Everyday Life in Dickens's London [M]. New York: St. Martin's Press.

FLEISHMAN, A, 1973. Being and Nothing in A Passage to India [J]. Criticism (15): 109-125.

FORSTER E M, 1927. Aspects of the Novel [M]. London: Harcourt, Inc.

FORSTER E M, 1978. A Room with a View [M]. London: Penguin Books.

FORSTER E M, 2005. A Passage to India [M]. London: Penguin Books.

FOUCAULT M, 1980. Language, Counter-memory, Practice: Selected Essays and Interviews by Michel Foucault [M]. New York: Cornell University Press.

FURGUSON T, 2012. Bonfire Night in Thomas Hardy's The Return of the Native [J]. Nineteenth-Century Literature, 67 (1): 87-107.

GADAMER H-G, 2004. Truth and Method [M]. Trans. and eds., Joel Weinsheimer and Donald G. Marshall. London: Continuum.

GANGER D, 2020. Across the Divide [M] //ADELENE B, SASIAH Qureshi. Time Travelers: Victorian Encounters with Time and History. Chicago: The University of Chicago Press, 2020.

GENETTE G, 1980. Narrative Discourse: An Essay in Method [M]. Ithaca and London: Cornell University Press.

GENETTE G, 1980. Narrative Discourse [M]. Oxford: Basil Backwell.

GIDE A, 1960. Joseph Conrad [M] //STALLMAN R W. Joseph Conrad: A Critical Symposium. Michigan: Michigan State University Press: 113.

GILBERT S M, GUBAR S, 2000. The Madwoman in the Attic: The Woman Writer and the Nineteenth-Century Literary Imagination [M]. New Haven and London:

Yale University Press.

GILMOUR R, 1975. Memory in David Copperfield [J]. Dickensian, (71): 30—42.

GOONETILLEKE D C R A, 2011. Racism and "The Nigger of the 'Narcissus'" [J]. Conradiana, 43 (2/3): 51—66.

GREEN M, 1979. Dreams of Adventure, Deeds of Empire [M]. New York: Basic.

GREEN R L, 1964. Mrs. Molesworth [M]. New York: Henry Z. Walck.

GRIFFITH J, 2020. Victorian Structures: Architecture, Society, and Narrative [M]. New York: SUNY Press.

GUERARD A J, 1956. Introduction to Thomas Hardy [M] //HARDY T. The Mayor of Casterbridge. New York: Washington Square Press.

HALBWACHS M, 1980. The Collective Memory [M]. New York: Harper Colphon Books.

HAMILTON E, 1969. Mythology [M]. New York and Scarborough: New American Library.

HARDESTY W H, MANN D D, 1977. Historical Reality and Fictional Daydream in "Treasure Island" [J]. The Journal of Narrative Technique, 7 (2): 94—103.

HARDY E, 1954. Thomas Hardy: A Critical Biography [M]. London: Hogarth Press.

HARDY T, 1984. The Collected Letters of Thomas Hardy Volume Four 1909—1913 [M] //PURDY R L, MILLGATE M. Oxford: Clarendon Press.

HAWKINS D, 1983. Hardy's Wessex [M]. London: Macmillan Press.

HAWKINS H, 1983. Forster's Critique of Imperialism in A Passage to India [J]. South Atlantic Review (48): 54—65.

HAWTHORN J, 1990. Joseph Conrad: Narrative Technique and Ideological Commitment [M]. London: Edward Arnold.

HEATH J, 1994. Kissing and Telling: Turning Round in A Room with a View [J]. Twentieth Century Literature (40): 393—433.

HEMINGWAY E, 1986. The Sun Also Rises [M]. New York: Macmillan Publishing Company.

HILLARD M C, 2005. Dangerous Exchange: Fairy Footsteps, Goblin Economies, and The Old Curiosity Shop [J]. Dickens Studies Annual (35): 63—86.

HINOJOSA L W, 2010. Religion and Puritan Typology in E. M. Forster's A Room with a View [J]. Journal of Modern Literature (33): 72—94.

HODGE, E J, 2006. The Mysteries of Eleusis at Howards End: German Romanticism and the Making of a Mythology for England [J]. International Journal of the Classical Tradition (13): 33—68.

HOLLINGSWORTH K, 1962. A Passage to India: The Echoes in the Marabar Caves [J]. Criticism (4): 210—224.

HOLLINGTON M, 1989. Adorno, Benjamin and The Old Curiosity Shop [J]. Dickens Quarterly, 6 (3): 87—95.

HOROWITZ E, 1964. The Communal Ritual and the Dying God in E. M. Forster's A Passage to India [J]. Criticism (6): 70—88.

HOTCHKISS J, 2001. The Jungle of Eden: Kipling, Wolf Boys, and the Colonial Imagination [J]. Victorian Literature and Culture, 29 (2): 435—449.

HOUGHTON W E, 1957. The Victorian Frame of Mind, 1830-1870 [M]. New Haven: Yale University Press.

HOUGHTON W E, 1985. The Victorian Frame of Mind, 1830—1870 [M]. New Haven and London: Yale University Press.

HUNT J D, 1966. Muddle and Mystery in A Passage to India [J]. ELH (33): 497—517.

HUXLEY A, 1930. Vulgarity in Literature [M]. London: Chatto and Windus.

HUYSSEN A, 2003. Present Pasts: Urban Palimpsests and the Politics of Memory [M]. Stanford: Stanford University Press.

HYNES S, 1980. The Hardy Tradition in Modern English Poetry [J]. The Sewanee Review, 88 (1): 33—51.

INFERSOLL E, 1990. Writing and Memory in The Mayor of Casterbridge [J]. English Literature in Transition, 1880-1920, 33 (3): 299—309.

IRWIN J T, 1975. Doubling and Incest/Repetition and Revenge: A Speculative Reading of Faulkner [M]. Baltimore: The Johns Hopkins University Press.

IYENGAR K R S, 1970. Kipling's Indian Tales [M]. NAIK M K, DESAI S K, KALLAPUR S T. The Image of India in Western Creative Writing. Dharwar: Karnataka University: 72—90.

JAMESON F, 1981. The Political Unconsciousness [M]. London and New York: Routledge.

JOHNSEN W A, 2003, "To My Readers in America": Conrad's 1914 Preface to The Nigger of the "Narcissus" [J]. Conradiana, 35 (1—2): 105—122.

JOHNSON L, 1894. The Art of Thomas Hardy [M]. London: Helm Information.

KAPLAN F, 1988. Dickens: A Biography [M]. New York: William Morrow.

KERN S, 1983. The Culture of Time and Space, 1880-1918 [M]. Cambridge, MA: University of Harvard Press.

KIPLING R, 1899. The White Man's Burden [J]. McClure's Magazine (12): 23—24.

KJERRGREN L, 2011. Layers of Land: The Palimpsest Concept in Relation to Landscape Architecture [J]. Bachelor's Project at the Department of Urban and Rural Development. Uppsala, SLU.

KNIGHT F, 1995. The Nineteenth Century Church and English Society [M]. New York: Cambridge University Press.

KNOEPFLMACHER U C, 1983. The Balancing of Child and Adult: An Approach to Victorian Fantasies for Children [J]. Nineteenth-Century Fiction, 37 (4): 497−530.

KOHLSTRUCK M, 2004. Erinnerungspolitik: Kollektive Identitat, Neue Ordnung, Diskurshegemonie [M] //SCHWELLING B. Politikwissenschaft als Kulturwissenschaft: Theorien, Methoden, Problemstellungen. Wiesbaden: VS: 173−193.

KORT W A, 2004. Place and Space in Modern Fiction [M]. Gainesville: University Press of Florida.

KRAMER D, 1997. Introduction [M] //HARDY T. The Mayor of Casterbridge. London: Penguin.

KUCHTA T, 2003. Suburbia, Ressentiment, and the End of Empire in *A Passage to India* [J]. NOVEL: A Forum on Fiction (36): 307−329.

KUCICH J, 1980. Death Worship among the Victorians: *The Old Curiosity Shop* [J]. Publications of The Modern Language Association of America, 95 (1): 58−72.

LACKEY M, 2007. E. M. Forster's Lecture "Kipling's Poems": Negotiating the Modernist Shift from "the Authoritarian Stock-in-Trade" to an Aristocratic Democracy [J]. Journal of Modern Literature, 30 (3): 1−11.

LAMONACA M, 2002. Jane's Crown of Thorns: Feminism and Christianity in "Jane Eyre" [J]. Studies in the Novel, 34 (3): 245−263.

LANKFORD W E, 1979. "The Deep of Time": Narrative Order in *David Copperfield* [J]. English Literary History (ELH), 46 (3): pp. 452−467.

LANSER S S, 1992. Fictions of Authority: Women Writers and Narrative Voice [M]. Ithaca and London: Cornell University Press.

LAWRENCE D H, 1923. Studies in Classic American Literature [M]. Ed. Ezra Greenspan, Lindeth Vasey, and John Worthen. Cambridge: Cambridge University Press.

LAWRENCE D. H, 1985. Lawrence. Study of Thomas Hardy and Other Essays [M]. Cambridge University Press.

LEAVIS F R, 1955. The Great Tradition: George Eliot, Henry James, Joseph Conrad [M]. London: Chatto & Windus.

LEAVIS F R, LEAVIS Q D, 1970. Dickens the Novelist [M]. London: Chatto & Windus.

LERNER L, 1975. Thomas Hardy's The Mayor of Casterbridge: Tragedy or Social History? [M]. Sussex: Sussex University Press.

LESJAK C, 2021. The Afterlife of Enclosure: British Realism, Character, and the Commons [M]. Stanford: Stanford University Press.

LEWIS N, 1977. Introduction [M] //NESBIT E, LEWIS N. Fairy Stories. London: E. Benn: i-vii.

LINDER C, 2003. Fictions of Commodity Culture: From Victorian to the Postmodern [M]. Hampshire: Ashgate Publishing Company.

LUBBOCK P, 1921. The Craft of Fiction [M]. London: Bradford and Dickens.

LUKAS J, 1966. Wagner and Forster: Parsifal and *A Room with a View* [J]." ELH (33): 92-117.

MACDUFFIE A, 2014. "The Jungle Books": Rudyard Kipling's Lamarckian Fantasy [J]. PMLA, 129 (1): 18-34.

MARCUS S, 1965. Dickens: From Pickwick to Dombey [M]. London: Chatto & Windus.

MARCUS S, 1999. Apartment Stories: City and Home in Nineteenth Century Paris and London [M]. Beckley: University of California.

MARSHALL D J, STAEHEIL L A, SMAIRA D, KASTRISSIANAKIS K, 2017. Narrating Palimpsestic Spaces [J]. Environment and Planning, A 49 (5): 1163-1180.

MASKELL D, 1963. Style and Symbolism in Howards End [J]. Essays in Criticism (19): 292-307.

MATHISON Y, 2016. Maps, Pirates and Treasure: The Commodification of Imperialism in Nineteenth-Century Boys' Adventure Fiction [M]. //DENISOFF D. The Nineteenth-Century Child and Consumer Culture. Hampshire: Ashgate: 611-637.

MCALINDON T, 1982. "Nostromo": Conrad's Organicist Philosophy of History [J]. Mosaic: A Journal for the Interdisciplinary Study of Literature, 15 (3): 27-41.

MCBRATNEY J, 1992. Imperial Subjects, Imperial Space in Kipling's "Jungle Book" [J]. Victorian Studies, 35 (3): 277-293.

MCCLURE J, 1985. Problematic Presence: The Colonial Other in Kipling and Conrad [M] //DABYDEEN D. The Black Presence in English Literature. Manchester: Manchester University Press: 154-167.

MCFARLAND T, 1981. Romanticism and the Forms of Ruin [M]. Princeton: Princeton University Press.

MCLEOD M, 2021. Hearing Ghosts in Dickens's David Copperfield [J]. Dickens Quarterly, 38 (4): 388-410.

MCSWEENEY K, 1994. David Copperfield and the Music of Memory [J]. Dickens Studies Annual (23): 93-119.

MEISEL P, 1978. Decentering "Heart of Darkness" [J]. Modern Language Studies

(8): 20—28.

MESSENGER N, 2001. "We Did Not Want to Lose Him": Jimmy Wait as the Figure of Abjection in Conrad's "The Nigger of the 'Narcissus'" [J]. Critical Survey, 13 (1): 62—79.

MEYERS J, 1971. The Politics of a Passage to India [J]. Journal of Modern Literature (1): 329—338.

MILLGATE M, 2006. Thomas Hardy Reappraised: Essays in Honour of Michael Millgate [M]. Toronto: University of Toronto Press.

MITCHELL W J T, 1995. Picture Theory [M]. Chicago: The University of Chicago Press.

MOFFAT W, 1990. A Passage to India and the Limits of Certainty [J]. The Journal of Narrative Technique (20): 331—341.

MOORE J D, 1991. Emphasis and Suppression in Stevenson's "Treasure Island": Fabrication of the Self in Jim Hawkins' Narrative [J]. CLA Journal, 34 (4): 436—452.

MORGENTALER G, 2000. Dickens and Heredity: When Like Begets Like [M]. London: Macmillan Press Ltd.

MUNDHENK R, 1987. David Copperfield and "The Oppression of Remembrance" [J]. Texas Studies in Literature and Language, 29 (3): 323—341.

NEAD L, 2000. Victorian Babylon: People, Streets and Images in Nineteenth-Century London [M]. New Haven: Yale University Press.

NELSON C, 2007. Family Ties in Victorian England [M]. Westport: Praeger Publishers.

NELSON C, 2008. Adult Children's Literature in Victorian Britain [M] // DENISOFF D. The Nineteenth-Century Child and Consumer Culture. Burlington: Ashgate: 137—149.

NEUMANN B, 2005. Erinnerung-Identität-Narration: Gattungstypologie und Funktionen kanadischer Fictions of Memory [M]. Berlin: De Gruyter.

NEUMANN B, 2008. The Literary Representation of Memory [M] //ERLL A, NUNNING A. Cultural Memory Studies: An Introduction and Interdisciplinary Handbook. Berlin: Walter de Gruyter.

NOFFSINGER J, 1977. Dream in The Old Curiosity Shop [J]. South Atlantic Bulletin, 42 (2): 23—34.

NORA P, 1996. Realms of Memory: The Construction of the French Past [M]. New York: Columbia University Press.

NUNNING A, 2003. Editorial: New Directions in the Study of Individual and Cultural Memory and Memorial Cultures [J]. Fictions of Memory. Spec. Issue of

Journal for the Study of British Cultures (10): 107−124.

OUTKA E, 2003. Buying Time: Howards End and Commodified Nostalgia [J]. NOVEL: A Forum on Fiction (36): 330−350.

PALMER W J, 1997. Dickens and New Historicism [M]. London: Macmillan.

PARRY B, 1998. Materiality and Mystification in A Passage to India [J]. NOVEL: A Forum on Fiction (31): 174−194.

PATER W, 2007. Plato and Platonism: A Series of Lectures [M]. Newcastle upon Tyne: Cambridge Scholars Press.

PAWHA M, 2004. Politics of Gender and Race: Representations and Their Location within the Colonial Space in A Passage to India and Chokher Bali (A Grain of Sand) [J]. South Asian Review (25): 283−303.

PECORA V, 1985. Heart of Darkness and the Phenomenology of Vocie [J]. ELH (52): 993−1015.

PETERS J G, 2006. The Cambridge Introduction to Joseph Conrad [M]. Cambridge: Cambridge University Press.

PINTCHMAN T, 1992. Snakes in the Cave: Religion and the Echo in E. M. Forster's A Passage to India [J]. Soundings: An Interdisciplinary Journal (75): 61−78.

POOLE A, 2009. The Cambridge Companion to English Novelists [M]. New York: Cambridge University Press, 2009.

POYNTER K, 2019. Housing the Past: Reconstructing Identity in Contemporary "Fictions of Memory" [D]. Brisbane: University of the Sunshine Coast.

RADFORD A D, 2003. Thomas Hardy and the Survivals of Time [M]. Aldershot: Ashgate.

REDMOND E B, 1979. Racism or Realism: Literary Apartheid, or Poetic License? Conrad's Burden in The Nigger of the "Narcissus" [M]. //KIMBROUGH R. The Nigger of the "Narcissus." New York: Norton: 358−368.

RICHETTI J, 1994. The Columbia History of the British Novel [M]. New York: Columbia University Press.

ROGER P, 2005. The American Enemy: A Story of French Anti-Americanism [M]. Trans. ,Sharon Bowman. Chicago: University of Chicago Press.

ROSZAK S, 2014. Social Non-Conformists in Forster's Italy: Otherness and the Enlightened English Tourist [J]. Ariel: A Review of International English Literature (45): 167−194.

SAIBABA G N, 2008. Colonialist Nationalism in the Critical Practice of Indian Writing in English: A Critique [J]. Economic and Political Weekly, 43 (23): 61−68.

SAID E W, 1974. Conrad: The Presentation of Narrative [J]. A Forum on Fiction, 7 (2): 116—132.

SAID E W, 1991. Orientalism [M]. London: Penguin Books.

SAID E W, 1994. Culture and Imperialism [M]. New York: Vintage Books.

SANDERS A, 1982. Charles Dickens Resurrectionist [M]. London: Macmillan.

SARGENT N, 2012. At the Crossroads of Time: The Intersection between the Customary and the Legal in The Mayor of Casterbridge [J]. Thomas Hardy Journal, 27 (autumn): 27—45.

SELL R D, 1983. Projection Characters in David Copperfield [J]. Studia Neophilologica, 55 (1): 19—30.

SHAHANE V A, 1963. Symbolism in E. M. Forster's A Passage to India: "Temple" [J]. English Studies (44): 423—431.

SHERRY N, 1973. Conrad: The Critical Heritage [M]. London: Routledge and Kegan Paul.

SHUSTERMAN D, 1961. The Curious Case of Professor Godbole: A Passage to India Re-Examined [J]. PMLA (76): 426—435.

SHUTTLEWORTH S, 1996. Charlotte Brontës and Victorian Psychology [M]. New York: Cambrighe University Press.

SIMMONS D, 2007. The Narcissism of Empire: Loss, Rage and Revenge in Thomas De Quincey, Robert Louis Stevenson, Arthur Conan Doyle, Rudyard Kipling, and Isak Dinesen [M]. Brighton: Sussex Academic.

SPATT H S, 1976. Nostromo's Chronology: The Shaping of History [J]. Conradiana 8 (1): 37—46.

SPENCER M, 1968. Hinduism in E. M. Forster's: A Passage to India [J]. The Journal of Asian Studies (27): 281—295.

SPIVAK G C, 1999. A Critique of Postcolonial Reason: Toward a History or the Vanishing Present [M]. Gambridge: Harvard University Press.

STAPE J H, KNOWLES O, 1996. A Portrait in Letters: Correspondence to and about Conrad [M]. Amstedam: Rodopi.

STEVENSON L C, 2001. Mowgli and His Stories: Versions of Pastoral [J]. The Sewanee Review, 109 (3): 358—378.

STEVENSON R L, 1894. The Works of Robert Louis Stevenson, 13 vols [M]. New York: Scribner's.

STONE H, 1979. Dickens and the Invisible World: Fairy Tales, Fantasy, and Novel-Making [M]. London: Palgrave Macmillan UK.

STOREY G, 1991. David Copperfield: Interweaving Truth and Fiction [M]. Boston: Twayne Publishers, 1991.

SULLIVAN Z T, 1976. Forster's Symbolism: A Room with a View, Fourth Chapter [J]. The Journal of Narrative Technique (6): 217-223.

TATE A, 1940. Hardy's Philosophic Metaphors [J]. The Southern Review (VI): 100-104.

THOMSON G H, 1961. Thematic Symbol in A Passage to India [J]. Twentieth Century Literature (7): 51-63.

TRILLING L, 1943. E. M. Forster [M]. New York: New Directions.

TURNER V W, 1982. From Ritual to Theater: The Human Seriousness of Play [M]. New York: Performing Arts Journal Publications, 1982.

WANG H J, 2012. Haunting and the Other Story in Joseph Conrad's "Nostromo": Global Capital and Indigenous Labor [J]. Conradiana 44 (1): 1-28.

WARREN R P, 1951. Nostromo [J]. The Sewanee Review, 59 (3): 363-391.

WATTS C, 1988. Introduction [M] //WATTS C. Joseph Conrad: The Nigger of the "Narcissus." London: Penguin: i-vii.

WEBB E, 1976. Self and Cosmos: Religion as Strategy and Exploration in the Novels of E. M. Forster [J]. Soundings: An Interdisciplinary Journal (59): 186-203.

WHITE A, 1996. Conrad and Imperialism [M] //STAPE J H. The Cambridge Companion to Joseph Conrad. Cambridge: Cambridge University Press.

WHITE G M, 1953. A Passage to India: Analysis and Revaluation [J]. PMLA (68): 641-657.

WHITE L, 2005. Vital Disconnection in Howards End [J]. Twentieth Century Literature (51): 43-63.

WIDERBERG K, 2011. Memory Work: Exploring Family Life and Expanding the Scope of Family [J]. Journal of Comparative Family Studies, 42 (3): 329-337.

WILLIAMS R, 1970. The English Novel From Dickens to Lawrence [M]. New York: Oxford University Press.

WILSON A, 1978. The Strange Ride of Rudyard Kipling: His Life and Works. New York: Viking.

WINTER S, 2011. The Pleasures of Memory: Learning to Read with Charles Dickens [M]. New York: Fordham University Press.

WOLFREYS J, 2012. Dickens's London: Perception, Subjectivity and Phenomenal Urban Multiplicity [M]. Edinburgh: Edinburgh University Press.

WOLFREYS J, 2017. Victorian Hauntings: Spectrality, Gothic, the Uncanny and Literature [M]. London: Bloomsbury Publishing.

WULF K, 2022. Finding Meaning in Memory: A Methodological Critique of Collective Memory Studies [J]. History and Theory, 41 (2): 179-197.